# Das Mädchen im Bach

## Die Verlorenen Australier Band 1

### Caitlyn Lynch

Shenanigans Press

Urheberrecht © 2026 Shenanigans Press. Alle Rechte vorbehalten.

Dieses Buch und sein gesamter Inhalt sind urheberrechtlich geschützt. Kein Teil dieser Veröffentlichung darf in irgendeiner Form oder mit irgendwelchen Mitteln reproduziert, verteilt oder übermittelt werden, einschließlich Fotokopieren, Aufnehmen oder anderen elektronischen oder mechanischen Methoden, ohne vorherige schriftliche Genehmigung des Herausgebers, außer im Rahmen von kurzen Zitaten in Rezensionen oder anderen nicht-kommerziellen Verwendungen, die nach dem Urheberrechtsgesetz zulässig sind.

Anfragen zur Genehmigung richten Sie bitte an:

Shenanigans Press

PO Box 323, MORAYFIELD QLD 4506 AUSTRALIA

E-Mail: admin@shenaniganspress.com

# Inhaltsverzeichnis

# Kapitel 1

DIE KONTOAUSZÜGE LAGEN AUF dem Küchentisch, die Abbuchungen neonpink markiert, die Habenbuchungen lindgrün. Der Kontostand war nicht einmal ansatzweise ausgeglichen. Zara fuhr mit der Fingerspitze jede aggressive pinkfarbene Zahl nach, als könnte die Berührung sie irgendwie auslöschen. Früher hätte sie zu einem anderen Stift gegriffen, um Dinge zu markieren, an denen sie sparen konnte. Netflix-Abo, Fitnessstudio. Aber es gab nichts mehr zu streichen. Die pinken Zahlen sprachen eine deutliche Sprache: Sie war beim nackten Überleben angekommen. Wasser. Strom. Kommunalabgaben. Hypothek. Lebensmittel. Davon gab es in letzter Zeit ohnehin wenig genug.

Das Holzhaus knarrte und dehnte sich in der Tageswärme aus. Drei Wochen. Drei Wochen, bis die Bank die Hypothek erneut abbuchen würde. Sie presste die Fingerspitzen an die Schläfen, holte tief Luft, die ihre Lungenflügel nicht ganz ausfüllte, und klappte ihren Laptop auf.

Der Anmeldebildschirm vom YouTube Studio füllte ihr Sichtfeld. Sie zögerte, bevor sie die Eingabetaste drückte. Es gab eine Zeit, noch gar nicht so lange her, da war sie mit Begeisterung an diese Analysen herangegangen. Jeder neue Monat brachte höhere Zahlen, mehr Abonnenten, größere Umsätze. Die Verlorenen Australier waren fünf Jahre lang stetig aufgestiegen, bis...

Die Seite lud. Zaras Schultern wanderten Richtung Ohren, als die Zahlen erschienen. Ein weiterer Monat im Sinkflug. Die Aufrufe waren im Vergleich zum Vormonat um 18 % gesunken, und der davor war bereits um 22 % schlechter ausgefallen als sein Vorgänger. Einnahmen: 1.487,32 $. Das reichte nicht mal für die Hypothekenrate, geschweige denn für Nebenkosten, Essen oder Versicherungen. Die Einnahmen von Spotify und den anderen Podcast-Quellen würden vielleicht noch etwa 500 $ bringen, aber das war nicht genug.

Sie presste die Handflächen flach auf den Tisch und spürte die Maserung des Holzes unter ihrer Haut. Ihr Körper fühlte sich plötzlich hohl an. Die kleine, ordentliche Küche um sie herum, einst ihr Stolz, als sie das Haus gekauft hatte, schien sie jetzt mit ihrer abblätternden Farbe und den veralteten Armaturen zu verhöhnen. Der Stapel Rechnungen neben ihrem Laptop war über die Monate stetig gewachsen: Strom, Wasser, Versicherungen.

Zara öffnete die Tabellenkalkulation, die sie vor sechs Monaten angelegt hatte, als der Abstieg nicht mehr zu ignorieren war. In einem Moment grimmigen Humors hatte sie sie »ÜBERLEBENSPLAN« genannt. Die Zeilen marschierten den Bildschirm hinunter, jede stand für eine Woche ihrer verbleibenden Ressourcen. Bei den aktuellen Raten blieben ihr noch acht Wochen bis zum kompletten finanziellen Kollaps. Acht Wochen, bevor sie das Haus verkaufen, zurück zu ihren Eltern nach Brisbane kriechen und zugeben müsste, dass ihre Skepsis gegenüber ihrer Berufswahl die ganze Zeit über berechtigt gewesen war.

»Such dir doch einfach einen richtigen Job«, hatte ihre Mutter vor zwei Jahren gesagt, nachdem es passiert war. Nach dem Fall

Little Girls Lost. Nachdem das Internet sich gegen sie gewandt hatte. Nachdem ihre Sponsoren geflohen waren. Nachdem ihre journalistische Glaubwürdigkeit in Scherben lag.

Im Flur knarrte eine Diele. Dev erschien im Mücheneingang, seine schlaksige Gestalt wirkte fast zu groß für den Raum. Seine Haare standen in seltsamen Winkeln ab, aber seine Augen hinter den rechteckigen Brillengläsern waren trotz der frühen Stunde wachsam.

»Morgen«, sagte er und ging zur Arbeitsplatte, wo er anfing, Kaffee zu kochen. »Schon lange auf?«

Zara schloss die Tabelle und wechselte den Tab zu ihren E-Mails. »Ein Weilchen.«

Dev nickte in Richtung ihres Laptops. »Arbeitest du an der neuen Folge?«

»So ähnlich.« Sie hielt ihre Stimme neutral; ihr Untermieter sollte nicht wissen, wie prekär die Lage wirklich war. Dev mietete ihr Gästezimmer nun schon seit fast einem Jahr. Seine wöchentliche Miete von 300 $ war zu einem finanziellen Rettungsanker geworden. Sie konnte es nicht riskieren, ihn mit der Wahrheit zu vergraulen.

Die Kaffeemaschine gluckerte und zischte. Dev lehnte sich gegen die Arbeitsplatte und verschränkte die Arme vor der Brust. Sein T-Shirt zeigte irgendeine obskure Gaming-Referenz, die sie nicht verstand.

»Ich habe mir gestern, äh, noch mal die Sachen aus deinem Archiv angehört«, sagte er und schob sich die Brille auf der Nase hoch. »Die Bellwood Strangler-Reihe war brillant. Wie du diese drei Cold Cases verknüpft hast, die vorher niemand in Verbindung gebracht hatte? Das war...« Er machte eine explosive Handbewegung. »Das war Journalismus, verstehst du? Echte Ermittlungsarbeit.«

Zaras Kehle schnürte sich zusammen. Die Bellwood-Serie war ihr Durchbruch gewesen, der Moment, der ihren Podcast in die oberste Riege des true crime katapultiert hatte. Dreihunderttausend Downloads allein in der ersten Woche. Sponsoren, die sie anriefen, nicht umgekehrt. Ein kurzer, glorreicher Moment, in dem sie dachte, sie hätte es geschafft. Die Streaming-Einnahmen aus dieser Reihe hatten die Anzahlung für ihr Haus finanziert.

»Danke«, brachte sie heraus.

Dev goss Kaffee in zwei Becher und schob ihr einen über die Theke zu. Er griff in seine Tasche, holte einen Umschlag heraus und legte ihn neben ihren Becher.

»Die Miete für nächsten Monat«, sagte er. »Sorry, dass es einen Tag später ist, ich bin erst gestern Abend zur Bank gekommen.«

»Kein Problem.« Sie nahm den Umschlag entgegen und versuchte, nicht zu gierig zu wirken. Diese zwölfhundert Dollar würden die meisten aktuellen Rechnungen decken. Jedenfalls alle mit roter Tinte. Vielleicht würde sie sogar mal so richtig auf den Putz hauen und zum Abendessen etwas anderes als Ramen-Nudeln kaufen.

Dev zögerte und rührte Zucker in seinen Kaffee. »Und, äh, hast du schon was Neues geplant? Nach der letzten Staffel, meine ich?«

Die letzte Staffel – eine hastig recherchierte Geschichte über einen gelösten Mord aus den Siebzigern, die sie mühsam auf vier Folgen gestreckt hatte – hatte weniger als ein Viertel ihrer üblichen Zuhörerschaft erreicht. Sie hatte die letzte Folge vor drei Wochen veröffentlicht und seitdem nichts mehr in der Pipeline.

»Ich verfolge ein paar Spuren«, sagte sie, und die Lüge schmeckte bitter auf ihrer Zunge. »Noch nichts Konkretes.«

Er nickte, ernsthaft und überzeugt. So war Dev: aufrichtig auf eine Art, die sie gleichzeitig beschützerisch gestimmt und neidisch gemacht hatte. Sein Studium für den Doktor in Elektrotechnik und sein lukrativer Nebenjob bei der Datenrettung von beschädigten Geräten hielten ihn auf Trab, aber er fand trotzdem Zeit, ihr treuester Unterstützer zu sein.

»Was auch immer du als Nächstes machst, es wird großartig«, sagte er mit Überzeugung in der Stimme. »Deine Stimme wird gebraucht, weißt du? Im true crime-Bereich. Es gibt da draußen viel zu viel reißerischen Müll.«

Die Ironie entging ihr nicht. Vor zwei Jahren war ihr genau das vorgeworfen worden: Sensationsgier, Ausbeutung, Rücksichtslosigkeit. Der Fall Little Girls Lost. Drei junge Mädchen, die innerhalb von sechs Jahren in einer kleinen ländlichen Stadt verschwunden waren. Der Fall war ihr von Anfang an seltsam vorgekommen, und sie hatte eine Theorie verfolgt, die sich schließlich als richtig erwies, aber Konsequenzen hatte, die sie nicht vorausgesehen hatte. Der Täter hatte Selbstmord begangen, als er merkte, dass sie ihm auf der Spur war. Er war der Justiz entkommen und hatte die Geheimnisse darüber, was er mit den Leichen der Mädchen gemacht hatte, mit ins Grab genommen.

Weil sie die Chance auf Antworten verloren hatten, hatten sich die Familien gegen sie gewandt. Die Presse war über sie hergefallen; ein Journalist einer der großen überregionalen Zeitungen hatte einen Verriss über »Möchtegern-Amateurdetektive« geschrieben, die »jahrelange Ermittlungen ruinieren«. Dabei war das Verfahren schon seit Jahren eingestellt gewesen, bevor sie auftauchte. Ihre Sponsoren waren über Nacht abgesprungen, und ihr monatliches Einkommen sank seither kontinuierlich.

»Danke, Dev«, sagte sie, wobei sich die Worte unzureichend anfühlten.

Er leerte seinen Kaffee in drei großen Schlucken und spülte den Becher im Waschbecken aus. »Ich habe heute Vormittag einen Auftrag zur Datenrettung. Sollte nicht lange dauern, ich bin wohl bis zur Mittagszeit wieder zu Hause.«

Sie nickte und beobachtete ihn, wie er seinen Rucksack neben dem Kühlschrank aufhob. »Keine Vorlesungen heute?«

Er warf ihr einen seltsamen Blick zu. »Es ist Samstag.«

Wochenenden verloren an Bedeutung, wenn man keinen Job und kein Geld hatte. Sie nickte erneut und spürte, wie ihr die Röte ins Gesicht stieg. »Oh, ja. Hatte ich vergessen.«

Irgendetwas fehlte in dem Stapel Rechnungen neben ihr. Die Internetrechnung, gestern fällig. Sie öffnete den Mund, schloss ihn aber wieder, als Dev sich seinen Rucksack über die Schulter schwang.

»Hast du heute was vor?«, fragte er und blieb im Türrahmen stehen.

Zara zuckte mit den Schultern. »Recherche, meistens. Ich versuche, etwas zu finden, das es wert ist, verfolgt zu werden.«

Etwas, das ihre Karriere retten würde. Ihr Haus. Das sie vor der Demütigung des Scheiterns bewahrte.

»Cool. Na dann, viel Glück.« Er winkte kurz und ungeschickt und verschwand im Flur.

Zaras Blick kehrte zu dem Stapel Rechnungen zurück. Die Internetrechnung fehlte definitiv. Sie hatte sie gestern Abend ganz oben auf den Stapel gelegt. Dev musste sie genommen haben. Nicht gestohlen; er würde sie bezahlen, das wusste sie. Er brauchte das Internet für sein Studium, für seinen Nebenjob.

Sie sollte ihm nacheilen, ihm sagen, dass sie ihre Rechnungen selbst im Griff hatte. Aber der Gedanke, zuzugeben, wie nah sie am Abgrund stand, fühlte sich schlimmer an, als seine stille Hilfe anzunehmen. Sie nippte an ihrem Kaffee. Bitter und stark, genau wie die Realität, mit der sie konfrontiert war. Acht Wochen Puffer. Vielleicht weniger, wenn etwas Unvorhergesehenes passierte.

Sie brauchte eine Story. Nicht irgendeine Story; eine große Sache. Etwas so Fesselndes, dass es die Leute daran erinnerte, warum sie ihr überhaupt zugehört hatten, bevor alles schiefgelaufen war. Etwas, das sie vom Abgrund zurückholte.

Zara öffnete einen neuen Browser-Tab.

Es war an der Zeit, ihren Weg zurückzufinden.

Zaras Finger flogen über die Tastatur. Die Cold-Case-Datenbank des Queensland Police Service lud nur langsam; die öffentliche Version war absichtlich sperrig, eher auf den Anschein von Transparenz als auf tatsächliche Zugänglichkeit ausgelegt. Sie saß schon seit Stunden daran und filterte methodisch ungeklärte Vermisstenfälle und verdächtige Todesfälle, auf der Suche nach etwas, das sie ansprach. Nicht jeder beliebige Fall kam infrage. Sie brauchte einen mit losen Enden, unbeantworteten Fragen, genügend dokumentierten Beweisen, auf denen man aufbauen konnte. Einen Fall, der einen zweiten Blick verdiente und das erzählerische Potenzial besaß, ihren Ruf wiederherzustellen.

Sie trank kalten Kaffee und scrollte durch eine weitere Seite mit Ergebnissen. Vermisste Wanderer in Nationalparks. Verdächtige Autounfälle. Fälle häuslicher Gewalt mit unzureichender Beweislage. Eskalierte Kneipenschlägereien, geplatzte Drogengeschäfte, Eifersuchtsdramen, die mit Messern, Fäusten oder Pistolen geendet hatten. Jedes davon ein unterbrochenes Leben.

Ihre Filtereinstellungen waren spezifisch: Fälle, die zwischen fünf und fünfzehn Jahre alt waren – aktuell genug für lebende Zeugen, alt genug, um als ungelöst zu gelten; Fälle mit zumindest teilweisen physischen Beweisen; Fälle mit Dokumentation, die durch Auskunftsersuchen zugänglich war. Sie fügte einen weiteren Parameter hinzu: Fälle außerhalb der großen Ballungszentren. Die isolierten Fälle, in denen die Ressourcen knapp waren und Ermittler womöglich dazu verleitet worden waren, Abkürzungen zu nehmen.

Die Datenbank aktualisierte sich. Dreiundzwanzig Ergebnisse. Besser.

Sie scrollte weiter und überflog Fallnamen und Kurzzusammenfassungen. Nichts fesselte sie, bis auf der dritten Seite ein Name heraussprang:

*ZHANG, IRIS (17) – Salt Creek, QLD – 15. Oktober 2014*

Zara klickte auf den Eintrag. Der Bildschirm füllte sich mit einer Fallzusammenfassung und einem Schulfoto eines Teenagers mit langen dunklen Haaren und ernsten Augen hinter einer rechteckigen Brille. Chinesische Gesichtszüge, hellbraune

Haut. Etwas im ruhigen Blick des Mädchens packte Zara, ließ sie nicht mehr los.

Sie las die Zusammenfassung:

*Subjekt am 16. Oktober 2014 verstorben im Salt Creek aufgefunden. Position: mit dem Gesicht nach unten in ca. 15 cm tiefem Wasser. Todesursache: Ertrinken. Ermittlungen am 27. Oktober 2014 abgeschlossen. Urteil: Unfalltod. Fall abgeschlossen.*

Zwei Wochen. Sie hatten den Fall in zwei Wochen abgeschlossen.

Zaras Hand wanderte unbewusst zu ihrem eigenen Gesicht, die Finger pressten sich gegen ihre Wange. Fünfzehn Zentimeter Wasser. Das war kaum eine Handbreit hoch. Wie ertrinkt eine gesunde Siebzehnjährige in fünfzehn Zentimetern Wasser?

Sie klickte sich durch die Falldetails und überflog die Informationen. Iris Zhang war eine Musterschülerin an der Salt Creek High School gewesen. Bewerberin mit einer vorzeitigen Hochschulzulassung für das Queensland College of Art. Keine Vorgeschichte von Depressionen oder psychischen Problemen. Keine Drogen oder Alkohol in den toxikologischen Berichten gefunden. Die Leiche wurde von einem Jogger am Morgen um 6:23 Uhr entdeckt. Zuletzt lebend gesehen gegen 22:00 Uhr am Vorabend, als sie das Restaurant ihrer Eltern verließ, um den kurzen Weg nach Hause zu laufen; Todeszeitpunkt geschätzt zwischen 22:00 Uhr und Mitternacht.

»Sie haben es nicht einmal versucht«, flüsterte Zara in den leeren Raum.

Sie klickte auf die Tatortfotos, die zwar gesetzlich in der öffentlichen Datenbank enthalten sein mussten, aber oft von schlechter Qualität waren. Das erste zeigte eine Weitwinkelaufnahme eines flachen Bachbettes, kaum mehr als ein Rinnsal, das über glatte Steine floss. Gelbe Beweismarker punktierten das Gelände. Das zweite zeigte eine Nahaufnahme der Stelle, an der die Leiche gefunden worden war, eine leichte Vertiefung im Bachbett, in der das Wasser vielleicht knöcheltief stand.

Zara lehnte sich näher an den Bildschirm und katalogisierte die Unstimmigkeiten. Die Position ergab keinen Sinn. Der offizielle Bericht besagte, Iris sei mit dem Gesicht nach unten gefunden worden. Selbst auf dem körnigen Foto konnte Zara sehen, dass jeder, der in diesem flachen Wasser lag, seinen Kopf einfach zur Seite drehen und Luft holen konnte. Man würde nicht mit dem Gesicht nach unten dort liegen, man wäre nicht untergetaucht. Es sei denn, man wäre bewusstlos gewesen. Oder man wäre unter Wasser gedrückt worden.

Sie klickte sich durch weitere Fotos, diese aus der Ferne aufgenommen. Der Bach floss anscheinend mitten durch das Zentrum einer Kleinstadt, im Hintergrund waren Gebäude zu sehen. Eine hölzerne Fußgängerbrücke überquerte den Bach oberhalb der Fundstelle. Die Gegend wirkte weder abgelegen noch gefährlich, einfach nur ein gewöhnlicher Bach in einer gewöhnlichen Stadt.

Salt Creek. Der Name kam ihr vage bekannt vor. Sie prüfte Google Maps. Eine kleine Stadt am Bruce Highway, irgendwo nördlich von Bundaberg. Ein Ort, den die meisten Leute auf dem Weg nach irgendwo anders passierten, eine Ansammlung von Gebäuden an einem staubigen Highway. Die Art von Ort, an dem jeder jeden kannte, an dem Außenseiter auffielen, an dem eine chinesische Familie herausstechen würde.

Zara hielt inne. Sie war selbst zu einem Viertel Vietnamesin; ihre Großmutter mütterlicherseits stammte aus Hanoi. Obwohl Zara auf den ersten Blick als Weiße durchgehen konnte, war ihr Haar eine Spur zu schwarz, zu glatt und glänzend, ihre dunklen Augen zeigten den winzigsten Ansatz eines Epikanthus. Da sie in Brisbane aufgewachsen war, kannte sie die subtilen Formen von Rassismus, die unter Australiens multikultureller Oberfläche existierten. Die Vorurteile. Die Fragen, woher sie »wirklich« komme. Die Überraschung, wenn sie keinen Akzent hatte.

Waren dieselben Kräfte im Fall Iris am Werk gewesen? Ein chinesisches Mädchen in einer Kleinstadt in Queensland. Eine schnelle Ermittlung. Ein bequemes Urteil. Fall abgeschlossen.

Das war jetzt mehr als nur eine potenzielle Comeback-Story. Etwas Tieferes zog sie an. Ein Gefühl der Verbundenheit, der Verantwortung. Dass sie sich selbst in diesen ernsten Augen hinter der rechteckigen Brille wiedererkannte.

Sie klickte zurück zu Iris' Foto und betrachtete das Gesicht des Mädchens. Ihr Ausdruck hatte etwas Entschlossenes, eine Ruhe, die auf Prinzipien und Grenzen schließen ließ. Nicht die Sorte Mädchen, die versehentlich in einem Bach ertrinkt, der zwei Gehminuten von ihrem Zuhause entfernt liegt, einen Bach, den sie wahrscheinlich tausendmal überquert hatte. Nicht die Art von Tod, die man mit einer zweiwöchigen Untersuchung abtun sollte.

Zara öffnete ein neues Dokument und begann, sich Notizen zu machen. Fragen formten sich schneller, als sie tippen konnte:

Warum war sie nachts am Bach? Wer war der Freund, den sie besuchte? Gab es Zeugen, die sahen, wie sie das Restaurant verließ? Gab es Anzeichen für einen Kampf am Tatort? War der Wasserstand in jener Nacht normal oder durch vorangegangenen Regen erhöht?

Je mehr sie las, desto sicherer wurde sie, dass mit der offiziellen Geschichte etwas nicht stimmte. Die Autopsie bestätigte Ertrinken als Todesursache, bemerkte aber »unerklärliche

Blutergüsse« an den Oberarmen des Opfers. Im Polizeibericht wurde dies als »möglicherweise vereinbar mit normalen Aktivitäten von Teenagern« abgetan.

»Schwachsinn«, murmelte Zara.

Sie schloss kurz die Augen und wappnete sich. Als sie sie wieder öffnete, war Iris Zhangs Schulfoto immer noch auf dem Bildschirm. Diese ernsten Augen schienen sie direkt anzusehen. Sie baten um etwas. Verlangten etwas.

Die Wahrheit.

Zara startete eine neue Suche, diesmal nach allem, was sie über Salt Creek, Queensland, finden konnte. Über die Familie Zhang. Über das, was am 15. Oktober 2014 geschah, und warum es niemanden genug zu kümmern schien, um genauer hinzusehen.

Sie hatte ihre Geschichte gefunden. Jetzt musste sie sich nur noch einreden, dass ihre Beweggründe rein professioneller Natur waren.

Zara klappte den Laptop zu. Das Geräusch fühlte sich an wie ein Schlusspunkt. Iris Zhang verdiente mehr als fünfzehn Zentimeter Wasser und eine zweiwöchige Untersuchung. Sie verdiente mehr, als nur eine weitere Statistik in einer Datenbank zu werden, die niemand zu durchsuchen pflegte. Und wenn Zara ehrlich zu sich selbst war, brauchte sie diesen Fall genauso sehr, wie der Fall sie brauchte. Sie schob den Stuhl vom Küchentisch zurück und stand auf, ihr Körper war plötzlich leicht vor Entschlossenheit und Zielstrebigkeit.

Salt Creek. Schon der Name fühlte sich an wie ein Ziel, das auf sie gewartet hatte.

Sie ging durch das Haus und suchte alles zusammen, was sie brauchen würde. Zuerst ihr verwittertes, nachfüllbares Ledernotizbuch. Altmodisch, aber sie vertraute dem Papier. Das Gefühl eines Stifts half ihr beim Denken, half ihr, Punkte zu verbinden, die sonst vielleicht isoliert geblieben wären. Als Nächstes kam ihre Aufnahmeausrüstung: zwei hochwertige Mikrofone, ihre Videokamera, Stative, Ersatzakkus, SD-Karten. Die Werkzeuge ihres Handwerks, die viel zu lange ungenutzt geblieben waren. Sie packte Ersatz-Akkupacks und Ladekabel in den Aluminiumkoffer und schloss ihn.

In ihrem Schlafzimmer holte sie einen Rucksack aus dem Schrank und fing an, Kleidung einzupacken. Wie lange würde sie bleiben? Eine Woche? Zwei? Salt Creek war klein; das hatte sie bei ihrer Recherche bestätigt. Ein Pub, ein paar Motels, ein chinesisches Restaurant, das das der Zhangs sein musste. Sie musste bei ihrem Vorgehen vorsichtig sein. Kleine Städte hatten ein langes Gedächtnis und tiefe Loyalitäten. Besonders wenn es um Fremde ging, die Fragen zu toten einheimischen Mädchen stellten.

Zara hielt inne, ein halb gefaltetes Shirt in den Händen. Sie müsste ein Zimmer buchen. Für Mahlzeiten bezahlen. Benzin für die Fahrt nach Norden. Ihr Sparkonto wies 8.872,43 $ auf, ihr letzter Puffer gegen den totalen finanziellen Ruin. Diese Reise würde mindestens ein Drittel davon verschlingen, vielleicht mehr, wenn die Ermittlungen Zeit in Anspruch nahmen. Und sie würden Zeit in Anspruch nehmen. Solche Fälle taten das immer.

Die Alternative war undenkbar. Hierbleiben, zusehen, wie ihre Ersparnisse gegen null gingen, das Haus verlieren, die Niederlage eingestehen. Wenigstens ging sie so kämpfend unter.

Sie packte fertig und ging für die Toilettenartikel ins Badezimmer. Im Spiegel blickte ihr ihr Spiegelbild entgegen: dunkle Augen, von denen ihr Großvater gesagt hatte, sie würden »alles genau studieren«, die Haare zu einem praktischen Pferdeschwanz zurückgebunden, die scharfen Winkel ihrer Wangenknochen ausgeprägter als noch vor einem Jahr. Stress und ein begrenztes Lebensmittelbudget hatten an ihr gezehrt. Aber noch etwas anderes blickte sie aus dem Spiegel an, ein Funke, der monatelang gefehlt hatte. Entschlossenheit.

Zurück im Schlafzimmer zählte sie Bargeld aus Devs Umschlag ab. Die Hälfte, dachte sie. Den Rest würde sie auf die Bank bringen; das würde zusammen mit ihren Streaming-Einnahmen zumindest die dringendsten Rechnungen und die nächste Hypothekenrate decken, auch wenn die anderen Rechnungen noch ein wenig länger warten mussten. Sechshundert Dollar würden keine digitale Spur hinterlassen und reichten für den Anfang. Sie steckte die eine Hälfte in eine Innentasche ihrer Tasche, die andere in die Umhängetasche, die gleichzeitig Laptop- und Handtasche war, und setzte sich dann an ihren Schreibtisch für die letzten Vorbereitungen.

Ihr Handy vibrierte mit einer Benachrichtigung. Eine Zahlung von einem Patreon-Unterstützer, einer der wenigen, die ihr trotz ihres Absturzes und des anschließenden Schweigens treu geblieben waren. Zehn Dollar mit einer Nachricht: *»Ich vermisse deine Stimme. Hoffe, du kommst bald wieder.«*

Sie starrte die Benachrichtigung lange Zeit an. Schuldgefühle wegen des monatelangen Schweigens. Dankbarkeit für die Loyalität. Die Angst, sie könnte sie erneut enttäuschen. Aber vor allem ein erneuertes Gefühl der Verantwortung. Die Leute warteten darauf, dass sie ihre Stimme wiederfand. Warteten darauf, dass sie Geschichten erzählte, die von Bedeutung waren.

Zara schlug ihr Notizbuch auf und fing an zu schreiben:

*Iris Zhang, 17, tot aufgefunden im Salt Creek, QLD, 16. Okt. 2014; Tod in der Nacht davor. Fall in zwei Wochen als Ertrinken durch Unfall abgeschlossen. 15 cm Wasser – unmöglich? Chinesische Familie in Kleinstadt – Faktor Rassismus? Hämatome an Oberarmen – unvereinbar mit Unfall. Warum war sie nach Einbruch der Dunkelheit am Bach?*

Sie unterstrich die letzte Frage zweimal. Das war immer der Punkt, an dem man anfangen musste: das Warum. Warum war Iris Zhang, nach allem, was man wusste, ein fleißiges, ehrgeiziges Mädchen mit einer vorzeitigen Hochschulzulassung vor Augen, an einem Schulabend nach Einbruch der Dunkelheit an einem Bach?

Zara sah auf die Uhr. Fast Mittag. Sie könnte bis zum Abend in Salt Creek sein, wenn sie jetzt losführe. Sie sammelte ihre Ausrüstung, ihre Notizen und ihre Kleidung zusammen und blieb mitten in ihrem Schlafzimmer stehen, um im Geiste eine letzte Bestandsaufnahme zu machen. Ein energisches Klopfen an der Türzarge ließ sie zusammenfahren.

Dev stand in der Tür, sein langer Körper füllte sie fast ganz aus. »Willst du irgendwohin?«, fragte er und musterte die gepackte Tasche auf ihrem Bett.

»Ich wollte eigentlich gerade mit Ihnen reden«, sagte Zara und zog den Reißverschluss des Rucksacks zu. »Ich fahre für eine Weile in den Norden. Recherchereise.«

Devs Augenbrauen wanderten über seiner Brille nach oben. »Wegen des Podcasts?«

»Vielleicht. Ich bin mir noch nicht sicher.« Sie war noch nicht bereit, mehr zu sagen, den zerbrechlichen Schwung, den sie gefunden hatte, nicht zu gefährden. »Ich werde mindestens eine Woche weg sein, wahrscheinlich länger. Kommen Sie allein klar?«

»Klar«, sagte Dev und nickte. »Ich habe nächste Woche einen großen Auftrag zur Datenrettung für eine Anwaltskanzlei, ein paar korrupte Dateien, die sie für einen Prozess brauchen. Gutes Geld. Ich kümmere mich hier schon um alles.«

Zara nickte erleichtert. Sie vertraute Dev, so sehr sie heutzutage eben noch jemandem vertraute. Er war verlässlich, verantwortungsbewusst und, was noch wichtiger war, er hatte keine Verbindung zu ihrer früheren Arbeit. Er war zwar ein Fan gewesen, aber nie in ihre Ermittlungen involviert. Nie befleckt von dem Skandal, der ihre Karriere verschlungen hatte.

»Gibt es was Interessantes?«, fragte Dev, seine Augen glänzten neugierig hinter den Gläsern. »Ich meine, bei der Recherche.«

Zara zwang sich zu einem Lächeln und versuchte, die Balance zwischen Ehrlichkeit und Vorsicht zu wahren. »Vielleicht. Sie werden der Erste sein, der es erfährt. Pass auf das Haus auf für mich.«

Dev nickte und verlagerte sein Gewicht von einem Fuß auf den anderen. »Mach ich. Und, äh, viel Glück. Bei was auch immer es ist.«

Sie erkannte die Sorge hinter seinen unbeholfenen Worten. Dev sorgte sich nicht nur um sie; er sorgte sich um seine eigene Situation. Wenn sie die Hypothek nicht mehr bezahlen konnte, wenn sie das Haus verlor, würde auch er sein Zuhause verlieren. Seine bezahlbare Miete. Seine stabile Basis, während er an seinem Doktor arbeitete. Sie war nicht die Einzige, für die etwas auf dem Spiel stand.

»Danke«, sagte sie und sah ihm zum ersten Mal in diesem Gespräch richtig in die Augen. »Ich glaube, das könnte was Gutes werden.«

Das meinte sie ernst. Es ging hier nicht nur darum, ihre Karriere oder ihr Haus zu retten, auch wenn diese Motive real und dringlich waren. Es ging um Iris Zhang. Um fünfzehn Zentimeter Wasser. Um einen Fall, der viel zu schnell abgeschlossen worden war, in einer Kleinstadt, in der eine chinesische Familie vielleicht niemanden hatte, der für sie eintrat.

Dev schenkte ihr ein kleines Lächeln und trat aus dem Türrahmen zurück. Sie hörte ihn den Flur hinuntergehen, zurück in sein Zimmer, wo Stapel von Festplatten und Platinen eine technologische Festung bildeten.

Zara schulterte den Rucksack und ihre Umhängetasche und nahm den Ausrüstungskoffer in die Hand. An der Tür zögerte sie. Machte sie gerade den nächsten Fehler? Stürzte sie sich in einen Fall, der vielleicht im Nichts endete, und verjubelte ihre letzten Reserven für eine bloße Ahnung? Die Erinnerung an Iris' ernste Augen auf diesem Schulfoto gab ihr Halt.

Nein. Das war kein Fehler. Das war es, was sie tat, wozu sie bestimmt war. Geschichten finden, die andere übersehen hatten. Denen eine Stimme geben, die nicht für sich selbst sprechen konnten.

Sie zog die Tür hinter sich zu. Das vertraute Gewicht der Entschlossenheit legte sich auf ihre Schultern.

Salt Creek wartete auf sie.

# Kapitel 2

Regen peitschte über den Highway, jeder Tropfen zerplatzte schneller gegen die Windschutzscheibe, als die Scheibenwischer sie wegwischen konnten. Zara lehnte sich vor und blinzelte durch den wässrigen Schleier. Ihre Knöchel am Lenkrad waren weiß. Was nördlich von Bundaberg als leichter Schauer begonnen hatte, hatte sich innerhalb von Minuten in einen subtropischen Wolkenbruch verwandelt, die Sichtweite betrug nur noch wenige Meter. Salt Creek bis zum Abend, hatte sie gedacht. Jetzt war das lachhaft.

Das Auto geriet ins Aquaplaning. Sie ging vom Gas, das Adrenalin schoss ihr durch die Brust. Sechzig Kilometer pro Stunde fühlten sich gefährlich schnell an. Die wenigen anderen Fahrzeuge auf der Straße hatten die Warnblinkanlage eingeschaltet und bewegten sich wie verletzte Tiere durch den Sturm. Ein Roadtrain donnerte in der Gegenrichtung vorbei und schleuderte eine Wasserwelle über ihre Windschutzscheibe, die sie für mehrere herzzerreißende Sekunden blind machte.

»Verdammt noch mal.« Sie stellte die Wischer auf die höchste Stufe. Sie quietschten protestierend. Der Wetterbericht hatte mögliche Unwetter erwähnt, aber nichts dergleichen. Der Himmel hatte sich zu einem blutunterlaufenen Purpurgrau verdunkelt, obwohl es kaum vier Uhr nachmittags war.

Ein Blitz zerklüftete den Himmel vor ihr. Fast unmittelbar darauf krachte der Donner, laut selbst über dem Regen, der auf das Autodach hämmerte. Ihre Schultern schmerzten vor Anspannung. Ihre Augen brannten von der Anstrengung, die Fahrbahnmarkierungen zu erkennen.

Ein grünes Schild tauchte aus der Düsternis auf: CHILDERS 5KM. Sie atmete aus. Nicht der Ort, an dem sie eigentlich halten wollte, aber die Aussicht auf eine warme Mahlzeit lockte. Vielleicht ein Zimmer. *Ich hätte das Regenradar prüfen sollen*, dachte sie, als ein weiterer road train vorbeirauschte und Wasser über ihren Wagen fegte. Ein Anfängerfehler im späten queensländischen Sommer, wenn fast jeden Nachmittag ein Sturm aufzog. Da sie noch zwei Stunden bis Salt Creek vor sich hatte – und die Zeit auf dem GPS sogar noch anstieg, während sie darauf blickte –, traf Zara ihre Entscheidung. Wenn sie in Childers ein Zimmer finden würde, bliebe sie über Nacht.

Die Stadt erschien als verschwommene Lichter durch die regennassen Scheiben. Sie wurde langsamer und suchte im Platzregen nach einer Unterkunft. Die Hauptstraße war weitgehend verlassen, vernünftige Leute hatten Schutz gesucht. Ein Neonschild flackerte: HIGHWAY REST MOTEL. Der Teil mit »VACANCY« leuchtete in stotterndem Rot. Nicht gerade das Ritz, aber es würde reichen.

Sie setzte den Blinker und bog auf den Parkplatz ein. Kies knirschte unter ihren Reifen. Der Regen hämmerte auf das Dach. Sie stellte den Motor ab und blieb einen Moment sitzen, um ihren Mut für den Sprint zur Rezeption zu sammeln. Das Wasser floss in Schüben die Windschutzscheibe hinunter.

Die Rezeption war zwanzig Meter entfernt. Selbst mit einem Regenschirm würde sie nass werden. Zara schnappte sich ihre Brieftasche und ihr Handy, verstaute sie tief in ihren Taschen, fummelte den Regenschirm unter ihrem Sitz hervor und rannte los. Als sie das Vordach des kleinen Rezeptionsgebäudes erreichte, war sie von der Taille abwärts durchnässt.

Ein Glöckchen bimmelte, als sie die Tür aufstieß. Kalte Luft von der Klimaanlage traf ihre feuchte Haut. Sie schauderte. Die Lobby war klein und abgenutzt, aber einigermaßen sauber. Verblasste Tourismusplakate für die Bundaberg Rum Distillery und die Mon Repos turtle rookery schmückten die holzgetäfelten Wände. Hinter dem Tresen blickte ein Mann in seinen Sechzigern von einem Taschenbuch auf und schaute sie über seine Lesebrille hinweg an.

»Übles Wetter da draußen«, sagte er.

»Schrecklich.« Zara wischte sich die Füße an einer Matte ab, die heute schon zu viel mitgemacht hatte, und stellte den feuchten Schirm auf ein Handtuch, das offensichtlich genau zu diesem Zweck im Foyer lag. »Haben Sie für heute Nacht noch ein Zimmer frei?«

»Sie haben Glück, das letzte.« Er drückte einen Knopf neben dem Tresen. Aus dem Augenwinkel sah Zara, wie sich zum flackernden VACANCY ein NO gesellte.

Er schob ihr ein Formular über den Tresen. »Ich brauche einen Ausweis. 85 Dollar für die Nacht. Check-out morgen bis zehn. Kein Frühstück möglich, tut mir leid.«

Zara zuckte innerlich bei dem Preis zusammen, wusste aber, dass Feilschen zwecklos war. Sie unterschrieb das Formular, zeigte ihren Führerschein vor und reichte ihre Kreditkarte herüber.

»Zimmer sieben«, sagte der Mann und gab ihr einen Schlüssel an einem klobigen Plastikanhänger. »Am Ende der Reihe, Parkplatz direkt davor. Das Pub gegenüber bietet bis acht Uhr ordentliche Mahlzeiten an, falls Sie hungrig sind.«

»Danke.« Sie steckte den Schlüssel ein und wappnete sich für einen weiteren Sprint durch den Regen.

Als sie ihr Auto erreichte, klebten ihre Haare trotz des Schirms an ihrer Kopfhaut. Sie fuhr das kurze Stück zu Zimmer sieben und parkte so nah wie möglich an der Tür. Nach ein paar hektischen Gängen hatte sie alles drinnen, völlig durchnässt.

Das Zimmer entsprach ihren Erwartungen: klein, zweckmäßig, sauber. Ein Einzelbett mit einer geblümten Tagesdecke, die zu pastellfarbenen Geistern verblichen war. Ein Nachttisch mit einer Lampe, der der Schirm fehlte. Ein kleiner Schreibtisch. Ein Fernseher, der an einem guten Tag wahrscheinlich drei Kanäle klar anzeigte. Das Badezimmer war durch eine offene Tür sichtbar: weiße, vor Alter vergilbte Fliesen, eine Dusche in der Badewanne.

Regen hämmerte auf das Welldach aus Zinn. Das stetige Tropfen einer undichten Dachrinne sorgte für den Rhythmus, während sich das Wasser draußen vor ihrem Fenster in einer Pfütze sammelte.

Zuerst überprüfte sie ihre Ausrüstung: die teuren Mikrofone und das Kameraequipment. Alles trocken, der Koffer hatte seinen Zweck erfüllt. Ihre Kleidung hatte weniger Glück gehabt. Sie holte heraus, was sie für die Nacht brauchen würde, und hängte die feuchten Sachen über die Duschstange.

Die Dusche lieferte nach einer Minute besorgniserregenden Gurgelns in den Rohren heißes Wasser. Sie blieb länger unter dem Strahl stehen als nötig und ließ die Wärme in ihre unterkühlte Haut einsickern. In ihrem Kopf kreisten die Informationen, die sie über Iris Zhang und Salt Creek gesammelt hatte. Morgen würde die eigentliche Arbeit beginnen. Heute Nacht ging es darum, sich zu sammeln und vorzubereiten.

In trockene Kleidung gehüllt, setzte sie sich auf das Bett und lauschte dem Regen. Ihr Magen knurrte. Der Motelmanager hatte ein Pub erwähnt. Sie sah auf die Uhr: kurz nach sechs. Genug Zeit, bevor die Küche schloss.

Sie schaute aus dem Fenster. Auf der gegenüberliegenden Straßenseite drang gelbes Licht aus den Pubfenstern, ein warmer Kontrast zum grauen Regenvorhang. Ihr Magen knurrte erneut, lauter. Entscheidung gefallen.

Zara schnappte sich Schirm, Brieftasche und Handy und öffnete die Tür. Der Regen traf sie sofort, vom Wind seitwärts gepeitscht. Sie spannte den Schirm auf, der prompt versuchte, sich umzustülpen. Sie zwang ihn wieder in Form und rannte über die Straße.

Als sie den Eingang des Pubs erreichte, hatte der Schirm kapituliert. Ihr zweites Outfit des Tages war genauso nass wie das erste. Die Haare trofften. Sie schüttelte so gut es ging das Wasser ab und stieß die Tür auf. Sie trat aus dem Chaos ins Licht, in den Lärm und in das Versprechen einer heißen Mahlzeit.

Das Pub legte sich wie eine warme Decke um Zara. Der Regen trommelte oben gegen das Zinndach, aber drinnen rührten Deckenventilatoren die feuchte Luft auf, ohne sie zu kühlen. Der Raum war halbvoll, meist Männer, die sich um einen über der Bar montierten Fernseher scharten, auf dem ein Rug-byspiel lief. Gelegentliches Stöhnen oder Jubeln unterbrach ihre Aufmerksamkeit. *Samstagabend*, dachte sie. *Natürlich ist es voll.*

Zara wischte sich das Wasser von den Armen und bahnte sich ihren Weg zur Bar, wo sie am hintersten Ende, weg von den passioniertesten Sportfans, einen freien Hocker fand.

Die Barkeeperin, eine Frau mit grau meliertem Haar, das zu einem sachlichen Pferdeschwanz zusammengebunden war, zog eine Augenbraue angesichts von Zaras zerzaustem Zustand hoch, kommentierte ihn aber nicht. »Was darf's sein?«

»Was auch immer du für ein Leichtbier vom Fass hast«, sagte Zara und fügte hinzu: »Und Essen, falls ihr noch was serviert?«

»Die Küche ist bis acht offen. Hähnchenschnitzel mit Parmesan ist gut. Steak-Sandwich auch.« Die Barkeeperin zog eine laminierte Speisekarte unter dem Tresen hervor und schob sie ihr zu.

»Hähnchenschnitzel mit Parmesan klingt perfekt, danke.« Zara ließ sich auf den Hocker sinken und zuckte zusammen, als ihre nassen Beine am Kunstleder kleben blieben. Ihre Füße fühlten sich in den Turnschuhen matschig an; sie hätte ihre Wanderschuhe heraussuchen sollen, bevor sie das Zimmer verlassen hatte.

Die Barkeeperin zapfte das Bier und stellte es vor sie hin. Es bildete sich bereits Kondenswasser am Glas. »Das Essen dauert etwa zwanzig Minuten.«

»Kein Problem.« Zara nahm einen langen Schluck; die kalte Flüssigkeit rann ihre Kehle hinunter. Sie hatte gar nicht gemerkt, wie durstig sie war.

Das Pub summte vor Gesprächen, untermalt vom Kommentar aus dem Fernseher und gelegentlichem Jubel. Der Regen setzte seinen Angriff auf das Dach fort, ein ständiger Rhythmus, der die Wärme und das Licht im Inneren irgendwie wertvoller erscheinen ließ. Zara holte ihr Handy heraus und suchte nach Nachrichten. Nichts Dringendes. Sie öffnete ihre Notizen-App und begann, das Material über Iris Zhang durchzugehen.

Vor elf Jahren war ein achtzehnjähriges Mädchen in Salt Creek gestorben. Offiziell als Ertrinken durch Unfall eingestuft. Ihre Leiche wurde mit dem Gesicht nach unten in circa 45 Zentimeter tiefem Wasser in einem Bach gefunden, der durch den Park der Stadt floss. Keine Anzeichen für einen Kampf, kein offensichtliches Trauma. Der Fall wurde innerhalb weniger Wochen abgeschlossen.

Aber je mehr Zara in den Details gewühlt hatte, desto falscher fühlte es sich an. Die Blutergüsse, die im vorläufigen Obduktionsbericht vermerkt, in der Endfassung aber heruntergespielt worden waren. Das Fehlen von Abwehrverletzungen, obwohl Iris eine starke Schwimmerin gewesen war. Die Tatsache, dass der Bach so flach war. Die überhastete Untersuchung, das Fehlen jeglicher Nachforschungen zu widersprüchlichen Zeugenaussagen.

Und dann war da noch die E-Mail, die sie vor zwei Wochen von jemandem erhalten hatte, der sich »Ein Freund« nannte. Kein Name, keine identifizierenden Informationen, nur eine schlichte Nachricht: *Iris Zhang ist nicht durch einen Unfall ertrunken. Schau dir genauer an, wer ihre Leiche gefunden hat.*

Sie hätte sie fast gelöscht. Anonyme Tipps stammten meist entweder von Spinnern oder von Leuten, die noch eine Rechnung offen hatten. Aber irgendetwas daran war hängengeblieben. Sie hatte angefangen zu recherchieren, und je mehr sie suchte, desto weniger hielt die offizielle Version stand.

»Hähnchenschnitzel mit Parmesan?« Die Stimme der Barkeeperin unterbrach ihre Gedanken.

Zara blickte auf und sah, wie ein Teller vor ihr abgestellt wurde. Das Schnitzel war riesig, bedeckt mit geschmolzenem Käse und Tomatensauce, mit einem Berg Pommes daneben. Ihr Magen reagierte sofort.

»Guten Appetit.« Zara steckte ihr Handy weg und nahm Messer und Gabel zur Hand.

Sie war mit der Mahlzeit fast zur Hälfte fertig, als sich jemand auf den Hocker neben sie gleiten ließ. Sie blickte auf, die Gabel auf halbem Weg zum Mund.

Der Mann war wahrscheinlich Mitte dreißig, mit einem wettergegerbten Gesicht, das von viel Zeit im Freien erzählte. Er trug Jeans und ein verblasstes Polohemd, das vom Regen feucht war. Sein Haar war dunkel und etwas zu lang, der Dreitagebart wirkte eher wie eine bewusste Entscheidung als wie Faulheit.

»Dieser Sturm ist echt ein Miststück«, sagte er im Plauderton und nickte der Barkeeperin zu. »Einen Rum-Cola, danke.«

Zara gab ein unverbindliches Geräusch von sich und widmete sich wieder ihrem Essen. Ihr stand der Sinn nicht nach einem Gespräch mit einem Fremden, schon gar nicht mit einem, der vielleicht versuchte, sie anzuquatschen.

Aber er schien es nicht darauf anzulegen. Er nahm sein Getränk entgegen, machte einen großen Schluck und wandte seine Aufmerksamkeit dem Rugbyspiel im Fernseher zu. Sie saßen mehrere Minuten in angenehmer Stille da. Sie aß, er schaute das Spiel.

»Nicht von hier«, sagte er schließlich. Es war keine Frage.

»Nur auf der Durchreise. Bin in den Sturm geraten.«

»Passiert.« Er nahm noch einen Schluck. »Nach Norden oder Süden unterwegs?«

»Norden. Und du?«

»Süden. Brisbane.« Er verzog das Gesicht. »Jedenfalls versuche ich es. Hab das Radar gesehen und beschlossen, mich für die Nacht hier zu verkriechen, anstatt es zu riskieren.«

»Vernünftig.« Zara aß ihre letzte Pommes frites und schob den Teller weg. Das Bier war auch fast leer. Sie sollte wohl zurück ins Zimmer gehen und sich vor der morgigen Fahrt richtig ausruhen.

Aber irgendetwas hielt sie auf ihrem Platz. Vielleicht die Wärme des Pubs nach dem kalten Regen. Vielleicht der angenehme Schwips durch das Bier auf dem nun vollen Magen. Vielleicht die Tatsache, dass dieser Fremde sich nicht aufdrängte, nicht versuchte, sie zu beeindrucken oder Informationen aus ihr herauszuholen oder ihr etwas zu verkaufen. Er war einfach da und teilte sich während eines Sturms den Raum mit ihr.

»Noch eins?«, fragte die Barkeeperin und nickte zu Zaras fast leerem Glas.

Sie sollte nein sagen. Sollte zurück auf ihr Zimmer gehen, ihre Notizen durchgehen, sich auf morgen vorbereiten. Aber der Regen hatte nicht nachgelassen, und der Gedanke an dieses einsame Motelzimmer versprach keinen Reiz.

»Ja, warum nicht.«

Das zweite Bier kam. Der Mann neben ihr bestellte noch einen Rum-Cola. Das Spiel endete und wurde durch Highlights und Kommentare ersetzt. Die Menge um den Fernseher lichtete sich, als die Leute zu den Tischen abwanderten oder nach Hause gingen. Der Regen trommelte weiter auf das Dach.

»Du bist keine Handelsvertreterin«, sagte er nach einer Weile.

»Wie kommst du darauf?«

»Kein Anzug. Keine Laptoptasche. Und du hast nicht diesen Blick.«

»Welchen Blick?«

»Den, der sagt, dass du gerade abwägst, ob ich ein potenzieller Kunde bin.« Er lächelte leicht. »In meinem Job begegne ich vielen Vertretern. Du gehörst nicht dazu.«

»Was machst du denn beruflich?«

»Polizei. Kriminalhauptkommissar.« Er nahm einen Schluck. »Und du?«

Zara zögerte. Journalisten riefen oft Reaktionen hervor, und nicht immer positive. »podcaster.«

»Echt?« Er schien ehrlich interessiert. »Welches Thema?«

»true crime.«

»Ah.« Er nickte langsam. »Lass mich raten. Du bist auf dem Weg in irgendein Kaff, um einen Cold case auszugraben und alle nervös zu machen.«

Sie konnte sich ein Lächeln nicht verkneifen. »Sowas in der Art.«

»Ist ja auch in Ordnung. Wahrscheinlich sogar nötig.« Er trank sein Glas leer. »Die meisten Kleinstädte haben mindestens einen Fall, der sich für niemanden richtig angefühlt hat. Meistens, weil jemand mit Macht wollte, dass er verschwindet.«

In seinem Ton lag etwas, das sie ihn genauer anschauen ließ. »Klingt, als hättest du Erfahrung damit.«

»Mehr, als mir lieb ist.« Er sah ihr in die Augen, und sie erkannte etwas darin. Frustration, vielleicht. Müdigkeit. Der Blick von jemandem, der mehr Kompromisse eingegangen war, als er wollte, aber weniger, als er befürchtet hatte.

Sie unterhielten sich. Nicht über Details, nicht über Fälle oder Namen oder Orte. Sondern über die Arbeit, über die Schwierigkeit, nach der Wahrheit zu suchen, wenn Systeme darauf ausgelegt waren, Macht zu schützen, statt der Gerechtigkeit zu dienen. Über die Einsamkeit dabei, die Art, wie es einen von Menschen isolierte, die bequeme Lügen bevorzugten.

Das Pub leerte sich weiter. Die Barkeeperin begann, die Tische abzuwischen, und warf ihnen vielsagende Blicke zu. Die letzte Runde kam und ging. Sie waren die einzigen Gäste, die noch übrig waren.

»Wir sollten wahrscheinlich gehen«, sagte Zara, obwohl sie keine Anstalten machte aufzustehen.

»Wahrscheinlich.« Er rührte sich ebenfalls nicht.

Sie sahen sich an. Die Luft zwischen ihnen hatte sich irgendwann in der letzten Stunde verändert, war elektrisch aufgeladen. Zara wusste, was das war, was daraus werden könnte. Eine flüchtige Sache. Anonym. Normalerweise machte sie so etwas nicht. Sie schleppte keine Fremden in Pubs ab.

Aber heute Nacht fühlte es sich anders an. Der Sturm, die Isolation, die unerwartete Verbindung zu jemandem, der ihre Arbeit auf eine Weise verstand, wie es die meisten nicht taten. Und die Art, wie er sie ansah, als würde er sie wirklich sehen – nicht nur die Oberfläche, sondern etwas Tieferes.

»Ich bin in Zimmer sieben im Highway Motel gegenüber«, hörte sie sich sagen.

Seine Augen verdunkelten sich leicht. »Ich bin in Zimmer zwölf.«

»Ganz in der Nähe«, sagte sie, und ihr Herz war plötzlich laut in ihren Ohren zu hören.

»Das ist es.«

Sie bezahlten ihre Rechnungen getrennt und gingen gemeinsam hinaus in den Regen, der zu einem stetigen Nieseln abgeflaut war. Der kurze Weg zum Motel fühlte sich spannungsgeladen an. Keiner von ihnen sprach. Beide waren sich der Gegenwart des anderen überdeutlich bewusst.

Bei Zimmer zwölf schloss er die Tür auf und hielt sie offen. Zara trat ein, hörte, wie die Tür hinter ihnen ins Schloss fiel, und drehte sich zu ihm um.

Der Regen peitschte gegen die Fenster und verwandelte sie in impressionistische Gemälde der Nacht da draußen. Straßenlaternen verschwammen zu wässrigen Flecken. Sie standen einen Moment lang da, während das Wasser von ihrer Kleidung auf den Teppich tropfte.

Zara machte den ersten Schritt und griff nach ihm.

In der Halbdunkelheit fand sein Mund den ihren. Der Kuss wurde sofort leidenschaftlicher und übersprang jede Zaghaftigkeit für etwas Hungrigeres. Seine Hände legten sich an ihr Gesicht.

»Ich muss deinen Namen nicht wissen«, flüsterte sie gegen seinen Mund.

»Gut«, antwortete er mit rauer Stimme. »Ich deinen auch nicht.«

Etwas an der Anonymität befreite sie beide. Sie zerrte an seinem Hemd, wollte, dass das Hindernis verschwand. Er half ihr, seine Finger nestelten an den Knöpfen, während sie den feuchten Stoff von seinen Schultern streifte.

Sie entkleideten einander, die Kleidung fiel in feuchten Haufen zu Boden. Seine Finger verhedderten sich in ihrem Haar, das noch vom Regen nass war, und lösten es aus dem Pferdeschwanz. Die kühle Luft auf ihrer Haut wurde sofort durch die Hitze seines Körpers ausgeglichen, der sich gegen ihren drückte. Er drängte sie rückwärts, bis ihre Beine die Bettkante berührten, und folgte ihr dann auf die Matratze hinunter.

Sie ließ ihre Hände über seinen Rücken gleiten. Er war nicht perfekt, und sie war es auch nicht, und irgendwie machte das alles nur noch besser.

Sein Mund wanderte über ihre Haut und entdeckte, was sie zum Keuchen brachte, was sie dazu veranlasste, seine Schultern fester zu umklammern. Ihre Reaktion schien ihn anzuspornen.

Als er sich über sie schob, schlang sie ihre Beine um seine Taille und zog ihn näher zu sich. Die Erwartung war fast unerträglich.

»Verhütung?«, fragte er mit rauer Stimme. »Ich habe nichts ...«

»Pille«, sagte sie. »Schon gut.«

Ein kurzer Moment der Bestätigung. Dann kamen sie zusammen, und alles andere trat in den Hintergrund.

Zara erwachte, als graues Halblicht durch die Vorhänge sickerte. Sie bemerkte, dass seine Augen auf ihr ruhten.

»Morgen«, sagte sie mit schlafgetrübter Stimme.

»Morgen.« Er schob ihr eine Haarsträhne hinter das Ohr.

Beide wussten, dass dies das Ende war. Was auch immer zwischen ihnen geschehen war, gehörte der Nacht an, dem Sturm. Das Tageslicht rückte die Realität wieder in den Fokus.

Zara setzte sich auf und wickelte das Laken um sich. »Ich sollte zurück in mein Zimmer gehen.«

Er nickte. »Ich muss sowieso bald los.«

Sie zogen sich schweigend an. Gelegentliche Blicke, ein kurzes Lächeln. Die Gelassenheit von Menschen, die sich nichts zu beweisen hatten. An der Tür hielten sie inne.

»Das war …«, fing sie an.

»Perfekt«, vollendete er den Satz, während sich sein Mundwinkel hob. »Weil es hier endet.«

Sie nickte. »Genau.«

»Leb wohl, geheimnisvolle Lady. Gute Fahrt. Und viel Glück.«

Er beugte sich vor und drückte seine Lippen ein letztes Mal auf ihre. Voller Anerkennung, aber ohne Forderung. Dann trat er zurück.

Zara öffnete die Tür zu einer Welt, die vom Regen der letzten Nacht wie sauber gewaschen war. Die Luft roch nach feuchter Erde und Eukalyptus, der Himmel war klar und in einem fast schon aggressiv leuchtenden Blau. Sie ging weg, ohne sich umzuschauen, im Wissen, dass er ihr nachsah, und im Wissen, dass keiner von ihnen versuchen würde, das zu verlängern, was gerade wegen seiner Begrenztheit perfekt gewesen war.

In ihrem eigenen Zimmer duschte sie und ließ das heiße Wasser die körperlichen Spuren wegspülen. Ihre Gedanken schalteten bereits um und konzentrierten sich wieder auf den vor ihr liegenden Tag. Salt Creek wartete auf sie, und mit ihm die Untersuchung, die ihre Karriere wiederbeleben könnte. Die ernsten Augen von Iris Zhang auf dem Schulfoto schienen sie aus der Erinnerung heraus anzublicken und sie daran zu erinnern, warum sie diese Reise überhaupt angetreten hatte.

Mit frischer, trockener Kleidung und ihren Wanderschuhen war sie bereit. Sie packte schnell zusammen und vergewisserte sich, dass ihre Ausrüstung sicher verstaut und nichts durch den gestrigen Regen beschädigt worden war. Nachdem sie das Auto beladen hatte, ging sie hinüber zur Rezeption, um ihren Schlüssel abzugeben, und bedankte sich bei dem Angestellten, einem anderen Mann als am Vorabend.

Als sie auf den Bruce Highway einbog und nach Norden beschleunigte, verschwendete sie einen letzten Gedanken an den namenlosen Mann und ihre gemeinsame Nacht. Ein perfektes Zwischenspiel, das nun abgeschlossen war. Eine schöne Erinnerung, die in ihrem Rückspiegel verblasste.

Der Highway dehnte sich vor ihr aus, nicht länger vom Regen verdeckt. Sie fühlte sich ausgeruht, in sich ruhend wie seit Monaten nicht mehr und bereit, sich dem zu stellen, was sie in Salt Creek erwartete.

# Kapitel 3

Die Zuckerrohrfelder erstreckten sich endlos zu beiden Seiten des Highways, ein eintöniges grünes Meer, das nur gelegentlich von einem Farmerhaus oder rostigen Gerätschaften unterbrochen wurde. Zara stellte die Lamelle der Klimaanlage ein und richtete die lauwarme Luft auf ihr Gesicht. Das uralte System des Wagens kämpfte gegen die zunehmende Hitze des Tages an und schaffte kaum mehr als eine flaue Brise. Der Februar in Queensland war unerbittlich, die Sonne brannte selbst durch die getönten Scheiben gnadenlos herab.

In ihrem Geist rief sie immer wieder die Details ab, die sie über Iris Zhang auswendig gelernt hatte. Siebzehn Jahre alt. Ehrgeizig. Prinzipientreu. Mit dem Gesicht nach unten in fünfzehn Zentimetern Wasser gefunden. Fall abgeschlossen nach zwei Wochen. Die Fakten kreisten durch ihre Gedanken, und jeder einzelne bestärkte sie in der Gewissheit, dass mit der offiziellen Darstellung etwas ganz und gar nicht stimmte.

Ein verblasstes grünes Schild tauchte am Straßenrand auf: »Willkommen in Salt Creek, Einwohner 3.147.« Darunter hatte jemand mit roter Sprühfarbe »HÖLLENLOCH« geschrieben, obwohl man halbherzig versucht hatte, es wieder wegzuschrubben. Nicht gerade der größte Fan der Stadt, dieser

Graffiti-Künstler, dachte Zara, während sie das Schild passierte und den Wagen verlangsamte.

Die Hauptstraße kam in Sicht, eine einzige Aneinanderreihung von wettergegerbten Gebäuden, die das Stadtzentrum bildeten. Der Bruce Highway schnitt mitten hindurch und zwang Reisende zur Langsamfahrt, hielt sie aber selten zum Anhalten an. Zu ihrer Rechten besetzte ein Pub mit abblätternder cremefarbener Farbe und einem Schild, das »Kaltes Bier, warme Mahlzeiten« anpries, die Ecke. Ein Stück weiter stand ein kleiner Supermarkt, dessen Fenster mit verblichenen Sonderangeboten beklebt waren. Eine Tankstelle, ein Baumarkt, eine Fish-and-Chips-Bude.

Dann sah sie es auf der linken Straßenseite: Golden Horse Restaurant. Das Lokal war in einem quadratischen Backsteingebäude mit rotem Sims und goldenen Akzenten untergebracht. Ein handgemaltes goldenes Pferd bäumte sich auf dem Schild auf. Hier hatte Iris mit ihren Eltern gearbeitet, hier war sie zuletzt lebend gesehen worden, bevor sie sich in jener Oktobernacht vor über einem Jahrzehnt auf den Heimweg gemacht hatte.

Am auffälligsten war jedoch das, was direkt hinter dem Restaurant lag: Eine Schlucht, die sich wie eine Wunde durch die Landschaft schnitt, etwa fünfzehn Meter tief, und die Stadt in zwei Hälften teilte. Der Bruce Highway überspannte sie auf einer modernen Betonbrücke. Das war Salt Creek selbst, das geografische Merkmal, das der Stadt ihren Namen gegeben und Iris Zhang unter unmöglichen Umständen das Leben gekostet hatte. Während sie langsam über die Brücke fuhr, versuchte Zara, in die Schlucht hinabzublicken, aber die Betonseiten der Brücke versperrten ihr die Sicht.

Auf der anderen Seite der Brücke fand sie die Schule – oder besser gesagt die Schulen; High School und Grundschule lagen nebeneinander, dahinter waren Sportplätze zu sehen. Eine Futtermittelhandlung schien das Ende des Geschäftsviertels zu markieren, und die Stadt verlief sich fast augenblicklich im Nichts.

Zara fuhr links ran, hielt auf dem breiten Seitenstreifen und konsultierte ihr Handy. Zwei Motels gab es im Ort, erinnerte sie sich; eines davon gehörte zu einer Kette mit Preisen ab 100 Dollar pro Nacht. Sie betrachtete ein wenig wehmütig das Foto des glitzernden blauen Swimmingpools, bevor sie das Fenster schloss und das andere Motel aufrief.

»Das sieht eher nach meiner Preisklasse aus«, murmelte sie. »Mal sehen, ob sie noch was frei haben.« Sie prüfte die Spiegel, wartete auf eine Lücke im Verkehr, bevor sie wendete und zurück durch die Stadt fuhr, wobei sie die Brücke erneut überquerte.

Zara bog auf den Parkplatz des Salt Creek Motel ab, ein einstöckiges Holzgebäude, das in einem verblassten Blau gestrichen war. Das flackernde Neon-»Zimmer frei«-Schild schien unentschlossen, ob es Besucher wirklich willkommen hieß. Sechs Türen führten zum Parkplatz, nummeriert von eins bis sechs. Hinter dem Fenster des Empfangs drehte sich träge ein Deckenventilator.

Sie blieb einen Moment sitzen und sammelte ihre Gedanken, bevor sie ausstieg. Das war es also. Der Ort, an dem sie entweder ihre Karriere wiederbeleben oder ihr beim endgültigen Scheitern zusehen würde. Sie dachte an die Hypothekenzahlung, die in drei Wochen fällig war, an ihre schwindenden Ersparnisse, an Dev, der schweigend die Internetrechnung bezahlte, ohne es zu erwähnen. Dann dachte sie an Iris Zhangs ernste Augen auf diesem Schulfoto, und ihr Kiefer spannte sich an.

Die Bürotür löste eine Glocke aus, als sie sie aufstieß. Drinnen blickte eine Frau in den Sechzigern von einem Taschenbuch auf, ihre Lesebrille saß auf der Nasenspitze. Die Klimaanlage war auf Arktis eingestellt, und die plötzliche Kälte jagte Zara eine Gänsehaut über die Arme.

»Kann ich Ihnen helfen?«, fragte die Frau in neutralem, aber prüfendem Ton. Sie erfasste Zaras Stadtkleidung, ihren professionellen Haarschnitt, ihre uneindeutige ethnische Zugehörigkeit – alles mit einem einzigen Blick, der zwar nicht feindselig, aber auch nicht gerade herzlich war.

»Ich hätte gern ein Zimmer«, sagte Zara. »Zunächst für eine Woche, aber vielleicht verlängere ich noch.«

Die Frau nickte und legte ihr Buch beiseite. »Einzel oder Doppel?«

»Einzel reicht.«

»Siebzig pro Nacht. Wochentarif macht sechfundfünfzig.« Die Frau holte eine Meldekarte hervor. »Ich brauche eine Kreditkarte und einen Ausweis.«

Zara reichte ihren Führerschein und ihre Kreditkarte herüber und füllte dann das Formular aus. Die Frau studierte den Führerschein und blickte zwischen dem Foto und Zaras Gesicht hin und her.

»Langley«, las sie laut vor. »Adresse in Brisbane. Geschäftlich oder zum Vergnügen?«

»Geschäftlich«, erwiderte Zara, ohne es näher zu erläutern.

»Check-in ist erst um zwei, aber Zimmer vier war letzte Nacht nicht belegt. Es ist fertig, wenn Sie es jetzt schon wollen.« Die Frau gab den Führerschein zurück und zog die Kreditkarte durch das Gerät.

»Das wäre großartig, danke.« Zara nahm die Plastik-Schlüsselkarte entgegen, deren Motel-Logo vom vielen Benutzen bereits verblasst war.

»Noch irgendwelche Fragen? Frühstück ist nicht dabei, aber das Café neben dem Supermarkt macht um sechs auf. Es gibt kostenloses WLAN, das Passwort steht auf der Karte in Ihrem Zimmer.«

»Danke«, sagte Zara. »Eigentlich wollte ich mich nach dem Bach erkundigen. Gibt es von hier aus einen einfachen Zugang?«

Der Gesichtsausdruck der Frau veränderte sich unmerklich. »Da unten beim Park führt ein Pfad hinunter. Ein bisschen steil, aber man kann ihn laufen. Gibt aber nicht viel zu sehen. Ist halt nur ein Bach.«

Nur ein Bach, in dem ein siebzehnjähriges Mädchen angeblich in knöcheltiefem Wasser ertrunken war. »Danke für die Information«, sagte Zara stattdessen.

Wieder draußen schlug ihr die Hitze erneut entgegen; sie spürte sofort, wie ihr der Schweiß aus allen Poren zu treten begann, und hoffte, dass die Klimaanlage in ihrem Zimmer bereits lief. Ihr Auto war nach nur wenigen Minuten in der Sonne schon wieder aufgeheizt, und sie zuckte zusammen, als sie die Hände auf das heiße Lenkrad legte. Hastig fuhr sie zu Zimmer vier, parkte direkt davor und lud ihre Ausrüstung und Taschen in zwei Etappen aus.

Das Zimmer entsprach ihren Erwartungen, sehr ähnlich wie das Zimmer in Childers letzte Nacht und zweifellos wie Motelzimmer in kleinen Highway-Städten im ganzen Land. Es gab ein Doppelbett mit geblümter Tagesdecke, einen kleinen Tisch mit zwei Stühlen, einen Fernseher, der schon bessere Zeiten gesehen hatte, und ein Badezimmer mit beigen Fliesen und einer Dusch-Badewannen-Kombination. Aber es war sauber, die Klimaanlage funktionierte, und es würde als ihre Operationsbasis vollkommen ausreichen.

Es gab sogar kostenloses WLAN, womit sie nicht wirklich gerechnet hatte, wofür sie aber dankbar war. Sie würde natürlich ihren VPN aktivieren, wann immer sie es benutzte, aber zumindest würde es verhindern, dass sie ihr Handydatenvolumen verbrauchte und für Extras bezahlen musste.

Zara packte aus, baute ihren Laptop auf dem Tisch auf und arrangierte ihre Aufnahmegeräte daneben. Die zwei hochwertigen Mikrofone, noch in ihren Schutzhüllen. Die Videokamera und das Stativ. Ersatzakkus und SD-Karten. Ihr ledergebundenes Notizbuch mit ihren Recherchen zu Iris und Salt Creek. Eine Karte der Stadt, die sie vor der Abfahrt ausgedruckt hatte, bereits mit wichtigen Markierungen versehen.

Im Badezimmer spritzte sie sich kaltes Wasser ins Gesicht und blickte auf, um ihrem eigenen Spiegelbild zu begegnen. Dunkle Ringe schatteten ihre Augen, Souvenirs der Nacht in Childers, sowohl vom Sturm als auch von dem, was darauf gefolgt war. Aber unter der Müdigkeit lag etwas, das sie seit Monaten nicht mehr in ihrem Gesicht gesehen hatte: Entschlossenheit.

Sie trocknete ihr Gesicht ab und kehrte in den Hauptraum zurück, wobei sie auf die Uhr sah. Kurz nach Mittag. Noch genug Tageslicht, um mit ihrer Erkundung der Stadt zu beginnen, insbesondere des Bachs. Morgen würde sie sich dem Golden Horse nähern und versuchen, Kontakt zu Iris' Eltern aufzunehmen. Aber heute ging es darum, die Geografie zu verstehen, den Schauplatz zu dokumentieren und das visuelle Beweismaterial zu sammeln, das das Rückgrat ihrer ersten Episode bilden würde.

Ihr Ausrüstungskoffer würde zu viel Aufmerksamkeit erregen, wenn sie ihn durch die Stadt schleppte, aber sie wollte einen Teil ihrer Ausrüstung bei sich haben. Sie würde heute Nachmittag wahrscheinlich keine Interviews führen, aber sie wollte gern ein Video machen, um den Schauplatz festzuhalten und den Fall vorzustellen, falls möglich. Sie nahm ihre Umhängetasche und verstaute eines ihrer Stative darin, zusammen mit ihrem Notizbuch. Ihr Laptop blieb am besten hier, obwohl sie ihn in ihrem Koffer unter Verschluss hielt.

Zara nahm ihre Kamera, steckte ihr Handy und die Schlüsselkarte in die Tasche und trat hinaus in die Hitze von Queensland. Salt Creek wartete darauf, entdeckt zu werden, und irgendwo in dieser staubigen Stadt lag die Wahrheit darüber, was mit Iris Zhang geschehen war.

Die Hitze des Sonntagnachmittags hing schwer über der Hauptstraße von Salt Creek, während Zara sie mit der Kamera in der Hand entlanglief. Sie achtete darauf, sich zwanglos zu bewegen, eher wie eine Touristin, die eine idyllische Landstadt dokumentiert, als wie eine Ermittlerin, die einen Fall aufbaut. Dennoch spürte sie Augen, die ihre Wege verfolgten: vom Café aus, wo drei ältere Männer an ihrem Kaffee nippten, vom Supermarkt, wo eine junge Mutter ihre Kinder durch die Automatiktüren trieb, von den geparkten Pick-ups mit heruntergekurbelten Fenstern. In einer Stadt dieser Größe wirkte ein neues Gesicht fast so, als würde es ein blinkendes Neonschild tragen.

Sie fotografierte den Pub, den Baumarkt, das Golden Horse Restaurant mit seiner abblätternden roten Farbe und dem goldbeschrifteten Schild. Jedes Klicken des Auslösers fühlte sich an wie eine Ankündigung ihrer Anwesenheit, ihrer Absichten. Ein Teenager auf einem Skateboard wurde langsamer, als er an ihr vorbeifuhr, die Neugier stand ihm deutlich ins sonnengebräunte Gesicht geschrieben.

»Bist du eine Reporterin oder so?«, fragte er und kickte sein Board hoch in seine Hand.

»Nur auf der Durchreise«, antwortete Zara mit einem Lächeln, das nichts verriet. »Ich mache ein paar Fotos für meine Social-Media-Kanäle.«

Er sah skeptisch aus, zuckte aber mit den Schultern und fuhr weiter. Zara sah ihm nach und fragte sich, ob er alt genug war, um Iris gekannt zu haben, um mit ihr in der Schule gewesen zu sein. Wahrscheinlich nicht: Iris wäre heute fast dreißig, wenn sie noch am Leben wäre. Sie musste hier allerdings vorsichtig sein; kleine Städte hatten ein langes Gedächtnis und eine starke Loyalität.

Sie folgte der Hauptstraße bis zur Brücke, wo die Gebäude einem kleinen Park Platz machten, der sich an den Rand der Schlucht schmiegte. Es war viel los im Park, Familien und Kinder kletterten auf Spielgeräten herum, während die Eltern an Picknicktischen im Schatten saßen. Natürlich, wurde ihr klar. Sonntagnachmittag in einer Stadt mit wenigen Unterhaltungsmöglichkeiten. Der Park war das gesellschaftliche Zentrum.

Zara umging den Spielplatz und nickte den Erwachsenen höflich zu, die ihre Gespräche unterbrachen, um ihr beim Vorbeigehen zuzusehen. Im hinteren Teil des Parks fand sie, wonach sie suchte: ein schmaler Trampelpfad, der im struppigen Buschwerk verschwand und in die Schlucht hinunterführte. Ein verwittertes Schild warnte: »VORSICHT: STEIL-ER PFAD ZUM BACH«.

Der Weg fiel scharf ab und zwang sie, sich vorsichtig ihren Weg über freiliegende Wurzeln und loses Gestein zu suchen. Die Temperatur sank, je tiefer sie in die Schlucht vordrang, da die hohen Wände die direkte Sonne abhielten. Einheimische Sträucher drängten sich an den Pfad, ihre Blätter streiften ihre Arme. Schweiß trat ihr auf die Stirn von der Anstrengung und der anhaltenden Feuchtigkeit.

Auf halbem Weg hielt sie an, um zu verschnaufen. Über ihr spannte sich die hölzerne Fußgängerbrücke über die Schlucht, ihre verwitterten Planken waren durch Lücken im Blätter-dach sichtbar. Aus diesem Winkel konnte sie auch die viel höhere Highway-Brücke sehen, über die gelegentlich Fahrzeuge fuhren. Das Geräusch spielender Kinder im Park war verblasst und wurde durch das sanfte Rauschen der Blätter und fernen Verkehr ersetzt.

Sie stieg weiter hinab und hielt sich an den steilsten Stellen an Baumstämmen fest. Der Pfad wurde deutlicher, als er sich dem Boden näherte, und weitete sich auf dem Grund der Schlucht zu einer geräumten Fläche aus. Und da war er: Salt Creek selbst.

Der Bach erstreckte sich vor ihr, an dieser Stelle etwa zwei Meter breit; das Wasser floss sanft über glatte, abgerundete Steine. Das Sonnenlicht drang stellenweise in die Schlucht ein und erzeugte gesprenkelte Muster auf dem klaren Wasser. Aber was ihr sofort auffiel, war, wie flach er war; er bedeckte die Steine an den meisten Stellen kaum, mit vereinzelten, etwas tieferen Gumpen, die höchstens bis zur Mitte der Wade reichen mochten.

Zara stand reglos da und starrte auf das Wasser. *Hier* war also ein siebzehnjähriges Mädchen angeblich in knöcheltiefem Wasser ertrunken? Sie hatte aus den Polizeiberichten gewusst, dass das

Wasser flach war, aber es mit eigenen Augen zu sehen, ließ die offizielle Darstellung nicht nur unwahrscheinlich, sondern absurd erscheinen.

Sie ging am Ufer entlang, bis sie die spezifische Stelle fand, die im Polizeibericht beschrieben worden war, direkt unter der hölzernen Fußgängerbrücke. Hier staute sich das Wasser in einer natürlichen Senke etwas tiefer, aber selbst nach dem Regen der letzten Nacht konnte es nicht mehr als fünfzehn Zentimeter tief gewesen sein. Die Vorstellung, dass hier jemand durch Unfall ertrinken könnte, war lächerlich.

Zara stellte ihre Umhängetasche auf einen trockenen Stein und zog ihre Wanderschuhe und Socken aus. Die heißen Steine am Ufer brannten unter ihren nackten Füßen, bis sie in den Bach trat. Das Wasser war überraschend kalt, ein Schock für ihre Haut nach der Hitze des Tages. Es reichte ihr kaum bis zu den Knöcheln. Sie bückte sich, tauchte ihre Fingerspitzen ins Wasser und schnupperte daran, bevor sie vorsichtig einen Wassertropfen kostete. Nicht salzig ... seltsam. Wie war Salt Creek dann zu seinem Namen gekommen? Sie nahm sich vor, das herauszufinden, nicht dass es für den Fall von Bedeutung wäre. Sie wollte nur ihre eigene Neugier befriedigen.

Die Schlucht kam ihr ebenfalls merkwürdig vor, viel zu tief, um von einem so sanften Bach wie diesem ausgehöhlt worden zu sein. Gab es weiter flussaufwärts irgendwo einen Damm? Wenn ja, würde der Bach kaum jemals viel über seinen jetzigen Stand steigen. Was angesichts der gesunden Bäume und des Unterholzes, das bis unmittelbar an den Wasserrand reichte, wahrscheinlich schien.

Sie rief eines der Tatortfotos auf ihrem Handy auf, glich ihre Position mit der hölzernen Fußgängerbrücke ab und bahnte sich vorsichtig ihren Weg zu der Stelle, an der Iris' Leiche gefunden worden war. Die Steine unter ihren Füßen waren glatt, geschliffen von jahrelang fließendem Wasser. Nicht direkt rutschig, aber sie erforderten Aufmerksamkeit, um sicher voranzukommen. Dennoch hätte es entweder erheblicher Gewalt oder völliger Handlungsunfähigkeit bedurft, um das Gesicht von jemandem hier unter Wasser zu halten. Eine bewusste Person würde einfach den Kopf drehen oder sich hochdrücken.

Zara stellte ihr Stativ im Bachbett auf, justierte es so, dass die Kamera trotz des unebenen Untergrunds waagerecht stand, und schaltete den Kameramodus auf hochauflösende Videoaufnahme. Sie legte den Bildausschnitt fest, filmte einen kleinen Testclip, um zu prüfen, ob das gewünschte Bild sie selbst im Wasser stehend mit der hölzernen Brücke darüber einschloss, drückte dann auf »Aufnahme« und trat ins Bild.

»Dies ist die Stelle, an der die siebzehnjährige Iris Zhang angeblich am 15. Oktober 2014 ertrunken ist«, sagte sie, ihre Stimme ruhig und im professionellen Tonfall trotz der Wut, die in ihr aufstieg. »Ich stehe an genau der Stelle, an der ihre Leiche gefunden wurde, und das Wasser reicht mir kaum bis zu den Knöcheln, trotz des starken Regens letzter Nacht.«

Sie bewegte sich leicht und demonstrierte damit, wie einfach es war, das Gleichgewicht zu halten. »Laut der offiziellen Darstellung wurde Iris mit dem Gesicht nach unten in etwa fünfzehn Zentimetern Wasser gefunden. Die Ermittlungen wurden nach nur zwei Wochen mit einer amtlichen Feststellung auf Ertrinken durch Unfall abgeschlossen.«

Zara bückte sich, legte ihre Hand flach auf das Bachbett und hob sie dann an, wobei das Wasser zwischen ihren Fingern hindurchströmte. »Die Frage ist nicht, ob Iris Zhang ertrunken ist. Das hat die Autopsie bestätigt. Die Frage ist, wie eine gesunde, sportliche Siebzehnjährige möglicherweise durch Unfall in so flachem Wasser ertrinken konnte.«

Sie beendete die Aufnahme und bewegte dann die Kamera, um verschiedene Blickwinkel einzufangen. Weitwinkelaufnahmen, die die gesamte Breite des Bachs zeigten, Nahaufnahmen der Wassertiefe im Vergleich zu ihrem Knöchel, detailliertes Videomaterial vom Bachbett selbst. Über ihr warf die hölzerne Fußgängerbrücke gestreifte Schatten auf das Wasser. Auch das filmte sie, dann die Brückenpfeiler, während sie sich fragte, ob Iris diese Brücke in der Nacht ihres Todes überquert hatte.

Das ferne Summen des Verkehrs von der Autobahnbrücke bildete ein konstantes Hintergrundgeräusch. Gelegentlich drangen Stimmen aus dem Park oberhalb herunter, Erinnerungen an die Stadt, die ihre normale Sonntagsroutine fortsetzte, während sie dort stand, wo ein junges Mädchen unter unmöglichen Umständen gestorben war.

Zara watete weiter den Bach entlang und dokumentierte jeden Aspekt des Schauplatzes. Jeder neue Winkel, jede Messung der Wassertiefe verstärkte nur ihre Gewissheit: Iris Zhang hätte hier nicht durch Unfall ertrinken können. Was bedeutete, dass jemand sie unter Wasser gedrückt hatte. Jemand hatte sie getötet. Und die Polizei hatte es entweder komplett übersehen oder absichtlich ignoriert.

Als sie ihre Ausrüstung einpackte und ihre Stiefel wieder anzog, spürte Zara eine tief sitzende Gewissheit, dass sie eine Geschichte gefunden hatte, die erzählt werden musste. Es ging nicht mehr nur darum, ihre Karriere zu retten. Es ging um Gerechtigkeit für ein Mädchen, dessen Tod abgetan und dessen Wahrheit ebenso einfach begraben worden war wie ihr Körper.

Sie kletterte den steilen Pfad wieder hinauf, die Kamera voller Beweise, der Kopf voller Fragen. Salt Creek hatte ein Geheimnis, und sie hatte vor, es zu lüften, egal wer versuchte, sie aufzuhalten.

Die Dämmerung hatte sich über Salt Creek gelegt, als Zara zum Motel zurückkehrte, nach einem kurzen Halt beim Fish-and-Chips-Laden, um sich etwas zum Abendessen zu holen. Die Hitze des Tages hängte noch immer in den Wänden mit Stulpschalung, trotz der mühsam arbeitenden Klimaanlage. Sie schloss die Tür hinter sich ab, stellte ihre Umhängetasche vorsichtig auf den Tisch und rollte mit den Schultern, um die Verspannung zu lösen, die sich beim Aufstieg vom Bach aufgebaut hatte. Ihre Füße in den Wanderschuhen waren noch immer feucht, und feiner Sand vom Pfad hatte sich zwischen ihre Zehen gearbeitet, aber sie nahm das Unbehagen kaum wahr. Sie hatte, was sie brauchte, um zu beginnen: den visuellen Beweis für die Unmöglichkeit, die dem Tod von Iris Zhang zugrunde lag.

Zara streifte ihre Stiefel ab, zog die Socken aus und wischte sich die Füße mit einem Handtuch aus dem Badezimmer ab. Dann baute sie ihren Arbeitsplatz auf: Den Laptop platzierte sie in der Mitte des kleinen Tisches, die externe Festplatte wurde angeschlossen, die Kamera per Kabel verbunden. Ihre Finger führten den vertrauten Prozess des Dateitransfers aus, während ihr Verstand bereits die Erzählstruktur dessen ordnete, was ihre erste Episode werden sollte.

Das Videomaterial begann herunterzuladen, und sie betrachtete die ersten Clips auf dem Vorschaubildschirm. Da war sie, knöcheltief im Bach stehend, das Wasser floss kaum sichtbar über ihre Füße. Das Licht war gut. Die späte Nachmittagssonne war genau im richtigen Winkel in die Schlucht eingedrungen und betonte die Seichtheit des Wassers, während ihr Gesicht gut ausgeleuchtet blieb. Ihre Stimme klang klar vor der Hintergrundkulisse des sanft fließenden Wassers und des fernen Verkehrs: »Dies ist die Stelle, an der die siebzehnjährige Iris Zhang angeblich ertrunken ist ...«

Sie klickte sich durch die Clips und markierte die stärksten Segmente. Die Weitwinkelaufnahme des gesamten Bachbetts, die seine bescheidene Breite und durchgehende Seichtheit zeigte. Die Nahaufnahme des Wassers, das ihre Knöchel umspülte. Die dramatische Enthüllung ihrer Hand flach auf dem Bachbett, die dann angehoben wurde, um zu zeigen, wie wenig Wasser dort tatsächlich war. Jedes Bild baute auf dem vorangegangenen auf, um ein unbestreitbares visuelles Argument zu schaffen: Hier konnte niemand durch Unfall ertrinken.

Zara öffnete ihre Bearbeitungssoftware; die vertraute Benutzeroberfläche begrüßte sie wie eine alte Freundin. Früher war dieser Prozess so natürlich wie das Atmen gewesen. Ihre Jahre als Produzentin von Die Verlorenen Australier hatten ihre technischen Fähigkeiten so weit geschärft, dass die Software sich wie eine Erweiterung ihrer eigenen Gedanken anfühlte. Trotz der Monate mit geringerer Produktivität erinnerten sich ihre Finger und flogen über die Tastatur, während sie ihre Erzählung zusammenfügte. Gelegentlich griff sie in die Tüte mit den immer kälter werdenden Pommes und knabberte an einer, ohne sie wirklich zu schmecken, zu vertieft in ihre Arbeit, um sich aufs Essen zu konzentrieren.

Sie erstellte eine neue Projektdatei: »Das Mädchen im Bach_EP01«. Der Titel war ihr eingefallen, als sie im Wasser gestanden, die Steine unter ihren Füßen gespürt und zur hölzernen Brücke hinaufgeschaut hatte, auf der Iris in jener Nacht vielleicht gegangen war. Er war einfach, direkt und würde aus den oft reißerischen Titeln im true crime-Genre herausstechen.

Der Schnitt nahm Gestalt an, ihre Vision materialisierte sich auf dem Bildschirm. Sie begann mit Establishing Shots von Salt Creek, der Schlucht und dem Bach selbst. Dann ihre direkte Ansprache an die Kamera, in der sie die grundlegenden Fakten des Falls erläuterte. Diese untermischte sie mit Scans des Polizeiberichts, den sie erhalten hatte, wobei sie die Unstimmigkeiten hervorhob. Die Erzählung baute sich zur zentralen Frage auf: Wie konnte ein gesunder Teenager möglicherweise in fünfzehn Zentimetern Wasser durch Unfall ertrinken?

Für das Vorschaubild öffnete sie den Ordner mit Iris' Schulfoto. Die ernsten Augen der Siebzehnjährigen starrten sie hinter einer rechteckigen Brille an, so ähnlich wie die Augen von Zaras eigener Großmutter, dass es einen fast körperlichen Schmerz in ihrer Brust auslöste. Dies war nicht einfach nur ein weiterer Fall. Dies war auf eine Weise persönlich, die sie sich selbst gegenüber noch nicht einmal voll eingestanden hatte.

Sie nahm dezente Anpassungen am Bild vor, erhöhte leicht den Kontrast und stellte sicher, dass Iris' Gesicht selbst als kleines Vorschaubild auf Streaming-Plattformen deutlich erkennbar sein würde. Der Titel würde neben ihrem Gesicht erscheinen: »Das Mädchen im Bach, Episode 1: Fünfzehn Zentimeter«.. Sauber, einfach, neugierig machend.

Die Uhr auf ihrem Laptop zeigte 22:38 Uhr. Sie hatte stundenlang ohne Pause gearbeitet, aber der vertraute Rhythmus des Erschaffens hatte sie getragen. Jetzt kam der wichtigste Teil: die Vertonung, die alles zusammenfügen würde. Zara baute ein Mikrofon auf einem kleinen Tischstativ auf und positionierte den Popschutz sorgfältig. Sie nahm einen Schluck Wasser aus der Flasche, die sie vorhin aufgefüllt hatte, räusperte sich und begann mit der Aufnahme.

»Willkommen bei Das Mädchen im Bach«, sagte sie, und ihre Stimme sank in den professionellen Tonfall, den sie in ihrem

Medienstudium gelernt und über Jahre beim Rundfunk perfektioniert hatte. Geschmeidig, aber nicht künstlich, autoritär, ohne pomadig zu wirken, engagiert, aber kontrolliert. »Dies ist die Geschichte von Iris Zhang und der Wahrheit, von der Salt Creek nicht will, dass ihr sie hört.«

Sie fuhr fort und stellte die grundlegenden Fakten des Falls vor. Ihre Stimme blieb ruhig, als sie die amtliche Feststellung beschrieb, und veränderte sich dann leicht, wobei sie ihre Empörung durchscheinen ließ, als sie hinterfragte, wie ein gesunder Teenager in knöcheltiefem Wasser ertrinken konnte. Sie schilderte detailliert ihre eigenen Beobachtungen am Bach, die visuellen Beweise, die sie gesammelt hatte, und die Fragen, die unbeantwortet geblieben waren.

»In den kommenden Episoden werden wir untersuchen, wer Iris Zhang war, was in der Nacht des 15. Oktober 2014 geschah und warum die Ermittlung zu ihrem Tod so schnell mit einer so unglaubwürdigen Schlussfolgerung abgeschlossen wurde.«

Zara schloss die Vertonung in einem einzigen Take ab. Sie hörte sich die Aufnahme an und machte sich Notizen über Abschnitte, die eventuell neu aufgenommen werden müssten, fand aber nur geringfügige Probleme, die sich leicht mit kurzen Nachvertonungen beheben ließen.

Während sie den Ton abmischte und die Erzählung mit ihrem Bildmaterial zusammenfügte, nahm die Episode ihre endgültige Form an. Fünfzehn Minuten und siebzehn Sekunden straff geschnittener Inhalt, der den Fall vorstellte und das zentrale Rätsel etablierte: ein Ertrinken, das eigentlich gar nicht möglich gewesen wäre. Es war nicht ihre am feinsten geschliffene Arbeit. Sie hatte keinen Rechercheassistenten, keinen professionellen Tonmischer, keinen Grafikdesigner für die Titel. Aber es war fesselnd. Es stellte Fragen, die nach Antworten verlangten. Es sprach für ein Mädchen, das nicht mehr für sich selbst sprechen konnte.

Um 23:47 Uhr lud Zara die fertige Episode auf ihre Hosting-Plattform hoch. Sie würde automatisch an Spotify, Apple Podcasts, YouTube und all die anderen Plattformen verteilt, auf denen *Die Verlorenen Australier* einst floriert hatten. Sie schrieb eine kurze Beschreibung, fügte Tags hinzu, um die Suchbarkeit zu optimieren, und plante sie so ein, dass sie sofort go live gehen würde.

Sie klickte auf »Veröffentlichen« und sah zu, wie sich der Fortschrittsbalken füllte. Als er fertig war, klappte sie ihren Laptop zu und stand auf, wobei sie ihre vom stundenlangen Sitzen steifen Muskeln streckte. Erschöpfung überrollte sie wie eine Welle; ihr Körper registrierte die Anstrengungen des Tages nun endlich, da der kreative Fokus nachgelassen hatte.

Zara ging zum Bett und ließ sich voll bekleidet darauf fallen, zu müde, um sich umzuziehen oder auch nur die Decke zurückzuschlagen. Ihr Handy lag neben ihr, im Moment still, aber bis zum Morgen potenziell der Überbringer entscheidender Neuigkeiten. Würde es einen Sprung in ihren Analysedaten geben? Würden ihre verbliebenen Hörer auf diese neue Richtung reagieren? Würde sie neue Follower gewinnen, die an Iris' Geschichte interessiert waren?

Die Fragen wirbelten in ihrem Kopf, während die Müdigkeit sie in den Schlaf zog. Acht Wochen Spielraum. Das war es, was sie vor ihrer Abreise aus Brisbane ausgerechnet hatte. Acht Wochen bis zum völligen finanziellen Kollaps. Diese Episode, dieser Fall, die Geschichte dieses Mädchens – es war ihre letzte Chance, das wieder aufzubauen, was sie nach dem Fall Little Girls Lost verloren hatte. Doch als der Schlaf sie übermannte, waren es nicht die finanziellen Einsätze, die ihre Gedanken füllten, sondern Iris

Zhangs ernste Augen hinter der rechteckigen Brille, die nach der Wahrheit fragten und Gerechtigkeit forderten.

Morgen würde sich entscheiden, ob dieses Wagnis ihre Karriere retten oder endgültig beenden würde. Doch heute Nacht, in der stillen Dunkelheit eines Zimmers im Salt Creek Motel, hatte Zara begonnen, das zu tun, was sie am besten konnte: Sie hatte jemandem eine Stimme gegeben, der zum Schweigen gebracht worden war. Ob es jemand anderen interessieren würde oder nicht – darin lag eine Befriedigung, die es ihr ermöglichte, schnell in einen tiefen, traumlosen Schlaf zu fallen.

# Kapitel 4

Zaras Handywecker riss sie um sechs Uhr morgens aus dem Schlaf. Sie blinzelte desorientiert; sie trug noch immer die Kleidung vom Vorabend und hatte Verspannungen im Nacken, weil sie in einem ungünstigen Winkel auf dem Kissen gelegen hatte. Einen Moment lang wusste sie nicht, wo sie war, dann kam alles schlagartig zurück. Salt Creek. Iris Zhang. Die Episode, die sie kurz vor Mitternacht hochgeladen hatte. Ihre Hand schnellte nach dem Handy, sie schaltete den Wecker stumm und öffnete ihr Analytics-Dashboard, während ihr Herz gegen die Rippen hämmerte.

Die Zahlen luden nur langsam, das WLAN des Motels kämpfte mit dem morgendlichen Datenverkehr. Sie setzte sich auf, rieb sich den Nacken und beschwor die Seite herauf, schneller zu laden. Als sie schließlich erschien, blinzelte sie zweimal, überzeugt davon, dass sie sich verlas.

*Aufrufe: 7.823 Abonnenten: +412*

»Was zum Teufel?«, flüsterte sie. Sie schloss die App und öffnete sie erneut, in der Annahme, es handle sich um einen Systemfehler. Die Zahlen blieben gleich, sie kletterten sogar um ein paar Ziffern, während sie zusah. Das konnte nicht stimmen.

Ihre letzte Episode, ein hastig recherchiertes Stück über einen Mord in den Siebzigerjahren, hatte in der ersten Woche kaum die 2.000er-Marke geknackt. Und jetzt hatte sie fast 8.000 in weniger als sechs Stunden?

Sie wechselte zu ihren YouTube-Analytics, wo das Wachstum sogar noch deutlicher war. Der Algorithmus hatte ihr Video aufgegriffen und bewarb es aggressiv. Das Vorschaubild von Iris' Schulfoto neben dem Bach erschien im Bereich »Angesagt« für True-Crime-Inhalte.

Ihre Finger zitterten leicht, als sie zum Kommentarbereich scrollte:

*»Heilige Scheiße, das ist UNMÖGLICH. Auf keinen Fall war das ein Unfall. Ich bin angefixt.«*

*»Hab dich vermisst, Zara. Keiner erzählt diese Geschichten so wie du. Dieses arme Mädchen verdient Gerechtigkeit.«*

*»Ich lebe jetzt in Großbritannien, bin aber drei Stunden von Salt Creek entfernt aufgewachsen. Ich erinnere mich noch, als das passierte; es hat nie Sinn ergeben. Danke, dass du dir das ansiehst.«*

*»Abonniert! Wann kommt die nächste Folge?«*

Die Kommentare prasselten nur so auf den Bildschirm nieder, Dutzende davon. Sie scrollte schnell weiter und suchte nach den kritischen Stimmen, den Vorwürfen der Ausbeutung, die sie seit dem Fall Little Girls Lost verfolgten. Es gab ein paar, die gab es immer, aber sie gingen unter in den Wellen aus Unterstützung und Zuspruch.

Zara schwang die Beine über die Bettkante und ging zu ihrem Laptop. Sie fuhr ihn hoch, um eine bessere Übersicht über die Statistiken zu bekommen. Der größere Bildschirm bestätigte, was ihr Handy bereits gezeigt hatte: Ihre Inhalte verbreiteten sich wie ein Lauffeuer, in einer Weise, wie sie es seit fast zwei Jahren nicht mehr erlebt hatte. Die Zahlen stiegen sogar während des Zuschauens weiter an. Aufrufe, geteilte Inhalte, Kommentare, Abonnenten.

Am wichtigsten war jedoch, dass die geschätzte Umsatzprognose für den Monat allein durch diese eine Episode bereits 1200 Dollar erreicht hatte. Wenn das Wachstum auch nur mit der halben Geschwindigkeit anhielt, konnte sie mit 5000 Dollar oder mehr für diesen Monat rechnen. Die Hypothekenzahlung. Die Rechnungen. Essen, das nicht aus Ramen oder den billigsten Thunfischdosen bestand.

Ihre Hand wanderte unbewusst zu ihrer Brust und drückte gegen das Brustbein, wo seit Monaten ein fester Knoten saß. Er war immer noch da, aber er fühlte sich jetzt lockerer an, als hätte jemand die ersten Fäden aufgetrennt.

Sie öffnete ihr Streaming-Plattform-Dashboard, wo die Audio-Podcast-Version ein ähnliches Wachstum aufwies. Die Downloads lagen bei 6.435 und stiegen stetig an. Die Engagement-Kennzahlen zeigten, dass die Leute die gesamte Episode anhörten und nicht mittendrin abbrachen. Das war die höchste Bindungsrate, die sie gesehen hatte, seit ... nun ja, seit der Zeit davor.

Ihre Patreon-Benachrichtigungen zeigten fünfzehn neue Abonnenten in den letzten sechs Stunden, von denen jeder eine monatliche Unterstützung zwischen 5 und 25 Dollar zugesagt hatte. Drei ehemalige Unterstützer waren zurückgekehrt und hatten Nachrichten hinterlassen:

*»Schön, dass du wieder in Bestform bist. Dieser Fall braucht jemanden wie dich.«*

*»Ich habe nie den Glauben verloren. Das ist die Zara Langley, die ich von Anfang an unterstützt habe.«*

*»Nimm mein Geld. Ich muss wissen, was mit Iris passiert ist.«*

Zara lehnte sich in ihrem Stuhl zurück. Bestätigung. Nach Monaten schwindender Zahlen, finanzieller Panik und der Frage, ob ihre Karriere am Ende war, gab es hier den handfesten Beweis, dass sie immer noch ein Publikum hatte. Dass ihre Stimme noch immer Gewicht hatte. Dass sie das gewisse Etwas, das sie in diesem Metier so gut gemacht hatte, nicht verloren hatte.

Aber es ging nicht nur um sie. Die Leute setzten sich mit Iris' Geschichte auseinander. Sie stellten dieselben Fragen, die sie sich gestellt hatte, als sie knöcheltief in diesem Bach stand. Wie konnte eine gesunde Siebzehnjährige in fünfzehn Zentimetern langsam fließendem Wasser ertrinken? Warum wurden die Ermittlungen so schnell abgeschlossen? Was war in jener Nacht wirklich geschehen?

Sie öffnete ihr Notizbuch und begann, Reaktionen zu notieren, Fragen aus den Kommentaren, die sie selbst noch nicht bedacht hatte, und Verknüpfungen der Hörer, die zu neuen Ermittlungsansätzen führen könnten. Das war es, was sie am meisten vermisst hatte: der kollaborative Aspekt von True-Crime-Podcasts, die Art und Weise, wie ein engagiertes Publikum zu einem erweiterten Rechercheteam wurde, das Perspektiven und Informationen lieferte, die sie allein vielleicht nie entdeckt hätte.

Ihr Handy vibrierte mit einer SMS von Dev:

*»Hab's gerade gehört. Das ist brillant. Der Kommentarbereich brennt. Du bist zurück.«*

Sie lächelte, berührt von seinem Enthusiasmus und seiner Unterstützung. Sie tippte zurück:

*»Danke. Es ist noch früh, aber es sieht vielversprechend aus.«*

Ihre Aufmerksamkeit galt wieder den Analytics; die Zahlen stiegen immer noch. Das war nicht nur die typische anfängliche Spitze, die eine Neuveröffentlichung begleitete; das hier hatte das unverkennbare Muster von Inhalten, die weit über ihr bestehendes Publikum hinaus geteilt wurden. Der Algorithmus pushte sie, und die Leute reagierten darauf.

Noch wichtiger war, dass sie auf Iris reagierten. Auf das grundlegende Unrecht, dass der Tod eines jungen australisch-chinesischen Mädchens so beiläufig abgetan worden war. Auf die visuellen Beweise, die die amtliche Feststellung unglaubwürdig machten. Auf die ernsthaften Augen hinter der rechteckigen Brille, die die Zuschauer direkt anzusehen schienen und um Hilfe baten.

Zara stand auf und streckte sich. Ihr Körper war noch steif von der gestrigen Kletterpartie hinunter zum Bach und wieder herauf. Sie ging in das kleine Badezimmer des Motels und spritzte sich kaltes Wasser ins Gesicht. Im Spiegel wirkte ihr Spiegelbild anders als gestern. Die scharfen Kanten ihrer Wangenknochen waren immer noch da, die Anzeichen von Stress und dem begrenzten Lebensmittelbudget noch immer sichtbar. Aber ihr Blick hatte sich verändert. Der Funke von Entschlossenheit, den sie gestern gespürt hatte, war zu etwas Stärkerem, Gewisseren entfacht worden.

Sie musste vorsichtig sein. Dieser frühe Erfolg war keine Garantie für irgendetwas. Sie hatte diesen Aufschwung schon bei anderen Fällen erlebt, nur um dann gegen Mauern zu rennen, in Sackgassen zu landen oder auf Widerstand zu stoßen. Salt Creek war eine Kleinstadt mit einem langen Gedächtnis. Wenn es hier ein Geheimnis gab, dann hatten die Leute es zehn Jahre lang gehütet. Sie würden es nicht kampflos preisgeben.

Aber zum ersten Mal seit zwei Jahren spürte Zara den Wind im Rücken statt im Gesicht. Sie hatte Rückenwind. Sie hatte ein Publikum. Und am Horizont deutete sich ein finanzieller Spielraum an.

Am wichtigsten aber war, dass sie Iris' Geschichte zu erzählen hatte. Und wenn die ersten sechs Stunden ein Anzeichen waren, dann waren die Leute bereit zuzuhören.

Sie kehrte zu ihrem Laptop zurück und öffnete das Dokument, in dem sie mit der Planung der nächsten Episode begonnen hatte. Die Grundstruktur stand, aber nun fügte sie Notizen aus den Kommentaren hinzu, Fragen, denen sie nachgehen wollte, Perspektiven, die sie verfolgen musste. Heute musste sie mehr über Salt Creek selbst erfahren, über die Geschichte des Bachs und darüber, wie die Stadt auf Iris' Tod reagiert hatte. Und sie musste einen Weg finden, an die Familie Zhang heranzutreten, ihr Vertrauen zu gewinnen und sicherzustellen, dass sie die Geschichte ihrer Tochter auf eine Weise erzählte, die ihr Andenken ehrte, statt sie auszubeuten.

Zaras Finger flogen über die Tastatur, sicher und entschlossen. Das Momentum einer Geschichte, die gerade Feuer fing. Das war es, was ihr gefehlt hatte. Das war das, was sie am besten konnte.

Für Iris. Für sich selbst. Für die Wahrheit, die jemand in dieser Stadt nicht ans Licht kommen lassen wollte.

Die öffentliche Bibliothek von Salt Creek teilte sich ein Gebäude mit dem Postamt der Stadt, einem Backsteinbau aus der Föderationszeit mit hohen Fenstern und abgetretenen Steinstufen, die zu Doppeltüren führten. Zara stieg diese Stufen kurz nach der Öffnung um neun Uhr hinauf, das Notizbuch und den Laptop in ihrer Umhängetasche, bereit, in der Stadtgeschichte zu graben. Die Online-Recherche hatte ihr grundlegende Informationen geliefert, aber die lokalen Archive würden die kontextuellen Details enthalten, die sie brauchte, um nicht nur den Bach selbst, sondern auch die darum herum aufgebaute Gemeinschaft zu verstehen. Die Geographie und Geschichte zu begreifen, hatte erste Priorität; es könnte erklären, warum ein siebzehnjähriges Mädchen nach Einbruch der Dunkelheit am Bach landete und warum niemand ihr angebliches Ertrinken durch Unfall in knöcheltiefem Wasser infrage gestellt hatte.

Im Inneren der Bibliothek war es angenehm kühl, Deckenventilatoren drehten sich träge über den Regalreihen. Der Raum roch nach Papier und Möbelpolitur, dieser unverwechselbare Bibliotheksduft, den man überall auf der Welt findet. Trotz der geringen Größe wirkte der Raum gepflegt und organisiert, mit einer Kinderecke, die durch bunte Sitzsäcke aufgehellt wurde, einer Reihe von vier öffentlichen Computern und einer Abteilung für Lokalgeschichte, die prominent in der Nähe des Empfangs platziert war.

Hinter diesem Tresen saß eine Frau in ihren Sechzigern, das silberne Haar zu einem ordentlichen Bob geschnitten, die Lesebrille an einer Perlenkette um den Hals hängend. Sie blickte auf, als die Tür hinter Zara ins Schloss fiel, und schenkte ihr ein einladendes Lächeln.

»Guten Morgen«, sagte sie mit der besonderen Herzlichkeit von jemandem, der den Umgang mit Menschen sichtlich genoss. »Ich habe Sie hier noch nie gesehen. Sind Sie nur auf der Durchreise?«

»Ich bleibe eine Zeit lang in der Stadt«, antwortete Zara und trat an den Tresen. »Ich stelle Nachforschungen an. Ich hatte gehofft, mehr über die Geschichte der Stadt zu erfahren.«

Das Lächeln der Frau wurde breiter. »Nun, da sind Sie bei mir genau richtig. Ich bin Esther, seit siebenundzwanzig Jahren hier Bibliothekarin. Ich weiß mehr über diese Stadt als die meisten, die hier geboren wurden.« Sie streckte die Hand aus, die Zara schüttelte. »Lokalgeschichte ist mein Spezialgebiet. Wofür interessieren Sie sich denn genau?«

»Ich bin Zara. Mich würde für den Anfang interessieren, wie der Bach zu seinem Namen kam. Eigentlich ist er gar nicht salzig, zumindest nicht dort, wo ich gestern eine Probe genommen habe.«

Esthers Augen leuchteten auf, sichtlich erfreut, ihr Wissen zu teilen. »Da haben Sie recht, dort, wo er durch die Stadt fließt, ist er nicht salzig. Der Name stammt von weiter flussabwärts, etwa zwei Kilometer hinter der Schlucht. Dort gibt es einen kleinen Wasserfall, und darunter fließt das Wasser durch eine Flussaue, die bis zur Mündung reicht. Die Flut drückt das Salz den Bach hinauf. Die ursprüngliche Rinderfarm, die der Stadt ihren Namen gab, wurde 1862 dort unten gegründet, wo die Rinder auf den fruchtbaren Auen grasten.«

Sie kam hinter dem Tresen hervor und gab Zara ein Zeichen, ihr zu einer Vitrine mit alten Fotografien zu folgen. »Hier ist das ursprüngliche Gehöft«, sagte sie und deutete auf ein Sepia-Bild einer einfachen Holzkonstruktion am Bach. »1937 wurde es durch einen Zyklon zerstört, aber zu diesem Zeitpunkt war die Schlucht hier oben bereits überbrückt worden, um eine richtige Straße hindurchzuführen, und die Siedlung begann hier am Übergang zu wachsen.«

Zara betrachtete das Foto und bemerkte, wie anders der Bach aussah. Breiter, schneller fließend. »Die Schlucht wirkt zu tief, als dass der heutige Bach sie geformt haben könnte«, stellte sie fest. »War er früher größer?«

»Völlig richtig«, nickte Esther anerkennend. »Gute Beobachtung. Der Bach war wesentlich imposanter, bevor sie 2001 flussaufwärts den Blackwell Dam gebaut haben. Ein Wassermanagementprojekt, um das Ackerland während der Regenzeit vor Überschwemmungen zu schützen. Jetzt fließt der Bach eigentlich nur noch bei Ablassereignissen aus dem Damm richtig.«

Zara holte ihr Notizbuch heraus und notierte sich diese Details. »Der Bach ist also seither nur ein paar Mal über die Ufer getreten?«

»Ganz genau. Nur wenn wir zyklonales Wetter haben, das sie zwingt, eine größere Menge Wasser aus dem Damm abzulassen. Das letzte große Mal war 2011, da wurde die alte hölzerne Fußgängerbrücke weggespült und sie mussten sie neu bauen. Ansonsten ist er so, wie Sie ihn jetzt sehen. Die meiste Zeit des Jahres nur ein Rinnsal.«

Das bestätigte Zaras Verdacht. Der Bach, in dem Iris angeblich ertrunken war, war an diesem speziellen Tag nicht bloß zufällig seicht gewesen; er war durch den Damm flussaufwärts bewusst so flach gehalten worden und erreichte nur bei kontrollierten Ablassereignissen oder Extremwetterereignissen eine nennenswerte Tiefe.

»Gab es im Oktober 2014 irgendwelche ungewöhnlichen Wetterereignisse?«, fragte sie in beiläufigem Ton.

Esther legte die Stirn leicht in Falten. »Oktober 2014? Lassen Sie mich nachdenken ... Nein, das müsste typisches Frühlingswetter gewesen sein. Warme Tage, vielleicht mal ein nachmittägliches Gewitter, aber nichts Zyklonales um diese Jahreszeit.«

»Der Bach wäre also etwa so gewesen, wie ich ihn gestern gesehen habe? Seicht, gerade so über die Steine fließend?«

»Ja, ganz genau. Zu dieser Jahreszeit herrscht nur eine sanfte Strömung, es sei denn, es gab einen speziellen Ablass aus dem Damm, was aber im Voraus angekündigt wird.« Esther begab sich zu einem Regal in einer Ecke der Bibliothek, das selten besucht zu werden schien, und holte einen dicken Ordner mit der Aufschrift Aufzeichnungen zu Geographie und Wetter der Region hervor. »Ich kann nachsehen, ob es geplante Ablassereignisse gab, wenn Sie möchten?«

»Das wäre sehr hilfreich«, sagte Zara.

Esther blätterte durch den Ordner und suchte die Seite für 2014. Ihr Finger glitt die Datumsspalte hinunter. »Nein, im Oktober war nichts. Es gab einen kleinen Ablass Anfang Dezember, aber der Oktober war völlig normal.«

Zara nickte und machte sich eine weitere Notiz. Das war wichtig. Eine amtliche Bestätigung, dass der Bach in der Nacht, in der Iris starb, seinen normalen, seichten Zustand gehabt hatte. Dass ein Ertrinken durch Unfall unmöglich war, wurde mit jeder neuen Information immer greifbarer.

»Das ist faszinierend«, sagte sie. »Ich arbeite gerade an einem Podcast über die Stadt und würde diesen historischen Kontext gerne mit einbeziehen.« Sie hielt inne, beobachtete Esthers Gesichtsausdruck genau und fügte dann hinzu: »Ich interessiere mich besonders für das, was Iris Zhang passiert ist.«

Der Umschwung kam sofort und heftig. Esthers offener, freundlicher Gesichtsausdruck verschwand, als würde eine Tür ins Schloss schlagen. Ihre Schultern wurden steif, ihr Mund verengte sich zu einem schmalen Strich, und sie schloss den Ordner mit einer Endgültigkeit, die in keinem Verhältnis zu der einfachen körperlichen Handlung zu stehen schien.

»Oh, darüber reden wir hier eigentlich nicht so gern«, sagte sie mit merklich kühlerer Stimme. »Das ist lange her. Ein schrecklicher Unfall natürlich, aber es bringt niemandem etwas, in der Vergangenheit zu wühlen.«

Zara bewahrte eine neutrale Miene, obwohl in ihrem Inneren die Alarmglocken schrillten. »Ich verstehe, dass das schwierig sein mag, aber als Journalistin möchte ich Geschichten eine Stimme geben, die vielleicht übersehen wurden.«

»Es wurde nichts übersehen«, unterbrach Esther sie und stellte den Ordner zurück ins Regal. »Die Polizei hat ermittelt und festgestellt, dass es ein Unfall war. Das arme Mädchen ist ausgerutscht, hat sich den Kopf gestoßen und ist ertrunken. So etwas passiert nun mal.« Sie machte sich daran, Bücher und Mappen zurechtzurücken, die gar nicht gerichtet werden mussten, und wich Zaras Blick aus.

»Aber in fünfzehn Zentimetern Wasser ...«

»Es tut mir leid«, schnitt Esther ihr erneut das Wort ab, »aber ich muss heute Vormittag noch Katalogisierungsarbeiten erledigen. Sie können sich gerne in unserer Abteilung für Heimatgeschichte umsehen.« Sie deutete vage auf die Regale. »Es ist alles übersichtlich beschriftet.«

Zara versuchte es aus einem anderen Winkel. »Haben Sie Iris persönlich gekannt? Oder ihre Familie?«

»In einer Stadt dieser Größe kennt jeder jeden«, antwortete Esther, wobei die Floskel lediglich als Nicht-Antwort diente. »Wenn Sie mich jetzt bitte entschuldigen würden.« Sie zog sich an den Empfangstresen zurück, holte einen Stapel Karteikarten hervor und konzentrierte sich darauf.

Die Abfuhr war unmissverständlich. Zara dankte ihr für die historischen Informationen und begab sich wie vorgeschlagen in die Abteilung für Heimatgeschichte, doch Esthers Reaktion verriet ihr mehr, als es wohl jedes Buch in diesen Regalen tun würde. Die Miene der Frau hatte sich bei der Erwähnung von Iris Zhang innerhalb von Sekunden vollkommen gewandelt – von der enthusiastischen Ortschronistin zur verschlossenen Torwächterin.

Zara stöberte noch zwanzig Minuten lang in den Regalen und fand ein paar Bücher über die Entwicklung der Stadt, aber nichts, was Iris' Tod erwähnte. Wenig überraschend für eine kleine Stadtbibliothek. Als sie gehen wollte, warf sie einen Blick zurück zu Esther, die gerade einem älteren Herrn half und bei der von ihrer vorangegangenen Frostigkeit nichts mehr zu spüren war.

Draußen auf den Stufen der Bibliothek hielt Zara kurz inne, um ihre Notizen zu beenden. Esthers Reaktion bestätigte ihren Verdacht: Diese Stadt hatte kollektiv beschlossen, nicht darüber zu sprechen, was mit Iris Zhang geschehen war. Ob aus Schuldgefühlen, Komplizenschaft oder dem schlichten Wunsch, die Sache hinter sich zu lassen – das Schweigen war gewollt und wurde erzwungen.

Was Zaras Entschlossenheit, es zu brechen, nur noch steigerte.

Salties war halbvoll, als Zara zum Abendessen kam. Das Publikum an diesem Montagabend war eine Mischung aus Einheimischen, die nach der Arbeit entspannten, und ein paar Durchreisenden. Das Innere des Pubs passte zu seiner verwitterten Fassade: Holzböden, die über Jahrzehnte glattgetreten worden waren, Wände voll mit verblassten Fotos lokaler Sportmannschaften und eine Luft, die schwer vom Geruch nach Bier und Frittiertem war. Zara wählte einen Ecktisch, von dem aus sie den Eingang im Blick hatte, während sie im Rücken eine Wand wusste – eine Gewohnheit aus Jahren investigativer Arbeit. Sie bestellte ein Hawaiianisches Hähnchenschnitzel mit Parmesan, von dem der Barkeeper versprach, es sei »das beste diesseits von Bundy«, und zückte dann ihr Handy, um erneut ihr Analytics-Dashboard zu prüfen – ein Zwang, den sie den ganzen Tag über nicht hatte ablegen können.

Die Zahlen kannten weiterhin nur eine Richtung: nach oben. Die Aufrufe lagen nun bei über 32.000, die Kommentare gingen in die Hunderte. Viel wichtiger war jedoch, dass die geschätzte Umsatzprognose für den Monat die 5000-Dollar-Marke überschritten hatte, eine Zahl, die Zara ein körperliches Gefühl der Erleichterung bescherte, das so tief saß, dass ihr fast schwindlig wurde. Die Hypothekenrate. Die Nebenkosten. Lebensmittel. Die anstehende Erneuerung ihrer Kfz-Zulassung. Sie konnte alles abdecken und hatte immer noch genug übrig, um die Ermittlungen fortzusetzen.

Ihr Hähnchenschnitzel mit Parmesan wurde serviert, zusammen mit einem Berg Pommes und einer kleinen Salatbeilage. Zara dankte dem Barkeeper und biss hinein; sie war überrascht, wie gut es tatsächlich schmeckte, als die süße Ananas im Mund zerging. Ihr war gar nicht klar gewesen, wie hungrig sie war; das Frühstück war nur ein Müsliriegel gewesen, das Mittagessen ein hastig verschlungenes Sandwich aus dem kleinen Café nahe der Bibliothek. Sie aß langsam, genoss jeden Bissen und scrollte dabei weiter durch die Kommentare auf ihrem Handy, wobei sie sich im Geiste Fragen notierte, die sie in der nächsten Episode ansprechen wollte.

Sie war mit dem Essen halb fertig, als sich die Atmosphäre im Pub subtil veränderte. Gespräche verstummten, Köpfe drehten sich zum Eingang. Zara blickte auf, um zu sehen, was die Veränderung ausgelöst hatte.

Eine junge Frau stand im Türrahmen und ließ den Blick durch den Raum schweifen. Sie war vermutlich noch keine dreißig, dachte Zara, strahlte aber die selbstbewusste Gelassenheit von jemandem aus, der viel älter war. Ihr honigblondes Haar fiel in perfekten Wellen auf ihre Schultern, eindeutig professionell gestylt. Sie trug eine dunkle Leinenhose, die wahrscheinlich mehr gekostet hatte als Zaras gesamtes Outfit, dazu eine Seidenbluse in einem sanften Blau, das zu ihren Augen passte, und dezenten Goldschmuck. Teuer, aber nicht aufdringlich – die Art von lässiger Eleganz, die eine Menge Geld erforderte.

Was Zara am meisten auffiel, war nicht nur das gepflegte Äußere der Frau, sondern die Reaktion, die sie hervorrief. Der Barkeeper griff sofort nach dem Getränk, das offensichtlich ihre Stammbestellung war. Männer strafften ihre Haltung, Frauen passten ihren Gesichtsausdruck an. Es war nicht direkt Angst, sondern Respekt. Die Art von Ehrerbietung, die man jemandem mit Einfluss entgegenbringt.

Die Frau nickte mehreren Gästen grüßend zu und tauschte kurze Höflichkeiten aus, während sie auf die Bar zuging. Dann blieb ihr Blick an Zara hängen – dem unbekannten Gesicht, der Außenseiterin –, und in ihrem Ausdruck flackerte etwas auf. Wiedererkennen vielleicht? Interesse ganz sicher. Ohne zu zögern änderte sie die Richtung.

»Sie müssen die Podcasterin sein, über die alle reden«, sagte sie, als sie am Tisch ankam. »Ich bin Kirsty Cannon, Stadträtin von Salt Creek. Haben Sie etwas dagegen, wenn ich mich zu Ihnen geselle?« Sie deutete auf den freien Stuhl gegenüber von Zara.

Die Frage war reine Formssache; sie zog den Stuhl bereits heraus. Zara nickte und schluckte ihren Bissen herunter. »Zara Langley«, antwortete sie und wischte sich die Hand an der Papierserviette ab, bevor sie sie ihr reichte.

Kirstys Händedruck war fest und kurz, ihre Hand trotz der Wärme im Pub kühl und trocken. »Ich habe heute von mehreren besorgten Bürgern von Ihrem Podcast gehört«, sagte sie und setzte sich. »'Das Mädchen im Bach', nicht wahr? Über Iris Zhang?«

Es hatte sich also schnell herumgesprochen. In einer Stadt dieser Größe nicht verwunderlich, aber Zara fragte sich, welche »besorgten Bürger« sich so prompt an eine Stadträtin gewandt hatten. Hatte Esther, die freundliche Bibliothekarin, zum Hörer gegriffen, kaum dass Zara die Bibliothek verlassen hatte?

»Ganz recht«, bestätigte Zara und legte ihre Gabel beiseite. »Ich untersuche die Umstände ihres Todes. Die amtliche Feststellung hat für mich nie einen Sinn ergeben.«

Kirstys Ausdruck wandelte sich zu routiniertem Mitgefühl, ein Blick, wie Zara ihn schon oft bei Politikern auf Pressekonferenzen gesehen hatte. »Es war eine schreckliche Tragödie. Iris und ich waren beste Freundinnen, wissen Sie. Ich denke immer noch ständig an sie.«

Beste Freundinnen? Zara hielt ihre Miene neutral, obwohl diese Behauptung sofort ihr Interesse weckte. Das war eine unerwartete Wendung. Ein direkter Draht zu jemandem, der Iris angeblich gut gekannt hatte.

»Das muss unglaublich schwer für Sie gewesen sein«, sagte Zara und beobachtete Kirsty aufmerksam. »Ich würde gerne mehr über sie erfahren, von jemandem, der sie persönlich kannte.«

»Sie war wunderbar«, sagte Kirsty, und ihre Augen bekamen einen fernen Blick, der jedoch nicht ganz das Niveau echter Emotionen erreichte. »So klug, so talentiert. Wir alle wussten, dass sie es weit bringen würde.«

Zara nickte und hakte nach konkreteren Details. »Welche Talente hatte sie? Wofür hat sie gebrannt?«

Ein kurzes Zögern, fast unmerklich, aber Zara entging es nicht. »Kunst, hauptsächlich. Sie war sehr kreativ. Hat ständig an Projekten gearbeitet.« Kirsty hielt inne und lenkte das Thema dann um. »Deshalb wollte ich Sie eigentlich sprechen. Ich mache mir Sorgen darüber, welche Auswirkungen Ihr Podcast auf die Familie Zhang haben könnte. Sie haben schon so viel durchgemacht, und wenn das alles nach all den Jahren jetzt wieder hochgeholt wird ...«

Das Ablenkungsmanöver war geschickt, aber in Zaras Kopf schrillten die Alarmglocken. Kirsty wich aus, weg von konkreten Details über Iris.

»Haben Sie in letzter Zeit mit den Zhangs gesprochen? Wie geht es ihnen?«, fragte Zara, sowohl aus echtem Interesse als auch um Kirstys angebliche Verbindung zu prüfen.

»Ich sehe sie gelegentlich in der Stadt. Sie bleiben meist für sich und konzentrieren sich auf ihr Restaurant.« Wieder eine vage Antwort. »Aber diese Wunde wieder aufzureißen, wird ihnen nicht bei der Heilung helfen. Manchmal bedeutet es, sich um jemanden zu sorgen, ihn vor Schmerz zu bewahren, den er nicht noch einmal durchleben muss.«

Der Satz klang einstudiert, als hätte Kirsty ihn vorbereitet, bevor sie sie ansprach. Zara nahm einen Schluck von ihrem Bier und überlegte sich ihre nächste Frage genau.

»Wie war Iris als Mensch? Abgesehen von ihren Talenten, meine ich. Was sollen die Leute über Ihre beste Freundin wissen?«

Kirsty lächelte, aber es erreichte ihre Augen nicht. »Sie war liebenswürdig. Rücksichtsvoll. Die Art von Freundin, die jeden Geburtstag vergaß, die merkte, wenn man einen schlechten Tag hatte.«

Allgemeine Floskeln, die auf jeden zutreffen konnten. Zaras Bullshit-Radar schlug aus.

»Hatte sie schon konkrete Pläne für die Universität? Ich habe gehört, sie wollte sich für eine vorzeitige Zulassung bewerben.« Sie stichelte, suchte nach Rissen in Kirstys polierter Fassade, aber sie wusste noch nicht genug über die Frau, um zu wissen, wo sie den Hebel ansetzen musste.

»Ja, sie war akademisch sehr motiviert«, antwortete Kirsty, wieder mit diesem fast unmerklichen Zögern. »Sie hat sich an mehreren Unis beworben. Wir haben alle erwartet, dass sie ihren Weg machen wird, egal wo.«

Kein Wort über das Queensland College of Art, das im Polizeibericht ausdrücklich erwähnt worden war. Keine persönlichen Anekdoten. Keine spezifischen Erinnerungen, die eine beste Freundin sicherlich im Überfluss hätte.

»Was glauben Sie, warum sie in dieser Nacht am Bach war?«, fragte Zara und ging zu einem direkteren Ansatz über.

Kirstys Haltung wurde etwas steifer. »Ich glaube nicht, dass das jemals jemand von uns mit Sicherheit wissen wird. Es war dunkel, vielleicht wollte sie eine Abkürzung nehmen. Es war ein furchtbarer Unfall.«

»In fünfzehn Zentimetern Wasser?«

»Unfälle passieren auf unerwartete Weise«, entgegnete Kirsty, wobei ihre Stimme unter der polierten Oberfläche einen schärferen Unterton annahm. »Sie könnte ausgerutscht sein, sich den Kopf gestoßen haben. Die polizeilichen Ermittlungen waren gründlich.«

Eine zweiwöchige Untersuchung, die die physikalische Unmöglichkeit des Szenarios ignorierte? Zara bezweifelte das sehr.

»Haben Sie als ihre beste Freundin in den Tagen vor ihrem Tod etwas Ungewöhnliches bemerkt? Irgendwelche Sorgen oder Konflikte, die sie erwähnt hat?«

Kirstys Lächeln blieb unverändert, aber in ihren Augen verhärtete sich etwas. »Iris war ein normaler Teenager mit normalen Teenager-Sorgen. Da war nichts Ungewöhnliches.« Sie blickte auf ihre Uhr. »Ich sollte Sie Ihr Abendessen zu Ende essen lassen. Ich wollte mich nur kurz vorstellen und meine Besorgnis darüber ausdrücken, wie sich dieser Podcast auf unsere Gemeinschaft auswirken könnte.« Sie stand auf und strich ihr Jackett glatt. »Salt Creek ist eine eingeschworene Gemeinde. Wir passen hier aufeinander auf. Ich hoffe, Sie werden das berücksichtigen, wenn Sie Ihr ... Projekt fortsetzen.«

Die Worte waren höflich, aber der Unterton einer Warnung war unmissverständlich. Zara erwiderte ihren Blick direkt. »Ich berücksichtige immer die Auswirkungen meiner Berichterstattung. Besonders bei denjenigen, die es verdienen, dass ihre Geschichte wahrheitsgetreu erzählt wird.«

Etwas huschte über Kirstys Gesicht – Verärgerung vielleicht oder Besorgnis –, bevor sie ihr Politiklächeln wieder aufsetzte.

»Es war nett, Sie kennenzulernen, Zara. Genießen Sie Ihren Aufenthalt in Salt Creek.« Sie drehte sich um und ging zur Bar, wo sie sofort ein Gespräch mit einer Gruppe von Männern begann, die sich bei ihrer Annäherung aufrichteten und deren Mienen in aufmerksamen Respekt umschlugen.

Zara beobachtete sie einen Moment lang, zückte dann ihr Notizbuch und schrieb ihre Beobachtungen auf, solange sie noch frisch waren:

*Kirsty Cannon – behauptet, Iris' beste Freundin gewesen zu sein, nannte aber nur allgemeine Details. Keine spezifischen Erinnerungen. Erwähnte das QCA nicht explizit, als sie nach Uni-Plänen gefragt wurde. Körpersprache steif bei Nachfragen. Schwenkte schnell auf »Sorge um die Familie« um. Warnung, dass die Stadt »aufeinander aufpasst«, fühlte sich wie eine Drohung an. Irgendwas stimmt mit der besorgten besten Freundin ganz und gar nicht.*

Sie unterstrich den letzten Satz zweimal und nahm dann einen letzten Bissen von ihrem mittlerweile kalten Schnitzel. Kirsty Cannon war soeben ganz oben auf ihre Liste der Personen gerückt, gegen die sie weiter ermitteln musste.

# KAPITEL 5

DIE SALT CREEK POLICE Station hockte am Ende der Hauptstraße; ein einstöckiger Backsteinbau, der eher wie eine Zahnarztpraxis aus den Siebzigern aussah als eine Polizeiwache. Zara drückte die Glastür auf, und der Wechsel von der sengenden Mittagshitze zur kühlen Klimaanlage jagte ihr eine Gänsehaut über die Arme. Ihr Baumwollhemd, das vom kurzen Fußweg von ihrem Motel noch verschwitzt war, fühlte sich plötzlich eiskalt auf ihrer Haut an.

Der Empfangsbereich bestätigte ihren Eindruck einer Zahnarztpraxis: verblichener Linoleumboden in Behördenbeige, Wände in einem Cremeton, der mit den Jahren vergilbt war, und ein Deckenventilator, der sich so langsam drehte, dass er eher die Zeit zu messen schien, als die Luft zu bewegen. An der Wand hing ein Poster über häusliche Gewalt, dessen Ecken sich nach innen rollten; die Nummer der Hotline war durch jahrelange Sonneneinstrahlung verblasst. Der Raum roch nach altem Papierkram und Industriereiniger.

Hinter einer Trennscheibe blickte eine Frau in den Fünfzigern von einem Computerbildschirm auf. Ihre Uniform der Queensland Police schien eine Nummer zu groß zu sein und hing an ihren schmalen Schultern herab, doch ihr Ausdruck war wachsam und aufmerksam.

»Guten Morgen. Wie kann ich Ihnen helfen?«, fragte sie mit professionell neutraler Stimme.

Zara trat an den Tresen und straffte sich. »Ich möchte jemanden sprechen, weil ich Einsicht in Fallakten benötige. Es geht um Iris Zhang.«

Der Gesichtsausdruck der Frau änderte sich nicht, aber ihr Blick wurde schärfer. »Haben Sie einen Termin?«

»Nein, aber ich habe gestern angerufen, und mir wurde gesagt, dass heute Morgen jemand für ein Gespräch zur Verfügung stehen würde.«

Die Empfangsdame musterte sie noch einen Moment länger. »Ihr Name?«

»Zara Langley.«

Die Frau nickte und griff zum Telefon. Sie drehte sich ein Stück weg und sprach mit leiser Stimme, sodass Zara kaum etwas verstehen konnte. Nach einem kurzen Austausch legte sie auf und wandte sich ihr wieder zu.

»Kriminalhauptkommissar Pennell wird Sie in Kürze empfangen. Nehmen Sie bitte Platz.«

Zara dankte mit einem Nicken und setzte sich auf einen der Plastikstühle, die an der Wand aufgereiht waren. Das Vinyl war rissig, an einer Ecke fehlte ein kleines Stück und gab den Schaumstoff darunter frei. Sie saß auf der Kante, legte ihre Umhängetasche auf den Schoß und holte ihr Notizbuch und das digitale Aufnahmegerät hervor.

Sie überprüfte den Batteriestand des Geräts. Voll. Sie testete es mit einem geflüsterten »Test, eins zwei drei«, bevor sie die Aufnahme stoppte und die Testdatei löschte. Trotz der Klimaanlage waren ihre Handflächen feucht. Dieses Treffen war wichtig. Zugang zu den offiziellen Akten zu erhalten, würde ihr entscheidende Details liefern, die die öffentliche Datenbank ihr vorenthalten hatte. Autopsiefotos. Interviewprotokolle. Die Notizen des ermittelnden Beamten. All die Puzzleteile, die sie brauchte, um zu verstehen, wie ein Ertrinken in fünfzehn Zentimetern Wassertiefe als Ertrinken durch Unfall eingestuft werden konnte.

Sie blätterte in ihrem Notizbuch zu der Seite, auf der sie ihre Fragen vorbereitet hatte. Der Schlüssel lag darin, professionell und sachlich zu beginnen. Den Zugang zu den Akten als Journalistin zu erbitten, die an einem cold case arbeitete. Ihre Referenzen darlegen. Nur wenn sie unter Druck gesetzt würde, wollte sie die physikalische Unmöglichkeit der amtlichen Feststellung erwähnen.

Zara warf einen Blick auf ihre Uhr. Zehn Minuten waren vergangen. Sie nutzte die Zeit, um ihr Vorgehen im Geist durchzugehen. »Ich recherchiere die Umstände von Iris Zhangs Tod für einen Dokumentar-Podcast. Ich möchte gemäß dem Right to Information Act Einsicht in die Fallakten beantragen.«

Förmlich. Professionell. Keine Anschuldigungen, nur eine Routineanfrage, die man ihr kaum rundheraus würde verweigern können, zumal der Fall offiziell abgeschlossen war.

Das Geräusch einer sich öffnenden Tür ließ sie aufhorchen. Sie blickte auf und erwartete das Klischee eines Landpolizisten. Älter, mit Bauchansatz und abweisend.

Dunkles Haar, ein Stück zu lang. Graublaue Augen. Ein frisches, aber leicht verknittertes Hemd, als hätte er es trotz des frühen Vormittags schon den ganzen Tag getragen.

Der Mann aus Childers.

Ihre Blicke trafen sich, Schock zeichnete sich auf beiden Gesichtern ab. Der namenlose Fremde, mit dem sie die Nacht verbracht hatte, war Kriminalhauptkommissar Garrett Pennell. Genau der Beamte, den sie davon überzeugen musste, ihr Zugang zu den Akten von Iris Zhang zu gewähren.

Für einen schrecklichen, spannungsgeladenen Moment rührte sich keiner von beiden. Der Deckenventilator drehte sich träge weiter, eine Uhr an der Wand tickte, und irgendwo in einem anderen Raum klingelte ein Telefon, ohne dass jemand abhob. Alles andere schien einzufrieren, während ihre gemeinsame Vergangenheit zwischen ihnen im Raum hing.

Sie sah das Erkennen in seinen Augen, schnell gefolgt von Alarm, Ungläubigkeit und vielleicht einem Aufflackern derselben Hitze, die sie gemeinsam in jenem Motelzimmer entfacht hatten. Sein Kehlkopf bewegte sich, als er schluckte.

Dann veränderte sich sein Gesicht. Der Schock verschwand und wich einer kontrollierten Ausdruckslosigkeit. Er straffte die Schultern, seine Haltung wurde förmlicher, distanzierter.

»Ms Langley?«, sagte er, und seine Stimme verriet absolut nichts von dem, was gerade zwischen ihnen vorgegangen war. Falls die Empfangsdame ihr kurzes Erstarren bemerkt hatte, ließ sie es sich nicht anmerken; ihr Blick war wieder auf den Computerbildschirm gerichtet.

Zara räusperte sich und zwang sich zu einer neutralen Miene. »Ja. Kriminalhauptkommissar Pennell?«

Er nickte einmal und hielt die Tür offen. »Hier entlang, bitte.«

Sie raffte ihre Tasche, das Notizbuch und das Aufnahmegerät zusammen, wobei sie sich jeder Bewegung schmerzhaft bewusst war. Ihre Beine fühlten sich wie fremdgesteuert an, als sie aufstand und auf ihn zuging. Als sie an ihm vorbeiging, nah genug, um den Duft seines Aftershaves wahrzunehmen, dachte sie unwillkürlich an seinen Mund auf ihrem Schlüsselbein und seine Hände auf ihrer Haut. Sie erstickte den Gedanken sofort.

Die Tür schloss sich hinter ihnen. Was auch immer in Childers passiert war, gehörte nun in eine andere Realität; eine, von der sie beide so tun mussten, als hätte sie nie existiert.

Der Vernehmungsraum war klein und stickig, die beigen Wände kahl, bis auf einen Einwegspiegel und eine Uhr, die viel zu laut tickte. Eine halbtote Topfpflanze ließ in der Ecke die Blätter hängen, verstaubt und vernachlässigt. Garrett deutete auf den Metallstuhl gegenüber von ihm; seine Bewegungen waren förmlich, als würden sie sich zum ersten Mal treffen. Zara setzte sich und legte ihr Aufnahmegerät und ihr Notizbuch auf den Tisch zwischen ihnen – eine schwache Barriere gegen die unmögliche Vertrautheit der Situation.

»Haben Sie etwas dagegen, wenn ich dieses Gespräch aufzeichne?«, fragte sie mit einer Stimme, die fester klang, als sie sich fühlte.

»Das wird nicht nötig sein«, erwiderte Garrett knapp und professionell. »Dies ist ein informelles Gespräch, keine offizielle Befragung.«

Ihr fiel auf, wie sorgfältig er seine Hände auf dem Tisch positionierte. Flach, kontrolliert, ohne nervöses Nesteln. Der Ehering, dessen Fehlen sie in Childers bemerkt hatte, fehlte auch jetzt. Er war also nicht verheiratet. Nur ein Mann, der sich entschieden hatte, die Nacht während eines Sturms mit einer Fremden zu verbringen. Ein Mann, der ihr nun als Hindernis bei ihren Nachforschungen gegenübersaß.

»Ich verstehe, aber ich ziehe es vor, genaue Aufzeichnungen zu machen.«

»Wie Sie wünschen.« Er zuckte kurz mit einer Schulter.

Sie schaltete das Aufnahmegerät ein und nannte Datum, Uhrzeit und die Teilnehmer für das Protokoll. Garrett beobachtete sie mit undurchdringlicher Miene, aber sie bemerkte, wie sich sein Kiefer leicht anspannte.

»Nur fürs Protokoll«, sagte er, kaum dass sie aufgehört hatte zu sprechen, »ich stimme nicht zu, dass irgendein Teil dieser Aufnahme in irgendeiner Form gesendet wird. Dieses Treffen ist ein Entgegenkommen meinerseits und kein Teil einer offiziellen Akte.«

Schlau, dachte sie. »Ich verstehe«, sagte sie laut. »Und ich erkläre mich damit einverstanden, dass kein Teil dieses Gesprächs gesendet wird. Es dient allein meinen eigenen Notizen.«

»Wie kann ich Ihnen dann heute helfen, Ms Langley?« Die Förmlichkeit seiner Anrede war Absicht. Eine Mauer.

Zara ging zu ihrer geübten Anfrage über. »Ich recherchiere die Umstände von Iris Zhangs Tod für einen Dokumentar-Podcast. Ich möchte gemäß dem Right to Information Act Einsicht in die vollständigen Fallakten beantragen.«

»Ich kenne Ihren Podcast«, sagte er. »Ich habe mir gestern Abend die erste Folge auf Spotify angehört.«

Spotify. Die reine Audioversion. Er hatte also die Videoaufnahmen nicht gesehen, auf denen sie im Bach stand und demonstrierte, wie flach das Wasser war. Das erklärte zumindest seinen Schock, als er sie sah.

»Dann verstehen Sie sicher, warum ich an der Durchsicht der vollständigen Unterlagen interessiert bin«, fuhr sie fort. »Die öffentliche Datenbank bietet nur einen Bruchteil der Informationen.«

Garrett lehnte sich ein wenig zurück, seine Haltung blieb steif. »Der Fall wurde gründlich untersucht und vor über einem Jahrzehnt abgeschlossen. Die amtliche Feststellung lautete auf Ertrinken durch Unfall.«

»In fünfzehn Zentimetern Wassertiefe?« Die Frage platzte heraus, bevor sie ihren Tonfall mäßigen konnte.

Zum ersten Mal, seit sie sich gesetzt hatten, trafen seine Augen direkt die ihren. Ein Fehler vielleicht, denn etwas ging zwischen ihnen vor, ein Strom gemeinsamer Erinnerung, den keiner von beiden anerkennen durfte.

»Unfälle passieren auf unerwartete Weise«, sagte er und gab Kirsty Cannons Worte vom Vorabend so genau wieder, dass Zara sich fragte, ob dieser Satz Teil eines abgesprochenen Skripts der Stadt war.

Garrett griff nach einem Stift auf dem Tisch, wobei seine Finger kurz die ihren streiften. Er wich zurück, als hätte er sich verbrannt, und glich es dann aus, indem er den Stift mit demonstrativer Beiläufigkeit aufhob. Aber sie hatte das Stocken in seiner Hand gesehen, das fast unmerkliche Aussetzen seines Atems.

»Ich war vor Ort«, sagte sie und rutschte auf ihrem Stuhl ein Stück vor, während er sich ebenfalls vorlehnte. »Ich habe die Wassertiefe des Bachs, die Strömung und das Gelände dokumentiert. Physikalisch gesehen ergibt die offizielle Version keinen Sinn.«

»Wasserstände ändern sich. Sie betrachten den Schauplatz über ein Jahrzehnt später.«

»Der Blackwell Dam reguliert den Wasserstand seit 2001. Laut den örtlichen Aufzeichnungen gab es im Oktober 2014 keine ungewöhnlichen Ablässe oder Wetterereignisse. Der Bach war genauso wie heute. Flach, ruhig, an den meisten Stellen nicht einmal knöcheltief.«

In seinem Blick huschte etwas vorbei. Überraschung vielleicht darüber, dass sie ihre Hausaufgaben so gründlich gemacht hatte. Das Klimagerät in der Ecke stotterte und kämpfte gegen die feuchte Hitze an, die von draußen hereindrückte.

»Sie wühlen ohne Grund alten Kummer auf«, sagte er jetzt leiser. »Die Familie Zhang hat genug gelitten, ohne dass der Tod ihrer Tochter in Unterhaltung verwandelt wird.«

Der Vorwurf saß tief, so wie er auch beabsichtigt war. »Hier geht es nicht um Unterhaltung. Es geht um die Wahrheit. Ein siebzehnjähriges Mädchen kann unmöglich durch einen Unfall in fünfzehn Zentimetern Wasser ertrinken.«

»Sie wissen nicht, was in jener Nacht passiert ist.«

»Sie anscheinend auch nicht, wenn Sie an die amtliche Feststellung glauben.«

Seine Augen verengten sich bei der Herausforderung. Er lehnte sich vor, und der Duft seines Aftershaves wehte über den Tisch. Zara zwang sich, nicht zu reagieren, kein Anzeichen zu zeigen, dass sie sich erinnerte, wie sich dieser Duft auf seiner Haut mit dem Regen vermischt hatte.

»Ich bin seit vierzehn Jahren Polizist«, sagte er. »Ich weiß, wie Unfälle passieren, wie schnell Dinge schiefgehen können.«

»Und ich bin seit zwölf Jahren Journalistin«, hielt sie dagegen. »Ich erkenne, wenn etwas keinen Sinn ergibt.«

Sie starrten sich an, wobei die berufliche Feindseligkeit kaum ihre akute Wahrnehmung der gegenseitigen Nähe überdecken konnte. Seine Ärmel waren bis zu den Ellenbogen hochgekrempelt und gaben Unterarme frei, an denen sie sich erinnerte, mit ihren Fingern entlanggefahren zu sein. Ihre Bluse war professionell hochgeknöpft, aber sie wusste, dass er sich erinnerte, was darunter lag. Das Wissen stand zwischen ihnen, obszön in dieser Umgebung.

»Die Akten, die Sie anfordern, enthalten sensible Informationen«, sagte er und brach das Schweigen. »Autopsiefotos. Zeugenaussagen. Persönliche Details über eine Minderjährige.«

»All das würde mit der gebotenen Diskretion behandelt werden.«

»Wie bei Ihrem Podcast? Spekulationen über einen abgeschlossenen Fall vor Tausenden von Zuhörern zu verbreiten?«

»Berechtigte Fragen zu einem verdächtigen Todesfall stellen.«

Garretts Finger tippten einmal auf den Tisch und verharrten dann. »Ich habe Ihre Theorien in der Audioversion gehört. Aber haben Sie schon einmal in Erwägung gezogen, dass Iris einen medizinischen Notfall gehabt haben könnte? Einen Krampfanfall vielleicht oder eine Ohnmacht, die sie handlungsunfähig gemacht hat, bevor sie hinfiel?«

»Die Autopsie ergab keine Hinweise auf Vorerkrankungen.«

»Der öffentliche Bericht ist eine Kurzfassung. Die vollständige Autopsie enthält zusätzliche Details.«

»Dann möchte ich diese Details sehen«, drängte Zara. »Wenn es eine medizinische Erklärung gibt, die Sinn ergibt, möchte ich sie wissen. Und selbst wenn dem so ist, bleibt die unbeantwortete Frage: Warum war Iris überhaupt dort? Ich habe bereits die Route recherchiert, die sie von der Golden Horse nach Hause hätte nehmen müssen. Das Haus ihrer Eltern liegt auf derselben Seite der Stadt. Sie hätte niemals in der Nähe des Bachs sein dürfen.«

Es folgte ein kurzes, angespanntes Schweigen. Und in diesem Moment hätte Zara schwören können, Zustimmung in Garretts Augen zu sehen, bevor er den Blick abwandte.

»Sie müssen einen formalen Antrag nach dem Right to Information Act stellen.« Er holte ein Formular aus einer Mappe und schob es über den Tisch. »Die Bearbeitung kann vier bis sechs Wochen dauern.«

Ihre Finger berührten sich erneut, als sie das Formular entgegennahm, und diesmal konnten beide nicht so tun, als hätten sie es nicht bemerkt. Die Berührung dauerte einen Bruchteil zu lange an. Die Erinnerung an Childers hing zwischen ihnen; der Sturm, der Pub, sein Zimmer, die Dunkelheit, ihre Körper, die sich ineinander bewegten. Die Vertrautheit, die sie geteilt hatten, bildete einen grotesken Kontrast zu ihrer jetzigen Situation.

Die Klimaanlage stotterte erneut und verfiel dann in ein mühsames Brummen. Trotz der Kühle bildeten sich Schweißperlen auf Garretts Schläfe. Zara schlug die Beine übereinander und wieder zurück, hypernervös angesichts seiner Nähe.

»Ich werde das heute noch einreichen«, sagte sie, faltete das Formular zusammen und steckte es in ihr Notizbuch. »Aber ich hoffe, Sie verstehen, dass ich die Stadt während der Wartezeit nicht verlassen werde. Es steckt mehr hinter dieser Geschichte, und ich habe vor, es herauszufinden – mit oder ohne offizielle Unterstützung.«

Etwas, das Bewunderung hätte sein können, huschte über sein Gesicht, bevor es wieder verschwand. »Das ist Ihre Entscheidung.«

Die Uhr an der Wand tickte laut in der folgenden Stille. Keiner schien bereit zu sein, das Treffen als Erster zu beenden, diese seltsame Spannung zu brechen, die sie festhielt.

»Kleinstädte vergessen nicht, Ms Langley«, sagte Garrett schließlich und lehnte sich in seinem Stuhl zurück, wodurch er eine Distanz zwischen ihnen schuf, die sich sowohl notwendig als auch gewollt anfühlte. »Sie machen sich hier mit diesem Podcast unbeliebt. Die Leute reden. Sie erinnern sich daran, wer ihren Frieden stört.«

Die Warnung hing im Raum. Zara erwiderte seinen Blick und weigerte sich, sich einschüchtern zu lassen, trotz des Flatterns in ihrer Magengegend. Sprach er als Polizist, der um den sozialen Frieden besorgt war, oder steckte hinter seiner Warnung etwas Bestimmteres? So oder so, sie wollte nicht nachgeben.

»Ist das eine Drohung, Kriminalhauptkommissar Pennell?«

»Eine Beobachtung«, erwiderte er in neutralem Ton, aber mit hartem Blick. »Sie sind eine Außenseiterin, die schmerzhafte Erinnerungen weckt. Das wird nicht jedem gefallen.«

»Und was ist mit Gerechtigkeit für Iris Zhang? Zählt das weniger als den Frieden zu wahren?«

Sein Gesichtsausdruck verhärtete sich. »Sie gehen von einer Ungerechtigkeit aus. Der Fall wurde vorschriftsgemäß untersucht.«

»Eine Vorschrift, die irgendwie die physikalische Unmöglichkeit übersehen hat, dass ein gesunder Teenager versehentlich in knöcheltiefem Wasser ertrinkt?« Zara lehnte sich vor. »Ich bin erst seit ein paar Tagen in Salt Creek und habe bereits Unstimmigkeiten gefunden, die den Ermittlern hätten auffallen müssen. Entweder war die Untersuchung also inkompetent, oder jemand hat absichtlich weggeschaut.«

Garretts Kiefer mahlte. »Sie werfen der Behörde Fehlverhalten vor, basierend auf einem Video, das Sie für Klicks und Aufrufe gemacht haben.«

»Ich hinterfrage die Ergebnisse auf Grundlage von physischen Beweisen und gesundem Menschenverstand.« Sie tippte auf ihr Notizbuch. »Die Blutergüsse an Iris' Oberarmen, die in der Zusammenfassung der Autopsie erwähnt, aber als ,typisch für normale jugendliche Aktivitäten' abgetan wurden. Die Wassertiefe. Das Fehlen eines Kopftraumas, das eine Bewusstlosigkeit erklären könnte. Die widersprüchlichen Aussagen über ihre Wege in jener Nacht.«

Etwas in seinem Blick veränderte sich. »Sie waren fleißig.«

»Es ist mein Job, gründlich zu sein.«

»Und es ist mein Job, diese Gemeinde zu schützen.«

»Wovor? Vor der Wahrheit?«

Jedes Wort zwischen ihnen fühlte sich aufgeladen an, der berufliche Konflikt überlagerte ihre unausgesprochene Vergangenheit. Seine Augen hielten die ihren einen Moment zu lange fest,

und eine Hitze, die nichts mit dem Klima in Queensland zu tun
hatte, prickelte auf ihrer Haut.

»Sie haben sich hier übernommen«, sagte er mit leiserer
Stimme. »Dies ist keine Großstadt, in der man einfach mit dem
Fallschirm abspringt, alles aufwirbelt und wieder verschwindet,
wenn es ungemütlich wird.«

»Ich gehe nicht, bevor ich Antworten habe. Wenn Sie mich
abblocken, um den Ruf der Behörde zu schützen...«

»Ich versuche zu verhindern, dass Sie mehr Unheil als Gutes an-
richten«, unterbrach er sie, wobei etwas Rohes in seiner Stimme
mitschwang. »Die Situation ist komplexer, als Sie ahnen.«

»Dann erklären Sie es mir.«

Garrett stand abrupt auf und schob seinen Stuhl zurück. Die
Metallbeine kratzten über das Linoleum. »Ich muss noch ein
Formular für Ihren Antrag holen«, sagte er mit gepresster
Stimme.

Er ging um den Tisch herum auf einen Aktenschrank in der
Ecke zu. Um ihn zu erreichen, musste er hinter ihrem Stuhl
vorbeigehen und trat in ihr Blickfeld. Die Nähe in dem kleinen
Raum hatte plötzlich eine stechende Vertrautheit. Er hielt direkt hinter ihr inne, so nah, dass sie die Wärme seines Körpers
spüren und seine Haut unter dem Aftershave riechen konnte.

Zaras Nacken rötete sich, als der Duft die Erinnerungen an jene
Nacht in Childers weckte. Sein Mund an ihrem Hals. Seine
Hände in ihrem Haar. Sein Gewicht über ihr. Die Laute, die
er gemacht hatte, als sie mit ihren Fingernägeln über seinen
Rücken gefahren war.

Sie saß vollkommen still da, während er eine Sekunde länger als
nötig verweilte, bevor er zum Schrank weiterging. Sie wussten

genau, wie der andere nackt aussah, wie der andere klang, wenn er Lust empfand, und nun mussten sie so tun, als wäre nichts davon geschehen.

Garrett kehrte auf dem weiten Weg zurück und vermied es, erneut hinter ihr vorbeizugehen. Als er das Formular vor ihr ablegte, berührten sich ihre Hände kurz.

»Dieses hier führt die spezifischen Anforderungen für den Zugriff auf Akten abgeschlossener Fälle auf«, sagte er mit fester Stimme, trotz der Röte, die an seinem Kiefer aufgestiegen war. »Sie müssen sehr genau angeben, welche Dokumente Sie anfordern.«

»Ich will sie alle«, erwiderte Zara und kämpfte darum, ihre Stimme ruhig zu halten. »Die komplette Fallakte. Ungeschwärzt.«

»So läuft das hier nicht.«

»Dann sagen Sie mir, wie es läuft, Kriminalhauptkommissar.« Die Förmlichkeit seines Titels fühlte sich absurd an, wenn man bedachte, dass sie die genaue Struktur der Narbe auf seiner linken Schulter kannte – diejenige, von der er ihr erzählt hatte, dass sie von einem Sturz von einem Baum als Kind stammte.

Er atmete langsam aus und schien zwischen seiner offiziellen Rolle und etwas Persönlicherem zu ringen. »Sie müssen begreifen, worauf Sie sich hier einlassen, Ms Langley. Das hier ist nicht Brisbane. Die Regeln sind anders. Die Konsequenzen sind anders.«

»Wollen Sie mich von dem Fall abbringen?«

»Ich schlage vor, dass Sie die Auswirkungen Ihres Tuns bedenken.« Seine Augen trafen ihre. »Nicht nur für die Stadt, sondern auch für Sie selbst.«

Sie war sich nicht mehr sicher, ob er über die Ermittlungen sprach oder über sie beide. Vielleicht über beides.

»Ich komme mit den Konsequenzen klar«, sagte sie und hielt seinem Blick stand.

»Tun Sie das? Denn wenn bestimmte Türen erst einmal offen sind, lassen sie sich nicht wieder schließen.«

»Dies ist nicht mein erster schwieriger Fall«, sagte Zara, während sie ihr Notizbuch und ihr Aufnahmegerät einsammelte. Sie musste aus diesem Raum raus und weg von seiner beunruhigenden Nähe. »Ich gehe nicht, ohne diese Unterlagen zu bekommen.«

»Das ist Ihre Entscheidung.« Er stand gleichzeitig mit ihr auf. »Sagen Sie aber später nicht, man hätte Sie nicht gewarnt.«

»Ist vermerkt, Kriminalhauptkommissar.«

Sie standen sich am Tisch gegenüber, steif und vorsichtig; die knappen Worte konnten die komplizierten Untertöne nicht verbergen. Was auch immer in Childers passiert war, gehörte nun einem anderen Leben an; einem, das sie nicht anerkennen konnten, ohne alles noch schlimmer zu machen.

»Ich begleite Sie hinaus«, sagte er schließlich und ging zur Tür.

Zara nickte und folgte ihm durch den Flur zur Anmeldung, wobei sie den ganzen Weg über auf distanzierten Abstand achtete.

Am Empfang hielt er inne. »Guten Tag, Ms Langley.«

»Kriminalhauptkommissar«, erwiderte sie mit einem kurzen Nicken.

Draußen schlug ihr die Hitze wie eine Wand entgegen, aber es war fast eine Erleichterung nach der Beklemmung in diesem Raum. Zara blieb einen Moment lang auf den Stufen der Wache stehen, um sich zu sammeln. Das Universum hatte einen kranken Sinn für Humor. Von allen Männern in allen Pubs in ganz Queensland hatte sie ausgerechnet mit dem Ermittler die Nacht verbracht, der nun zwischen ihr und der Wahrheit über Iris Zhang stand.

Ihr Telefon vibrierte in der Tasche. Wahrscheinlich Dev, der nach ihren Fortschritten fragte, oder vielleicht eine weitere Benachrichtigung über die steigenden Hörerzahlen des Podcasts. Doch diese Sorgen schienen nun weit entfernt, überschattet von der Komplikation, die sie nicht hätte vorhersehen können.

Zara straffte die Schultern und machte sich auf den Weg zurück zu ihrem Motel. Die Ermittlung war gerade unendlich viel komplexer geworden, aber ihre Entschlossenheit war ungebrochen. Wenn überhaupt, hatte das Abblocken sie nur noch mehr davon überzeugt, dass mit dem Fall von Iris Zhang etwas ganz und gar nicht stimmte.

Und Kriminalhauptkommissar Garrett Pennell wusste mehr, als er zugab.

# KAPITEL 6

Die Mittagssonne brannte Zara im Nacken, als sie von der Polizeiwache in Richtung des Restaurants Golden Horse ging. Die Begegnung mit Kriminalhauptkommissar Pennell hallte ihr noch immer in den Knochen nach: das unangenehme Wiedererkennen, die professionelle Feindseligkeit, die über ihrer unausgesprochenen gemeinsamen Vergangenheit lag, seine verschleierten Warnungen. Sie schob die Gedanken beiseite und konzentrierte sich stattdessen auf ihre nächste Herausforderung. Die Zhangs. Die Eltern von Iris. Sie musste vorsichtig und respektvoll auf sie zugehen. Der Fall ihrer Tochter mochte ihr rettender Strohhalm sein, aber für sie war Iris kein Fall. Sie war ihr Kind.

Das Golden Horse lag an der Hauptstraße; die rote und goldene Farbe war verblasst, wirkte aber inmitten der verwitterten Gebäude der Umgebung immer noch lebendig. Ein handgemaltes goldenes Pferd bäumte sich stolz auf dem Schild auf, dessen Blattgold das grelle Sonnenlicht Queenslands auffing. Durch die großen Frontfenster sah Zara Tische mit weißen Tischdecken; einige waren von frühen Mittagsgästen besetzt. Ihr zog sich der Magen zusammen. Diese Menschen hatten ihre einzige Tochter unter Umständen verloren, die jeder Erklärung spotteten, und nun stand sie hier und war im Begriff, den

Frieden zu stören, den sie in den letzten zehn Jahren womöglich gefunden hatten.

Sie hielt auf dem Gehweg inne und ihre Finger krampften sich um den Riemen ihrer Umhängetasche. Sie hatte schon früher trauernde Familien interviewt und gelernt, sich auf dem schmalen Grat zwischen journalistischer Neugier und menschlichem Anstand zu bewegen. Aber das hier fühlte sich irgendwie anders an. Persönlicher. Vielleicht lag es an dem unmöglichen Ertrinken, der überhasteten Untersuchung, der offensichtlichen kollektiven Übereinkunft der Stadt, das Geschehene nicht zu hinterfragen. Oder vielleicht waren es diese ernsten Augen hinter der rechteckigen Brille, die in ihren Gedanken herumspukten.

Zara straffte die Schultern und stieß die Tür auf. Ein kleines Glöckchen bimmelte und kündigte ihre Ankunft an. Das Innere des Restaurants war tadellos sauber; die Luft war erfüllt vom Aroma von Ingwer, Knoblauch und Fünf-Gewürze-Pulver. An ein paar Tischen saßen Einheimische beim frühen Mittagessen; ihre Gespräche bildeten ein leises Summen unter der sanften chinesischen Instrumentalmusik, die aus versteckten Lautsprechern klang. Hinter einem kleinen Tresen stand eine Frau, die Zara aus ihren Recherchen sofort wiedererkannte: May Zhang, die Mutter von Iris.

Sie war kleiner, als Zara erwartet hatte, vielleicht einen Meter zweiundsechzig groß; ihr schwarzes Haar war stark mit Grau durchsetzt und zu einem praktischen Dutt zurückgebunden. Ihr Gesicht, rund und mit weichen Zügen, mochte früher oft gelächelt haben, schien nun aber durch die Trauer geprägt und wirkte weitaus reservierter. Sie trug eine schlichte schwarze Bluse und eine dunkle Hose; ein Jade-Armband war ihr einziger Schmuck.

May sah auf, als die Glocke läutete. Ihre dunklen, intelligenten Augen musterten Zara sofort. »Ein Tisch für eine Person?«, fragte May mit betont neutraler Stimme; ihr australischer Akzent verriet nichts von der chinesischen Herkunft, die in ihren Zügen deutlich erkennbar war.

»Eigentlich«, begann Zara und trat an den Tresen, »hatte ich gehofft, mit Ihnen sprechen zu können, Frau Zhang. Mein Name ist Zara Langley. Ich recherchiere zu den Ereignissen um Iris.«

Die Temperatur im Raum schien schlagartig um zehn Grad zu fallen. Mays Hand, die gerade nach einer Speisekarte greifen wollte, erstarrte mitten in der Bewegung.

»Dazu haben wir nichts zu sagen«, sagte sie, wobei ihre Stimme nun eine Schärfe annahm, die schneiden konnte. »Das ist lange her.«

»Ich verstehe«, sagte Zara und bemühte sich um einen sanften, aber direkten Ton. »Aber ich glaube, dass es unbeantwortete Fragen zum Tod von Iris gibt. Die amtliche Feststellung deckt sich nicht mit...«

»Das haben wir alles schon mal gehört«, unterbrach May sie, während ihre Finger sich nun in die Kante des Tresens krallten. »Journalisten, True-Crime-Autoren, Leute, die behaupten, sie wollten helfen, die Wahrheit zu finden. Sie nehmen sich, was sie wollen – unseren Schmerz, unsere Geschichte –, und dann verschwinden sie. Nichts ändert sich. Iris bleibt tot.«

Die Direktheit ihrer Worte traf Zara wie ein körperlicher Schlag. Sie hatte mit Widerstand gerechnet, aber die unverblümte Bitterkeit in Mays Stimme offenbarte Abgründe eines Schmerzes, der auch nach über einem Jahrzehnt noch frisch war.

»Ich bin nicht hier, um Ihr Leid auszuschlachten«, sagte Zara vorsichtig. »Ich glaube wirklich, dass bei der Untersuchung etwas übersehen wurde. Der Bach, in dem Iris gefunden wur de...«

»Der Bach, in dem meine Tochter starb«, fiel May ihr ins Wort, »ist nur ein Bach. Darüber zu reden, bringt sie nicht zurück. Darüber zu schreiben, wird nichts ändern. Wir haben alles gesagt, was wir zu sagen haben.«

Eine Bewegung im Küchendurchgang erregte Zaras Aufmerksamkeit. Ein Mann kam heraus; sein Kochhemd trug deutliche Spuren der Vorbereitungen für das Mittagsgeschäft. David Zhang war stämmiger als seine Frau, hatte breitere Gesichtszüge und eine Drahtbrille. Sein schwarzes Haar war an den Schläfen grau meliert, und seine Schultern waren leicht gebeugt von den Jahren, die er über Kochstellen verbracht hatte. Seine Augen fanden Zara sofort und schienen sie mit einem einzigen Blick zu taxieren und einzuordnen, bevor sie zu seiner Frau wanderten.

David trat zu May und legte ihr eine Hand auf die Schulter. Die Geste war sowohl beschützend als auch unterstützend, ein physischer Ausdruck ihrer geschlossenen Front. Mays Haltung entspannte sich bei seiner Berührung leicht, auch wenn ihr Gesichtsausdruck misstrauisch blieb.

»Gibt es ein Problem?«, fragte David mit einer Stimme, die tiefer war als die seiner Frau. Er hatte den leichtesten Anflug eines Akzents; Zaras Recherchen hatten ergeben, dass May in Australien als Kind einer Familie geboren wurde, die schon seit einem Jahrhundert in Melbourne ansässig war, David hingegen ursprünglich aus Hongkong stammte.

»Das ist Frau Langley«, sagte May, wobei die leichte Betonung ihres Namens darauf hindeutete, dass sie bereits von ihr gehört hatten. »Sie ist wegen Iris hier.«

Davids Blick kehrte zu Zara zurück; seine Augen waren hinter der Brille nicht zu lesen. »Wir sprechen nicht mit Fremden über unsere Tochter«, sagte er schlicht und endgültig.

Zara wusste, wann es Zeit war, sich zurückzuziehen. Jetzt weiterzudrängen, würde ihren Widerstand nur zementieren und jede noch so kleine Möglichkeit für ein zukünftiges Gespräch zunichtemachen. Sie nickte, lockerte ihre Haltung und nahm eine weniger konfrontative Position ein.

»Ich verstehe«, sagte sie. »Entschuldigen Sie die Störung. Könnte ich stattdessen etwas zum Mitnehmen bestellen? Ich habe noch nicht zu Mittag gegessen.«

Die Bitte schien beide zu überraschen, dieser plötzliche Wechsel von der investigativen Journalistin zur gewöhnlichen Kundin. Nach einem Moment schob May eine Karte für Außer-Haus-Gerichte über den Tresen.

»Der Spezial-Eierreis des Hauses ist sehr beliebt«, sagte sie, ihr Tonfall eine Spur weniger feindselig, aber noch lange nicht herzlich.

»Das klingt perfekt. Danke.«

David kehrte in die Küche zurück, während May die Bestellung aufnahm. Zara bezahlte und stellte sich dann an die Seite des Tresens, um zu warten; sie versuchte, beiläufig zu wirken, während sie jedes Detail des Restaurants aufsaugte. Fotos an den Wänden zeigten das Lokal im Wandel der Jahre: jüngere Versionen von May und David, das Durchschneiden des Bandes bei der feierlichen Eröffnung, lokale Auszeichnungen. Doch nirgendwo sah sie Bilder von Iris. Es war, als wäre ihre Tochter sorgfältig aus dem öffentlichen Raum getilgt worden; wahrscheinlich bewahrten sie ihr Andenken an einem anderen Ort auf, im Privaten.

Die anderen Gäste warfen ihr gelegentlich Blicke zu; ihre Mienen waren neugierig, aber nicht unfreundlich. Zara fragte sich, wie viele von ihnen Iris gekannt hatten, wie viele auf ihrer Beerdigung gewesen waren, wie viele das unmögliche Ertrinken ohne Hinterfragen akzeptiert hatten.

Zehn Minuten später kam May mit einer weißen Plastiktüte, in der sich der Behälter befand, aus der Küche. Sie reichte sie Zara, ohne ihr in die Augen zu sehen.

»Vielen Dank«, sagte Zara und nahm die Tüte entgegen. Als sie sich zum Gehen wandte, fügte sie leise hinzu: »Ich meinte es ernst. Ich bin nicht hier, um das Geschehene auszuschlachten. Ich möchte es einfach nur verstehen.«

May sagte nichts, aber als Zara die Tür erreichte, blickte sie noch einmal zurück. May beobachtete sie, und für einen Moment entglitt ihr der mühsam aufrechterhaltene Gesichtsausdruck. Was Zara sah, war nicht die Feindseligkeit von zuvor, sondern etwas Komplexeres. Ein Aufflackern schmerzhafter Hoffnung, das sofort wieder von der Angst erstickt wurde, dieses Gefühl überhaupt zuzulassen.

Das Glöckchen bimmelte, als Zara wieder in das grelle Sonnenlicht trat, die warme Tüte in ihren Händen. Die Last der Verantwortung legte sich schwerer als zuvor auf ihre Schultern. Wenn sie das hier weiterverfolgte und scheiterte, würde sie nicht nur ihre eigene letzte Chance auf berufliche Rehabilitation zerstören. Sie würde jede Befürchtung bestätigen, die die Zhangs gegenüber Außenstehenden hegten, die Antworten versprachen, aber nur noch mehr Schmerz lieferten. Sie würde sie erneut verraten, so wie das System sie bereits einmal verraten hatte.

Aber dieser flüchtige Moment der Hoffnung in Mays Augen verriet ihr etwas Wichtiges: Hinter der schützenden Hülle aus Abwehr wollten auch die Zhangs Antworten. Sie hielten es nur nicht mehr aus, darauf zu hoffen.

Zara ging zurück zum Salt Creek Motel, während die warme Tüte an ihren Fingern hin- und herpendelte. Die Begegnung mit den Zhangs hatte in ihr ein Gefühl der Leere hinterlassen. Ihre Trauer war greifbar, über ein Jahrzehnt alt, aber immer noch so präsent, dass sie einen Raum ausfüllen konnte. Sie verstand ihr Misstrauen. Journalisten, die kurz vorbeischauten, Emotionen aus ihrer Tragödie pressten und dann wieder verschwanden, sobald die nächste Story rief. Sie konnte es ihnen nicht verübeln, anzunehmen, dass sie aus demselben Holz geschnitzt war. Aber dieses Aufflackern von Hoffnung in Mays Augen ließ sie nicht los. Unter ihrem Schutzpanzer wollten auch sie Antworten.

Als sie um die Ecke zu ihrem Motel biegen wollte, erstarrte Zara mitten im Schritt. Ein Mann saß auf der Betonstufe vor ihrer Tür. Er war etwa dreißig, kräftig gebaut und trug einfache, aber hochwertige Kleidung: eine beige Cargo-Hose und ein dunkelgraues Hemd, dessen Ärmel bis zu den Ellbogen hochgekrempelt waren. Er schaute auf sein Handy und schien völlig versunken zu sein, doch etwas an seiner Haltung verriet, dass er wartete. Auf sie.

Zaras Puls beschleunigte sich. Ihre Finger schlossen sich in ihrer Tasche um ihren Schlüsselbund, während sie im Geiste kalkulierte, ob dieser als improvisierte Waffe taugen würde. Aber es war helllichter Tag, der Parkplatz des Motels war von der Hauptstraße aus einsehbar und es fuhren regelmäßig Autos vorbei. Sicherlich war sie hier nicht in Gefahr.

Der Mann blickte auf, als er ihre Anwesenheit bemerkte. Seine Augen fanden die ihren, und er stand auf und steckte sein Handy ein. Seine Bewegung war behutsam, als würde er sich einem schreckhaften Tier nähern.

»Zara Langley?«, fragte er und blieb auf Distanz. Seine Stimme war leise und ruhig. Nicht bedrohlich.

»Wer möchte das wissen?« Sie wich nicht zurück und blieb stehen.

»Ich bin Vince.« Er fuhr sich mit der Hand durchs Haar, eine Geste nervöser Energie. »Vincent Thorne. Ich war der Freund von Iris Zhang. Ich habe gestern deine erste Episode auf YouTube gesehen.«

Die Anspannung in Zaras Schultern löste sich ein wenig und wich einem flatternen Gefühl der Aufregung. Der Freund von Iris! Eine potenzielle Goldmiene an Informationen, jemand, der sie persönlich und innig gekannt hatte. Jemand, der vielleicht tatsächlich bereit war zu reden.

»Tut mir leid, dass ich hier einfach so auftauche«, fuhr er fort, als sie nicht sofort antwortete. »Aber ich hatte keine Zeit zu warten... ich fliege morgen ab. Ich bin FIFO-Ingenieur, zwei Wochen Arbeit, eine Woche frei, auf einem Minengelände in Zentral-Queensland. Aber ich wollte unbedingt mit dir über Iris sprechen.« Bei ihrem Namen brach seine Stimme leicht, die über zehn Jahre alte Trauer war noch immer herauszuhören. »Weil ich glaube, dass du recht hast.«

Zara machte einen Schritt nach vorn, dann noch einen. »Recht womit genau?«

»Dass es kein Unfall war.« Sein Blick hielt dem ihren stand, fest und ernst. »Iris hätte nicht so ertrinken können. Nicht durch einen Unfall. Nicht sie.«

Zaras journalistischer Instinkt erwachte. »Wären Sie bereit, offiziell darüber zu sprechen? Für den Podcast?«

Vince nickte. »Deshalb bin ich hier. Ich will, dass die Leute wissen, wer sie wirklich war. Was wirklich mit ihr geschehen ist.« Er blickte sich auf dem Parkplatz des Motels um. »Vielleicht aber nicht hier draußen?«

»Natürlich.« Zara ging an ihm vorbei, um ihre Tür aufzuschließen; ihr anfängliches Misstrauen verflog angesichts dieser unerwarteten Gelegenheit. »Kommen Sie rein. Ich muss mein Equipment aufbauen.«

Das Motelzimmer wirkte mit Vince darin noch kleiner. Zara stellte ihre Tüte mit dem Essen auf den kleinen Tisch; in ihrer Aufregung hatte sie den Hunger vergessen. Sie bewegte sich durch den Raum, holte Kamera und Stativ aus dem Koffer, baute die Mikrofone auf und schaffte Platz für das Interview.

»Ich muss ein paar Dinge tun, um sicherzustellen, dass die Tonqualität stimmt«, erklärte sie, während sie die Vorhänge zuzog, um Gegenlicht zu vermeiden, und die Stühle so positionierte, dass der Bildausschnitt passte. »Haben Sie schon mal ein solches Interview gegeben?«

Vince schüttelte den Kopf. »Noch nie. Nachdem Iris gestorben war, haben ein paar Reporter Fragen gestellt, aber ich habe nicht viel gesagt. Ich war siebzehn und stand unter Schock. Und als ich alles so weit verarbeitet hatte, um darüber zu sprechen, hatten sie es bereits als Unfall abgetan und waren zum nächsten Thema übergegangen.«

Während Zara arbeitete, beobachtete sie ihn. Vince strahlte eine Beständigkeit aus, die auf Verlässlichkeit schließen ließ. Er saß mit gefalteten Händen da und sah ihr bei den Vorbereitungen zu. Er zappelte nicht herum, schaute nicht wieder auf sein

Handy. Er wartete ruhig, wie jemand, der etwas Wichtiges zu sagen hat und schon sehr lange darauf wartet.

»Können Sie mir zuerst ein wenig über sich erzählen?«, fragte Zara, während sie die Mikrofonpegel einstellte. »Woher kannten Sie Iris und was machen Sie heute?«

»Ich arbeite als Ingenieur für Fortescue«, sagte er. »Fly-in-Fly-out im Bowen Basin. Iris... ich kannte Iris mein ganzes Leben lang. Wir waren zusammen in der Grundschule und dann auf der Highschool. Ich war ein Jahr über ihr. Wir waren fast ein Jahr lang zusammen, bevor sie starb.«

Zara baute die Kamera fertig auf, prüfte den Bildausschnitt und drückte auf Aufnahme. Sie setzte sich auf den Stuhl gegenüber von Vince, nah genug für ein Gespräch, aber ohne ihn zu bedrängen. »Erzähl mir von Iris«, sagte sie, wobei ihre Stimme in den professionellen Tonfall gleitete, den sie für Interviews verwendete. »Wie war sie so?«

Etwas in Vinces Gesicht wurde weicher. »Sie war brillant«, sagte er. »Nicht nur klug, obwohl sie das war, Klassenbeste sogar, sondern strahlend, in jeder Hinsicht. Sie hatte diese Art, die Welt zu betrachten, die einen dazu brachte, die Dinge mit anderen Augen zu sehen.«

Er beschrieb Iris mit präzisen Details, der Sorte, die nur echtes Kennen hervorbringt. Ihre Leidenschaft für Fotografie und digitale Medien. Wie sie Stunden damit verbringen konnte, eine einzige Aufnahme genau richtig hinzubekommen. Ihr Ehrgeiz, ein Portfolio zu erstellen, das ihr die vorzeitige Zulassung am Queensland College of Art sichern würde. Die Art, wie sie ihre Brille oben auf dem Kopf trug, wenn sie sie nicht benutzte, was Abdrücke auf ihrer Stirn hinterließ, die er ihr früher mit dem Finger nachgezeichnet hatte.

»Sie hatte Prinzipien«, fuhr er fort, und seine Stimme wurde lebhafter. »Starke Prinzipien. Sie ging bei Dingen, die ihr wichtig waren, keine Kompromisse ein. Ethik, Integrität, wie man Menschen behandeln sollte.« Sein Gesichtsausdruck trübte sich. »Manchmal glaube ich, dass sie genau das das Leben gekostet hat.«

Zara lehnte sich leicht vor. »Wie meinst du das?«

Vince schüttelte den Kopf. »Ich weiß es nicht genau. Aber die Iris, die ich kannte, wäre nicht aus Versehen an diesem Bach gewesen. Und sie wäre ganz sicher nicht einfach hineingefallen und ertrunken. Sie war erstens eine starke Schwimmerin. Und sie war vorsichtig. Bedacht in allem, was sie tat.«

»Wo warst du, als es passierte?«, fragte Zara und behielt ihren neutralen, professionellen Ton bei.

»Neuseeland«, sagte er ohne Zögern. »Meine Großmutter war sehr krank, in Auckland. Ich bin mit meinen Eltern hingeflogen, um sie zu besuchen. Wir waren zehn Tage dort. Ich hatte die Stempel im Pass, die Bordkarten. Die Polizei hat das alles überprüft.« Sein Kiefer spannte sich an. »Ich bin am Tag nach ihrem Fund nach Hause geflogen. Ich konnte mich nicht einmal verabschieden.«

Der Schmerz in seiner Stimme war rau, ungekünstelt. Das war niemand, der Trauer vorspielte; das war jemand, der immer noch mit ihr lebte. Der Kontrast zu Kirsty Cannon, Iris' angeblich bester Freundin, hätte nicht größer sein können.

»Hat Iris in den Tagen, bevor du nach Neuseeland geflogen bist, irgendwelche Probleme erwähnt?«, bohrte Zara nach. »Irgendwelche Sorgen? Konflikte mit jemandem?«

Vince schwieg einen Moment und überlegte. »Sie arbeitete an einem Projekt. Etwas für ihr Portfolio. Sie war begeistert davon, aber auch … ich weiß nicht, sie hat es abgeschirmt. Sie wollte es niemandem zeigen, bis es fertig war.« Seine Stirn legte sich in Falten. »Und da war etwas mit Kirsty. Irgendwelche Spannungen.«

»Kirsty Cannon? Die Stadträtin?« Zara wog ihre nächsten Worte sorgfältig ab. »Ich habe Kirsty gestern Abend kurz getroffen. Sie sagte, sie wäre Iris' beste Freundin gewesen.«

»Ja. Sie waren jahrelang befreundet; wie gesagt, wir sind alle zusammen aufgewachsen. Aber irgendetwas ist passiert. Iris hat es nicht wirklich erklärt, sie sagte nur, Kirsty hätte etwas getan, das eine Grenze überschritten hat. Dass sie sich zerstritten hätten.« Er runzelte die Stirn. »Was auch immer es war, es muss ernst gewesen sein. Iris hätte eine Freundschaft nicht leichtfertig beendet. Sie war loyal bis auf die Knochen.«

Zara machte sich eine mentale Notiz, diesem Faden nachzugehen. Kirstys vage, allgemeine Beschreibungen von Iris erschienen in diesem Kontext in einem neuen Licht.

»Gab es jemanden, der Iris vielleicht wehtun wollte?«, fragte sie und beobachtete seine Reaktion genau.

Vinces Gesicht verfinsterte sich. »Diese Frage stelle ich mir seit elf Jahren. Wenn ich es wüsste, wäre ich schon vor langer Zeit zur Polizei gegangen.« Seine Stimme brach. »Sie war die Liebe meines Lebens, weißt du? Wir waren Teenager, und die Leute sagen, man sei zu jung, um das zu wissen, aber ich wusste es. Ich weiß es immer noch.«

Tränen traten in seine Augen, und er machte keinen Versuch, sie zu verbergen. »Bitte finden Sie heraus, was wirklich mit ihr passiert ist«, sagte er mit vor Emotionen rauer Stimme. »Bitte. Sie verdient die Wahrheit. Ihre Eltern verdienen sie. Ich muss wissen, wer sie uns weggenommen hat. *Warum* sie sie getötet haben.«

Die Unverfälschtheit seines Flehens traf Zara mitten in die Brust. Das war nicht nur gutes Material; das war ein Mensch, der immer noch die Last eines ungeklärten Verlustes trug und nach über einem Jahrzehnt immer noch nach einem Abschluss suchte. Sie fragte nicht, ob Vince verheiratet war oder eine Freundin hatte. Etwas sagte ihr, dass er verneinen würde. Er konnte Iris nicht loslassen.

»Ich werde alles tun, was ich kann«, versprach sie, und in diesem Moment meinte sie es ernster, als sie seit langem etwas gemeint hatte. Hier ging es nicht mehr nur darum, ihre Karriere zu retten. Es ging um Gerechtigkeit für das Mädchen im Bach und für die Menschen, die sie geliebt hatten.

Vielleicht konnte Vince, wenn sie die Antworten fand, Frieden finden und weitermachen.

Der Raum fühlte sich leerer an, nachdem Vince gegangen war. Zara saß an dem kleinen Tisch und starrte auf den unberührten Behälter mit Eierreis, der inzwischen kalt war. Ihr Magen knurrte, aber sie ignorierte ihn und zog ihren Laptop näher heran. Das Interview mit Vincent Thorne war genau das, was sie brauchte. Ein Bericht aus erster Hand von jemandem, der Iris ganz nah gekannt hatte, der darüber sprechen konnte, wer sie als Mensch war, nicht nur als Opfer. Jemand, der die offizielle Version infrage stellte und selbst ein felsenfestes Alibi hatte. Das Material war Gold wert. Reines, unbestreitbares, zuschauerwirksames Gold. Und doch war sein Schmerz so roh gewesen, so aufrichtig, dass es sich irgendwie falsch anfühlte, ihn auf bloßen Inhalt zu reduzieren.

Sie atmete aus. Vince war zu *ihr* gekommen. Er wollte das, hatte darum gebeten. Er hatte zugestimmt, vor die Kamera zu treten, wohlwissend, was sie mit dem Material machen würde. Er verdiente es, dass sein Teil der Geschichte erzählt und seine Fragen gehört wurden, und er hatte sie als Überbringerin gewählt.

Sie schloss ihre Kamera an den Laptop an und begann mit der Übertragung der Dateien, während sie beobachtete, wie sich der Fortschrittsbalken zentimeterweise voranschob. In einem anderen Leben hätte sie dafür vielleicht eine Recherche-Assistentin gehabt, jemanden, der das Material protokolliert, Transkripte erstellt und die besten O-Töne heraussucht. Jetzt war sie es ganz allein, in einem Motelzimmer in einer Stadt, in der die meisten Leute sich wohl wünschten, sie würde verschwinden.

Die Übertragung war abgeschlossen. Zara öffnete ihre Schnittsoftware; die vertraute Benutzeroberfläche begrüßte sie wie eine alte Freundin. Sie legte ein neues Projekt an: »Das Mädchen im Bach_EP02.« Diese Episode würde anders sein als die erste. Nicht nur ihre Fragen und Theorien, sondern ein Zeuge. Eine Stimme gegen das Schweigen der Stadt.

Sie begann das Material zu sichten und notierte sich die Zeitstempel, an denen Vincents Aussage besonders stark war. Seine Beschreibung von Iris' Charakter: prinzipientreu, entschlossen, vorsichtig. Seine Gewissheit, dass sie nicht versehentlich ertrunken sein konnte. Die Erwähnung der Spannungen zwischen Iris und Kirsty Cannon – ein Faden, an dem sie später ziehen musste. Am fesselndsten war seine unverfälschte Emotion, die Tränen, die in seine Augen getreten waren, als er über das Mädchen sprach, das er geliebt und verloren hatte.

Zara konstruierte das Narrativ sorgfältig und entwarf die Struktur der Episode, während sie die Clips auswählte. Mit dem Kontext beginnen, kurz die erste Episode für neue Hörer zusammenfassen. Erwähnen, dass die Einheimischen von Salt Creek sehr zögerlich waren, über Iris zu sprechen – vielleicht um eine der ihren zu schützen. Dann Vincent einführen, seine Beziehung zu Iris erklären und die Tatsache, dass er auf Zara zugekommen war, weil er seine Sicht der Dinge schildern wollte. Weil er vielleicht über Iris sprechen wollte, wenn es sonst niemand tat. Seine Beschreibungen nutzen, um ein Bild davon zu zeichnen, wer Iris war – nicht nur das Opfer von den Tatortfotos, sondern eine vielschichtige junge Frau mit Träumen, Talenten und starken Prinzipien.

Sie arbeitete stetig weiter, wobei ihr journalistischer Instinkt ihre Entscheidungen leitete. Was würde bei den Hörern ankommen? Was würde die Ermittlungen voranbringen? Welche Fragen warfen seine Aussagen auf, denen sie in zukünftigen Episoden nachgehen konnte?

Während des Schnitts kehrte Zara immer wieder zu einem bestimmten Clip zurück. Vincent, wie er beschrieb, dass Iris ihre Brille oben auf dem Kopf trug, wenn sie sie nicht benutzte, was Abdrücke auf ihrer Stirn hinterließ, die er mit dem Finger nachgezeichnet hatte. Das Detail war intim, spezifisch, unmöglich zu erfinden. Es machte Iris auf eine Weise real, wie es Polizeiberichte und Schulfotos nicht konnten. Zara platziere es früh in der Episode, da sie wusste, dass es die Hörer fesseln und sie dazu bringen würde, mit dem Mädchen im Bach mitzufühlen.

Sie griff nach ihrer Wasserflasche und nahm einen langen Schluck. Sie fand eine Gabel und aß etwas von dem inzwischen kalten Eierreis, wohlwissend, dass sie etwas im Magen brauchte. Der Schnitt ging gut voran, aber das emotionale Gewicht von

Vincents Aussage hatte sich in ihrer Brust festgesetzt. Sein Schmerz war greifbar, über ein Jahrzehnt alt, aber immer noch frisch genug, um ihm Tränen in die Augen zu treiben. Während sie es sich beim Gestalten der Episode immer und immer wieder ansah, kämpfte Zara selbst mit den Tränen. Das war nicht nur Inhalt. Das war das Leben von jemandem, der Verlust von jemandem.

Dennoch konnte sie den professionellen Teil ihres Gehirns nicht verleugnen, der erkannte, was das für ihren Podcast bedeuten würde. Vincents Aussage war fesselnd, emotional, authentisch. Die Art von Inhalt, die für Interaktion sorgte, die die Hörer dazu brachte, in eine Geschichte zu investieren und für mehr zurückzukehren. Die Art, die ihr Haus, ihre Karriere, ihr fragiles berufliches Selbstwertgefühl retten konnte.

Sie baute ihr Mikrofon auf, um ihre Erzählstimme aufzunehmen. Ihre Stimme musste die Hörer durch Vincents Aussage führen, den Kontext liefern und die Fragen stellen, die auch sie sich stellen würden. Sie räusperte sich, nahm einen Schluck Wasser und begann:

»Vincent Thorne war siebzehn, als seine Freundin Iris Zhang tot im Salt Creek gefunden wurde. Über ein Jahrzehnt später ist sein Schmerz immer noch rau, seine Fragen unbeantwortet. In dieser Episode hören wir von jemandem, der Iris ganz nah kannte – nicht nur als Opfer, sondern als brillante junge Frau mit Träumen, Prinzipien und einer Zukunft, die ihr gestohlen wurde.«

Sie hielt inne und fuhr dann fort:

»Was Vince über Iris' Charakter enthüllt, wirft neue Fragen auf, wie sie versehentlich in fünfzehn Zentimetern Wasser hätte ertrinken können. Es bringt auch neue Elemente in unsere Untersuchung ein, darunter Spannungen zwischen Iris und Kirsty

Cannon, dem derzeitigen Ratsmitglied des Shire, die behauptet, Iris' beste Freundin gewesen zu sein.«

Nachdem ihr Kommentar fertig war, integrierte Zara ihn in die Episode und legte ihn über sorgfältig ausgewähltes B-Roll-Footage vom Bach, der Stadt und Iris' Schulfoto. Das Ergebnis war trotz ihrer begrenzten Mittel professionell. Fesselnd, emotional, fachmännisch.

Für das Ende wählte sie Vinces letzten Appell. Sein Gesicht füllte den Rahmen aus, die Augen feucht von ungeweinten Tränen, die Stimme rau vor Rührung: »Sie war die Liebe meines Lebens. Bitte finden Sie heraus, was wirklich mit ihr passiert ist. Bitte.«

Zara ließ den Clip ohne weiteren Kommentar laufen und ließ seinen unverfälschten Appell für sich stehen, bevor er in die Outro-Musik des Podcasts überging. Die Wirkung war unbestreitbar. Die Zuschauer würden seinen Schmerz spüren, sein Bedürfnis nach Antworten teilen. Sie würden für die nächste Episode zurückkommen und mehr wissen wollen.

Sie exportierte die Datei und beobachtete, wie sich der Fortschrittsbalken erneut füllte. Dreiundzwanzig Minuten und siebenundvierzig Sekunden Inhalt, der ihre Ermittlungen vorantreiben und, wenn die Reaktion auf ihre erste Episode ein Anzeichen war, ihre Statistiken erheblich steigern würde. Die Kombination aus der emotionalen Aussage und den neuen Enthüllungen über Kirsty Cannons mögliche Verwicklung würde Interaktionen fördern, Theorien in den Kommentaren auslösen und vielleicht sogar weitere Zeugen hervorbringen.

Als der Export abgeschlossen war, lud Zara die Episode auf ihre Hosting-Plattform hoch. Sie schrieb eine Beschreibung, fügte Tags hinzu und hängte das Vorschaubild an, das sie erstellt hatte – ein geteilter Bildschirm, der Iris' Schulfoto neben einem

Standbild von Vincent mitten im Interview zeigte, sein Gesichtsausdruck ernst und gequält. Dann stellte sie es so ein, dass es sofort live gehen würde.

Sie klickte auf »Veröffentlichen« und sah zu, wie die Bestätigung auf dem Bildschirm erschien. Erleichterung mischte sich mit etwas Schwererem, Komplexerem. Schuldgefühle vielleicht, weil sie Vincents Trauer als Inhalt benutzte, selbst mit seiner ausdrücklichen Erlaubnis. Oder Angst wegen der Verantwortung, die sie nun trug, nicht nur gegenüber ihrem Publikum oder ihrem Bankkonto, sondern gegenüber Vincent, den Zhangs, Iris selbst.

Zara klappte ihren Laptop zu und griff wieder nach dem Behälter mit dem kalten Eierreis, wobei sie mechanisch aß, während sie ihr Handy checkte. Die Benachrichtigungen begannen bereits. Die Aufrufzahlen stiegen, Kommentare erschienen, das Teilen nahm zu. Die Episode fand ihr Publikum und übertraf vielleicht sogar die Reichweite der ersten.

Sie legte die Gabel weg, plötzlich unfähig, aufzuessen. Vincents Worte hallten in ihrem Kopf wider: »Sie war die Liebe meines Lebens. Bitte finden Sie heraus, was wirklich mit ihr passiert ist. Bitte.« Das Gewicht seines Vertrauens, seiner jahrzehntealten Trauer, legte sich neben dem Druck ihrer Hypothekenzahlung, ihrer schwindenden Ersparnisse und ihrer beruflichen Zukunft auf ihre Schultern.

Was auch immer als Nächstes passierte, Zara wusste, dass dieser Fall mehr geworden war als nur ihr Weg zurück in die Relevanz. Es war ein Versprechen an ein totes Mädchen geworden, an den Jungen, der sie geliebt hatte, an Eltern, die immer noch in ihrer Trauer erstarrt waren. Ein Versprechen, das sie sich nicht leisten konnte zu brechen, aus Gründen, die weit über das Finanzielle hinausgingen.

# KAPITEL 7

DIE HITZE DRÜCKTE GEGEN ihre Haut, als Zara die Hauptstraße von Salt Creek entlangging, und trieb ihr trotz der frühen Stunde Schweißperlen auf den Haaransatz. Sie hob ihre Kamera, nahm das Golden Horse Restaurant ins Visier und konzentrierte sich auf die Sichtlinien zwischen dem Eingang und dem Weg, den Iris in ihrer letzten Nacht zum Bach genommen haben musste – über den Parkeingang und dann den Pfad hinunter in die Schlucht. Ein weiteres Puzzleteil, das es zu dokumentieren galt, ein weiterer Blickwinkel, den es zu berücksichtigen galt.

Das Haus der Zhangs lag in der entgegengesetzten Richtung, einen Häuserblock hinter der Hauptstraße. Entweder war Iris nicht auf dem »Heimweg« gewesen, wie sie ihren Eltern gesagt hatte, oder sie hatte unterwegs jemanden getroffen, der sie überzeugt hatte, stattdessen zum Bach zu gehen. Nachdem Zara den Pfad hinunter zum Bach selbst gelaufen war, glaubte sie nicht, dass jemand Iris dorthin hätte tragen können; er war zu steil und unwegsam. Iris war aus irgendeinem Grund auf eigenen Füßen dorthin gegangen.

Zara senkte die Kamera und machte sich eine Notiz in ihrem Handy: »Direkte Sichtverbindung vom Restaurant zum Parkeingang. Jeder, der von der Golden Horse aus zusah, hätte

gesehen, dass Iris eher in Richtung Bach als nach Hause ging.«
Sie wischte sich mit dem Handrücken über die Stirn und ging
weiter, wobei ihre Tasche schwer gegen ihre Hüfte schlug.

Der Erfolg ihrer ersten beiden Episoden hatte ihr eine Atempause verschafft, aber keine Selbstzufriedenheit. Sie musste
gründlich sein. Vincents Interview war fesselnder Stoff, aber
sie brauchte mehr: konkrete Beweise, Unstimmigkeiten in
der offiziellen Darstellung, Zeugen, die bereit waren, offiziell
auszusagen. Letzteres erwies sich als schwierig.

Sie fotografierte die Strecke vom Restaurant bis zur Fußgängerbrücke, machte Aufnahmen aus verschiedenen Winkeln und
notierte potenzielle tote Winkel – Orte, an denen jemand Iris
unbemerkt hätte folgen können. Die Sonne stieg höher, ihre
Reflexion an den Schaufenstern verstärkte die Hitze. Ihr T-Shirt
klebte an ihrem Rücken, und der Asphalt schien die Hitze
durch die Sohlen ihrer Wanderschuhe nach oben abzustrahlen.

Ein Glöckchen bimmelte, als sie die Tür zur Futtermittelhandlung aufstieß; der plötzliche Schatten war eine flüchtige
Erleichterung. Drinnen roch die Luft nach Leder, Getreide
und Motoröl – ein charakteristisches ländliches Parfüm, das
sie daran erinnerte, wie weit sie von Brisbane entfernt war.
Ein Deckenventilator drehte sich träge über ihr und wälzte die
warme Luft um, ohne sie zu kühlen.

Hinter dem Tresen blickte ein Mann in den Sechzigern von
einem Katalog für landwirtschaftliche Geräte auf. Sein verwittertes Gesicht erzählte von Jahrzehnten unter der Sonne
Queenslands, tiefe Falten umgaben Augen, die sie mit unver-
hohlener Neugier, aber ohne Wiedererkennen musterten; er
hatte sich also keine YouTube-Videos angesehen.

»Morgen«, sagte er und schloss den Katalog. »Kann ich Ihnen
mit etwas behilflich sein?«

Zara lächelte und legte die ungezwungene Art an den Tag, die sie in jahrelanger Ermittlungsarbeit perfektioniert hatte. »Ich schaue mich nur um. Ich bin neu in der Stadt.«

»Touristin?« Sein Tonfall deutete an, für wie unwahrscheinlich er diese Möglichkeit hielt.

»Ich arbeite an einem Projekt«, antwortete sie, während sie an einem Regal mit Arbeitshandschuhen und Hüten entlangschlenderte und ihren Tonfall locker hielt. »Sind Sie selbst schon lange hier?«

»Nächsten Monat werden es dreiundvierzig Jahre.« Der Mann entspannte sich ein wenig, immer bereit, über sich selbst zu sprechen. »Habe den Laden 1986 von meinem Vater übernommen.«

»Dann müssen Sie ja jeden hier im Ort kennen.«

»Mehr oder weniger.« Er nickte, Stolz schwang in seiner Haltung mit. »Nach vier Jahrzehnten hinter diesem Tresen sieht man Generationen kommen und gehen.«

Zara trat näher, stöberte in einem Ständer mit Arbeitshemden und lenkte das Gespräch allmählich in eine bestimmte Richtung. »Sie müssen über die Jahre viele Veränderungen miterlebt haben.«

»Einige. Nicht so viele, wie man denken würde. Salt Creek ist ziemlich festgefahren in seinen Gewohnheiten.«

Sie nickte, als würde sie darüber nachdenken. »Ich habe über eine Tragödie gelesen, die sich hier vor einigen Jahren ereignet hat. Ein junges Mädchen? Iris Zhang?«

Die Veränderung war subtil, aber unmittelbar. Seine Schultern versteiften sich, sein Blick huschte zur Tür hinter ihr. »Eine schreckliche Sache war das.«

»Haben Sie ihre Familie gekannt?«

»Die Leute kommen manchmal wegen Gartenbedarfs rein. Halten sich meistens für sich.« Seine Finger trommelten gegen den Tresen, eine nervöse Geste.

»So etwas muss doch jeden mitgenommen haben«, hielt Zara ihren Tonfall leicht und unbedrohlich. Die Bemerkung war eine Einladung, darüber zu sprechen, wie er persönlich über den Fall dachte.

»Das ist längst Schnee von gestern«, sagte er. Ein unpassender Vergleich angesichts der Umstände. »Die Stadt hat damit abgeschlossen.«

»Hat sie das? Ich hatte den Eindruck …«

»Morgen, Ray.« Die tiefe Stimme hinter ihr jagte Zara einen Schauer über den Rücken.

Sie drehte sich um und sah Garrett Pennell im Gang stehen, so nah, dass sie den Duft seines Aftershaves wahrnahm – dasselbe wie in Childers, dasselbe wie im Vernehmungszimmer auf der Wache.

»Detective«, grüßte sie ihn mit betont neutraler Stimme, obwohl sich ihr Puls schlagartig beschleunigte.

»Ms. Langley.« Er nickte und blickte dann an ihr vorbei zum Ladenbesitzer. »Sind diese Zaunpfosten schon angekommen, Ray?«

»Morgen, Sergeant. Ich werde welche beiseitelegen.«

Garrett wandte seine Aufmerksamkeit wieder Zara zu. »Ich habe heute Morgen deinen Wagen auf dem Parkplatz des Motels gesehen. Diese Reifen sind praktisch abgefahren. Das ist ein vorprogrammierter Unfall.«

Zara ärgerte sich über die Bemerkung und die implizite Kritik an ihrer finanziellen Situation. »Ich werde mich darum kümmern, sobald ich es mir leisten kann.«

Er sah ihr einen Moment länger in die Augen als nötig, etwas Undurchschaubares spiegelte sich darin wider. Dann trat er näher und sprach leiser, nur für ihre Ohren bestimmt. »Micks Werkstatt, neben der Tankstelle. Sag ihm, ich schicke dich. Er zieht dir ein paar ordentliche Gebrauchtreifen zum halben Preis von neuen auf.«

Die Nähe zwischen ihnen lud die Luft elektrisch auf; ihre Körper erinnerten sich an Childers, auch wenn ihr Verstand so tat, als wäre es anders. Zara konnte die Hitze spüren, die von ihm ausging, konnte aus dieser Entfernung die dunkleren blauen Sprenkel in seinen graublauen Augen sehen.

»Danke«, sagte sie steif, unsicher, warum seine Hilfe sie mehr störte als sein Widerstand. Vielleicht, weil es die Darstellung, die sie sich zurechtgelegt hatte, durcheinanderbrachte: Garrett Pennell, das Hindernis auf dem Weg zur Wahrheit.

Sie wandte sich wieder dem Ladenbesitzer zu, entschlossen, ihre Fragen fortzusetzen, aber der Mann war plötzlich vollauf damit beschäftigt, Dinge hinter dem Tresen umzusortieren.

»Brauchst du sonst noch was, Ray?«, fragte Garrett, immer noch nah genug stehend, dass Zara seine Anwesenheit spüren konnte, ohne ihn anzusehen.

»Alles bestens, Garrett. Ich sag dir Bescheid, wenn die Pfosten da sind.«

Zara fühlte, wie Garretts Aufmerksamkeit zu ihr zurückkehrte; sein Blick war fast körperlich auf ihrer Haut spürbar. Sie weigerte sich, sich umzudrehen, weigerte sich, was auch immer gerade zwischen ihnen geschah, zur Kenntnis zu nehmen. Nach einem Moment hörte sie ihn zur Tür gehen.

»Vernünftige Reifen könnten dir auf diesen Straßen das Leben retten, Ms. Langley. Das solltest du in Betracht ziehen.« Das Glöckchen bimmelte, als er ging, und die Hitze von draußen strömte kurz herein, um das Vakuum seines Fortgangs zu füllen.

Der Ladenbesitzer, Ray, setzte sein unnötiges Umräumen fort, seine frühere Offenheit war verflogen. Welche geringe Chance sie auch gehabt hatte, Informationen von ihm zu bekommen, sie war mit Garretts Erscheinen dahin. Oder waren es ihre Fragen über Iris gewesen, die ihn verstummen ließen? Aufgrund des Timings war es unmöglich, das mit Sicherheit zu sagen.

»Danke für Ihre Zeit«, sagte sie und ging zur Tür. Ray nickte, ohne aufzublicken.

Draußen schlug ihr die Hitze wieder entgegen, und sofort bildete sich Schweiß auf ihrer Stirn. Zara checkte ihr Handy und machte sich eine kurze Notiz über die Begegnung: *»Besitzer der Futtermittelhandlung (Ray) will nicht über Iris sprechen. Pennells Erscheinen beendete das Gespräch – Zufall oder gezielte Unterbrechung?«*

Sie blickte die Straße hinunter, in die Garrett gegangen war, aber er war bereits verschwunden. Die Reifenempfehlung blieb ihr im Gedächtnis – eine Geste, die nicht recht in ihr Bild von ihm passte. Hilfsbereit, fast beschützerisch, was keinen Sinn ergab, wenn er versuchte, sie dazu zu bringen, die Stadt schneller zu verlassen. Es sei denn, das war seine Art zu sagen, dass er wusste, dass ihre Mittel begrenzt waren, dass sie irgendwann aufgeben und nach Hause gehen müsste. Reifen waren teuer. Wie war ihm überhaupt aufgefallen, dass ihre abgefahren waren? Hatte er ihren Wagen gezielt kontrolliert und nach Schwachstellen gesucht?

Zara straffte die Schultern und setzte ihre Dokumentation fort, indem sie die Begegnung aus ihren Gedanken verdrängte. Sie hatte Arbeit zu erledigen. Eine Stadt zu kartografieren. Fragen zu stellen.

Und einen Detective zu durchschauen, eine beunruhigende Begegnung nach der anderen.

Am späten Vormittag stand Zara vor dem Supermarkt von Salt Creek, während die Sonne nun ihre volle Dominanz über den Tag behauptete. Sie hatte ihren Besuch so abgepasst, dass sie die Vormittagsleiterin, Emma Sutton, während ihrer Raucherpause erwischte. Die Frau Ende zwanzig, deren wasserstoffblondes Haar zu einem unordentlichen Dutt hochgesteckt war, war anfangs zögerlich gewesen und hatte sich über die Schulter umgesehen, als könnte jemand zusehen. Doch Zaras vorsichtige Fragen über ihre gemeinsame Highschool-Zeit hatten ihre Zurückhaltung allmählich gelockert.

»Wir waren nicht eng befreundet oder so«, sagte Emma und blies den Rauch von Zara weg. »Andere Kreise, wissen Sie? Aber jeder kannte Iris. In jeder Klasse die Beste, immer hat sie an irgendeinem Projekt gearbeitet.«

»Ihr wart im selben Jahrgang?«, fragte Zara mit beiläufiger Stimme, während ihr Aufnahmegerät in ihrer Tasche verborgen war.

Emma schüttelte den Kopf. »Ein Jahr über ihr und Kirsty, im selben Jahrgang wie Vince. Aber es ist eine kleine Stadt, es gab nicht so viele Kinder an der Schule. Wir kannten uns alle, und ein oder zwei Jahre Altersunterschied spielten keine große Rolle, wenn man zusammen rumhing. Ich habe übrigens deinen Podcast gesehen. Vince war schon immer verrückt nach Iris. Er hat nie eine andere angesehen, selbst wenn die anderen Mädchen es versucht haben.«

Zara notierte sich geistig diese Bestätigung von Vinces Ergebenheit. »Ist dir in den Tagen vor ihrem Tod etwas Ungewöhnliches an Iris aufgefallen?«

Emma nahm noch einen Zug und überlegte. »Sie war ... angespannt. Als würde sie etwas beschäftigen.« Ihre Stimme wurde leiser. »Ich habe damals an der Kasse gearbeitet, war noch in der Schule. Iris kam zwei Tage bevor ... bevor es passierte, rein. Sie war nicht sie selbst.«

»Inwiefern?«

»Normalerweise hat sie geplaudert, gefragt, wie es meinem kleinen Bruder geht – er hatte Asthma, sie hat immer daran gedacht zu fragen. Aber an jenem Tag wirkte sie abgelenkt. Sah sich ständig über die Schulter um.« Emma runzelte bei der Erinnerung die Stirn. »Und sie kaufte einen USB-Stick. Einen von diesen teuren mit viel Speicherplatz. Hat bar bezahlt, was seltsam war, weil die Zhangs für Geschäftsausgaben immer ihre Karte benutzt haben.«

Zaras Puls beschleunigte sich. Ein USB-Stick. Vince hatte erwähnt, dass Iris an etwas für ihre Mappe arbeitete, auf das sie sehr bedacht war. »Hat sie gesagt, wofür er war?«

»Nein, aber ...« Emmas Augen weiteten sich plötzlich und fixierten etwas über Zaras Schulter. Ihre Haltung versteifte sich. »Ich sollte wieder an die Arbeit. Entschuldige.«

Zara drehte sich um und sah Garrett aus dem Café nebenan kommen, einen Kaffee zum Mitnehmen in der Hand. Er entdeckte sie sofort, und sein Gesichtsausdruck verhärtete sich, als er näher kam. Emma drückte ihre Zigarette aus und murmelte: »Tut mir leid«, bevor sie zurück hineinhastete, ohne Garrett auch nur anzusehen, als sie an ihm vorbeiging.

»Machst dich ja richtig beliebt hier in der Stadt, wie ich sehe«, sagte Garrett und blieb ein paar Schritte vor Zara stehen.

Frustration stieg in ihr auf. Noch ein Interview, das abgebrochen wurde, noch ein potenzieller Hinweis, der durch sein Erscheinen unterbrochen wurde. »Ist es bei dir Gewohnheit, Zeugen einzuschüchtern, oder machst du das nur, wenn ich mit ihnen rede?«

Garrett trat näher. Seine Stimme wurde so leise, dass Passanten sie nicht hören konnten. »Du verstehst die Dynamik in einer Kleinstadt nicht. Die Leute leben seit über zehn Jahren mit dieser Geschichte. Du rührst Trauer auf – wofür? Für Podcast-Downloads?«

Der Vorwurf traf sie, genau weil ein Teil von ihr das Körnchen Wahrheit darin erkannte. Aber ihre Motive waren nun tiefer gehend – etwas, das sich nach dem Treffen mit Vince, nachdem sie dieses Flackern in May Zhangs Augen gesehen hatte, gefestigt hatte.

»Für die Gerechtigkeit«, erwiderte sie und wich trotz seiner Nähe nicht zurück. »Etwas, das dir eigentlich am Herzen liegen sollte.«

Sein Kiefer spannte sich an, ein Muskel zuckte unter der Haut. »Du glaubst wohl, nach ein paar Tagen hier alles zu wissen?«

Die Wut in seiner Stimme schien unverhältnismäßig, auf eine Weise persönlich, die für einen Polizisten, der lediglich die Arbeit seiner Dienststelle verteidigte, keinen Sinn ergab. Es sei denn, er hatte Grund, defensiv zu sein. Es sei denn, er wusste etwas.

Ihre Körper hatten sich einander zugewandt, der Streit trug die Energie von etwas ganz anderem in sich, etwas, das keiner von ihnen zugeben wollte. Das Spannungsfeld zwischen ihnen war nicht nur Wut; es war die ungeklärte Spannung aus Childers, aus dem Vernehmungszimmer, aus jeder Begegnung seither.

»Ich weiß genug, um zu sehen, dass die offizielle Darstellung nicht stimmig ist«, sagte Zara, wohl bewusst, dass ihr der Schweiß an den Schläfen stand und eine Röte ihren Hals hinaufstieg, die nicht nur von der Hitze oder der Wut herrührte. »Ich weiß, dass ein siebzehnjähriges Mädchen nicht versehentlich in knöcheltiefem Wasser ertrinken konnte. Ich weiß, dass die Leute in dieser Stadt dichtmachen, wenn ich ihren Namen erwähne, was mir sagt, dass sie etwas wissen, das sie nicht aussprechen.«

Garretts Augen ließen sie nicht aus dem Blick; die Intensität seines Starrens war fast körperlich spürbar. »Du hast keine Ahnung, was du da aufwirbelst. Hier geht es nicht nur um Iris Zhang.«

»Dann sag mir doch, worum es geht«, forderte sie ihn heraus und trat trotz ihres inneren Widerstands einen halben Schritt auf ihn zu.

Sie standen nun so nah beieinander, dass sie die Stoppeln an seinem Kiefer sehen und den Kaffee in seinem Atem riechen konnte. Eine Gruppe älterer Damen auf einer nahen Bank tauschte vielsagende Blicke aus; offensichtlich missdeuteten sie die Spannung als reine Feindseligkeit zwischen einer Fremden und dem örtlichen Gesetzeshüter. Wenn es doch nur so einfach wäre.

»Du kannst hier nicht einfach reinstürmen, Antworten verlangen und erwarten, dass jeder sein Privatleben für dein Mikrofon offenlegt«, sagte er, während ein Muskel in seinem Kiefer zuckte. »Diese Leute haben sich ihr Leben auf der Grundlage gewisser Übereinkünfte aufgebaut, gewisser ... Abmachungen.«

»Abmachungen?« Zara griff das Wort sofort auf. »Was genau soll das bedeuten?«

Etwas flackerte in seinen Augen auf. Bedauern, vielleicht, weil er zu viel verraten hatte. Er trat zurück und schuf Distanz zwischen ihnen, und Zara spürte den Verlust seiner Nähe fast wie einen physischen Schmerz.

»Es bedeutet, dass du dich hier unbeliebt machst«, sagte er schließlich, seine Stimme war nun kühler, kontrollierter. »Sag nicht, ich hätte dich nicht gewarnt.«

Er drehte sich um und ging weg, den Kaffee immer noch unberührt in der Hand. Zara sah ihm nach, ihr Herz hämmerte gegen ihre Rippen, ihre Haut war gerötet vor Zorn und noch etwas anderem, das sie sich nicht eingestehen wollte.

Die alten Damen auf der Bank beobachteten sie immer noch. Eine beugte sich vor, um etwas zu flüstern, was die anderen weise nicken ließ. Zara ignorierte sie und konzentrierte sich stattdessen auf das, was Emma vor Garretts Unterbrechung preisgegeben hatte. Ein USB-Stick. Iris hatte digitalen Speicherplatz gekauft und bar bezahlt, um keine Spuren zu hinterlassen. Etwas, woran sie gearbeitet hatte und das Geheimhaltung erforderte.

Und Garretts seltsame Wortwahl: *Abmachungen*. Nicht Lügen, nicht Vertuschungen, sondern Abmachungen. Als hätte sich die Stadt kollektiv auf eine bestimmte Version der Ereignisse geeinigt, ein Konstrukt, das um das herum errichtet wurde, was Iris Zhang wirklich zugestoßen war.

Zara holte ihr Handy heraus und machte sich Notizen, solange das Gespräch noch frisch in ihrem Gedächtnis war. Emma Sutton würde vielleicht nicht mehr mit ihr sprechen, nachdem sie Garretts Reaktion gesehen hatte, aber sie hatte genug gesagt, um ihr einen neuen Faden zu liefern, an dem sie ziehen konnte. Und Garrett selbst hatte unbeabsichtigt mehr verraten, als er vermutlich gewollt hatte.

Die Ermittlungen schritten voran, trotz seiner Versuche, sie zu blockieren. Oder versuchte er wirklich, sie zu blockieren? Seine Warnungen ließen sich auf verschiedene Weise deuten: als echte Sorge um den Frieden in der Stadt oder als etwas Persönlicheres. Etwas, das seine Augen dunkler werden ließ, wenn sie ihn bedrängte; etwas, das ihn eher näher an sie heran- als von ihr wegtreten ließ.

Zara schüttelte den Kopf und zwang ihre Gedanken zurück auf den Fall. Sie konnte sich keine Ablenkungen leisten, erst recht keine mit graublauen Augen und Warnungen, die fast wie Fürsorge klangen.

Salties war am Freitagabend zum Bersten voll. Die Deckenventilatoren drehten sich nutzlos gegen die kombinierte Hitze der Körper und die restliche Wärme des Tages. Zara hatte den letzten freien Ecktisch ergattert; ihr Laptop zeigte Aufnahmen vom Creek, und über ihre Kopfhörer konnte sie das subtile Rauschen des Wassers unter dem Lärm des Pubs heraushören. Sie hatte den öffentlichen Ort bewusst gewählt, teils wegen des

WLANs, das die lückenhafte Verbindung des Motels übertraf, teils um die Einheimischen in ihrem natürlichen Lebensraum zu beobachten. Drei Stunden und ein Hähnchenschnitzel mit Parmesan später hatte sie ordentliche Fortschritte bei ihrer dritten Episode gemacht, ertappte sich aber immer wieder dabei, wie sie von der wechselnden Dynamik im Pub abgelenkt wurde.

An der Bar standen die Trinker in Dreierreihen: Farmer, die noch ihre Arbeitskleidung trugen, Handwerker, die sich nach der Woche entspannten, und jüngere Einheimische, herausgeputzt für einen Abend, der unweigerlich hier enden würde, dem einzigen Laden im Ort. Gespräche brandeten um sie herum auf und ab, wurden gelegentlich leiser, wenn jemand Iris oder »die Podcast-Frau« erwähnte, bevor sie unter verstohlenen Blicken in ihre Richtung wieder fortgesetzt wurden.

Zara rückte ihre Kopfhörer zurecht und versuchte, sich auf die Bearbeitungssoftware zu konzentrieren, anstatt auf die gelegentlichen feindseligen Blicke. Ihre dritte Episode nahm Gestalt an. Sie webte Emmas Enthüllung über den USB-Stick ein, zusammen mit weiteren Ausschnitten aus Vinces Aussage und einer kurzen Erzählung über die Geschichte der Stadt, die sie zur atmosphärischen Untermalung eingefügt hatte. Die Erzählung steuerte auf eine fesselnde Frage zu: Welche Informationen hatte Iris besessen, für die es sich zu töten lohnte?

Die Atmosphäre im Pub veränderte sich merklich; Tonfall und Lautstärke der Gespräche passten sich an. Zara blickte auf und suchte instinktiv nach der Ursache für den Umschwung. Ihr Magen zog sich zusammen, als Garrett den Eingang passierte, flankiert von zwei anderen Männern. Alle trugen Zivilkleidung, aber ihr Auftreten wies sie unmissverständlich als Polizisten aus: dieselbe wachsame Haltung, dasselbe sorgfältige Scannen des Raumes.

Zara senkte den Blick auf ihren Bildschirm, ihr Puls beschleunigte sich trotz aller Bemühungen, gleichgültig zu bleiben. Sie spürte das Gewicht von Garretts Aufmerksamkeit, als er ihre Anwesenheit registrierte, obwohl sie ihre Augen starr auf ihre Arbeit gerichtet hielt. Aus dem Augenwinkel sah sie, wie seine Kollegen einen Tisch besetzten, während Garrett sich auf den Weg zur Bar machte.

Die Menge teilte sich ein wenig für ihn, nicht dramatisch, aber mit dem subtilen Respekt, der der örtlichen Autorität entgegengebracht wurde. Er hielt direkt neben ihrem Tisch an der Bar an, den Rücken zu ihr gekehrt, während er darauf wartete, bestellen zu können. Keiner nahm Notiz vom anderen, doch Zara war sich seiner Nähe extrem bewusst, des Dufts seines Aftershaves, der sich mit dem Geruch des Pubs nach Bier und Frittiertem vermischte.

Die Stille zwischen ihnen spannte sich wie ein Drahtseil, während der Barkeeper sich die Reihe entlangarbeitete. Als er schließlich Garrett erreichte, ging seine Frage im Lärm fast unter: »Was darf's sein, Sergeant?«

»Einen Schooner Great Northern«, antwortete Garrett und fügte hinzu, ohne sich umzudrehen: »und was auch immer sie da trinkt.« Er deutete mit einem leichten Kopfnicken auf Zara.

Sie blickte auf, überrascht von dieser Geste nach ihrer Konfrontation vor dem Supermarkt. »Ich brauche dein Almosen nicht, Kriminalhauptkommissar.«

Garrett drehte sich nun um, eine Hand auf der Barkante abgestützt. Seine Augen trafen die ihren zum ersten Mal an diesem Abend direkt. »Kein Almosen. Eine berufliche Gefälligkeit.«

Der Barkeeper wartete mit hochgezogenen Augenbrauen, gefangen zwischen ihnen. Der Lärm des Pubs schien um ihren Tisch herum zurückzuweichen, obwohl Zara wusste, dass es nur ihre gesteigerte Wahrnehmung war, die es so wirken ließ. Mehrere Gäste in der Nähe beobachteten sie mit schlecht verhehltem Interesse.

»Für mich auch ein Bier«, sagte sie schließlich und gab eher aus dem Wunsch heraus nach, die öffentliche Beobachtung zu beenden, als aus tatsächlicher Annahme seiner Geste.

Garrett nickte dem Barkeeper zu, der sich entfernte, um ihre Getränke zu holen. Einen Moment lang sprach keiner von beiden; das Fehlen von Worten war erfüllt von der Last ihrer vorangegangenen Begegnungen: Childers, die Wache, der Supermarkt. Jede Interaktion legte sich über die letzte und erschuf etwas zunehmend Komplexes zwischen ihnen.

»Bist du immer so stur?«, fragte er leise und brach das Schweigen.

Zara sah ihm direkt in die Augen und weigerte sich, sich von seiner Nähe oder dem Pub voller Einheimischer, die sie beobachteten, einschüchtern zu lassen. »Bist du immer so darauf bedacht, den Status quo aufrechtzuerhalten?«

Etwas flackerte in seinem Gesichtsausdruck auf. Frustration vielleicht oder widerwillige Bewunderung. Bevor er antworten konnte, kamen ihre Getränke. Garrett bezahlte, nahm dann seinen Schooner in die eine Hand und ihr Glas in die andere. Er stellte ihr Bier auf den Tisch und schob es ihr zu, wobei sich ihre Finger beim Austausch fast berührten.

»Genieß deinen Abend, Ms. Langley«, sagte er mit einem Unterton in der Stimme, den sie nicht ganz entziffern konnte.

Er kehrte zu seinen Kollegen zurück und ließ Zara mit einem ungewollten Bier und dem prickelnden Bewusstsein zurück, beobachtet zu werden – sowohl vom ganzen Raum als auch, hin und wieder, von Garrett selbst. Sie nahm ihre Kopfhörer ab; sie konnte sich nicht mehr auf den Schnitt konzentrieren, während sie das Gewicht seines periodischen Blicks spürte, der sie von der anderen Seite des Raumes aus fand.

Das Bier stand vor ihr, Kondenswasser perlte am Glas herab. Sie sollte es nicht trinken. Gefälligkeiten von genau dem Polizisten anzunehmen, der zwischen ihr und der Wahrheit über Iris Zhang stand, fühlte sich falsch an, irgendwie kompromittierend. Und doch würde eine Ablehnung jetzt nur noch mehr Aufmerksamkeit erregen. Zara nahm einen Schluck und kehrte dann zu ihrer Arbeit zurück, wobei sie sich zwang, sich trotz der Ablenkungen zu konzentrieren.

Eine Stunde später war sie kaum vorangekommen. Das dritte Bier, das ein sandhaariger Mann an der Bar »für die Podcast-Lady« bestellt hatte, hatte sie höflich abgelehnt; ihre ersten beiden waren kaum angerührt. Die Atmosphäre war zunehmend bedrückend geworden: die Hitze, der Lärm, die heimlichen Blicke, manche neugierig, manche feindselig. Als eine Gruppe junger Männer an einem Nachbartisch begann, lautstark über »geltungssüchtige Stadtreporterinnen, die sich um ihren eigenen Kram kümmern sollten«, zu diskutieren, entschied Zara, dass es Zeit war zu gehen.

Sie packte ihren Laptop in ihre Umhängetasche, nahm zur Stärkung einen letzten Schluck Bier und stand auf. Als sie sich auf den Weg zur Tür machte, spürte sie eher, als dass sie sah, wie Garretts Aufmerksamkeit auf sie umschwenkte. Die Nachtluft draußen war nur unwesentlich kühler als das Innere des Pubs, schwer von einer Feuchtigkeit, die Regen bis zum Morgen versprach.

Zara war keine zehn Schritte weit gekommen, als sich hinter ihr die Pubtür öffnete. Sie musste sich nicht umdrehen, um zu wissen, wer ihr gefolgt war.

»Ich bringe dich zum Motel zurück«, sagte Garrett und holte sie mit wenigen Schritten ein.

»Ich bin durchaus in der Lage, allein zurückzugehen«, antwortete sie, aber ohne große Überzeugung. Die Wahrheit war, dass einige dieser Blicke im Pub sie verunsichert hatten. Kleinstädte konnten sich schnell gegen einen wenden, und sie war hier definitiv eine Außenseiterin.

»Tu mir den Gefallen«, sagte er und passte sich ihrem Schritt an.

Sie gingen ein paar Minuten schweigend dahin. Die Straße war still, abgesehen von den fernen Geräuschen des Pubs hinter ihnen und dem gelegentlichen Rauschen eines vorbeifahrenden Autos. Die Spannung zwischen ihnen hatte sich erneut gewandelt, weniger antagonistisch als am Supermarkt, komplizierter als bei ihrer beruflichen Begegnung auf der Wache.

»Warum bist du mir nachgegangen?«, fragte sie schließlich.

Garrett antwortete nicht sofort. »Einige der Jungs da drin haben ein paar zu viel getrunken. Sicher ist sicher.«

»Ist das eine fachliche Einschätzung, Kriminalhauptkommissar?«

»Garrett ist völlig okay, wenn ich nicht im Dienst bin.« Er sah sie an, dann wieder auf die Straße vor ihnen. »Und ja, das ist es. Freitagabende, zu viel Bier, eine fremde Frau, die allein unterwegs ist ... keine gute Kombination.«

Zara dachte darüber nach. War er wirklich um ihre Sicherheit besorgt, oder war dies eine weitere Taktik, um sie zu verunsichern, um sie an ihren Status als Außenseiterin zu erinnern? Oder war es etwas ganz anderes, etwas, das keiner von ihnen beim Namen nennen wollte?

Sie erreichten das Motel zu schnell und nicht schnell genug. Zara blieb vor ihrer Tür stehen und kramte in ihrer Tasche nach der Schlüsselkarte. Garrett stand einen Schritt entfernt, die Hände in den Taschen, und beobachtete sie.

Als sie die Karte gefunden hatte, drehte sie sich zu ihm um, plötzlich unsicher. Die Luft zwischen ihnen fühlte sich geladen an, elektrisiert von Möglichkeiten, die keiner von beiden eingestanden hatte. Sein Blick hielt den ihren, glitt dann kurz zu ihrem Mund hinunter, bevor er wieder zurückkehrte. Sie spürte, wie sie sich leicht nach vorne neigte, angezogen von was auch immer für einer Strömung zwischen ihnen floss, trotz aller rationalen Einwände, die ihr Verstand erhob.

Einen Moment lang glaubte Zara, er würde die Distanz zwischen ihnen überbrücken. Sein Körper spannte sich an, sein Gewicht verlagerte sich fast unmerklich nach vorn. Sie hielt den Atem an, ohne zu wissen, ob sie wollte, dass er sie küsste, oder ob sie ihn wegstoßen würde, falls er es versuchte; sie war sich nur sicher, dass irgendetwas diese unerträgliche Spannung brechen musste.

Dann trat Garrett zurück, sein Gesichtsausdruck verschloss sich wie eine Tür. Ohne ein Wort drehte er sich um und ging davon. Seine Schritte verhallten in der Nacht und ließen Zara allein vor ihrem Motelzimmer zurück.

Sie ließ sich gegen die Tür sinken und atmete aus. Frustration durchströmte sie, wegen Garrett, wegen sich selbst, wegen dieser ganzen Situation. Was war nur los mit ihr? Dieser Mann behinderte potenziell ihre Ermittlungen, war womöglich sogar an der Vertuschung dessen beteiligt, was mit Iris geschehen war.

Die Tatsache, dass sie eine Nacht miteinander verbracht hatten, bevor einer vom anderen wusste, wer er war, sollte keine Rolle spielen.

Und doch kribbelte ihre Haut immer noch, ihr Puls raste ihr immer noch durch die Adern. Zara stieß sich von der Tür ab und schob ihre Schlüsselkarte mit mehr Kraft als nötig hinein. Sie musste sich konzentrieren, sich daran erinnern, warum sie hier war. Iris Zhang verdiente Gerechtigkeit, und romantische Verwicklungen mit dem örtlichen Detective würden sie nur von diesem Ziel ablenken.

Egal, wie sehr die Erinnerung an Childers zwischen ihnen hing wie ein unerfülltes Versprechen.

# KAPITEL 8

Die Glocke über dem Eingang der Golden Horse bimmelte leise, als Zara das Lokal zum vierten Mal in dieser Woche betrat. Der Mittagsansturm war vorüber, nur noch zwei Tische waren besetzt: ein älteres Ehepaar am Fenster und ein Lastwagenfahrer, der über einem Teller Goldener Reiter (Hühnchen in Honigsauce) brütete. May Zhang blickte hinter dem Tresen auf. Ihr Gesichtsausdruck war nicht mehr ganz so abweisend wie bei Zaras erstem Besuch, aber von herzlich noch weit entfernt. Ein Fortschritt, dachte Zara. Ein langsamer, vorsichtiger Fortschritt.

Sie wählte denselben Ecktisch, den sie jedes Mal besetzt hatte – nah genug an der Küche, um das Kommen und Gehen zu beobachten, weit genug von den anderen Gästen entfernt, um ihre Privatsphäre zu haben. Die vertrauten Düfte von Ingwer, Sternanis und Soja umhüllten sie und weckten Erinnerungen an eine andere Küche, eine andere Zeit.

Nach der ersten unangenehmen Begegnung hatte Zara darauf verzichtet, Essen zum Mitnehmen zu bestellen. Stattdessen entschied sie sich, im Restaurant zu essen, wo May sie sehen konnte und wo ihre Anwesenheit eher als sanfte Beharrlichkeit denn als Eindringen wahrgenommen wurde. Sie hatte sich bereits durch verschiedene Teile der Speisekarte probiert: gedämpfte Teigtaschen mit perfekt durchscheinender Hülle, knusprig frittierter Salz-Pfeffer-Tintenfisch, duftende geschmorte Auberginen. Jedes Gericht war makellos gewesen, die Aromen ausgewogen und lebendig, wie man es in Restaurantketten niemals fand. David Zhang war ein verdammt guter Koch; dieses Restaurant wäre in Brisbane gefeiert worden. Im ländlichen Queensland war es ein wahrer Schatz.

May kam mit einem Notizblock auf sie zu, ihre Bewegungen waren effizient und geschäftsmäßig. Sie trug die gleichen praktischen schwarzen Hosen und die schlichte Bluse wie jeden Tag, ihr bereits ergrautes Haar war wie üblich zu einem strengen Knoten nach hinten gebunden. Nur ihr Jadearmband bot einen Hauch von persönlichem Ausdruck; der grüne Stein fing das Licht ein, wenn sie sich bewegte.

»Was darf es heute sein?«, fragte May in neutralem, aber nicht kaltem Ton.

»Das Beef Ho Fun, bitte«, antwortete Zara. »Und Jasmintee.«

May notierte die Bestellung wortlos, hielt jedoch inne, bevor sie sich abwandte. Ihre dunklen Augen musterten Zara einen Moment lang, als würde sich eine Frage formen. Zara wartete ab und wahrte einen offenen, geduldigen Gesichtsausdruck.

»Warum kommen Sie immer wieder?«, fragte May schließlich mit gesenkter Stimme, die nur für Zaras Ohren bestimmt war. »Liegt es an Ihrer... Recherche?« Das Wort schwang mit einem bitteren Unterton mit.

Zara überlegte kurz, ob sie lügen sollte oder ob eine strategische Antwort ihre Ermittlungen voranbringen würde. Stattdessen entschied sie sich für die Wahrheit.

»Wegen des Essens«, sagte sie schlicht. »Es erinnert mich an die Kochkünste meiner Großmutter. Die Mutter meiner Mutter. Sie stammte aus Hanoi.«

Mays Augenbrauen hoben sich leicht – die erste echte Reaktion, die Zara bei ihr beobachtet hatte.

»Sie sind Vietnamesin?« Die Frage klang nicht nach einem Vorwurf, sondern nach reiner Überraschung.

»Zu einem Viertel. Meine Großmutter kam in den Siebzigern als Kriegsbraut nach Australien.« Zara berührte ihr Gesicht, die ganz leichten Epikanthus-Falten an den inneren Augenwinkeln. »Ich weiß, man sieht es mir kaum an. Mein Vater ist schottisch-australisch. Die Leute merken es meistens erst, wenn ich meinen vollen Namen nenne: Zara Ngoc Langley.«

Mays Gesichtsausdruck wandelte sich fast unmerklich. Eine neue Einschätzung.

»Meine Großmutter hat bei uns gelebt, bis ich fünfzehn war«, fuhr Zara fort. Sie wusste nicht genau, warum sie das erzählte, konnte aber nicht damit aufhören. »Sie hat mir das Kochen beigebracht, obwohl ich nie so gut wurde wie sie. Als sie starb, hatte ich das Gefühl, die Verbindung zu diesem Teil von mir verloren zu haben.« Sie deutete vage im Restaurant umher. »Ihr Essen gehört zwar nicht zur selben Küche, ich weiß, aber diese Sorgfalt darin, die Ausgewogenheit der Aromen… das erinnert mich einfach an ihr Kochen.«

Mays Hände, die den Bestellblock eben noch fest umklammert hatten, lockerten sich ein wenig.

»Die Leute sehen nur das, was sie erwarten«, sagte May nach einer Weile mit sanfterer Stimme. »Als wir hier vor fünfundzwanzig Jahren eröffnet haben, fragten mich die Kunden, ob ich mit den Besitzern des Chinarestaurants in Bundaberg verwandt sei.« Ein vertrauter Funke von Frustration blitzte in ihrem Gesicht auf. »Weil sich alle Chinesen untereinander kennen müssen, nicht wahr? Dabei kommt meine Familie aus Melbourne. Ein Vorfahre kam schon im neunzehnten Jahrhundert wegen des Goldrausches hierher!«

Zara nickte, sie erkannte die Parallele. »Meine Geschichtslehrerin in der zehnten Klasse fragte mich, ob ich eine ›persönliche Perspektive‹ zum Vietnamkrieg beisteuern könne. Ich bin in Brisbane geboren. Meine *Mutter* ist in Brisbane geboren. Und meine Großmutter hat nie über den Krieg gesprochen.«

Mays Mundwinkel zuckten nach oben; es war noch kein Lächeln, aber fast. »Die meisten Leute meinen es ja gut.«

»Die meisten«, pflichtete Zara ihr bei.

Ein Moment des Verstehens entstand zwischen ihnen, zerbrechlich, aber real. Dann bimmelte die Tür, als ein weiterer Gast eintrat, und der Zauber war gebrochen. May straffte sich und legte ihre professionelle Maske wieder an.

»Ich bringe Ihnen Ihren Tee«, sagte sie und drehte sich um.

Zara sah ihr nach und spürte einen kleinen Funken Hoffnung. Vielleicht war es noch kein Durchbruch, aber immerhin ein Riss in der Mauer zwischen ihnen.

Am nächsten Tag kehrte Zara für ein spätes Mittagessen zurück. Sie hatte ihre Ankunft bewusst so gelegt, dass sie in die ruhige Phase fiel, die sie zuvor beobachtet hatte. Das Restaurant war leer, als sie eintrat. May saß allein am Tresen und prüfte etwas, das wie Rechnungen aussah. Wortlos nickte May in Richtung von Zaras angestammtem Ecktisch.

»Heute bitte die Gemüse-Chow-Mein«, sagte Zara, als May an den Tisch kam. »Und wieder Jasmintee.«

May notierte die Bestellung, zögerte dann aber. »Das vietnamesische Restaurant in Brisbane, in dem Sie gearbeitet haben – wo war das?«, fragte sie.

Zara blinzelte überrascht. »Im West End. Ein kleiner Laden namens Mekong River. Woher wussten Sie, dass ich in einem vietnamesischen Restaurant gearbeitet habe?«

May zuckte die Achseln, ein geheimnisvolles kleines Lächeln umspielte ihre Lippen. »Die Art des Restaurants war geraten, aber... die Art, wie Sie sich im Gastraum bewegen, wie Sie mit Tellern und Besteck umgehen. Wie eine Kellnerin.«

Zara lächelte. »Drei Jahre lang habe ich während des Studiums bedient. Der Besitzer war über die vietnamesische Gemeinde mit meiner Großmutter befreundet.«

May nickte und verschwand dann in der Küche. Als sie ein paar Minuten später mit dem Tee zurückkkam, war das Restaurant immer noch leer. Anstatt zum Tresen zurückzugehen, zog May den Stuhl gegenüber von Zara heraus und setzte sich. Das kam so unerwartet, dass Zara erstarrte, die Teetasse auf halbem Weg zum Mund.

»David ist nach Bundaberg gefahren, um Nachschub zu holen«, sagte May, als müsse sie ihr ungewöhnliches Verhalten erklären. »Zum Abendgeschäft ist er wieder da.« Sie faltete die Hände auf dem Tisch, wobei das Jadearmband ihr Handgelenk hinunterrutschte. »Sie wollen etwas über Iris wissen.«

Es war keine Frage. Zara setzte ihre Teetasse vorsichtig ab. Sie spürte das Gewicht dieses Augenblicks und das fragile Vertrauen, das ihr entgegengebracht wurde.

»Ja«, sagte sie schlicht. »Ich möchte verstehen, wer sie war. Nicht nur, was mit ihr geschehen ist.«

Mays Augen suchten in Zaras Gesicht nach etwas. Vielleicht nach Aufrichtigkeit oder Respekt. Was auch immer sie suchte, sie schien genug davon zu finden, um fortzufahren.

»Sie war brillant«, sagte May, und in dem Wort schwangen sowohl Stolz als auch Schmerz mit. »Kreativ. Sie hat schon als kleines Kind ständig Dinge erschaffen, Geschichten geschrieben, kleine Kunstprojekte gebastelt.« Ihre Finger zeichneten ein unsichtbares Muster auf den Tisch. »Als sie vierzehn war, drehte sie einen Dokumentarfilm über die Geschichte dieser Stadt. Sie interviewte die ältesten Einwohner und fand Fotos, die seit Jahren niemand mehr gesehen hatte. Der Heimatverein zeigt ihn heute noch Besuchern, obwohl sie ihren Namen aus dem Abspann entfernt haben.« Bei diesen Worten spiegelte sich Schmerz in ihrem Gesicht wider; die beiläufige Auslöschung der Leistung ihrer Tochter war eine unnötige Grausamkeit.

Zara hörte zu, ohne zu unterbrechen und ohne sich Notizen zu machen. Sie gab Mays Erinnerungen den Raum, den sie verdienten, während sie innerlich bereits beschloss, dieses Video ausfindig zu machen und es auf ihrem YouTube-Kanal in voller Länge zu zeigen – mit ordentlicher Nennung von Iris.

»Sie wollte am Queensland College of Art studieren«, fuhr May fort. »Ein Programm für vorzeitige Zulassung, damit sie schon nach der elften Klasse dorthin gehen konnte, statt noch ein Jahr zu warten. Sie war gerade dabei, ihre Mappe zusammenzustellen, als...« Ihre Stimme stockte erst, fing sich dann aber wieder. »Sie wäre angenommen worden. Die Professoren, die ihre Arbeiten später sahen, haben das alle bestätigt.«

»War sie hier glücklich?«, fragte Zara sanft. »In Salt Creek?«

May dachte über die Frage nach. »Sie war glücklich mit sich selbst. Manchmal war sie frustriert über die Grenzen der Kleinstadt. Sie blickte über diesen Ort hinaus, aber sie sah nicht auf ihn herab.« Ein kleines, trauriges Lächeln erschien auf ihren Lippen. »Sie wollte Geschichten über Menschen erzählen, die von anderen übersehen wurden. ›Jeder hat eine Geschichte, die es wert ist, erzählt zu werden, Mama‹, pflegte sie zu sagen.«

Die Küchenglocke schrillte und signalisierte, dass Zaras Essen fertig war. May erhob sich; der Moment war unterbrochen, aber nicht zerstört. Als sie mit dem dampfenden Teller zurückkehrte, stellte sie ihn vor Zara ab.

»Ich sollte mich wieder an die Buchhaltung machen«, sagte sie und deutete zum Tresen. Dann, fast wie beiläufig, fügte sie hinzu: Kommen Sie morgen wieder, wenn Sie wollen. Samstags macht David immer Pekingente. Sie steht nicht auf der Karte, aber wir haben immer welche da.«

Zara nickte. Sie verstand die Einladung als das, was sie war: nicht bloß eine Mahlzeit, sondern eine sich öffnende Tür. »Das würde ich sehr gerne. Danke.«

May kehrte zum Tresen zurück, und Zara wandte sich ihren Nudeln zu. Ihr Hals fühlte sich plötzlich wie zugeschnürt an. Der erste wirkliche Schritt zu gegenseitigem Vertrauen war getan, und damit auch der erste Blick auf Iris – nicht nur als Kriminalfall, sondern als tief geliebte Tochter und brillanter Geist, der viel zu früh verstummt war. Während sie aß, spürte Zara das Gewicht dieses Vertrauens, das zugleich Bürde und Geschenk war.

Jane Gouldings Häuschen thronte direkt am Rand der Schlucht. Die Fassade mit ihrer Stulpschalung war fast hinter einer Fülle von einheimischen Blumen und sorgsam gepflegten Obstbäumen verborgen. Zara folgte dem gewundenen Steinpfad zur Haustür und wich dabei vorsichtig einem schläfrigen Blauzungenskink aus, der sich auf den warmen Steinen sonnte. Nachdem sie sich über Tage hinweg mühsam Mays Vertrauen erarbeitet hatte, war dieser Hinweis völlig unerwartet gekommen. Die Restaurantbesitzerin hatte beim Samstagsessen mit Pekingente Iris' »Lieblingslehrerin« erwähnt, wobei ein seltenes Lächeln über ihr Gesicht gehuscht war, als sie von der Frau sprach, die das Talent ihrer Tochter gefördert hatte. Ein Telefonat später hatte Zara eine Einladung für den Sonntagnachmittag.

Sie klopfte an die Haustür der Hütte, die in einem fröhlichen Blaugrün gestrichen war. Schritte näherten sich von drinnen, und die Tür schwang auf. Eine große, schlanke Frau mit markantem silbernem Haar kam zum Vorschein. Ihr Haar war zu einem modischen Bob geschnitten, der vom Nacken zum Kiefer hin steil abfiel. Obwohl Jane Goulding siebzig war, bewegte sie sich wie jemand, der halb so alt war; ihre Augen blickten wach und aufmerksam hinter einem modischen, rechteckigen Brillengestell hervor.

»Zara, schön Sie kennenzulernen!«, sagte sie mit einem klaren, unverkennbar britischen Akzent. »Kommen Sie rein, kommen Sie rein. Ich habe schon den Kessel aufgesetzt.«

Das Innere des Häuschens war so farbenfroh wie der Garten: Die Wände waren gesäumt von Bücherregalen, Kunstwerken in leuchtenden Farben und Sammlungen von Dingen, die wie stolz präsentierte Schülerprojekte aussahen. Jane führte Zara in einen Wintergarten mit Blick auf die Schlucht, wo neben einem Stapel Mappen bereits ein Teetablett bereitstand. Sie plauderten ein wenig, während Zara die Kamera und die Mikrofone für das Interview aufbaute.

»Interessanterweise erinnern Sie mich ein bisschen an Iris«, sagte Jane, während sie den Tee in feine Porzellantassen goss. »Irgendetwas an Ihrer Ausstrahlung. Die Art, wie Sie sich geben.«

Zara drückte auf Aufnahme und setzte sich, überrascht von dem Vergleich. »Ich habe gehört, dass sie ziemlich außergewöhnlich war.«

»Außerordentlich«, korrigierte Jane sie und ließ sich in einen Korbsessel gegenüber von Zara sinken. »In fünfundvierzig Jahren als Lehrerin hatte ich nie wieder eine Schülerin wie Iris. Das technische Handwerk konnte man natürlich lehren, aber ihr *Auge*, dieser angeborene Sinn für eine Geschichte, für das, was in einem Bild wichtig ist – das war ein reines Geschenk.« Sie deutete auf die Mappen auf dem Tisch. »Ich habe Kopien all ihrer Arbeiten aufbewahrt. Mit der Erlaubnis von May und David natürlich. Sie konnten es nicht ertragen, sie anzusehen, nachdem… nun ja. Aber ich konnte es nicht ertragen, dass sie in Vergessenheit geraten. Eines Tages werde ich sie wieder fragen, ob sie sie zurückhaben möchten. Wenn meine Zeit gekommen ist. Ich möchte nicht, dass sie verloren gehen.«

»Ich werde May und David um Erlaubnis bitten, sie auf meinen Kanälen zu teilen«, sagte Zara sofort. »Ich stimme Ihnen zu; ich finde auch nicht, dass sie verloren gehen sollten.«

»Ich denke, das wäre eine wunderbare Sache!«, sagte Jane erfreut. »Ich werde auch noch einmal mit May sprechen, falls Sie merken, dass sie irgendwie zögert.«

Jane öffnete die erste Mappe und legte ordentlich sortierte USB-Sticks, DVDs und gedruckte Unterlagen frei, die jeweils mit sauberer Handschrift beschriftet waren. Sie wählte ein Laufwerk aus und steckte es in einen eleganten Laptop, der in der ansonsten eher antiken Einrichtung des Häuschens fast wie ein Fremdkörper wirkte.

»Das war ihre Einreichung für den Landesmedienwettbewerb, als sie sechzehn war«, erklärte Jane und drehte den Bildschirm so, dass Zara sehen konnte.

Das Video, das zu laufen begann, war eine fünfminütige Dokumentation über die Dürre in der Region, erzählt durch Interviews mit einheimischen Farmern. Was Zara sofort auffiel, war die Bildkomposition: Jede Einstellung war bewusst gewählt, der Schnitt war präzise und professionell, und die Erzählweise baute sich auf eine Art und Weise auf, die weit über das hinausging, was man von einer Highschool-Schülerin erwarten würde.

»Sie hat gewonnen«, sagte Jane leise. »Sie hat Studenten ausgestochen, die drei oder vier Jahre älter waren als sie.«

Jane zeigte ihr noch mehr: einen Fotoessay über die Hände der Bewohner von Salt Creek – knochige Farmerhände, mehlbestäubte Bäckerfinger, die ölverschmierten Nägel eines Mechanikers. Jedes Bild offenbarte durch diese einfachen Details einen Charakter. Ein Radiobeitrag, der die Beziehung der Stadt zum namensgebenden Bach untersuchte und historische Berichte mit zeitgenössischen Stimmen und dezentem Sounddesign überlagerte. Ein Kurzfilm, der einen Vorfall aus der Vergangenheit der Stadt dramatisierte, als Anwohner entgegen der

Anordnung der Behörden einem entflohenen Sträfling Unterschlupf gewährt hatten.

»Alles, was sie erschuf, hatte Tiefgang«, sagte Jane, während Zara wie gebannt vor dem Material saß. »Eine Bedeutung an der Oberfläche für flüchtige Betrachter und tiefere Themen für diejenigen, die bereit waren, genauer hinzusehen. Sie verstand Nuancen auf eine Weise, die die meisten Erwachsenen nie erreichen.«

Zara verspürte einen tiefen Schmerz, als Iris durch ihr künstlerisches Schaffen immer realer wurde, obwohl sie selbst nie auf dem Bildschirm erschien. Sie war nicht länger nur ein Opfer, nicht nur ein Fall, sondern eine brillante junge Frau mit einer ganz eigenen Stimme und Vision. Das Werk offenbarte jemanden, der genau beobachtete, der Schönheit in übersehenen Winkeln fand und der seinen Motiven mit Empathie, aber niemals mit Sentimentalität begegnete. Jemand, dessen Verlust nicht nur eine persönliche Tragödie für ihre Familie darstellte, sondern das Schweigen einer künstlerischen Stimme bedeutete, noch bevor sie sich voll entfalten konnte.

»Die Mappe, die sie vor ihrem Tod vorbereitete«, fuhr Jane fort und öffnete eine weitere Datei, »hätte ihr die vorzeitige Zulassung zum QCA garantiert. Den Professoren, denen ich sie später zeigte, kamen ... nun ja, einer hat tatsächlich geweint.« Ihre Stimme brach. »Was für eine Verschwendung. Was für eine schreckliche Verschwendung.«

Zara sah sich ein wunderschön aufgebautes Video-Essay über die Identität von Teenagern im ländlichen Australien an, das Interviews mit Iris' Gleichaltrigen enthielt, darunter kurze Ausschnitte von Vince und mehrere von Kirsty Cannon. Der Kontrast zwischen der gefassten, artikulierten jungen Frau hinter der Kamera und dem leeren Bachbett, in dem ihre Leiche gefunden worden war, erzeugte einen fast körperlichen Schmerz in Zaras Brust.

»War sie in der Schule beliebt?«, fragte Zara, nachdem sie ihre Stimme wiedergefunden hatte. »May erwähnte, dass sie manchmal frustriert über die begrenzten Möglichkeiten der Stadt war.«

Jane lächelte schwach und rührte in ihrem Tee. »Vielleicht eher geachtet als beliebt. Talent kann in diesem Alter isolieren. Die anderen Schüler bewunderten sie, aber manche fühlten sich auch eingeschüchtert.« Sie nahm einen Schluck und wog ihre nächsten Worte ab. »In den letzten Wochen gab es Spannungen mit Kirsty Cannon. Das ist mir in meinem Unterricht aufgefallen.«

Zaras Interesse war schlagartig geweckt. »Was für Spannungen?«

»Oberflächlich betrachtet das übliche Teenie-Drama. Beide waren an demselben Jungen interessiert, Vincent Thorne.« Janes Augen trafen Zaras direkt. »Hat er das nicht erwähnt?«

»Nein«, sagte Zara überrascht. »Er hat davon erzählt, dass er mit Iris zusammen war, aber er hat nie erwähnt, dass Kirsty an ihm interessiert war.«

Jane lachte leise, obwohl der Klang wenig Humor enthielt. »Oh, Kirsty war interessiert, und wie. Nicht, dass sie einen Versuch gewagt hätte, bevor Iris tot war – erst ein paar Monate später, wenn ich mich recht erinnere. Ziemlich geschmacklos, eigentlich.« Sie schüttelte den Kopf. »Vincent hat sie ziemlich öffentlich abgewiesen. Er hat etwas Verletzendes gesagt, das sie zutiefst gedemütigt hat. Ich erinnere mich nicht an den genauen Wortlaut, aber es ging in die Richtung, dass sie nicht Iris sei und niemals Iris sein könne. Die Art von brutaler Ehrlichkeit, auf die Teenager spezialisiert sind.«

Zara nahm diese Information auf und verknüpfte sie mit Kirstys aktueller Machtposition in der Stadt, ihrem sorgsam gepflegten Image. Eine öffentliche Abweisung und Demütigung mussten für jemanden, der so imagebewusst war, verheerend sein, besonders wenn sie von dem Jungen kam, den sie wollte – dem Jungen, der ihre Rivalin geliebt hatte.

»Es überrascht mich, dass Vince das nicht erwähnt hat«, sagte Zara vorsichtig.

»Ach, Jungen in diesem Alter können gegenüber solchen Dynamiken bemerkenswert blind sein«, erwiderte Jane. »Und es wurde alles ziemlich von Iris' Tod überschattet. Vince ging kurz darauf an die Uni. Vielleicht war ihm die Bedeutung gar nicht klar.«

Oder er hielt es für irrelevant für Iris' Tod, da es erst danach geschah, dachte Zara. Aber wenn Kirsty Gefühle für Vince gehegt hatte, während er mit Iris zusammen war ...

»Gab es irgendein Anzeichen dafür, dass dieses Dreiecksverhältnis schon vor Iris' Tod Probleme verursacht hat?«, fragte Zara.

Jane dachte über die Frage nach. »Nichts außer der üblichen jugendlichen Befangenheit. Kirsty war immer ... beherrscht. Bedacht auf ihr Image.« Sie schloss den Laptop nachdenklich. »Die Spannungen, die ich bemerkte, drehten sich nicht um Vince, jedenfalls hatte ich nicht diesen Eindruck. Iris hielt etwas unter Verschluss, teilte es mit niemandem, nicht einmal mit Kirsty, was ungewöhnlich war. Sie arbeiteten oft zusammen.« Sie runzelte leicht die Stirn. »Ich hatte den Eindruck, dass

Kirsty sich ausgeschlossen fühlte, vielleicht sogar bedroht von dem, woran Iris gerade arbeitete.«

Das deckte sich mit dem, was Vince ihr darüber erzählt hatte, dass Iris ihr Abschlussprojekt geheim hielt, und mit Emmas Information über den USB-Stick, der mit Bargeld bezahlt worden war. Ein weiteres Puzzleteil, auch wenn Zara noch nicht sicher war, wo es hineinpasste.

»Sie haben den Kontakt zu Ihren Schülern gehalten«, stellte Zara fest. »Sehen Sie Kirsty heute noch manchmal?«

»Seltener, seit ich im Ruhestand bin. Sie legt Wert darauf, bei jeder Schulveranstaltung vorbeizuschauen, deshalb habe ich sie dort früher immer gesehen. Stets die engagierte ehemalige Schülerin.« Janes Lächeln erreichte ihre Augen nicht. »Sie hat es weit gebracht, unsere Kirsty. Jüngste Stadträtin in der Geschichte der Stadt, auf dem besten Weg in die Landespolitik, um in die Fußstapfen ihres Vaters zu treten. Vielleicht eines Tages Canberra.« Sie hielt inne und musterte Zara. »Obwohl ich mich manchmal frage, was Iris wohl über den Aufstieg ihrer einstigen besten Freundin gedacht hätte. Sie waren so verschieden. Iris war voller Substanz, Kirsty ist nur Fassade.«

Der Vergleich hing zwischen ihnen in der Luft, während Jane begann, die Mappen wegzuräumen. »Ich habe Ihnen digitale Kopien von allem auf dieses Laufwerk gezogen.« Sie reichte ihr eine schmale tragbare Festplatte. »Iris' künstlerisches Schaffen verdient es, gesehen und verstanden zu werden. Vielleicht hilft es Ihnen zu begreifen, was mit ihr geschehen ist.«

»Das würde ich gerne«, sagte Zara, als sie das Laufwerk entgegennahm, erneut getroffen von der Kluft zwischen der lebendigen kreativen Kraft, die in Iris' Arbeit deutlich wurde, und der offiziellen Version eines unvorsichtigen Ertrinkens. »Vielen Dank, dass Sie das mit mir teilen.«

Jane begleitete sie zur Tür und hielt an der Schwelle inne. »Finden Sie die Wahrheit«, sagte sie leise, wobei ihre britische Zurückhaltung leicht bröckelte. »Sie hatte so viel Besseres verdient als diese lächerliche Geschichte vom Ertrinken.«

Zara nickte. »Ich versuche es«, versprach sie. »Sie verdient es, dass man sich an sie erinnert.«

Jane wischte sich über die feuchten Augen und nickte. »Ihr Podcast gefällt mir«, sagte sie zum Abschied. »Ich freue mich schon auf Ihre nächste Folge.«

Auf dem Rückweg in die Stadt arbeiteten in Zaras Kopf neue Fragen. Warum hatte Vince Kirstys Interesse an ihm nicht erwähnt? War es für ihn einfach unwichtig oder zu schmerzhaft, sich daran zu erinnern? Und noch dringlicher: Könnte romantische Eifersucht eine Rolle bei dem gespielt haben, was Iris Zhang in jener Oktobernacht zugestoßen war?

Zara saß mit untergeschlagenen Beinen auf dem Motelbett, den Laptop auf den Knien, und formulierte sorgfältig eine E-Mail an Vince. Die Enthüllung über Kirstys Interesse an ihm bedurfte einer Bestätigung, aber sie zögerte bei der Formulierung, da sie wegen der Auslassung nicht anklagend wirken wollte. Nach mehreren Versuchen entschied sie sich für einen direkten Ansatz: Ich habe heute mit Jane Goulding gesprochen, und sie erwähnte etwas Interessantes: dass Kirsty romantisches Interesse an dir hatte und dass du sie nach Iris' Tod abgewiesen hast. Ich frage mich, ob du das bestätigen kannst und ob du glaubst, dass es für das, was Iris passiert ist, relevant sein könnte.«

Sie las es zweimal durch und fügte dann hinzu: »Ich möchte klarstellen, dass ich nicht unterstellen will, dass du Informationen zurückgehalten hast. Ich verstehe, dass dir das vielleicht als unzusammenhängend oder zu persönlich erschien, um es in unserem Interview zu erwähnen.« Nach einem letzten Durchlesen klickte sie auf Senden, während ihre Gedanken bereits darum kreisten, wie dieses potenzielle Dreiecksverhältnis ihr Verständnis des Falls verändern könnte.

Die Antwort kam schneller als erwartet, kaum zwanzig Minuten später. Zara war gerade aus der Dusche gekommen, als ihr Laptop mit dem Benachrichtigungston erklang. Sie wickelte sich in ein Handtuch und setzte sich, um Vinces Antwort zu lesen, während Wassertropfen von ihrem Haar auf die Tastatur fielen.

»Hallo Zara. Ja, das ist passiert, obwohl ich seit Jahren nicht mehr daran gedacht habe. Es war für Iris' Tod nicht relevant, da es erst danach geschah, deshalb habe ich es nicht erwähnt. Es muss etwa zwei Monate nach Iris' Tod gewesen sein; ich weiß noch, dass es um die Weihnachtszeit war. Kirsty passte mich auf einer Party ab und sagte, wir sollten uns ›gegenseitig trösten‹, da wir Iris beide vermissten. Ich war betrunken und wütend und wahrscheinlich grausamer, als nötig gewesen wäre. Ich weiß nicht mehr genau, was ich sagte, aber es ging darum, dass sie Iris niemals das Wasser reichen könne und dass ich lieber für immer allein bliebe, als mit jemandem zusammen zu sein, der mich nur an das erinnert, was ich verloren habe. Sicherlich nicht mein rühmlichster Moment, aber ich war achtzehn, in Trauer und ehrlich gesagt ein bisschen angewidert von ihrem Timing. Sie hat nie wieder ein Wort mit mir gewechselt. Ich ging ohnehin bald darauf wegen der Uni nach Brisbane, also war es mir damals ziemlich egal.«

»Rückblickend verstehe ich, wie demütigend das für sie gewesen sein muss, besonders wenn sie schon Gefühle für mich hatte, während ich mit Iris zusammen war. Aber ich glaube wirklich nicht, dass das mit Iris' Tod zusammenhängt. Kirsty und Iris waren Freundinnen, beste Freundinnen laut Kirsty, obwohl Iris diesen Begriff meines Wissens nie benutzt hat. In den letzten Wochen gab es zwar Spannungen zwischen ihnen, aber ich hatte sicher nie den Gedanken, dass es dabei um mich gehen könnte. Es schien eher mit Schulprojekten und ihren Uni-Bewerbungen zu tun zu haben.«

»Ich bin gerne bereit, mehr darüber zu erzählen, wenn du glaubst, dass es wichtig ist. Ich bin erst in acht Tagen wieder in Salt Creek, kann dich aber morgen nach meiner Schicht anrufen, wenn du möchtest.«

»Vince«

Zara las die E-Mail zweimal und wog die Auswirkungen ab. Der Zeitpunkt machte es unwahrscheinlich, dass zurückgewiesene romantische Gefühle direkt zu Iris' Tod geführt hatten, aber es fügte Kirstys Charakter und ihrer Beziehung zu Iris eine weitere Dimension hinzu. Die von Vince erwähnten Spannungen deckten sich mit dem, was Jane darüber gesagt hatte, dass Iris ein Projekt für sich behielt und es nicht mit Kirsty teilte.

Sie frottierte ihr Haar trocken und überlegte sich die Optionen für die nächste Episode. Das romantische Dreiecksverhältnis würde bei den Zuschauern sicherlich Interesse wecken. Die Leute liebten solche Dramen. Aber ohne konkretere Verbindungen zu Iris' Tod riskierte sie mit der Hervorhebung, den Podcast in genau jene Art von reißerischem Inhalt zu verwandeln, den man ihr beim Fall »Little Girls Lost« vorgeworfen hatte ... und die Einheimischen noch mehr zu verärgern, als sie es ohnehin schon taten.

»Nein«, sagte sie laut in den leeren Raum. »Dorthin gehen wir nicht. Noch nicht.«

Stattdessen wollte sie sich auf Iris' künstlerisches Schaffen konzentrieren, darauf, sie als Person zum Leben zu erwecken, statt nur als Opfer. Dieser Ansatz respektierte sowohl die Wahrheit als auch das Vertrauen der Zhangs. Der Kirsty-Aspekt konnte warten, bis sie substanziellere Verbindungen zum Fall hatte.

Angekleidet und mit einer klareren Vorstellung von ihrer Richtung öffnete Zara ihre Bearbeitungssoftware und begann, die nächste Folge zusammenzustellen. Sie schnitt Clips aus ihrem Gespräch mit Jane zusammen und fing die Erinnerungen der Lehrerin an Iris sowie ihre Beschreibungen des bemerkenswerten Talents der jungen Frau ein. Sie rief May an und nahm mit deren Segen Ausschnitte aus Iris' Arbeiten auf: Fragmente ihrer Dokumentationen, Schnipsel ihrer Audio-Stücke, Bilder aus ihren Foto-Essays, versehen mit dem Hinweis, dass die vollständigen Versionen von Iris' Arbeiten separat auf ihrem Kanal verfügbar gemacht würden.

Während des Schnitts spürte Zara die vertraute Zufriedenheit, eine fesselnde Erzählung zu erschaffen, aber auch etwas Tieferes: ein Gefühl der Verantwortung gegenüber dem Mädchen, dessen Leben sie durch die Erinnerungen anderer und ihre eigene Arbeit rekonstruierte. Das war nicht nur Content; das war eine Wiederherstellung, die Iris als mehr in den Fokus rückte als nur als das Opfer im Bach.

Sie arbeitete den Abend und bis tief in die Nacht hinein. Um zwei Uhr morgens hatte sie eine Rohfassung, die sich richtig anfühlte: respektvoll, fesselnd, gehaltvoll. Sie fügte ihre Erzählung hinzu, verknüpfte die Elemente und betonte den Kontrast zwischen der lebendigen, talentierten jungen Frau in den Aufnahmen und der offiziellen Darstellung eines unvorsichtigen Ertrinkens.

Der abschließende Schnitt dauerte weitere drei Stunden. Als sie das Video im Morgengrauen schließlich hochlud, zerrte die Erschöpfung an ihr, aber die Genugtuung überwog die Müdigkeit. Diese Folge würde die Zuschauer mit Iris als Mensch verbinden, würde dafür sorgen, dass ihnen Gerechtigkeit für sie am Herzen lag, in einer Weise, wie es die Sensationsgier eines Teenie-Liebesdramas niemals geschafft hätte.

Sie fiel ins Bett, als die ersten Sonnenstrahlen durch die dünnen Motelvorhänge drangen, und stellte sich den Wecker auf Mittag, um den Erfolg der Folge zu prüfen.

Als sie mit verquollenen Augen und noch immer müde aufwachte, leuchtete ihr Telefon vor lauter Benachrichtigungen. Sie tastete danach und blinzelte auf den Bildschirm, während die Zahlen scharf wurden. Die Aufrufe lagen bereits bei 47.000 und stiegen rasant an. Die Kommentare gingen in die Tausende. Geteilte Beiträge, Likes, neue Abonnenten – alle Kennzahlen schossen in einem Tempo nach oben, wie sie es seit dem Höhepunkt der Popularität von »Die Verlorenen Australier« nicht mehr erlebt hatte.

Sie öffnete ihr Dashboard auf dem Laptop, während die Analysen geladen wurden. Nicht nur Interaktion, sondern relevante Interaktionen. In den Kommentaren wurde über Iris' Talent diskutiert, Entrüstung über den Verlust eines solchen Potenzials geäußert und Gerechtigkeit gefordert. Die Zuschauer bauten eine Verbindung zu Iris als Person auf, genau wie Zara es gehofft hatte.

Am erstaunlichsten war die prognostizierte Umsatzzahl für den Monat: 20.000 $. Sie starrte auf die Zahl, sicher, dass sie sie vor Erschöpfung falsch las. Aber nein, die Zahl blieb da, fast spöttisch in ihrer Unwahrscheinlichkeit. Zwanzig*tausend* Dollar. Genug, um ihre Hypothek für Monate zu decken. Genug, um ihre Kreditkartenschulden zu tilgen. Genug, um durchzuatmen.

Sie lachte, ein Geräusch irgendwo zwischen Unglauben und Erleichterung, während sie durch Kommentar um Kommentar scrollte. Die Leute waren jetzt emotional investiert, nicht nur in das Geheimnis, sondern in Iris selbst. Die Strategie war über ihre optimistischsten Erwartungen hinaus aufgegangen.

Zara verbrachte die nächste Stunde damit, auf wichtige Kommentare zu antworten und sich Notizen für zukünftige Episoden zu machen. Sie hatte nun genug Material von Jane für mindestens zwei weitere Folgen, die sich auf verschiedene Aspekte von Iris' künstlerischem Schaffen konzentrieren und gleichzeitig allmählich die Argumentation aufbauen würden, dass ihr Tod unmöglich ein Unfall gewesen sein konnte.

Als sie ihren Laptop schloss, tauchte eine Erinnerung auf: Garrett Pennell, wie er ihr von ihren abgefahrenen Reifen erzählte und Micks Werkstatt empfahl. Sie war damals bei der Bemerkung zusammengezuckt und hatte sie als Kritik an ihrer finanziellen Lage empfunden. Jetzt, mit zwanzigtausend Dollar in Aussicht, löste die Erinnerung ein anderes Gefühl aus: eine seltsame Mischung aus Genugtuung und fast so etwas wie Dankbarkeit.

Sie schnappte sich ihre Schlüssel, plötzlich entschlossen. Neue Reifen. Eine Kleinigkeit vielleicht, aber symbolisch; ein Beweis, dass sie Salt Creek so bald nicht verlassen würde, dass sie sich festbeißen würde, dass sie die Mittel hatte, zu bleiben, bis sie die Wahrheit darüber aufgedeckt hatte, was Iris Zhang zugestoßen war.

Und falls Garrett Pennell zufällig ihr neu ausgestattetes Auto bemerken sollte – nun ja, das war schlicht ein Nebeneffekt.

# Kapitel 9

Zara saß mit verschränkten Beinen auf dem Motelbett, den Laptop auf den Knien balancierend, während das billige Klimagerät stotterte und ächzte und gelegentlich lauwarme Luft ausstieß, die kaum gegen den Sommer in Queensland ankam, der gegen die Fenster drückte. Sie scrollte durch die Kommentare unter ihrer neuesten Folge. Achtundvierzigtausend Aufrufe, Tendenz steigend. Das Mädchen im Bach war nicht länger nur ein Podcast; es entwickelte sich zu einer Bewegung.

Die Folge über Iris' künstlerisches Schaffen hatte weit mehr Anklang gefunden, als sie erwartet hatte. Die Zuschauer setzten sich nicht nur mit dem Geheimnis auseinander; sie bauten eine Verbindung zu Iris als Mensch auf, teilten ihre Empörung über den Verlust eines solchen Talents und verlangten Antworten darauf, wie jemand, der so vorsichtig und bedacht war, versehentlich in knöcheltiefem Wasser hätte ertrinken können.

*»Iris' Dokumentarfilm über Salt Creek sollte bei Filmfestivals eingereicht werden«*, schrieb ein Kommentator. *»Ihr Auge für Komposition war außergewöhnlich.«*

*»Ich muss ständig an ihre Fotoserie von Händen denken«*, fügte ein anderer hinzu. *»Wie sie den Charakter durch so einfache Details eingefangen hat. Wir haben ein großes Talent verloren, als sie starb.«*

Zara nahm einen Schluck lauwarmes Wasser. Das war genau das, was sie gehofft hatte: Iris als mehr als nur ein Opfer wiederauferstehen zu lassen, dafür zu sorgen, dass den Menschen die Wahrheit hinter ihrem Tod wichtig war, weil ihnen Iris wichtig war. Auch die prognostizierten Einnahmen kletterten weiter nach oben und bewegten sich nun für diesen Monat um die 22.000 Dollar. Finanzieller Spielraum nach Monaten erstickender Schulden.

Sie hielt bei einem Kommentar inne, der aus den emotionalen Reaktionen herausstach: *»Die alte Fußgängerbrücke lag fünfzig Meter flussaufwärts von der Stelle, die Sie gezeigt haben, nicht zwanzig. Sie geben die Geografie völlig falsch wieder.«*

Zara runzelte die Stirn und öffnete schnell ihre Recherchenotizen. Der Kommentar hatte recht; sie hatte die Entfernung in ihrer Erzählung falsch angegeben. Sie notierte sich, in der nächsten Folge eine Korrektur zu veröffentlichen, und scrollte dann weiter. Weitere Korrekturen tauchten auf, seltsam spezifisch:

*»Iris war im Abschlussjahr nicht in Mr. Petersons Englischkurs, sie war bei Ms. Hargrove. Prüfen Sie Ihre Fakten.«*

*»Die Schlucht endet nicht ›knapp östlich der Stadt‹, wie Sie behauptet haben. Bis zum Wasserfall sind es mehr als drei Kilometer. Diese Art von Nachlässigkeit untergräbt Ihre Glaubwürdigkeit.«*

Zaras Stirn legte sich in Falten, während sie las, und der anfängliche Ärger über ihre Fehler wich einem Unbehagen. Das waren keine flüchtigen Beobachtungen von Zuschauern; das war präzises lokales Wissen, Details, die nur jemand aus Salt Creek wissen konnte.

Sie wischte sich mit dem Handrücken den Schweiß von der Stirn, und der Raum fühlte sich trotz seiner unveränderten Maße plötzlich klaustrophobischer an. Eine Benachrichtigung ploppte auf, ein weiterer Kommentar:

»*Sie sollten vorsichtiger sein, wen Sie beschuldigen. Kleinstädte vergessen nicht, und Journalisten, die Ärger schüren, halten hier nicht lange durch.*«

Ihr Magen zog sich zusammen. Das war keine Korrektur mehr; das war eine Warnung. Sie scrollte weiter und fand weitere Nachrichten mit zunehmend feindseligem Unterton:

»*Manche Geschichten lässt man besser begraben. Allen zuliebe.*«

»*Lässt sich Ihre Hoteltür nachts richtig abschließen? Salt Creek ist für Außenseiter nicht immer sicher.*«

Beim letzten Kommentar stockte ihr der Atem. Sie überprüfte die Nutzerprofile: alle anonym, alle innerhalb der letzten Woche erstellt, alle ohne sonstige Aktivitäten außer den Kommentaren zu ihren Videos. Nicht zurückzuverfolgen.

Zara klappte ihren Laptop zu, stand auf und vergewisserte sich, dass die Zimmertür verschlossen und die Kette vorgelegt war. Der rationale Teil ihres Gehirns beharrte darauf, dass dies nur typische Internet-Trolle waren, Tastatur-Krieger, die versuchten, sie mit leeren Drohungen zu vertreiben. Aber die Journalistin in ihr, der Teil, der über Jahre hinweg einen Instinkt dafür entwickelt hatte, wann eine Geschichte gefährlich wurde, flüsterte ihr zu, dass dies anders war. Das hier war lokal, spezifisch und eskalierte ganz bewusst.

Sie kehrte zu ihrem Laptop zurück, machte Screenshots von jedem besorgniserregenden Kommentar und notierte sich die Zeitstempel und Nutzer-IDs. Dann öffnete sie ein neues Dokument und begann, Muster zu analysieren: Schreibstile, offenbartes Spezialwissen, Zeitpunkt der Beiträge. Ihre Hände bewegten sich automatisch und verfielen in die Ermittlungsroutine, die sie schon immer beruhigt hatte, wenn Geschichten kompliziert wurden.

Die Kommentare waren etwa drei Stunden nach Veröffentlichung der Folge aufgetaucht, was darauf hindeutete, dass jemand aus dem Ort sie am frühen Morgen gesehen und fast sofort reagiert hatte. Das spezifische Wissen über Iris' Stundenplan deutete auf jemanden hin, der mit der Schule in Verbindung stand: ein Lehrer, ein Verwaltungsangestellter oder ein ehemaliger Schüler. Und die Drohung bezüglich ihres Motelzimmers bedeutete, dass jemand genau wusste, wo sie untergebracht war.

Doch wonach suchten sie? Was hatte diese Eskalation ausgelöst? Die neueste Folge hatte keine potenziellen Verdächtigen benannt oder neue Theorien über Iris' Tod aufgestellt. Sie hatte lediglich ihr künstlerisches Schaffen, ihr Talent präsentiert. Es sei denn ...

Zara öffnete das Video erneut und sprang durch die Clips aus Iris' Dokumentationen, die sie eingebunden hatte. Hatte sie versehentlich etwas gezeigt, das jemand nicht sehen sollte? Irgendein Detail in Iris' Werk, das mehr verriet als beabsichtigt?

Die Uhr auf ihrem Laptop zeigte 18:42 Uhr an. Draußen begann die Sonne unterzugehen und warf lange Schatten durch die dünnen Vorhänge. Zara trat ans Fenster und spähte auf den fast leeren Parkplatz hinaus. Keine verdächtigen Fahrzeuge, niemand, der von der anderen Straßenseite aus beobachtete. Nur die gewöhnliche Ruhe von Salt Creek am frühen Abend.

Sie kehrte zu ihrem Laptop zurück, kopierte die Screenshots in einen sicheren Cloud-Ordner und schickte dann eine kurze Nachricht an Dev: »*Bekomme beunruhigende Kommentare zur neuesten Folge. Nichts Konkretes, aber ich halte die Augen offen. Telefonieren wir morgen?*«

Wenn jemand diese anonymen Konten zurückverfolgen konnte, dann war es Dev. Sie wollte ihn nicht beunruhigen, aber ein Warnsignal abzusetzen schien nur klug, und sie wusste, dass er sofort anfangen würde, der Sache nachzugehen.

Die Klimaanlage stotterte erneut und stieß dann einen etwas kühleren Luftstrom aus. Zara wischte sich den Nacken ab, wo sich trotz ihrer relativen Regungslosigkeit Schweiß gesammelt hatte. Die Kommentare sollten sie nicht einschüchtern, das wusste sie. Belästigung im Internet gehörte für jede Journalistin praktisch zur Jobbeschreibung, erst recht für eine, die in einem potenziellen Vertuschungsskandal um einen Mord ermittelte. Aber die Spezifität beunruhigte sie, das lokale Wissen, die klare Absicht, sie zu verunsichern.

Sie schloss das Dokument und öffnete stattdessen ihre Schnittsoftware. Die beste Antwort war nicht der Rückzug, sondern der Angriff. Sie begann mit dem Entwurf für die nächste Folge und konzentrierte sich auf Unstimmigkeiten in der offiziellen Untersuchung. Wenn jemand versuchte, sie zu vergraulen, hatte er grundlegend missverstanden, was sie antrieb. Drohungen brachten sie nicht zum Weglaufen; sie brachten sie dazu, tiefer zu graben.

Die ausdrückliche Erwähnung ihres Motelzimmers nagte jedoch an ihr. Sie blickte erneut zur Tür, zu den Fenstern, zum Badezimmer, wo das kleine Fenster fest verschlossen blieb. Vielleicht sollte sie in Erwägung ziehen umzuziehen, sich eine weniger offensichtliche Bleibe zu suchen. Jane Gouldings Cottage war groß genug für ein Gästezimmer; vielleicht würde sie es Zara für ein paar Wochen vermieten, wenn sie fragen würde. Aber nein; wegzulaufen würde Schwäche signalisieren, würde bestätigen, dass die Einschüchterung wirkte.

Zara straffte die Schultern und kehrte zu ihrer Arbeit zurück. Sie ging nirgendwohin. Nicht, bis sie aufgedeckt hatte, was wirklich mit Iris Zhang passiert war. Nicht, bis sie verstanden hatte, warum ihr Tod elf Jahre später immer noch so heftige Reaktionen hervorrief.

Und nicht, bis sie genau identifiziert hatte, wer so verzweifelt versuchte, eine Wahrheit zu begraben, die sich nicht länger verbergen ließ.

Zara kehrte am nächsten Nachmittag kurz nach fünf ins Salt Creek Motel zurück, ihr Bankkonto um fast tausend Dollar leichter, aber ihr Auto lag endlich wieder stabil auf der Straße. Sie hatte sich gegen Garretts Vorschlag mit den Gebrauchtreifen entschieden, nachdem Mick ihr den Unterschied in der Profilqualität gezeigt hatte. »Die halten bei den paar Kilometern, die Sie im Jahr fahren, locker zwei Jahre«, hatte er gesagt und auf die neuen Michelins geklopft, die er für sie bestellt hatte, als sie das Auto zum ersten Mal vorbeibrachte. »Diesen Gebrauchtreifen wäre vielleicht schon in sechs Monaten die Puste ausgegangen.« Da ihr durch den Erfolg des Podcasts über zwanzigtausend Dollar winkten, konnte sie es sich zur Abwechslung leisten, die Dinge richtig zu machen. Sie parkte vor ihrer Wohneinheit; der vertraute Anblick ihres schäbigen Heims auf Zeit wirkte seltsam tröstlich nach einem Tag, den sie in der Bibliothek damit verbracht hatte, sich in Iris' künstlerisches

Schaffen zu vertiefen, während Esther im Hintergrund als eine etwas feindselige, wachsame Präsenz fungierte.

Doch als sie ihre Tür öffnete, veränderte sich ihre Wahrnehmung. Die Tür war verschlossen. Die Vorhänge waren genau so zugezogen, wie sie es in Erinnerung hatte. Nichts war sichtlich außer der Reihe. Und doch fühlte sich etwas falsch an, eine subtile Störung in der Atmosphäre, die ihr Körper registrierte, noch bevor ihr bewusster Verstand sie benennen konnte.

Auf den ersten Blick sah das Zimmer normal aus: das Bett gemacht, ein sauberes Hemd über den Stuhl geworfen, wo sie es gelassen hatte, die Laptoptasche auf dem Schreibtisch. Doch als sie eintrat, kristallisierte sich das Falsche in konkreten Details heraus.

Ihre Bücher auf dem Nachttisch, drei Taschenbücher und ihr Ledernotizbuch, waren in einer anderen Reihenfolge angeordnet. Sie hatte das Notizbuch aus Gewohnheit ganz oben liegen gelassen; jetzt lag es an dritter Stelle im Stapel. Der Reißverschluss ihres Koffers, den sie immer komplett schloss, klaffte an einem Ende einen Zentimeter weit auf. Ihr Kulturbeutel, den sie am Morgen auf der Badezimmerablage abgestellt hatte, stand auf der gegenüberliegenden Seite des Waschbeckens.

Jemand war in ihrem Zimmer gewesen. Jemand hatte ihre Sachen angefasst.

Zara ging zuerst zum Schreibtisch, das Herz klopfte ihr bis zum Hals, während sie ihren Ausrüstungskoffer überprüfte. Das Schloss war unversehrt. Sie öffnete ihn und stellte fest, dass ihr Computer und Janes Festplatte mit Iris' Medien noch sicher und unberührt waren. Auch ihre Aufnahmeausrüstung, die teure Sony-Kamera und die Mikrofone, die sie seit achtzehn Monaten abzahlte, waren ungestört.

Sie hatten nichts gestohlen. Sie hatten nach etwas gesucht.

Bei dem Gedanken an fremde Hände, die sich durch ihren privaten Bereich bewegt, ihren Besitz begutachtet und ihren Koffer mit der gefalteten Kleidung geöffnet hatten – intime Dinge, die fremden Augen ausgesetzt waren –, sträubten sich ihr die Nackenhaare. Sie ging ins Badezimmer und scannte es sorgfältiger ab. Die Zahnbürste stand exakt in ihrem Becher, aber ihre Feuchtigkeitscreme war bewegt worden, der Deckel saß nicht ganz fest.

»Scheiße«, flüsterte sie, und das Wort klang zittrig in dem stillen Raum.

Zara holte ihr Handy heraus und überprüfte die Zeit: 17:23 Uhr. Das Reinigungspersonal musste seine Runde schon vor Stunden beendet haben, und außerdem hängte sie immer das »Bitte nicht stören«-Schild auf, wenn sie ging. Das war nicht der Zimmerservice. Das war Absicht.

Sie trat an die Fenster, prüfte die Riegel und untersuchte die Rahmen auf Einbruchspuren. Nichts. Sie blickte zurück zu ihrem Ausrüstungskoffer, ging in die Hocke, um das Schloss auf Augenhöhe zu bringen, und jetzt sah sie sie: feine Kratzer um das Schloss herum, als hätte jemand tollpatschig versucht, es zu knacken.

Wer auch immer das getan hatte, war also kein Profi. Hatten sie den Angestellten an der Rezeption bestochen oder überredet, ihnen Zugang zum Zimmer zu verschaffen? Den Generalschlüssel entwendet, den die Putzkraft haben musste, um Zugang zu allen Zimmern zu erhalten? Zara war sich ziemlich sicher, dass sie von niemandem, der im Motel arbeitete, eine ehrliche Antwort bekommen würde.

Die anonymen Kommentare von gestern Abend schossen ihr durch den Kopf: »*Lässt sich Ihre Hoteltür nachts richtig abschließen? Salt Creek ist für Außenseiter nicht immer sicher.*« Keine zufällige Drohung, sondern eine gezielte Warnung von jemandem, der bereits wusste, dass er sich Zugang zu ihren Räumen verschaffen konnte.

Sie schritt in dem kleinen Zimmer auf und ab, sechs Schritte von Wand zu Wand, und versuchte, ihren Atem unter Kontrolle zu bringen. Wonach hatten sie gesucht? Janes Festplatte mit Iris' Arbeit? Ihre Recherche-Notizen? Oder war das schlichtweg Einschüchterung, eine Botschaft, dass nirgendwo wirklich Privatsphäre existierte, dass sie beobachtet wurde?

So oder so war die Absicht klar: sie zu verängstigen, dafür zu sorgen, dass sie sich verwundbar fühlte, sie zum Gehen zu bewegen.

Zara zwang sich, stillzustehen und nachzudenken. Sie konnte gar nichts sagen und so tun, als hätte sie nichts bemerkt, aber dann würde derjenige, der das getan hatte, denken, seine Botschaft sei nicht angekommen.

Oder sie konnte die Polizei rufen. Den Einbruch melden, einen offiziellen Vorgang erstellen. Denjenigen, der dahintersteckte, spüren lassen, dass sie sich nicht zum Schweigen einschüchtern lassen würde.

Sie starrte auf ihr Handy; die Nummer der Polizeistation von Salt Creek war bereits in ihren Kontakten gespeichert. Ein Anruf bedeutete, dass wahrscheinlich Garrett reagieren würde. Garrett mit seinen graublauen Augen, die zu viel sahen, mit seinen Warnungen, die jetzt weniger wie Drohungen und mehr wie echte Besorgnis wirkten.

Die Erinnerung an seine physische Präsenz in Childers, an seine Nähe im Vernehmungsraum der Polizei und in jener Nacht, als er sie vom Pub nach Hause begleitet hatte, löste ein unwillkommenes Flattern in ihrem Magen aus. Kompliziert. Viel zu kompliziert.

Doch ihr journalistischer Instinkt setzte sich über ihr persönliches Zögern hinweg. *Alles dokumentieren. Eine schriftliche Spur hinterlassen. Dem Dienstweg folgen.* Sie musste Garrett Pennell nicht mögen, um das System zu nutzen, das er repräsentierte.

Zara machte mit ihrem Handy Fotos von den verstellten Gegenständen und achtete darauf, nichts weiter zu berühren. Dann schluckte sie ihren Stolz hinunter und wählte die Nummer der Wache. Während es läutete, starrte sie in ihren verletzten Lebensraum, und Wut ersetzte allmählich den ersten Schock.

Jemand glaubte, er könne sie mit diesen kleinlichen Übergriffen einschüchtern. Jemand glaubte, sie würde beim ersten Anzeichen von Widerstand weglaufen. Man hatte offensichtlich nicht verstanden, was sie überhaupt nach Salt Creek geführt hatte – nicht nur berufliche Verzweiflung, sondern ein echter Glaube an Gerechtigkeit, ein Bekenntnis zur Wahrheit, das sie schon durch schlimmere Drohungen als diese getragen hatte.

»Polizeistation von Salt Creek«, meldete sich die Stimme der Empfangsdame.

»Hier spricht Zara Langley«, sagte sie, ihre Stimme trotz des anhaltenden Unbehagens fest. »Ich möchte einen Einbruch im Salt Creek Motel melden.«

Sie würde sich nicht vertreiben lassen. Nicht durch anonyme Kommentare, nicht durch die Verletzung ihrer Privatsphäre, nicht durch subtile Drohungen. Wer auch immer ihr Zimmer durchsucht hatte, hatte nur bestätigt, was sie ohnehin schon vermutet hatte: Sie kam einer Sache näher, die jemand verzweifelt geheim halten wollte.

Garrett traf innerhalb von siebzehn Minuten nach ihrem Anruf ein. Zara hatte mitgezählt, auf der Kante des Schreibtischstuhls hockend, da sie sich nicht auf das Bett setzen wollte, das fremde Hände vielleicht berührt hatten. Sie erkannte das Geräusch seines Fahrzeugs, bevor sie ihn sah: das markante Grollen des Polizei-LandCruiser, der auf den Parkplatz vor ihrem Fenster einbog. Als das Klopfen kam, drei scharfe Schläge, stand sie schnell auf, strich ihr Hemd glatt und öffnete die Tür, um ihn im Türrahmen vorzufinden. Sein Gesichtsausdruck war professionell gefestigt, was die Besorgnis in seinen Augen jedoch nicht ganz verbergen konnte.

»Ms. Langley«, sagte er formell, obwohl etwas in seiner Stimme die professionelle Distanz milderte. »Sie haben einen Einbruch gemeldet?«

Sie trat beiseite, um ihn hereinzulassen, wobei sie sich schmerzlich bewusst war, wie seine Anwesenheit das kleine Zimmer sofort noch kleiner wirken ließ. Er trug heute Uniform: ein hellblaues Hemd mit den Abzeichen der Polizei von Salt Creek, eine dunkle Hose, einen Einsatzgürtel. Offiziell, autoritär. Und doch konnte sie nicht anders, als an ihn in Childers zu denken, in Zivilkleidung, sein Körper gegen ihren.

»Es fehlt nichts«, erklärte sie und deutete auf die subtilen Anzeichen des Eindringens. »Aber jemand hat meine Sachen durchwühlt. Nach etwas gesucht.«

Garrett nickte und holte eine kleine Digitalkamera und ein No-tizbuch hervor.

»Würden Sie mit mir durchgehen, was Sie vorgefunden haben?«, fragte er und stand so nah bei ihr, dass sie sein Af-tershave riechen konnte, gemischt mit Kaffee und dem leichten Duft von Waschmittel. Zu nah für eine berufliche Interaktion, doch keiner von beiden wich zurück.

Sie beschrieb jeden verstellten Gegenstand, wo er gewesen war und wie sie wusste, dass er bewegt worden war. Während sie sprach, kehrten seine Augen immer wieder zu ihrem Gesicht zurück und studierten ihren Ausdruck auf eine Weise, die über das polizeiliche Vorgehen hinausging. Er bewegte sich mit ihr durch den Raum und fotografierte die umgestellten Bücher, den halb offenen Reißverschluss des Koffers. Seine Bewegungen waren kontrolliert, professionell, aber Zara bemerkte, wie er sich positionierte – immer zwischen ihr und der Tür, als würde er erwarten, dass der Eindringling jeden Moment zurückkehren könnte.

»Sie haben dasselbe Zimmer, seit Sie eingecheckt haben?«, fragte er und schrieb in sein Notizbuch.

»Ja, seit zehn Tagen.«

»Hat außer dem Reinigungspersonal noch jemand Zugang? Besuche von Freunden? Kollegen?«

»Nein. Ich habe mich mit Leuten im Ort getroffen, Jane Goulding, May Zhang, aber nie hier. Oh, außer Vince Thorne, aber der ist weg auf dem Minengelände, wo er arbeitet.« Sie hielt inne. »Ich hänge immer das ›Bitte nicht stören‹-Schild raus. Die Reinigung war seit drei Tagen nicht mehr drin.«

Er notierte sich das und blickte dann auf, seine graublauen Augen hielten die ihren fest. »Ist Ihnen aufgefallen, dass Ihnen jemand folgt? Hat jemand ungewöhnliches Interesse an Ihren Bewegungen gezeigt?«

Die Fragen gingen über das Standardprozedere bei einem einfachen Einbruch ohne Diebstahl hinaus. Das war persönliche Besorgnis, schlecht getarnt als berufliche Gründlichkeit.

»Nicht direkt. Aber da war ...« Sie zögerte, holte dann ihr Handy und zeigte ihm die Screenshots der anonymen Kommentare. »Die tauchten seit gestern auf. Nachdem meine letzte Folge online ging.«

Garrett nahm das Handy und scrollte durch die Nachrichten. Ein Muskel in seinem Kiefer zuckte, während er las, und sein Gesichtsausdruck verfinsterte sich. Als er bei dem Kommentar über das Schloss ihres Motelzimmers ankam, krallten sich seine Finger fester um das Handy.

»Warum haben Sie das nicht gemeldet?« Seine Stimme war leise und klang nach echter Wut. Nicht auf sie, wie sie erkannte, sondern auf denjenigen, der hinter den Drohungen steckte.

»Es wirkte wie typisches Internet-Trolling. Bis jetzt.«

Er reichte ihr das Handy zurück, wobei seine Finger die ihren streiften. »Das ist kein Trolling. Das ist gezielte Einschüchterung.« Er trat näher, seine Stimme wurde leiser. »Sie machen sich selbst zur Zielscheibe, Zara. Das ist nicht mehr nur der Widerstand einer Kleinstadt.«

»Ich weiche nicht zurück«, sagte sie und hob das Kinn. »Wenn jemand so entschlossen ist, mich zu vergraulen, muss ich wohl an etwas Wichtigem dran sein.«

»Oder an jemand Gefährlichem.« Er hob die Hand, berührte fast ihr Gesicht, bevor er sie wieder sinken ließ. »Sie verstehen nicht, worauf Sie sich da eingelassen haben.«

»Dann sag es mir doch«, forderte sie ihn heraus und trat näher, ohne es zu wollen. »Was übersehe ich, Garrett? Was sagst du mir nicht?«

Die Luft zwischen ihnen schien sich zu verdichten, schwer von ungesagten Worten, von der Erinnerung an jene Nacht in Childers, von der Spannung, die sich mit jeder Begegnung seither aufgebaut hatte. Sein Blick glitt zu ihrem Mund, verweilte dort und kehrte dann zu ihren Augen zurück. Die professionelle Distanz brach vollends in sich zusammen.

Sie wusste nicht genau, wer den ersten Schritt machte. Vielleicht beide, angezogen von der Kraft, die seit ihrem ersten Treffen existierte. Sein Mund fand den ihren, heiß und verzweifelt, während seine Hand ihren Hinterkopf stützte. Sie reagierte sofort, Verlangen durchströmte sie, als sie sich gegen ihn presste und ihre Finger sich in sein Hemd krallten.

Der Kuss war ganz anders als in Childers, nicht spielerisch, nicht erkundend, sondern schwer von Bedürfnis und Angst und Wut und etwas Tieferem, das sie nicht benennen konnte. Sein Arm schlang sich um ihre Taille und zog sie enger an sich, als wolle er sie physisch vor den Drohungen schützen, die draußen lauerten. Ihr Körper erinnerte sich an seinen, der Instinkt übernahm das Kommando, als sie sich gegen ihn bog.

Es war Garrett, der sich zuerst zurückzog, obwohl er sie nicht losließ; seine Stirn ruhte an ihrer, während beide erst einmal zu Atem kommen mussten.

»Ich mache mir Sorgen um dich«, sagte er mit rauer Stimme. »Das ist kein Spiel. Salt Creek hat Geheimnisse, die manche um jeden Preis schützen werden.«

Die Hitze seines Körpers gegen ihren machte es ihr schwer, sich zu konzentrieren, aber Zara zwang sich dazu, einen

Schritt zurückzutreten, um wieder klar denken zu können. »Ich kann auf mich selbst aufpassen. Ich lasse mich nicht von Einschüchterungstaktiken vertreiben.«

»Das sind nicht nur Einschüchterungstaktiken.« Er ließ ihre Taille nur widerwillig los. »Jemand war in deinem Zimmer, Zara. Jemand, der weiß, wo du schläfst und woran du arbeitest. Das Ganze eskaliert.«

»Ein Grund mehr, weiterzugraben.« Sie strich ihr Hemd glatt und versuchte, ihre Fassung wiederzugewinnen. »Ich gehe nicht, bis ich weiß, was mit Iris passiert ist.«

Sein Gesichtsausdruck flackerte – Frustration, Sorge und vielleicht auch eine Spur widerwillige Bewunderung. Er fuhr sich mit der Hand durchs Haar und sah sich in dem durchwühlten Zimmer um. »Lass mich zumindest mit dem Motelmanager reden, damit er dein Schloss austauscht. Vielleicht zusätzlich eines, für das nur du den Schlüssel hast. Und sei vorsichtig, wem du traust.«

Die Ironie der Situation entging ihr nicht. Da war sie und vertraute genau dem Mann, der sie von Anfang an vor diesen Ermittlungen gewarnt hatte. Sie vertraute ihm ihre Sicherheit an, ihren Mund und die Instinkte ihres Körpers.

Garrett packte sein Notizbuch und die Kamera ein und ging zur Tür. An der Schwelle hielt er inne und drehte sich noch einmal um, als wolle er noch etwas sagen. Ihre Blicke trafen sich, bevor er einfach einmal kurz nickte und ging.

Die Tür schloss sich hinter ihm. Zara stand reglos da und hörte zu, wie seine Schritte verhallten, während ihre Lippen von seinem Kuss noch immer kribbelten. Das Zimmer fühlte sich durch seine Abwesenheit gleichzeitig leerer und voller an – leerer ohne seine körperliche Präsenz, voller mit den Fragen darüber, was gerade geschehen war, was es bedeutete und wohin es führen könnte.

Sie ließ sich auf die Bettkante sinken, ohne sich länger Gedanken darüber zu machen, wer es vielleicht berührt hatte. Ihr Herzschlag beruhigte sich langsam wieder, aber die Erinnerung an Garretts Körper gegen ihren, seine schützende Haltung und die Art, wie sein Duft – Seife, Kaffee und etwas ganz Eigenes – im Raum verblieben war, sorgte dafür, dass ihre Haut weiter glühte und empfindsam blieb.

Er hatte sich wirklich um ihre Sicherheit gesorgt. Das war nicht vorgetäuscht, keine Show. Aber bedeutete das auch, dass er nicht in die Sache mit Iris verwickelt war? Oder war seine Besorgnis rein privater Natur, getrennt von seinen beruflichen Loyalitäten und Verpflichtungen?

Zara presste die Finger an die Schläfen und versuchte, ihre Gedanken zu ordnen. Der Einbruch, die Drohnachrichten, der Kuss – all das wirbelte in einem verwirrenden Geflecht aus Gefahr und Verlangen durcheinander. Das Schlimmste war nicht einmal, dass jemand in ihrem Zimmer gewesen war oder dass anonyme Nutzer sie online bedrohten.

Das Schlimmste war, dass sie Garrett, als er in der Tür gestanden hatte, am liebsten gebeten hätte zu bleiben.

# KAPITEL 10

EIN KLOPFEN RISS ZARA aus unruhigen Träumen; es war beharrlich, aber zaghaft. Sie blinzelte zum Nachttischwecker: 06:17 Uhr. Zu früh für den Zimmerservice. Nach dem gestrigen Einbruch beschleunigte sich ihr Puls, während sie aus dem Bett schlüpfte und sich eine Strickjacke über das Schlafshirt zog, bevor sie sich vorsichtig der Tür näherte. Sie spähte durch den Türspion und entspannte sich erst, als sie die kleine Gestalt auf der anderen Seite erkannte: May Zhang stand dort, die Hände vor sich verschränkt, und wirkte im bereits hellen Morgenlicht entschlossen und unsicher zugleich.

Zara schloss die Tür auf und schob die Kette beiseite. »May? Ist alles in Ordnung?«

May stand in einer gebügelten schwarzen Hose und einer schlichten blauen Bluse da, ihr grau meliertes Haar war wie üblich zu einem Knoten gesteckt, wenn auch lockerer als sonst, als hätte sie sich hastig angezogen. In ihren Händen hielt sie einen kleinen Strauß einheimischer Blumen, deren leuchtende Farben einen seltsamen Kontrast zu ihrem düsteren Gesichtsausdruck bildeten.

»Ich würde Ihnen gerne etwas zeigen«, sagte May, ihre Stimme fest trotz eines leichten Zitterns in den Fingern. »Wenn Sie Zeit haben. Jetzt sofort.«

»Natürlich«, erwiderte Zara, wobei ihre Überraschung der Neugier wich. »Geben Sie mir fünf Minuten zum Anziehen.«

May nickte und trat einen Schritt zurück. »Ich warte.«

Zara zog sich schnell an, schlüpfte in Shorts und ein leichtes Baumwollhemd und fuhr sich kurz mit der Bürste durchs Haar, bevor sie es zu einem Pferdeschwanz band. Aus Instinkt griff sie nach ihrem Aufnahmegerät und ihrem Handy, zögerte dann aber, unsicher, ob dies die Art von Einladung war. Das Aufnahmegerät blieb auf dem Tisch liegen, aber sie schob ihr Handy in die Tasche.

Draußen hing die Luft schwer vor Feuchtigkeit; die Sonne mühte sich noch ab, den Dunst zu durchbrechen, der am Horizont klebte. May stand mit gestrafften Schultern da, ihr Blick in die Ferne gerichtet. Als Zara heraustrat, nickte May nur und ging los, in der Erwartung, dass Zara ihr folgen würde.

Schweigend durchquerten sie das erwachende Städtchen. Der Cafébesitzer, der gerade seinen Laden aufschloss, nickte May zu, wobei sich sein Ausdruck in Überraschung verwandelte, als er Zara an ihrer Seite sah. Kleinstadt-Neugier, dachte Zara, oder etwas Spezifischeres – das Erkennen der Bedeutung, die es hatte, dass May Zhang mit der Podcast-Frau unterwegs war.

May führte sie die Hauptstraße entlang, am Hotel vorbei, und bog dann in den kleinen öffentlichen Park mit seinen verwitterten Picknicktischen und Spielgeräten ab. Der Morgentau zog in Zaras Turnschuhe ein, während sie über das Gras stapften. Sie hielten nicht auf den Pfad zu, der zum Bach hinunterführte, wo Iris' Leiche gefunden worden war, sondern auf die alte hölzerne Fußgängerbrücke, die die Schlucht überspannte.

»Hierher komme ich immer«, sagte May – ihre ersten Worte, seit sie das Motel verlassen hatten. »Jede Woche. Seit elf Jahren.«

Sie deutete auf die Brücke, deren Holz von Sonne und Regen grau verwittert war; die Dielen wirkten stabil, zeigten ihr Alter jedoch in tiefen Rissen und dunklen Astlöchern. Gelbe Akazien blühten entlang der Hänge der Schlucht, ihr süßer Duft vermischte sich mit dem erdigen Geruch des Baches unter ihnen. Das Wasser floss klar und flach über glatte Steine, kaum knöcheltief.

May trat auf die Brücke, ihre Bewegungen routiniert und vertraut. Etwa auf halber Strecke hielt sie inne und kniete sich hin. Sie steckte die einheimischen Blumen, die sie getragen hatte, durch eine Lücke im Geländer und legte sie auf einer kleinen Metallplatte ab, die am seitlichen Stützpfeiler befestigt war. Zara trat näher, um die schlichte Gravur zu lesen: ›Iris Zhang, geliebte Tochter, 1997-2014.‹

»Der Stadtrat wollte keine richtige Gedenkstätte erlauben«, erklärte May sachlich, obwohl ihre Finger auf der Metallplatte verweilten und den Namen ihrer Tochter nachzogen. »Sie sagten, es würde ›morbiden Tourismus fördern‹. Richard Cannon hat diesen Kompromiss arrangiert. Klein genug, um unbemerkt zu bleiben, außer man weiß, wo man suchen muss.«

Sie blieb kniend, rückte die Blumen zurecht und stellte sicher, dass sie nicht so leicht durch die Ritzen in den Bach fallen würden. »Ich komme hierher, um mit ihr zu reden«, fuhr May leiser fort. »Erzähle ihr vom Restaurant, von den neuen Rezepten ihres Vaters. Stelle ihr Fragen, die sie nicht beantworten kann.«

May sah zu Zara auf, in ihren dunklen Augen schimmerten unvergossene Tränen, die sie nicht fließen lassen wollte. »Setzen Sie sich zu mir«, sagte sie, es war keine Frage, aber auch nicht direkt ein Befehl. Sie klopfte auf das verwitterte Holz neben sich.

Zara ließ sich auf die Brücke nieder, spürte das raue Holz an ihren Handflächen und Oberschenkeln, während sie die Füße durch das Geländer steckte, um sie neben Mays Beinen baumeln zu lassen. Aus diesem Winkel konnte sie den Bach deutlicher sehen, die glatten Steine im Wasser und den Schatten der Brücke, der einen kühleren Bereich schuf, in dem sich kleine Fische sammelten. Fünfzehn Zentimeter Wasser. Nicht genug, um versehentlich darin zu ertrinken.

»Sie sagten, sie sei gestürzt«, sagte May und folgte Zaras Blick. »Dass sie sich den Kopf aufgeschlagen hat, das Bewusstsein verlor und trotz des flachen Wassers ertrank.« Ihre Stimme blieb fest. »Aber Iris kannte den Bach. Sie hat darin gespielt, seit sie ein Kind war. Sie war trittsicher und vorsichtig.«

Zara nickte; die Unhaltbarkeit der offiziellen Darstellung wurde von diesem Standpunkt aus noch deutlicher. »Hatte sie irgendeinen Grund, in jener Nacht hier zu sein?«, fragte sie leise.

Mays Finger strichen unbewusst weiter über die Gedenktafel. »Keinen, von dem sie uns erzählt hat. Eigentlich sollte sie vom Restaurant direkt nach Hause gehen. Die andere Richtung. Es gab keinen Grund für einen Umweg zum Bach, es sei denn ...« Sie brach ab.

»Es sei denn, jemand hat sie gebeten, ihn hier zu treffen, oder hat sie unterwegs getroffen und überredet mitzukommen«, beendete Zara den Satz behutsam.

May nickte, den Blick weiterhin auf das Wasser unter ihnen gerichtet. »Jemand, dem sie genug vertraut hat, um nachts mit ihm hierher zu kommen.«

Sie saßen schweigend da. Eine Brise bewegte die Blätter der Eukalyptusbäume, die die Schlucht säumten, und ließ gesprenkelte Schatten über das Wasser tanzen. Zara veränderte ihre Position auf dem harten Holz, und als sie ihre Handfläche aufstützte, um sich abzufangen, fiel ihr Blick auf etwas Ungewöhnliches zwischen den verwitterten Dielen.

Etwas Schwarzes steckte tief im Spalt zwischen zwei Planken und lag auf einem der Stützpfeiler unter der Brückenoberfläche. Es war kein Blatt oder Unrat; die Form war zu regelmäßig, das Material zu solide. Zara beugte sich näher und kniff die Augen zusammen.

»May«, sagte sie leise, »da unten ist etwas, zwischen den Brettern.«

May sah auf, Verwirrung spiegelte sich in ihrem Gesicht. »Wo?«

Zara zeigte auf den schmalen Spalt. »Da. Etwas Schwarzes, mit etwas, das aussieht wie ... ein Aufkleber? Auf einer Metall- oder Kunststoffoberfläche.«

May beugte sich vor und blinzelte in den Schatten unter den Brückendielen. »Ich sehe nicht ... Moment.« Sie hielt den Atem an. »Ich sehe es.«

»Es steckt dort schon lange fest«, sagte Zara und betrachtete, wie sich das Objekt verkeilt hatte und wie das Holz um es herum verwittert war und das, was darunter gefangen lag, fast umschloss. »Jahre, vielleicht. Es sieht aus wie ein Handy.«

Mays Hand legte sich auf Zaras Handgelenk und drückte fest zu. »Sie haben Iris' Handy nie gefunden! Könnte es ...?« Sie konnte die Frage nicht zu Ende führen, Hoffnung und Angst rangen in ihrem Gesichtsausdruck.

Zaras Ermittlerinstinkt erwachte, ihr Verstand kalkulierte Möglichkeiten und Verbindungen. Etwas, das auf der Brücke verloren oder versteckt worden war, auf der Iris Zhang zuletzt lebend gesehen wurde, elf Jahre lang unentdeckt. Etwas Kleines, Schwarzes, mit etwas, das wie ein dekorativer Aufkleber aussah.

»Wir müssen es da rausbekommen«, sagte sie und prüfte bereits, wie sie durch die schmalen Lücken greifen konnte. »Können Sie sehen, ob es sich überhaupt bewegen lässt?«

May nickte, Entschlossenheit ersetzte die Unsicherheit. Sie beugte sich hinunter und spähte in den Spalt; ihre Finger waren zu groß für den verwitterten Zwischenraum.

»Ich kann fast …«, begann May, zog sich dann aber frustriert zurück. »Es rührt sich nicht. Und wenn wir nur daran herumstochern, fällt es vielleicht ins Wasser.«

»Ich kann fast …«, begann May, zog sich dann aber frustriert zurück. »Es rührt sich nicht. Und wenn wir nur daran herumstochern, fällt es vielleicht ins Wasser.«

»Dann müssen wir es auch von unten versuchen«, sagte Zara, die bereits aufstand und ihren Blick zwischen dem eingeklemmten Objekt und dem flachen Bach hin und her wandern ließ. »Ich gehe hinunter zum Wasser. Wenn es fällt, fange ich es auf.«

Mays Augen weiteten sich. »Glauben Sie wirklich, dass es …?«

Zara antwortete nicht direkt, da sie keine Hoffnungen wecken wollte, die sie vielleicht nicht erfüllen konnte, aber die Möglichkeiten rasten durch ihren Kopf. »Finden wir es heraus«, sagte sie stattdessen und ging bereits zum Ende der Brücke und zu dem Pfad, der sie zum Bach hinunterführen würde.

Der Abstieg zum Bach war so steil, wie sie ihn von ihrem ersten Ausflug hierher in Erinnerung hatte, und zwang Zara, nach freiliegenden Wurzeln und jungen Bäumen zu greifen, um nicht den Halt zu verlieren. Die morgendliche Feuchtigkeit drückte auf ihre Haut; ihr Hemd klebte ihr bereits am Rücken, noch bevor sie das Ufer erreichte. Über ihr hatte May einen herabgefallenen Ast gefunden und postierte sich vorsichtig auf der Brücke, direkt über dem eingeklemmten Objekt. Ihre Bewegungen waren langsam und bedacht, als könnte ein falscher Schritt ihre Entdeckung in das Wasser darunter stürzen lassen.

»Ich bin hier unten«, rief Zara hinauf, während sie ihre Turnschuhe auszog und in den Bach trat.

Der Kälteschock des Wassers an ihren Knöcheln ließ sie nach Luft schnappen. Trotz der drückenden Hitze, die sich in der Luft aufbaute, floss der Bach kühl, gespeist von unterirdischen Quellen, die einen kleinen Strom aufrechterhielten, obwohl der Damm flussaufwärts den Großteil der Wasserzufuhr abschnitt. Glatte Steine verschoben sich unter ihren Füßen, während sie in die Mitte watete und sich direkt unter der Lücke positionierte, in der das Objekt feststeckte.

»Können Sie es von dort aus sehen?«, fragte May und lehnte sich mit angespannter Stimme über das Geländer.

Zara legte den Kopf in den Nacken und blinzelte gegen das stärker werdende Sonnenlicht, das durch die Dielen sickerte. »Nein, nichts. Aber ich bin direkt unter Ihnen. Wenn Sie es losrütteln können, versuche ich, es aufzufangen.«

May kniete auf der Brücke, den dünnen Ast durch den Spalt zwischen den Planken geschoben, ihr Gesicht ein Bild der

Konzentration. »Ich versuche, es vorsichtig herauszudrücken«, sagte sie. »Seien Sie bereit.«

Der Ast scharrte gegen das Holz auf der Suche nach Halt. Schweißperlen bildeten sich auf Zaras Stirn, während sie wartete, ihr Nacken schmerzte vom Hinaufsehen, und das Wasser machte ihre Füße taub trotz der steigenden Tagestemperatur.

»Ich glaube …«, May drückte erneut, kräftiger. »Ich glaube, es fängt an zu …«

Ein lautes Knacken unterbrach sie, als die Spitze des Astes abbrach, wodurch May kurz das Gleichgewicht verlor. Der Hauptteil des Astes stieß kraftvoll gegen das Objekt, und Zara sah, wie dessen Ecke über dem Rand des Stützpfeilers erschien und auf seinem prekären Platz hin- und herkippte.

»Es löst sich!«, rief sie, stellte sich breiter ins Wasser und hielt die Hände fangbereit nach oben.

May fing sich wieder und korrigierte ihren Griff an dem verkürzten Ast. »Noch ein Stoß«, sagte sie, mehr zu sich selbst als zu Zara.

Der Ast traf die Kante des Objekts und hebelte es gerade weit genug aus. Einen Moment lang schien es in der Lücke zu schweben, unentschlossen. Dann kippte es, rutschte aus seinem jahrelangen Gefängnis und taumelte durch die Luft.

Zara machte einen Satz, Wasser spritzte um ihre Waden, während ihre Hände nach oben schossen. Das Objekt traf ihre Handflächen und rutschte ihr fast durch die Finger, bevor sie sie fest darum schloss. Der Schwung ließ sie einen Schritt zurücktaumeln, aber sie blieb aufrecht stehen, die Beute sicher an ihre Brust gepresst.

»Ich hab's!«, rief sie und blickte auf das hinunter, was sie nun in Händen hielt.

Es war unverkennbar ein Mobiltelefon, ein älteres Smartphone; sein schwarzes Gehäuse war an einer Kante gesprungen, das Display ein Netz aus Rissen. Auf der Rückseite klebten Aufkleber, aber was auch immer darauf abgebildet gewesen war, war längst verblasst.

Oben war May bereits in Bewegung, ließ den Ast fallen und eilte die Brücke entlang; ihr normalerweise gemessenes Tempo wich einer kaum kontrollierten Dringlichkeit. Zara watete zurück zum Ufer, vorsichtig, um auf den glatten Steinen nicht auszurutschen, das Handy hoch über das Wasser gestreckt.

Als sie trockenes Land erreichte, war May schon da; ihr Abstieg war trotz ihres Alters irgendwie schneller gewesen als der von Zara. Ihr Blick war fest auf das Handy geheftet.

»Lassen Sie mich sehen«, sagte sie mit einer Stimme, die kaum über ein Flüstern hinausreichte.

Zara reichte es ihr behutsam herüber und beobachtete, wie Mays Finger an den Kanten des Geräts zitterten, während sie es umdrehte, um die Aufkleber auf der Rückseite zu untersuchen.

»Das ist ihres«, sagte May, und bei dem Wort brach ihre Stimme. »Das ist Iris' Handy. Diese Aufkleber, die hat sie an dem Tag aufgeklebt, als sie das Handy bekam. Sie sagte, es sei ihre ›Medien-Ausrüstung‹ im Miniaturformat.« Ihr Daumen fuhr sanft über einen Aufkleber. »Dieser hier hat die Form eines Mikrofons, sehen Sie? Das ist das Bild, das darauf war. Sie hatte die gleichen auf ihrem Laptop.«

May blickte auf, unvergossene Tränen ließen ihre Augen glänzen. »Die Polizei sagte, sie könnten ihr Handy nicht finden. Dass es im Wasser verloren gegangen sein müsse, flussabwärts gespült.« Ihre Stimme wurde härter. »Aber es war hier. Die ganze Zeit über. Genau dort, wo sie ... genau dort, wo man sie gefunden hat.«

Zara beobachtete, wie sich die Erkenntnis auf Mays Gesicht ausbreitete – die Tragweite eines Telefons, das in der Brücke feststeckte, anstatt von der Strömung fortgespült worden zu sein. Ein Beweisstück, das hätte offenbaren können, was in jener Nacht wirklich geschah, wen Iris getroffen hatte, was sie gesehen oder gewusst hatte.

»Ihr Laptop ist auch verschwunden«, fuhr May fort, wobei sich nun Zorn in ihre Trauer mischte. »Detective Finch kam am Tag danach zu uns nach Hause ... nachdem sie sie gefunden hatten. Er sagte, sie bräuchten ihren Laptop für die Ermittlungen. Wir haben ihn ihm natürlich gegeben.« Ihre Finger klammerten sich fester um das Telefon. »Drei Wochen später, als wir ihn zurückforderten, sagte er, er sei ›bearbeitet und in die Asservatenkammer zurückgebracht‹ worden. Aber als David ihn abholen wollte, konnte ihn niemand finden. Einfach weg. Als hätte er nie existiert.«

May trat näher, ihre Knöchel traten weiß hervor, so fest umklammerte sie das Telefon. »Sie dürfen ihnen das hier nicht geben«, sagte sie mit plötzlicher Heftigkeit, während sich ihre andere Hand um Zaras Handgelenk schloss. »Versprechen Sie es mir. Die Polizei hier ... sie sind Teil dessen, was passiert ist. Sie haben ihren Laptop genommen, sie haben die blauen Flecken an ihren Armen ignoriert, sie haben es als Unfall abgetan, obwohl jeder sehen konnte ...« Sie brach ab und atmete schwer.

Zara zögerte; ihre journalistische Ethik rang mit menschlichem Mitgefühl. Ein Beweismittel einer polizeilichen Ermittlung vorzuenthalten, überschritt eine Grenze, die sie zuvor nicht in Betracht gezogen hatte – eine Grenze, die sie beruflich ruinieren könnte, falls es herauskäme. Doch die Verzweiflung in Mays

Augen, die zitternden Finger, die sowohl das Telefon als auch Zaras Handgelenk umklammerten, sprachen von einer tieferen Wahrheit: Hier ging es nicht nur um journalistische Integrität, sondern um Gerechtigkeit, die viel zu lange verweigert worden war.

Und es gab keine laufenden polizeilichen Ermittlungen. Dies war kein Cold Case; der Fall war längst abgeschlossen. Es sei denn, Zara konnte neue, unumstößliche Beweise vorlegen – Beweise, die sie vielleicht auf diesem Telefon finden konnten.

»Ich verspreche es«, sagte Zara schließlich. »Aber May, wir müssen versuchen, alles zu retten, was darauf ist. Da könnten Beweise sein, Nachrichten, Fotos, Anruflisten oder SMS, die uns sagen könnten, was in jener Nacht passiert ist.«

Erleichterung glättete Mays Züge. Ihr Griff um Zaras Handgelenk lockerte sich, ohne es jedoch ganz loszulassen. »Glauben Sie, das ist möglich? Nach all der Zeit draußen bei diesem Wetter?«

»Moderne Telefone sind überraschend widerstandsfähig«, sagte Zara, obwohl sie sich nicht ganz sicher war. »Das Gehäuse scheint intakt zu sein, was einen gewissen Schutz geboten haben dürfte. Und es lag nicht im Wasser, es war lediglich den Elementen ausgesetzt.« Sie nickte in Richtung des Geräts. »Es gibt Spezialisten, die vielleicht eine Datenrettung durchführen können.«

May nickte und reichte Zara das Telefon vorsichtig zurück. Die Übergabe war bedächtig und bedeutungsvoll – sie übertrug ihr ebenso sehr das Vertrauen wie das Objekt. »Das Letzte, was sie berührt hat«, sagte sie leise, wobei ihr dieser Gedanke anscheinend gerade erst kam.

Zara nahm das Telefon behutsam entgegen. Sie begriff, was sie da in den Händen hielt: nicht nur ein potenzielles Beweismittel, sondern eine direkte Verbindung zu Iris, vielleicht ihre letzten Nachrichten, ihre letzten Augenblicke. Mays Finger verweilten noch einen Moment auf der Hülle, als widerstrebte es ihr, den Kontakt zu diesem unerwarteten Bindeglied zu ihrer Tochter abzubrechen.

»Ich werde vorsichtig damit umgehen«, versprach Zara und sah May direkt in die Augen. »Und ich werde Sie über alles auf dem Laufenden halten, was wir finden, und dafür sorgen, dass Sie es zurückbekommen, egal was passiert.«

Mays Finger lösten sich schließlich, ihre Schultern strafften sich, als sie sichtlich ihre Fassung wiedergewann. »Sie hätte Sie gemocht«, sagte sie plötzlich, was Zara völlig unvorbereitet traf. »Iris. Sie konnte keine Narren oder Heuchler leiden. Sie hätte Ihre Entschlossenheit geschätzt.« Ein Hauch eines Lächelns umspielte ihre Lippen. »Und Ihre Sturheit.«

Das unerwartete Kompliment berührte etwas in Zara und ließ ihr die Kehle eng werden. Sie nickte, unfähig, eine angemessene Antwort zu finden, und schob das Telefon vorsichtig in ihre Tasche.

»Wir sollten gehen«, sagte May und blickte hinauf zur Brücke, wo Iris' Gedenkblumen noch immer an der Plakette lehnten. »Bevor uns jemand sieht.«

Schweigend gingen sie den Pfad aus der Schlucht hinauf, wobei Zara sich des Inhalts ihrer Tasche überaus bewusst war. Das Telefon fühlte sich schwerer an, als es sein tatsächliches Gewicht rechtfertigte. Sie widerstand dem Drang, es durch den Stoff ihrer Shorts zu berühren, als könnte der Kontakt irgendwie die fragilen Daten im Inneren stören. Stattdessen konzentrierte sie sich auf das praktische Problem: Wer konnte Informationen aus einem Gerät extrahieren, das nach so vielen Jahren im Freien derart beschädigt war? Und noch wichtiger: Wem konnte man den Inhalt anvertrauen?

Als sie ebenes Gelände erreichten, blickte May sich vorsichtig um, bevor sie mit leiser Stimme sprach. »Werden Sie in der Lage sein ... zu sehen, was darauf ist?«

Zara überlegte sich die Antwort genau. »Ich persönlich nicht, nein. Der Schaden ist beträchtlich, und die Datenrettung bei einem so stark in Mitleidenschaft gezogenen Telefon erfordert Spezialausrüstung. Selbst wenn es sich irgendwie noch einschalten ließe, was ich bezweifle, sind die internen Komponenten wahrscheinlich korrodiert.«

Mays Schultern sackten ein wenig nach unten, die kurz aufflammende Hoffnung wich aus ihren Augen.

»Aber«, fuhr Zara fort und beobachtete Mays Miene genau, »ich kenne da vielleicht jemanden, der helfen könnte.«

Nach Mays Enthüllung über den verschwundenen Laptop kam die Polizei nicht infrage. Örtliche Technikexperten würden in einer Stadt dieser Größe reden. Ein gewerblicher Datenrettungsdienst würde Papierkram, Aufzeichnungen und potenzielle Lecks bedeuten. Und obwohl Garrett vertrauenswürdig sein mochte, machte es seine Position unmöglich, ihn in Betracht zu ziehen, ungeachtet der komplizierten Gefühle, die zwischen ihnen herrschten.

Aber es gab eine Person, die sowohl über die technischen Fähigkeiten als auch über die absolute Diskretion verfügte, die hierfür nötig waren. Jemand, dessen ethische Grenzen klar waren und dessen Loyalität sie nicht in Zweifel zog. Jemand, der dies eher als unwiderstehliches technisches Rätsel und nicht als potenzielle rechtliche Komplikation sehen würde.

»Mein Mitbewohner in Brisbane«, sagte Zara, wobei sich ihr Entschluss während des Sprechens festigte. »Dev. Er macht seinen Doktor in Elektrotechnik und hat sich auf Datenrettung und digitale Forensik spezialisiert. Er hat eine Ausrüstung, die es mit Universitätslaboren aufnehmen kann – das meiste davon hat er selbst gebaut.« Ein Hauch von Stolz schwang in ihrer Stimme mit. »Er hat schon Daten von Geräten gerettet, die Fachleute für hoffnungslos erklärt hatten. Und er ist absolut vertrauenswürdig.«

May musterte ihr Gesicht und suchte nach Gewissheit. »Sie würden zurück nach Brisbane fahren?«

Zara nickte. »Heute noch. Wenn ich bald losfahre, könnte ich am späten Nachmittag dort sein, ihm das Telefon geben und morgen schon wieder zurück sein.« Sie hielt Mays Blick standhaft aus. »Er würde niemals die Behörden einschalten, ohne dass wir ausdrücklich zustimmen, und er weiß, was Diskretion bedeutet. Solche technischen Herausforderungen sind genau das, wofür er lebt.«

»Und Sie vertrauen ihm blind?«, fragte May, und in der Frage schwangen all die Jahre ihres Misstrauens gegenüber offiziellen Stellen und gebrochenen Versprechen mit.

»Momentan vertraue ich ihm buchstäblich meine gesamte Wohnung an. Und ich würde ihm mein Leben anvertrauen«, sagte Zara schlicht. »Dev ist ... er ist brillant, aber durch und durch integer.« Sie lächelte leicht. »Er ist wahrscheinlich der einzige Mensch, den ich kenne, der noch sturer ist als ich, wenn es darum geht, ein Problem zu lösen.«

May schien diese Worte abzuwägen gegen ihr verzweifeltes Bedürfnis, diese letzte Verbindung zu ihrer Tochter zu schützen. Schließlich nickte sie, und die nachlassende Anspannung um ihren Mund verriet ihre Erleichterung.

»Wie lange würde er brauchen, um ... um zu sehen, ob man noch etwas retten kann?«

»Das hängt vom Ausmaß des Schadens ab«, gestand Zara. »Das könnten Tage sein, oder auch Wochen. Das Telefon war elf Jahre lang der Witterung ausgesetzt. Der Akku ist mit Sicherheit zersetzt, möglicherweise ist korrosives Material in andere Bauteile ausgelaufen. Die Speicherchips könnten irreparabel beschädigt sein.« Sie wollte keine falschen Hoffnungen wecken. »Dev wird ehrlich sagen, was machbar ist.«

Sie hatten nun den Rand des Parks erreicht; um sie herum erwachte die Stadt. Ein älterer Mann, der seinen Hund ausführte, nickte May zu, während sein Blick neugierig an Zara hängen blieb. Ein Kurierwagen ratterte vorbei, der Fahrer verlangsamte, um sie zu mustern, bevor er wieder beschleunigte.

»Die Leute werden reden«, murmelte May, der die Aufmerksamkeit nicht entging. »Das tun sie immer.«

»Sollen sie doch«, erwiderte Zara und achtete darauf, trotz der kostbaren Fracht in ihrer Tasche eine lockere Haltung zu bewahren. »Wir sind nur zwei Leute, die zusammen spazieren gegangen sind.«

Mays Lippen verzogen sich zu einem angedeuteten Lächeln. »Und was für ein Spaziergang.« Sie schüttelte langsam den Kopf. »Ich bin so froh, dass ich auf die kleine Stimme gehört habe, die mir sagte, ich solle Sie heute Morgen fragen, ob Sie mitkommen. War es Iris, glauben Sie, die mich in die richtige Richtung geschubst hat?«

»Ich weiß es nicht«, sagte Zara ehrlich. »Vielleicht. Ich habe schon seltsame Dinge erlebt, während ich cold cases untersucht habe. Menschen, die merkwürdige Entscheidungen trafen, die zu Durchbrüchen führten, und hinterher konnten sie nicht erklären, warum sie es getan hatten. Ich bleibe da offen.«

Während sie weitergingen, plante Zara im Geist bereits die Logistik. Sie musste Dev anrufen und ihn darauf vorbereiten, was sie ihm bringen würde. Sie musste ihre Ausrüstung packen, um sie mitzunehmen; nach dem Einbruch wollte sie sie nicht über Nacht im Motelzimmer lassen.

»Wenn da Nachrichten drauf sind«, sagte May plötzlich und riss Zara aus ihren Gedanken, »SMS oder Anrufe aus jener Nacht ...« Sie stockte, fuhr dann aber fort. »Ich will es wissen. Selbst wenn es schwer zu ertragen ist. Sogar, wenn es die Art verändert, wie ich sie in Erinnerung habe.« Ihre Stimme wurde fester. »Ich habe elf Jahre lang mit Halbwahrheiten gelebt. Ich kann jetzt die ganze Wahrheit vertragen, wie auch immer sie aussieht.«

Zara nickte; sie wusste, welchen Mut eine solche Offenheit nach Jahren der schützenden Isolation erforderte.

»Ich werde alles mit Ihnen teilen, was wir finden«, versprach sie. »Nichts wird zurückgehalten.«

Sie bogen auf die Hauptstraße ein. Vor ihnen kam die Golden Horse in Sicht, deren rot-goldenes Schild im Morgenlicht glänzte. David würde drinnen sein und das Tagesgeschäft vorbereiten, nichts ahnend von ihrer Entdeckung. Nichts ahnend, dass seine Frau diesen gewaltigen Schritt unternommen hatte, um die Wahrheit über den Tod ihrer Tochter ans Licht zu bringen.

»Sie sollten gehen«, sagte May, als sie sich dem Restaurant näherten. »Packen Sie alles ein, was Sie für Brisbane brauchen. Je früher Sie fahren, desto eher sind Sie zurück.« Sie hielt inne und fügte dann leise hinzu: »Ich werde David erzählen, was wir gefunden haben. Und was wir vorhaben.«

Zara nickte, wohlwissend, dass sie aus Schaufenstern und vorbeifahrenden Autos beobachtet wurden. In Kleinstädten gab es keine Privatsphäre, erst recht nicht für Fremde. »Ich rufe Sie an, wenn ich in Brisbane bin«, sagte sie. »Und noch einmal, wenn ich mich morgen auf den Rückweg mache.«

May streckte plötzlich die Hand aus und ergriff Zaras Hand. Die Berührung war kurz, aber fest; Dankbarkeit und Vertrauen wurden durch diesen einfachen Kontakt vermittelt. Dann drehte sie sich um und ging zum Restaurant. Mit jedem Schritt straffte sich ihre Haltung, als würde ihr gewohnter Panzer der Würde wieder an seinen Platz gleiten.

Zara sah ihr nach und spürte, wie die Verantwortung schwerer auf ihren Schultern lastete als das Telefon in ihrer Tasche. Es ging nicht mehr nur darum, ihre Karriere zu retten oder die Wahrheit um ihrer selbst willen ans Licht zu bringen. Es ging um eine Mutter, die elf Jahre lang mit einer unerträglichen Ungewissheit gelebt hatte; um einen Vater, der sich in der Arbeit vergrub, anstatt sich seiner Trauer zu stellen; um eine talentierte junge Frau, deren Leben durch Gewalt gestohlen worden war, die als Unfall getarnt wurde.

Sie wandte sich ab und ging schnelleren Schrittes zurück zum Motel, um zu packen. An der Ecke hielt sie inne und blickte zurück zur Schlucht, wo der Bach friedlich zwischen seinen Ufern floss. Aus dieser Entfernung wirkte er friedlich, gewöhnlich – unvorstellbar, dass er der Schauplatz einer Gewalttat gewesen sein sollte, die ein Leben beendet und andere zerstört hatte.

Zara dachte an Iris, wie sie in ihrer letzten Nacht die Fußgängerbrücke überquert hatte, vielleicht um jemanden zu treffen, dem sie vertraute – jemanden, der dieses Vertrauen auf die schlimmste Weise missbraucht hatte. Hatte sie das Telefon versehentlich während eines Kampfes fallen gelassen? War es hinterher absichtlich versteckt worden? Die Fragen häuften sich, doch zum ersten Mal seit ihrer Ankunft in Salt Creek hatte Zara das Gefühl, dass sie endlich einen Weg zu den Antworten haben könnten.

»Ich werde Sie nicht enttäuschen«, flüsterte sie, ein Versprechen, das sowohl Iris als auch May galt, auch wenn keine von beiden es hören konnte. »Was auch immer dir in jener Nacht zugestoßen ist, wir werden es herausfinden. Und jemand wird sich endlich dafür verantworten müssen.«

Damit drehte sie sich um und ging davon, gedanklich bereits mit der Fahrt nach Brisbane, den Gesprächen mit Dev und dem vorsichtigen Umgang mit dem beschäftigt, was ihr bisher wichtigstes Beweismittel sein könnte. Das Telefon in ihrer Tasche war mehr als nur ein Gerät; es war der Schlüssel, der endlich die Wahrheit über das Mädchen im Bach ans Licht bringen könnte.

# KAPITEL 11

DER BRUCE HIGHWAY ERSTRECKTE sich vor Zara, Hitze flimmerte von der Oberfläche auf, während die Nachmittagssonne durch ihre Windschutzscheibe brannte. Sechs Stunden Fahrt, mit nichts als ihren Gedanken und dem Radio als Gesellschaft. Sechs Stunden, um jeden Augenblick am Bach mit May Zhang noch einmal zu durchleben, das Telefon von Iris durch den Stoff ihrer Tasche an ihrem Oberschenkel zu spüren, das wachsende Netz aus Verbindungen in Salt Creek immer wieder neu zu berechnen – Verbindungen, die irgendwie zur Leiche eines siebzehnjährigen Mädchens in fünfzehn Zentimetern tiefem Wasser führten.

Zuckerrohrfelder wichen struppigem Buschland, dann wieder Ackerland; sie nahm die Landschaft kaum wahr, während ihre Gedanken rasten. Elf Jahre. Das Telefon hatte elf Jahre lang in dieser Brücke geklemmt, während May und David Zhang mit der offiziellen Lüge über den Tod ihrer Tochter lebten. Während wer auch immer dafür verantwortlich war, in Freiheit herumlief und sich ein Leben auf dem Fundament dieser Lüge aufbaute.

»Wenn es Nachrichten gibt«, hatte May gesagt, »will ich es wissen. Selbst wenn sie schwer zu ertragen sind.«

Zara verstärkte ihren Griff um das Lenkrad, ihre Knöchel traten weiß hervor. Der Einbruch in ihr Motelzimmer gewann nun eine neue Bedeutung. Jemand glaubte, dass sie der Sache nahekam. Jemand hatte Angst vor dem, was sie finden könnte. Und wenn jetzt jemand entdeckte, dass sie Beweismittel vom Ort eines Todesfalles – ob Unfall oder Mord – entwendet hatte, wäre ihre Glaubwürdigkeit zerstört, zusammen mit jeder Chance auf Gerechtigkeit für Iris.

Ihr Handy pingte mit einer Nachrichtenbenachrichtigung. Dev bestätigte, dass er zu Hause sein würde, wenn sie ankam. Sie hatte vorher angerufen, war aber vage geblieben, warum sie zurückkam; sie hatte nicht am Telefon erklären wollen, was sie mitbrachte. Besser, es ihm persönlich zu zeigen. Dev verstand Diskretion besser als die meisten; sein Nebengeschäft, bei dem er Leuten half, verlorene Daten wiederherzustellen, hatte ihn gelehrt, wann man Fragen besser ungestellt ließ.

Als die nördlichen Vororte von Brisbane begannen, den Highway zu säumen, entspannte Zara ihre Schultern ein kleines Stück. Sie hatte die beobachtenden Augen von Salt Creek hinter sich gelassen, zumindest für eine Nacht. Keine Überwachung wie in einer Kleinstadt, kein Garrett mit seinen graublauen Augen, die zu viel sahen, keine bohrenden Fragen von Einheimischen, die sich fragten, warum sie die Sache nicht einfach auf sich beruhen lassen konnte. Nur ihr Holzhaus in Aspley mit seinen durchhängenden Dachrinnen und der Mitbewohner, der wahrscheinlich so etwas wie ihr bester Freund war.

Das späte Nachmittagslicht tauchte die Straße in goldene Töne, als sie in die Einfahrt bog; das vertraute Knirschen von Kies unter den Reifen war tröstlicher, als sie erwartet hatte. Das Haus sah genau so aus, wie sie es verlassen hatte: weiße Farbe, die an den Ecken abblätterte, die Fliegengittertür leicht schief,

Topfkräuter auf den vorderen Stufen in verschiedenen Stadien der Vernachlässigung, trotz Devs versprochener Pflege.

Noch bevor sie nach ihren Schlüsseln kramen konnte, schwang die Tür auf und gab den Blick auf Dev frei; seine hagere Gestalt füllte den Türrahmen aus, die Brille rutschte ihm auf die Nase, wie sie es immer tat.

»Die verlorene Podcasterin kehrt zurück!«, rief er aus. Er trat einen Schritt vor, zögerte dann aber, als seine natürliche soziale Unbeholfenheit die Oberhand gewann. »Ist das ein Moment für eine Umarmung? Deine letzte Folge war brillant, also denke ich, das zählt.«

Zara musste trotz allem lächeln. »Definitiv ein Moment für eine Umarmung«, sagte sie und ließ ihren Rucksack fallen, um seine kurze, etwas steife Umarmung zu erwidern.

»Du siehst furchtbar aus«, bemerkte er, als er sich zurückzog, ehrlich wie immer. »Schläfst du nicht gut im ländlichen Queensland?«

»Ich schlafe fast gar nicht.« Sie holte ihre Tasche und folgte ihm hinein, begrüßt vom vertrauten Geruch nach Elektronik, Kaffee und dem schwachen chemischen Beigeschmack von Devs Ausrüstung. »Schön, mal eine Nacht im eigenen Bett zu verbringen. Aber deshalb bin ich nicht hier; ich habe etwas mitgebracht, bei dem ich deine Hilfe brauche.«

Devs Lebensbereich hatte seit ihrer Abreise mehr von den Gemeinschaftsräumen kolonisiert; Platinen und Lötwerkzeug breiteten sich über den Esstisch aus, auf dem Schreibtisch in der Ecke standen nun drei statt zwei Monitore. Aber er hatte ihren Lieblingssessel freigehalten, dessen abgenutzter blauer Stoff wie ein alter Freund lockte.

»Erst Tee? Oder direkt zum Geschäftlichen?«, fragte er und bewegte sich bereits zum Wasserkocher, wobei er ihr Bedürfnis nach Koffein an ihrer Körperhaltung ablas.

»Geschäftliches«, sagte Zara und griff vorsichtig in ihre Tasche. »Das hier ist… heikel, Dev. Geht über deine üblichen Wiederherstellungsaufträge hinaus.«

Seine Augenbrauen hoben sich über den Brillenrand, die Neugier war geweckt. »Interessant. Du weißt, ich lebe für Herausforderungen.«

Im Wohnzimmer wickelte Zara das Telefon aus mehreren Stofflagen aus – einem Schal, dann einem T-Shirt –, mit denen sie es während der Fahrt gepolstert hatte. Sie legte es behutsam auf den Couchtisch zwischen ihnen; ihre Bewegungen waren ehrfürchtig, im Bewusstsein dessen, was dieses Gerät möglicherweise miterlebt hatte.

»Ich habe Grund zu der Annahme, dass das das Handy von Iris Zhang ist«, sagte sie leise.

Devs Augen weiteten sich, sein Blick huschte zwischen dem Telefon und Zaras Gesicht hin und her. »Das Mädchen im Bach? Ihr echtes Handy?« Seine Hände blieben an den Seiten, er griff noch nicht nach dem Gerät, da er den Ernst der Lage erkannte. »Wo hast du… nein, eigentlich erzähl mir keine Details. Ich nehme an, das wurde dir nicht offiziell von der Polizei ausgehändigt.«

»Wurde es nicht«, bestätigte Zara. »Und ich brauche absolute Verschwiegenheit. Keine Fragen zur Beweismittelkette, keine Gespräche mit irgendwem.«

Er nickte einmal bestimmt. »Verstanden.« Dann übernahm seine berufliche Neugier, während er sich vorlehnte und das Telefon musterte, ohne es zu berühren. »Samsung Galaxy S3,

Release 2012, es war also noch ziemlich neu, als sie 2014 starb.«
Seine Augen folgten den Rissen im Display, der Korrosion an
den Rändern. »Erhebliche Schäden, aber vielleicht nicht so viel,
wie ich nach elf Jahren Witterung erwarten würde?« Er warf
Zara einen fragenden Blick zu.

»Es lag an einer halbwegs geschützten Stelle«, wich sie aus.

Er holte ein kleines Etui aus seinem Zimmer und öffnete den
Reißverschluss, um Werkzeuge zum Vorschein zu bringen:
Pinzetten, kleine Schraubendreher, eine Lupe mit Lichtaufsatz.
»Lass mich das mal genau unter die Lupe nehmen.«

Zara sah zu, wie Dev das Telefon filigran zerlegte. Er dokumentierte jeden Schritt mit seiner Handykamera, murmelte technische Beobachtungen vor sich hin und legte jedes Teil in einer
ordentlichen Reihe ab, während er es abtrennte. Trotz seiner vorangegangenen sozialen Unbeholfenheit bewegte sich Dev mit
Technologie in den Händen wie ein Chirurg.

»Der Akku ist wie erwartet komplett hinüber«, sagte er und
trennte die Komponenten vorsichtig. »Die interne Elektronik
zeigt starke Korrosion. Die CPU ist wahrscheinlich irreparabel
beschädigt.« Er blickte auf und sah Zara direkt in die Augen.
»Aber es gibt gute Nachrichten. Es hat eine microSD-Karte.«

Er hielt ein winziges Plastikquadrat mit Metallkontakten hoch,
das wie durch ein Wunder intakt war. »Diese Dinger sind
erstaunlich widerstandsfähig. Das Gehäuse hat sie vor direk-
tem Kontakt geschützt. Es besteht eine reelle Chance – keine
Garantie, aber eine Chance –, dass ich die Daten darauf retten
kann.«

»Wie lange würde das dauern?«, fragte Zara.

Devs Gesichtsausdruck wurde ernst. »Mindestens eine Woche.
Vielleicht länger. Ich muss die Kontakte reinigen, eine spezielle

Wiederherstellungsumgebung erstellen, möglicherweise sogar die Karte selbst reparieren.« Er legte das Bauteil vorsichtig ab. »Und Zara, ich muss ehrlich sein: Es könnte schiefgehen. Nach elf Jahren unter diesen Bedingungen könnten die Daten so korrupt sein, dass nichts mehr zu retten ist.«

Sie nickte, wobei die Erschöpfung plötzlich über ihr zusammenschlug. Das Adrenalin der Entdeckung, die lange Fahrt, die Last von Mays Vertrauen – alles traf sie gleichzeitig. Sie sank in den Sessel, während ihr Körper endgültig den Tribut der vergangenen Wochen zollte.

»Ich verstehe«, sagte sie. »Aber wir müssen es versuchen. Es ist der einzige Hinweis, der nicht durch elf Jahre Schweigen in der Kleinstadt verfälscht wurde.«

Dev blickte von dem zerlegten Telefon auf. »Willst du mir mal erzählen, was du bisher herausgefunden hast? Der Podcast verrät mir einiges, aber ich schätze, da gibt es noch mehr, was du nicht öffentlich geteilt hast.«

Zara gab ihm die entschärfte Version: das unmögliche Ertrinken, den Widerstand der Stadt gegen Fragen, den Einbruch in ihr Motelzimmer, Mays allmähliches Vertrauen. Sie beschrieb, wie sie das Telefon an jenem Morgen gefunden hatte, die Bedeutung des Fundorts, den verschwundenen Laptop, der aus der Asservatenkammer der Polizei weggekommen war. Aber sie verschwieg sorgfältig jede Erwähnung von Garrett, ihre Nacht in Childers, bevor sie wusste, wer er war, die komplizierte Spannung zwischen ihnen seither und den Kuss in ihrem Motelzimmer, der sie verwirrt und im Zwiespalt zurückgelassen hatte.

Manche Geheimnisse waren nicht dazu bestimmt, geteilt zu werden, und manche Komplikationen hielt man besser von der eigentlichen Ermittlung fern. Zumindest redete sie sich das ein, während sie beobachtete, wie Dev jedes Einzelteil dessen katalogisierte, was ihre beste Hoffnung auf Gerechtigkeit sein könnte.

Dev blickte von dem zerlegten Telefon auf, seine Finger ordneten immer noch Bauteile an. »Zara«, sagte er, wobei seine Stimme vom Technischen ins Persönliche wechselte, »bist du sicher da oben? Diese Einbrüche, anonyme Drohungen ... Das klingt, als hättest du in ein Wespennest gestochen.«

Die Frage hing zwischen ihnen, direkt und unumgänglich. Zara griff nach ihrer Wasserflasche und nahm einen Schluck, um Zeit zum Nachdenken zu gewinnen. Die Wahrheit war kompliziert: unbekannte Drohungen, ein Detective, den sie nicht ganz durchschauen konnte, eine Stadt mit vergrabenen Geheimnissen, für die man über Leichen ging. Aber sie hatte die Kunst der beiläufigen Täuschung während ihrer jahrelangen Ermittlungsarbeit perfektioniert.

»Natürlich«, antwortete sie in leichtem, abtuerischem Ton. »Kleinstädte machen nur viel Wind. Sie wollen mich verscheuchen, aber sie sind nicht wirklich gefährlich.«

Devs Augen verengten sich hinter seiner Brille. Er kannte sie lange genug – ein Jahr gemeinsames Rechnungszahlen, Take-away-Essen und gelegentliche nächtliche Gespräche –, um den speziellen Tonfall in ihrer Stimme zu erkennen, wenn sie nicht ganz ehrlich war. Seine Finger hielten auf der microSD-Karte inne, aber er bohrte nicht weiter nach. Das war ihre stillschweigende Vereinbarung: die Grenzen des jeweils anderen zu respektieren, selbst wenn sie vermuteten, dass hinter diesen Grenzen Ärger lauerte.

»Nun, deine Karriere als Podcasterin ist jedenfalls nicht in Gefahr«, sagte er stattdessen und wechselte das Thema. »Deine Abonnentenzahl hat sich seit der ersten Folge verdreifacht. Die

Analysen, die ich verfolge, zeigen Interaktionsraten, bei denen Firmensponsoren vor Freude weinen würden.«

Erleichterung durchflutete Zara angesichts des Themenwechsels. »Es war surreal«, gab sie zu. »Nach dem Desaster von Little Girls Lost dachte ich, ich wäre am Ende.« Sie fuhr sich mit der Hand durchs Haar, immer noch überrascht von ihrem eigenen Erfolg. »Ich habe die Hypothek für diesen Monat bezahlt und die Kreditkartenschulden von meinen Ersparnissen getilgt. Die große Auszahlung, fast dreißigtausend Dollar, sollte nächsten Monat kommen.«

»Dreißigtausend?«, Dev pfiff leise durch die Zähne. »Nach nur vier Folgen?«

»Der Algorithmus liebt mich wieder«, sagte sie achselzuckend, obwohl sich trotz ihres Versuchs, gleichgültig zu wirken, Stolz in ihre Stimme stahl. »Die Leute interessieren sich jetzt für Iris. Sie wollen Gerechtigkeit für sie.«

»Sie wollen die nächste Folge«, korrigierte Dev, wenn auch ohne Bosheit. »Du hast sie mit einem Mysterium geködert, das über ein Jahrzehnt lang ignoriert wurde. Und die Produktionsqualität ist außergewöhnlich, vor allem wenn man bedenkt, dass du das alles solo machst.«

Zara lächelte und erlaubte sich, den Moment zu genießen. Nach Monaten des beruflichen freien Falls hatte sie wieder festen Boden unter den Füßen. »Ich dachte, wir sollten das mit Thai-Essen von diesem absurd teuren Laden in Chermside feiern«, schlug sie vor. »Ich lade ein.«

»Gewagter finanzieller Schachzug«, kommentierte Dev trocken, aber seine Augen leuchteten bei der Aussicht auf.

Während Dev die Bestellung aufgab – grünes Curry für sie, Massaman für ihn, Frühlingsrollen zum Teilen –, ging

Zara in die Küche, um Tee zu kochen. Die vertraute Routine – Wasserkocher füllen, Tassen auswählen, Blätter in das Sieb abmessen – beruhigte sie. Von hier aus konnte sie Dev beobachten, wie er arbeitete, tief über Iris' Handy gebeugt, völlig versunken.

Sie hatte Glück mit ihm als Mitbewohner gehabt. Er verstand ihre unregelmäßigen Arbeitszeiten und das gelegentliche Bedürfnis nach absoluter Ruhe während der Arbeit. Ihre Freundschaft hatte sich allmählich entwickelt, aufgebaut auf gegenseitigem Respekt für Grenzen und der gemeinsamen Wertschätzung für technisches Können.

»Wegen dieser anonymen Kommentare«, sagte Dev, als sie mit dem Tee zurückkehrte und ihm seine Tasse reichte. »Ich habe ein bisschen gegraben.«

»Natürlich hast du das«, antwortete Zara und ließ sich wieder in den Sessel sinken. Devs Vorstellung von Entspannung bestand oft darin, digitale Brotkrumen zu verfolgen, nur um zu sehen, wohin sie führten. »Irgendwas Interessantes gefunden?«

»Interessant ist gar kein Ausdruck.« Er stellte seine Tasse ab, sein Gesichtsausdruck wurde ernst. »Ich bin auf eine Cybersicherheitsmauer gestoßen, die es für gewöhnliche Internet-Trolle gar nicht geben dürfte. Wer auch immer diese Kommentare hinterlassen hat, weiß genau, was er tut: gute Verschlüsselung, ausgeklügelte VPN-Nutzung, möglicherweise sogar Sicherheitsprotokolle auf Regierungsniveau.«

Ein Schauer lief Zara über den Rücken, trotz der warmen Tasse in ihren Händen. »Regierungsniveau? Du meinst so etwas wie Polizeisysteme?«

Dev zuckte die Achseln, aber seine beiläufige Geste passte nicht zu der Besorgnis in seinen Augen. »Könnte sein. Oder Militär. Oder jemand, der diese Techniken über offizielle Kanäle gelernt hat. Der Punkt ist, das sind nicht einfach nur wütende Einheimische, die auf ihren Handys tippen. Das ist jemand mit Ausbildung.«

Die Implikation hing schwer zwischen ihnen. Zara dachte an Garrett, seine graublauen Augen und seine vorsichtigen Warnungen. An Kirsty Cannon und ihre politischen Verbindungen. Wie weit reichte das Schutznetz um Iris' Tod?

»Da ist noch was«, fuhr Dev fort und schob seine Brille hoch. »Das zeitliche Muster deutet darauf hin, dass jemand deine Uploads in Echtzeit überwacht. Die Kommentare erscheinen innerhalb weniger Minuten, nachdem neue Inhalte online gehen – konsistent genug, um auf automatisierte Benachrichtigungen hinzudeuten.«

Zaras Finger klammerten sich fester um ihre Tasse. »Also beobachtet jemand alles, was ich poste. Sofort.«

»Und reagiert mit zunehmend feindseligen Nachrichten.« Dev sah ihr direkt in die Augen. »Zara, ich kenne dich gut genug, um zu wissen, dass du diese Geschichte nicht fallen lassen wirst. Aber sei vorsichtig. Worüber auch immer du gestolpert bist, es macht den Leuten Angst.«

»Werde ich«, versprach sie; die Worte kamen automatisch und klangen hohl.

Dev seufzte, da er merkte, wie leer ihre Zusage war. »Halt wenigstens deine Türen verschlossen und melde dich regelmäßig bei mir? Ich mache mir Sorgen.«

Die Türklingel unterbrach sie, das Essen war da. Während sie die Behälter auf dem Couchtisch verteilten und das zerlegte Telefon sorgfältig beiseite legten, war Zara dankbar für Devs Verständnis. Er würde sie nicht mit Details bedrängen, die sie noch nicht teilen wollte, würde nicht verlangen, dass sie die Ermittlungen einstellte, und würde ihr keine Vorträge über Risiken halten. Stattdessen würde er auf die Weise helfen, wie er es konnte: Daten von unmöglichen Quellen retten, digitale Fußabdrücke verfolgen und einen sicheren Hafen bieten, wenn sie sich neu sammeln musste.

»Auf Das Mädchen im Bach«, sagte Dev und hob eine Frühlingsrolle zu einem spöttischen Toast. »Möge sie dich zur Wahrheit und zu einem gesunden Kontostand führen.«

Zara tippte mit ihrer Frühlingsrolle gegen seine und schätzte seinen Versuch, die Stimmung aufzulockern. »Auf die Wahrheit«, wiederholte sie. »Und auf Freunde, die nicht zu viele Fragen stellen.«

Er lächelte, aber seine Augen blieben hinter der Brille ernst. Sie wussten beide, dass sie morgen nach Salt Creek zurückkehren würde, zu Gefahren, die keiner von ihnen ganz verstand. Aber für heute Abend konnten sie so tun, als bestünde die größte Bedrohung darin, sich zwischen mehr grünem Curry zu entscheiden oder Platz für den Mango-Klebreis zu lassen, den sie sich als Nachtisch gegönnt hatten.

Zuckerrohrfelder zogen in endlosen Reihen an den Autofenstern vorbei, gelegentlich unterbrochen von kleinen Städten, die wie Nebengedanken auftauchten und wieder verschwanden. Zara hatte Brisbane bei Tagesanbruch verlassen, begierig darauf, nach Salt Creek zurückzukehren, bevor jemand ihre Abwesenheit bemerkte, obwohl dieser Zug offenbar abgefahren war, wenn Devs Untersuchung der anonymen Kommentare stimmte. Jemand beobachtete ihre Inhalte genau. Würden sie auch wissen, dass sie die Stadt über Nacht verlassen hatte? Würden sie ahnen, warum?

Der Koffer mit frischer Wäsche auf ihrem Rücksitz fühlte sich wie ein kleiner Sieg an. Saubere T-Shirts, Unterwäsche, die nicht im Motel-Waschbecken gewaschen worden war, ihre Lieblingsshorts, die sie ursprünglich zurückgelassen hatte, weil sie dachte, diese Ermittlung würde eher Tage als Wochen dauern. Kleiner Trost für eine Situation, die versprach, zunehmend unbequem zu werden.

Die Erinnerung an Iris' Handy, das nun sorgfältig zerlegt in Devs Arbeitsbereich lag, drückte schwer auf ihr Gemüt. Sie hatte May ein Versprechen gegeben: die Polizei aus dieser Entdeckung herauszuhalten, den Beweisen zu folgen, wohin auch immer sie führten, ohne offizielle Einmischung. Aber nach Devs Enthüllungen über die ausgeklügelte Sicherheit hinter diesen anonymen Drohungen konnte sie nicht umhin, sich zu fragen, ob sie die richtige Entscheidung getroffen hatte. Wenn Garrett an der Vertuschung beteiligt war, war das Verschweigen von Beweisen gerechtfertigt. Wenn er es nicht war, behinderte sie womöglich die Gerechtigkeit für Iris.

Sie hatte Dev über seine Werkbank gebeugt zurückgelassen, wie er bereits spezielle Reinigungslösungen für die microSD-Karte vorbereitete. »Erwarte keine schnellen Ergebnisse«, hatte er gewarnt. »Diese Art der Wiederherstellung ist mühsam. Und Zara«, sein Gesichtsausdruck war ungewohnt ernst gewesen, »sei vorsichtig, wem du davon erzählst. Wenn jemand so weit gegangen ist, um dich einzuschüchtern, werden sie nicht bei Einbrüchen und Online-Drohungen aufhören.«

Das vertraute Willkommensschild von Salt Creek tauchte auf, verblasste Buchstaben auf abblätternder Farbe. Zara bremste ab, als sie die Stadtgrenze passierte, und fuhr an dem Golden

Horse mit seinen rot-goldenen Schildern vorbei. Eine Bewegung im Inneren erregte ihre Aufmerksamkeit: May wischte vor dem Mittagsansturm Tische ab. Sie müsste die Zhangs kontaktieren, sie über Devs Einschätzung informieren, ohne falsche Hoffnungen zu wecken. Aber dieses Gespräch musste warten. Zuerst musste sie sich wieder in ihrem Zimmer einrichten, ihren nächsten Schritt planen und prüfen, ob in ihrer Abwesenheit noch etwas anderes durchwühlt worden war.

Der Parkplatz des Salt Creek Motel war fast leer; die meisten Gäste hatten an diesem Morgen ausgecheckt, neue waren noch nicht angekommen. Zara parkte auf ihrem üblichen Platz, holte ihren Koffer und ihre Umhängetasche, bevor sie in ihr Zimmer ging. Das neue Schloss, das Garrett veranlasst hatte, glänzte im Sonnenlicht – ein kleines Zugeständnis an die Sicherheit an einem Ort, wo Geheimnisse durch die Wände zu sickern schienen.

Das Zimmer wirkte unberührt, genau so, wie sie es verlassen hatte. Zara ließ ihren Koffer auf das Bett fallen, die vertrauten Federn knarrten unter dem Gewicht. Sie hatte den Reißverschluss kaum geöffnet, als ein scharfes Klopfen an der Tür sie erschreckte, drei bestimmte Schläge, die sie sofort erkannte. Ihr Herzschlag beschleunigte sich auf eine Weise, die sie sich beharrlich weigerte zu analysieren.

Garrett stand im Türrahmen, als sie öffnete, seine Haltung steif, die graublauen Augen tasteten ihr Gesicht ab, als suchte er nach Verletzungen. Er trug heute seine Uniform; das hellblaue Hemd ließ seine Augen eher grau als blau wirken, die dunkle Hose war vorschriftsmäßig gebügelt. Ganz der Profi, bis auf das Aufblitzen von etwas entschieden Unprofessionellem in seinem Blick.

»Wo warst du?«, herrschte er sie an, die Stimme gespannt vor etwas, das Wut oder Besorgnis sein konnte. »Du bist gestern Abend nicht ins Motel zurückgekehrt.«

Zara zog eine Augenbraue hoch und lehnte sich demonstrativ gegen den Türrahmen. »Mir war nicht bewusst, dass ich mich bei dir abmelden muss, wenn ich für eine Nacht nach Hause fahre.«

Seine professionelle Maske verrutschte, Frustration schimmerte durch. »Ich habe mir Sorgen um dich gemacht.« Das Geständnis schien ihm widerwillig abgerungen worden zu sein. »Nach dem Einbruch, den Drohungen... Ich bin gestern Abend vorbeigekommen, um nach dir zu sehen, und du warst weg. Dein Auto war weg. Keine Nachricht, nichts.«

»Besorgt in deiner professionellen Eigenschaft als engagierter Kriminalhauptkommissar von Salt Creek?«, stichelte sie und ignorierte die Wärme, die sich angesichts seiner Sorge in ihr ausbreitete.

»Zara.« Nur ihr Name, so ausgesprochen, löste etwas in ihrem Inneren aus.

Sie war sich nicht sicher, wer sich zuerst bewegte. Vielleicht beide gleichzeitig, angezogen von der Spannung, die seit Childers zwischen ihnen herrschte. Sein Mund fand den ihren, heiß und fordernd, seine Hand drückte gegen ihr Kreuz und zog ihren Körper gegen seinen. Sie antwortete sofort, ihre Finger krallten sich in den Stoff seines Uniformhemdes, während der Kuss intensiver wurde.

Dann brach die Realität wieder herein. Das Handy. Mays Vertrauen. Das Beweismittel, das sie aus Salt Creek entfernt hatte – Beweismaterial, zu dessen Sicherstellung dieser Mann, dieser

Polizist, eine berufliche Verpflichtung hatte. Beweismaterial, das sie ihm absichtlich vorenthielt.

Zara versteifte sich, zog sich zurück und schaffte räumliche Distanz. Garretts Augen verdunkelten sich, als er die Veränderung bemerkte, und seine Hände fielen an seine Seiten.

»Was ist los?«, fragte er mit rauer Stimme.

»Nichts«, log sie, und das Wort schmeckte bitter. »Ich... das hier ist kompliziert. Du bist Polizist. Ich untersuche einen Fall, den deine Dienststelle vor Jahren abgeschlossen hat.«

Es war nicht unwahr, nur unvollständig. Sie konnte ihm nichts von dem Telefon erzählen, ohne May zu verraten. Sie konnte ihn nicht weiter küssen, ohne das Gefühl zu haben, ihre eigene Berufsethik zu verraten. Die gegensätzlichen Loyalitäten rangen in ihr.

»Das ist es nicht«, sagte Garrett, wobei sich seine Augen leicht verengten, während er ihr Gesicht studierte. »Da ist noch etwas anderes. Etwas, das du mir nicht sagst.«

Schuldgefühl flackerte über ihr Gesicht, trotz ihrer Bemühungen, es zu verbergen. Sie war nie gut darin gewesen, ihre Emotionen zu verstecken; deshalb zog sie es vor, hinter dem Mikrofon zu stehen statt vor einer Kamera. Sie wich einen weiteren Schritt ins Zimmer zurück; sie brauchte Raum zum Denken. »Es gibt viele Dinge, die ich dir nicht sage. Genau wie ich sicher bin, dass es Dinge gibt, die du mir nicht sagst.«

Garrett beobachtete sie; der Ermittler in ihm katalogisierte sichtlich ihre Reaktionen und las die subtilen Zeichen, die sie nicht kontrollieren konnte. Seine Haltung änderte sich fast unmerklich – von dem Mann, der sie geküsst hatte, zurück zu dem Beamten, der sie vor dieser Untersuchung gewarnt hatte.

»Du hast etwas gefunden«, sagte er; die Worte waren keine Frage, sondern eine Feststellung. »Während du weg warst.«

Zara bewahrte dank jahrelanger journalistischer Ausbildung eine neutrale Miene. »Ich bin nach Hause gefahren, um frische Kleidung zu holen und nach meinem Haus zu sehen. Nicht alles dreht sich um die Ermittlungen.«

Sein Blick wich nicht von ihr, suchte nach der Wahrheit, die sie zurückhielt. »Macht es das nicht? Für dich?« Eine Pause, schwer von unausgesprochenen Fragen. »Sei vorsichtig, Zara. Was auch immer du tust, wen auch immer du beschützt... du hast noch nicht das ganze Bild.«

Die Warnung hing zwischen ihnen, so zweideutig, dass sie nicht sagen konnte, ob er ihr drohte oder ernsthaft um ihre Sicherheit besorgt war. Vielleicht beides. Die Komplexität ihrer Beziehung – berufliche Widersacher, widerwillige Verbündete, was auch immer diese körperliche Anziehung war – machte jede Interaktion zu einem Minenfeld.

»Ich sollte auspacken«, sagte sie schließlich und deutete auf ihren offenen Koffer.

Garrett nickte einmal und akzeptierte den Rauswurf, obwohl seine Augen ihr verrieten, dass dieses Gespräch noch nicht beendet war. »Schließ deine Tür ab«, sagte er, während er sich zum Gehen wandte. »Und Zara? Wenn du das nächste Mal beschließt, über Nacht zu verschwinden, wäre eine kurze Info nett.«

Die Tür schloss sich hinter ihm. Zara stand regungslos da und lauschte seinen verhallenden Schritten, ihre Lippen kribbelten noch von seinem Kuss, die Last ihres Geheimnisses wog schwer auf ihrem Gewissen. Eine Woche, hatte Dev gesagt. Eine Woche, bevor sie vielleicht wussten, was auf Iris' Handy war.

Eine Woche, um durch die zunehmend gefährlichen Gewässer von Salt Creek zu navigieren, ohne in seinen Geheimnissen oder in den graublauen Tiefen von Garrett Pennells Augen zu ertrinken.

# KAPITEL 12

ZARA BLICKTE ZUM DRITTEN Mal innerhalb weniger Minuten auf ihre Uhr und musterte dann erneut den Eingang der Salt Creek High School. Laut der Schulsekretärin erledigte die Schulleiterin Eleanor Hargrove ihre Verwaltungsarbeit normalerweise bis vier Uhr, was Zara etwa fünfzehn Minuten Zeit gab, sie abzufangen. Dieselbe Eleanor Hargrove, die hier Englisch unterrichtet hatte, als Iris Schülerin gewesen war – die Lehrerin, in deren Klasse Iris tatsächlich gewesen war, entgegen Zaras irrtümlicher Behauptung in ihrem Podcast. Ein kleiner Fehler, auf den sich die anonymen Kommentatoren jedoch sofort gestürzt hatten. Zuschauer, die die Schule zu gut kannten, um bloß zufällige Internet-Trolle zu sein.

Sie wechselte ihre Position am Eukalyptusbaum und versuchte, auf dem Schulparkplatz Schatten zu finden. Die letzte Glocke hatte vor 45 Minuten, um drei Uhr, geläutet, und die meisten Eltern hatten ihre Kinder bereits abgeholt. Ein paar Nachzügler kamen noch aus dem Gebäude und riefen ihren Freunden Abschiedsgrüße zu.

Eine Gruppe älterer Schüler ging vorbei und warf Zara neugierige Blicke zu. Ein Mädchen flüsterte einem anderen etwas zu, und Zara schnappte die Worte »Podcast-Lady«

auf, bevor die beiden in Gekicher ausbrachen. In Salt Creek sprachen sich Dinge schnell herum; sie entwickelte sich zu einer kleinen Berühmtheit, wobei sich erst noch zeigen musste, ob das ihren Ermittlungen helfen oder eher schaden würde.

Sie verlagerte ihr Gewicht; durch die hohe Luftfeuchtigkeit klebte ihr das Hemd unangenehm am Rücken. Ein weiteres Gespräch mit Jane Goulding hatte klargemacht, dass Eleanor Hargrove wertvolle Erkenntnisse über Iris' letzte Wochen haben könnte. Jane hatte erwähnt, dass die Spannungen zwischen Iris und Kirsty im Unterricht spürbar gewesen waren. Eleanor Hargrove war die Englischlehrerin beider Mädchen gewesen.

Eine Bewegung auf dem Parkplatz erregte ihre Aufmerksamkeit. Ein glänzender silberner SUV bog in eine Parklücke ein, und Kirsty Cannon stieg aus. Die Sonnenbrille saß oben auf ihrem honigblonden Haar, und sie trug ein maßgeschneidertes blaues Kleid, das es schaffte, sowohl professionell als auch nahbar zu wirken. Sie blickte über das Schulgelände, bis ihr Blick an Zara hängen blieb.

Selbst aus dieser Entfernung konnte Zara sehen, dass Kirstys Augen rot umrandet waren. Als sie näher kam, wirkte ihr Gang auf Zara absichtlich gewählt – eine sorgfältig inszenierte öffentliche Darbietung statt einer zufälligen Begegnung. Sie positionierte sich direkt auf dem Gehweg und sorgte so für maximale Sichtbarkeit sowohl von der Straße aus als auch für jeden, der gerade die Schule verließ.

»Zara«, rief Kirsty, ihre Stimme gerade laut genug, um Aufmerksamkeit zu erregen, ohne dass es so wirkte, als würde sie danach suchen. »Ich bin so froh, Sie hier zu treffen.«

Zara richtete sich auf, ihre journalistischen Instinkte waren hellwach. »Stadträtin Cannon. Das kommt überraschend.«

»Bitte, nennen Sie mich Kirsty.« Sie blieb in einem vorsichtigen Abstand von einer Armlänge stehen – nah genug für Intimität, aber weit genug für den Anstand. Ihre Stimme zitterte leicht, ein Beben, das eher kalkuliert als unkontrollierbar wirkte. »Ich wollte mit Ihnen über Ihren Podcast sprechen.«

»Ich höre zu«, antwortete Zara neutral.

»Er verursacht so viel Schmerz«, sagte Kirsty, und ihre Augen füllten sich mit Tränen, die jedoch nicht ganz vergossen wurden. »Für uns alle. Die Stadt hat gerade erst begonnen zu heilen, und jetzt …« Sie gestikulierte hilflos, eine trotz der offensichtlichen Bestürzung elegante Bewegung. »Sie reißen Wunden auf, die nie ganz verheilt sind.«

Zara musterte Kirstys Gesicht: die perfekte Wimperntusche, die trotz des offensichtlichen Weinens nicht verschmiert war, das sorgfältig kontrollierte Beben ihrer Unterlippe. »Ich verstehe, dass das schwierig sein muss«, sagte sie. »Besonders für jemanden, der Iris nahestand.«

»Wir waren beste Freundinnen«, sagte Kirsty, ihre Stimme sank zu einem gequälten Flüstern herab. Schließlich kullerte eine Träne über ihre Wange, fast wie in Zeitlupe. »Seit der Grundschule. Ich kannte sie besser als jeder andere.« Sie wischte die Träne weg. »Deshalb tut das so weh. Zu sehen, wie sie zu … Content reduziert wird.«

Die Wortwahl erschien Zara als gezielte Provokation, darauf ausgelegt, sie in die Defensive zu drängen. Sie blieb ruhig und beobachtete, wie Kirstys Augen gelegentlich umherwanderten, um sicherzustellen, dass ihr Publikum aufmerksam blieb.

»Ich versuche nicht, Iris zu Content zu reduzieren«, entgegnete Zara gelassen. »Ich versuche zu verstehen, was mit ihr passiert ist. Die offizielle Erklärung deckt sich nicht mit den Fakten.«

»Fakten?« Kirstys Stimme brach perfekt kontrolliert. »Was ist mit der Tatsache, dass ihre Eltern ihren schlimmsten Albtraum noch einmal durchleben müssen? Was ist mit der Tatsache, dass unsere Gemeinschaft als ... als was dargestellt wird? Als Verschwörer? Mörder?« Eine weitere Träne, ein weiteres elegantes Wegwischen. »Es geht nicht nur um Iris. Es geht um uns alle, die sie geliebt haben.«

Zara bemerkte, wie Kirsty eher den Schmerz der Gemeinschaft als ihre persönliche Trauer betonte, wie jeder Bezug auf Iris zum kollektiven Erleben der Stadt zurückführte. »Wenn Sie Iris so nahestanden, wie Sie sagen, würden Sie dann nicht die Wahrheit darüber wissen wollen, was mit ihr geschehen ist?«

Kirstys Gesichtsausdruck veränderte sich, ein Flackern, so kurz, dass Zara es fast übersehen hätte, wenn sie nicht genau hingesehen hätte. Hinter den Tränen blitzte Kälte in ihren Augen auf, bevor die Maske der Besorgnis zurückkehrte.

»Die Wahrheit?«, sagte Kirsty. »Die Wahrheit ist, dass Unfälle passieren, selbst vorsichtigen Menschen. Die Wahrheit ist, dass es manchmal keine Bösewichte gibt, sondern nur eine Tragödie.« Sie berührte Zaras Arm, ihre Finger waren trotz der Hitze kühl. »Bitte. Um all derer willen, die sie kannten und liebten. Lassen Sie Iris ruhen.«

»Das kann ich nicht«, sagte Zara bestimmt und entzog sich Kirstys Berührung. »Nicht, wenn Beweise darauf hindeuten, dass Iris nicht versehentlich ertrunken ist.«

Das kalkulierte Leid in Kirstys Gesicht geriet für den Bruchteil einer Sekunde ins Wanken. »Beweise?«, wiederholte sie, ihre Stimme plötzlich schärfer, bevor sie wieder weicher wurde. »Welche Beweise bitteschön könnten nach elf Jahren noch existieren?«

»Genau das will ich herausfinden«, antwortete Zara und hielt Kirstys Blick stand. »Und ich werde nicht aufhören, bis ich verstehe, was in jener Nacht wirklich geschah.«

Kirstys Fassung entglitt ihr erneut; für einen Herzschlag lang ersetzte Kälte die Trauer in ihren Augen, bevor sie sich wieder fasste. Die Verwandlung war beunruhigend – als würde man eine andere Person kurz auftauchen sehen, bevor sie wieder weggesperrt wurde.

»Sie verunsichern die Leute«, sagte Kirsty, ihre Stimme wurde härter, trotz der Tränen, die noch an ihren Wimpern hingen. »Iris würde das hassen.«

Die Behauptung klang falsch angesichts all dessen, was Zara über Iris erfahren hatte – eine talentierte Filmemacherin, die die Geschichte der Stadt dokumentiert hatte, die Kunst erschuf, die gesehen werden sollte, und die sich um eine vorzeitige Hochschulzulassung beworben hatte, um ihre kreativen Ambitionen zu verfolgen.

»Ich glaube, Iris würde die Wahrheit wollen«, hielt Zara leise dagegen. »Nach allem, was ich über sie erfahren habe, schätzte sie Ehrlichkeit über alles andere.«

Kirstys Lächeln wurde schmaler und erreichte ihre Augen nicht mehr. »Sie kannten sie nicht«, sagte sie, jedes Wort messerscharf trotz ihres scheinbar emotionalen Zustands. »Ich schon.« Sie blickte auf ihre Uhr, eine Geste, die die Intensität des Augenblicks durchbrach. »Ich muss gehen. Ich habe eine Ratssitzung.«

Sie drehte sich um, gefasst und elegant trotz des emotionalen Auftritts kurz zuvor, und ging zurück zu ihrem SUV. Die Sonne glänzte in ihrem Haar, während sie sich entfernte; ihre Haltung war perfekt, ihre Schritte gemessen. Nichts deutete mehr darauf hin, dass sie gerade noch um ihre angeblich beste Freundin geweint hatte.

Zara sah ihr nach; sie war sich nun sicher, dass das Gehabe der besorgten besten Freundin genau das war – ein Schauspiel. Unter Kirstys polierter Oberfläche lauerte etwas Rücksichtsloses. Die Frage war, ob ihre Hände mit Iris' Blut befleckt waren und welche Beweise sie mit jener Nacht am Creek in Verbindung bringen könnten.

Sie wandte sich wieder dem Schuleingang zu, entschlossener denn je, mit Eleanor Hargrove zu sprechen. Wenn Kirsty so sehr darauf bedacht war, die Ermittlungen zu beenden, musste Zara der Wahrheit näherkommen. Und Kirsty würde es nicht bei öffentlichen Tränen und verschleierten Warnungen belassen. Der Einsatz war soeben erhöht worden, und Zara musste schnell handeln, bevor alle verbliebenen Beweise vollständig verschwanden – genau wie Iris' Laptop vor all den Jahren verschwunden war.

Enttäuschung lastete auf Zara, als sie zum Motel zurückging, während die Nachmittagssonne immer noch unbarmherzig herabbrannte. Schulleiterin Hargrove war Zeitverschwendung gewesen: höflich, aber distanziert, und sie gab vor, sich kaum an Iris Zhang zu erinnern. »So viele Schüler im Laufe der Jahre«, hatte sie mit einem Lächeln gesagt, das ihre Augen nicht erreichte. »Und ich bin kurz darauf Schulleiterin geworden. Verwaltungsaufgaben lassen die Erinnerungen an das Klassenzimmer verblassen.« Eine bequeme Gedächtnislücke, die ganz nach Kirsty Cannons Einfluss klang.

Während des Gehens ging Zara gedanklich noch einmal Kirstys Auftritt an der Schule durch. Die sorgfältig dosierten Tränen, die strategische Positionierung in der Öffentlichkeit, die Momente, in denen ihre Maske verrutscht war und etwas Kaltes, Kalkulierendes unter der Trauer offenbart hatte. Das war nicht das Verhalten von jemandem, der um eine alte Freundin trauerte; es war die Verzweiflung von jemandem, der etwas zu verbergen hatte.

Mit einem Seufzer angelte sie nach ihrer Schlüsselkarte in der Tasche. Sie würde sich beim Golden Horse etwas zu essen holen und es verzehren, während sie einige Dokumente prüfte, die heute Morgen in ihrem Posteingang gelandet waren; ein paar weitere der ursprünglichen Polizeiberichte, die seit Tagen tröpfchenweise eintrafen, aber bisher nichts enthielten, was sie nicht schon wusste.

Sie war fast an ihrer Tür und hielt die Schlüsselkarte bereits bereit, um sie ins Schloss zu schieben, als sie bemerkte, dass etwas nicht stimmte. Ihr Auto lag zu tief und neigte sich merkwürdig zur Seite.

Ihr Wagen, der direkt vor ihrer Tür und voll einsehbar von der Straße geparkt war, war brutal attackiert worden. Alle vier ihrer brandneuen Reifen waren aufgeschlitzt, nicht nur zerstochen, sondern regelrecht aufgerissen – Gummifäden hingen über dem Kies wie herausquellende Innereien. Die Schnitte deuteten auf ein scharfes Messer und gezielte Gewalt hin, nicht auf einen zufälligen Akt von Vandalismus.

Ihr Herz hämmerte gegen ihre Rippen, als sie auf das Fahrzeug zuging und den leeren Parkplatz nach Zeugen, nach dem Täter, nach irgendjemandem absuchte. Die Tür zum Motelbüro war geschlossen, das „Zimmer frei“-Schild flackerte in der Nachmittagssonne. Ihr Wagen war der einzige auf dem Parkplatz; es war ein Wochentag, und im Motel würde es ruhig sein, nur ein paar späte Reisende würden vielleicht später noch einchecken.

Keine Zeugen. Sie wusste bereits, dass es keine Kameras gab; Garrett hatte sich nach dem Einbruch in ihr Zimmer ausgiebig darüber geärgert.

Als sie um die Motorhaube ging, fiel ihr etwas Weißes ins Auge – ein gefaltetes Stück Papier, das unter den Scheibenwischer geklemmt war. Mit zitternden Fingern nahm sie es heraus; das Papier war warm von der Sonne, die gegen das Glas gebrannt hatte. Die Notiz war handschriftlich mit schwarzem Filzstift verfasst, die Buchstaben blockhaft und bedächtig, offensichtlich verstellt:

*HÖR AUF ZU GRABEN, ODER GESELL DICH ZU IHR*

Sieben Wörter. Ein ganzes Leben voller Drohung, komprimiert in eine einzige Zeile.

Galle stieg ihr in die Kehle, ätzend und heiß. Ihre neuen Reifen, eine erhebliche Ausgabe, ein Bekenntnis zum Verbleib in Salt Creek, bis sie die Wahrheit aufgedeckt hätte, waren vorsätzlich zerstört worden, um eine Botschaft zu senden. Die Abfolge war klar: Belästigung im Netz, der Einbruch und nun diese physische Drohung gekoppelt mit Sachbeschädigung. Eine Eskalation, die den Fortschritt ihrer Ermittlungen widerspiegelte.

Und »gesell dich zu ihr« – es gab keine Unklarheit darüber, wer mit »ihr« gemeint war. Iris Zhang, mit dem Gesicht nach unten in fünfzehn Zentimetern tiefem Wasser gefunden.

Zaras Hand bebte, als sie nach ihrem Handy griff. Sie sollte das zuerst dokumentieren, Fotos vom Schaden machen, die Notiz als Beweismittel sichern. Die Journalistin in ihr agierte trotz ihrer Angst automatisch: Sie hielt jeden aufgeschlitzten Reifen fest, die Notiz in ihrer Handfläche, die leere Umgebung, die es jemandem ermöglicht hatte, sich ihrem Wagen unbemerkt zu nähern.

Erst dann wählte sie die Wache, wobei ihr Daumen kurz über Garretts Durchwahl schwebte, bevor sie sich doch für die Hauptnummer entschied. Professionelle Distanz. Beweisaufnahme eines Verbrechens. Kein persönlicher Hilferuf.

»Polizeistation Salt Creek«, meldete sich die Stimme der Empfangsdame.

»Hier ist Zara Langley vom Salt Creek Motel«, sagte sie und war stolz darauf, wie fest ihre Stimme trotz des Zitterns in ihren Händen klang. »Ich möchte Vandalismus und eine Drohbotschaft an meinem Fahrzeug melden.«

»Ich schicke sofort jemanden vorbei, Frau Langley«, antwortete die Empfangsdame, in deren Stimme ein Erkennen mitschwang. Natürlich wusste inzwischen jeder in der Stadt, wer sie war.

»Danke«, sagte Zara und beendete das Telefonat, bevor ihre Fassung bröckeln konnte.

Sie lehnte sich gegen die Motelwand; der rauc Backstein kratzte durch ihr dünnes Shirt und verankerte sie im körperlichen Empfinden, während ihre Gedanken rasten. Wer hatte das getan? Der Zeitpunkt deutete auf jemanden hin, der wusste, dass sie zur Schule gegangen war, der sie vielleicht dabei beobachtet hatte, wie sie mit Kirsty sprach. Jemand, der von ihren neuen Reifen wusste und was sie darstellten – ihre Entschlossenheit, in Salt Creek zu bleiben. Jemand, der sie so dringend loswerden wollte, dass er ihr Leben bedrohte.

Das Geräusch eines sich nähernden Fahrzeugs holte sie in die Gegenwart zurück. Ein LandCruiser der Polizei bog auf den

Parkplatz ein und fuhr schneller, als es unbedingt nötig gewesen wäre. Garrett.

Er parkte eine Lücke neben ihrem demolierten Wagen und war bereits aus dem Fahrzeug, bevor sich der Staub gelegt hatte. Sein Uniformhemd war zwischen den Schulterblättern dunkel vor Schweiß, als hätte er länger in der Sonne gestanden. Sein Gesichtsausdruck war professionell neutral, aber seine Augen musterten sie schnell von Kopf bis Fuß, als würde er sie auf Verletzungen prüfen.

»Ms. Langley«, sagte er, förmlich trotz ihrer komplizierten Vorgeschichte. »Sie haben Vandalismus gemeldet?«

Sie deutete auf ihr Auto und beobachtete sein Gesicht, während er die aufgeschlitzten Reifen und die methodische Zerstörung in Augenschein nahm.

»Das ist passiert, während Sie weg waren?«, fragte er, umrundete das Fahrzeug und ging in die Hocke, um die Schnitte im Gummi zu untersuchen.

»Ja. Ich war in der Schule und bin dann direkt hierher zurückgekommen.« Sie zögerte, reichte ihm dann die Hand mit dem noch gefalteten Zettel. »Das steckte unter dem Wischer.«

Garrett nahm das Papier und faltete es vorsichtig an den Ecken auseinander, als wollte er Fingerabdrücke bewahren, obwohl sie beide wussten, dass der Täter dafür zu vorsichtig gewesen wäre. Seine Augen überflogen die fünf Worte, und in diesem Moment entglitt ihm seine professionelle Maske.

Angst, roh und echt, blitzte in seinem Gesicht auf, bevor er sich wieder unter Kontrolle hatte. Keine bloße Sorge, keine Beunruhigung, sondern Angst. Sein Kiefer spannte sich an, der Muskel unter der Haut zuckte, als er die Zähne zusammenbiss. Seine Finger wurden an den Rändern des Papiers weiß. Für einen atemlosen Moment war Garrett kein Kriminalbeamter, der Beweise prüfte, sondern ein Mann, der mit einer Drohung gegen jemanden konfrontiert war, der ihm am Herzen lag.

Die Verwandlung dauerte nur Sekunden, bis er seine Mimik wieder in professionelle Bahnen lenkte, aber Zara hatte es gesehen. Was auch immer zwischen ihnen vorging, was auch immer seine Rolle bei den Ermittlungen war – seine Angst um ihre Sicherheit war echt. Und diese Tatsache machte alles noch komplizierter.

»Wann haben Sie Ihr Auto das letzte Mal unbeschädigt gesehen?«, fragte er mit wieder beherrschter Stimme, während er die Notiz in einen Asservatenbeutel legte.

Zara antwortete mechanisch, nannte Zeiten, Details und ihren Verdacht, wer sie an der Schule gesehen haben könnte. Doch ihre Gedanken kehrten immer wieder zu diesem Aufblitzen von Angst in seinen Augen zurück, zu dem, was es bedeutete und was es verriet. Wenn Garrett Pennell, der Kriminalhauptkommissar von Salt Creek, ernsthaft um ihre Sicherheit fürchtete, dann war die Gefahr real.

Garrett holte sein Handy heraus. Er tätigte zwei Anrufe in kurzer Folge: zuerst einen Abschleppwagen, wobei sein Tonfall kurz angebunden war, als er um sofortige Hilfe bat; dann Mick in der Werkstatt. Er erklärte die Situation mit einer beherrschten Wut, die seine Stimme tiefer und rauer werden ließ: »Lass den Laden offen, Mick. Mir egal, wie spät es ist. Hab vier neue Reifen parat, dieselben Michelins, die sie gerade erst gekauft hat.« Er hörte zu und fügte dann hinzu: »Betrachte es als polizeiliche Priorität.« Nachdem er die Gespräche beendet hatte, wandte er sich wieder an Zara, mit einer grimmigen Schutzbereitschaft im Blick, die nichts mit seiner beruflichen Verpflichtung zu tun hatte.

»Der Abschleppwagen ist in fünf Minuten hier«, sagte er und schob das Handy in seine Tasche. »Ich fahre dich selbst zu Mick.« Es war weder eine Frage noch ein Angebot, sondern eine Feststellung.

Zara nickte, immer noch aufgewühlt von der nackten Emotion, die sie in seinem Gesicht gesehen hatte, als er die Notiz las. Sein Kiefer blieb angespannt, ein Muskel zuckte unter der gebräunten Haut, während er die umliegenden Motelteile, den leeren Parkplatz und die Straße dahinter abscannte. Sein Körper hatte sich leicht vor sie geschoben, als wollte er sie physisch vor potenziellen Gefahren abschirmen.

»Ich muss noch ein paar Sachen aus meinem Zimmer holen«, sagte sie und ging auf ihre Tür zu.

Garrett folgte ihr so dicht, dass sie seine Anwesenheit im Rücken spüren konnte. »Ich warte hier«, sagte er und postierte sich draußen, während sie hineinging.

Drinnen schnappte sich Zara eine Flasche kaltes Wasser und nahm einen langen Schluck. Eigentlich brauchte sie nichts aus dem Zimmer, aber sie brauchte einen Moment, um ihre Fassung wiederzugewinnen, denn Garretts Reaktion ging über berufliche Sorge hinaus, und sie wusste nicht recht, wie sie damit umgehen sollte. Die Schnelligkeit seines Erscheinens, die Intensität seines Zorns, die beschützende Haltung – nichts davon passte so recht in die Rolle des distanzierten örtlichen Gesetzeshüters. Und doch war dies derselbe Mann, der sie davor gewarnt hatte, in Iris' Todesfall zu wühlen, der das System repräsentierte, das die Zhangs im Stich gelassen hatte, und der vielleicht sogar in das verwickelt war, was vor elf Jahren geschehen war.

Als sie wieder herauskam, sprach Garrett gerade mit einem Abschleppfahrer, der den Kopf schüttelte und mit der Zunge schnalzte, während er Zaras Wagen ankoppelte, um ihn auf die Ladefläche seines Lastwagens zu ziehen. Garretts Hand legte sich auf ihren unteren Rücken, als sie zu seinem LandCruiser gingen – die Berührung war leicht, aber bestimmt, leitend und beschützend.

Das Innere des Fahrzeugs war tadellos sauber, ganz im Gegensatz zu ihrem eigenen vollgestopften Auto. Als sie sich auf den Beifahrersitz setzte, schloss sich die Tür neben ihr. Garrett rutschte auf den Fahrersitz; seine breiten Schultern und die Konsole zwischen ihnen ließen den Raum plötzlich kleiner und intimer wirken, als sie erwartet hatte.

Er startete den Motor, fuhr aber nicht sofort los, sondern beobachtete, wie der Abschleppfahrer das Verladen ihres beschädigten Wagens beendete. Seine Knöchel am Lenkrad waren weiß, sein Profil in ihrem Augenwinkel angespannt.

»Die kümmern sich drum«, sagte er und deutete ihr Schweigen fälschlicherweise als Sorge um das Fahrzeug.

»Es ist nicht das Auto, worüber ich mir Sorgen mache«, erwiderte Zara und wandte sich ihm direkt zu. »Es ist die Eskalation. Erst Drohungen im Internet, dann ein Einbruch, jetzt das hier. Was kommt als Nächstes?«

Garretts Kiefer spannte sich noch weiter an, falls das überhaupt möglich war. »Deshalb werden wir über zusätzliche Sicherheitsmaßnahmen sprechen, während deine Reifen gewechselt werden.«

Die grimmige Schutzbereitschaft in seinem Ton ließ eine Wärme durch ihre Brust strömen – eine gefährliche Wärme, die ihre Objektivität bedrohte, ihren eigentlichen Zweck in Salt Creek. Sie blickte aus dem Fenster und ordnete ihre Gedanken, während sie durch die kleine Stadt fuhren, vorbei an der Golden

Horse mit ihrem rot-goldenen Schild, vorbei an der Futter-mittelhandlung, wo Ray bei Garretts Erscheinen sofort dicht-gemacht hatte.

»Warum ist es dir so wichtig, ob mir etwas passiert?«, fragte sie schließlich; die Frage hing im geschlossenen Raum zwischen ihnen.

Seine Augen blieben auf die Straße gerichtet. »Das ist mein Job.«

»Ist es das?«, hakte Zara nach und drehte sich in ihrem Sitz, um sein Profil zu studieren. »Dein Job ist es, die Bewohner von Salt Creek zu schützen. Ich gehöre nicht dazu. Ich bin eine Außen-seiterin, die in einem Fall ermittelt, den deine Dienststelle vor elf Jahren als Unfall zu den Akten gelegt hat.« Sie machte eine Pause und beobachtete seine Reaktion. »Manche würden sagen, die einfachere Option wäre es, wegzusehen, wenn jemand versucht, mich zu vergraulen.«

Seine Knöchel am Lenkrad wurden noch weißer, das einzige äußere Zeichen dafür, dass ihre Worte ihn getroffen hatten. »So arbeite ich nicht«, sagte er mit gepresster Stimme.

»Es fühlt sich persönlich an«, sagte sie leise.

Die Worte standen zwischen ihnen, schwer von Bedeutung: Childers, der Kuss in ihrem Motelzimmer, die unterschwellige Spannung, die trotz aller beruflichen Barrieren zwischen ihnen herrschte.

Garrett antwortete nicht. Das Schweigen dehnte sich aus, nur erfüllt vom Brummen des Motors und dem gelegentlichen Knistern des Polizeifunks. Einheimische blickten neugierig auf das Polizeifahrzeug mit Zara auf dem Beifahrersitz; in ihrem Kielwasser entstand sicher schon neuer Klatsch.

Als sie auf das Gelände von Micks Werkstatt rollten, nahm Garrett sofort wieder seine beschützende Haltung ein. Er ging dicht neben ihr, seinen Körper leicht zu ihr geneigt, die Augen suchend über die Werkstatt gleitend, als würde er potenzielle Gefahren einschätzen. Mick kam aus dem Büro, wischte sich die Hände an einem Lappen ab, und sein Gesichtsausdruck wandelte sich von einer geschäftsmäßigen Begrüßung zu neugieriger Musterung, als er ihre Nähe und die Spannung zwischen ihnen bemerkte.

»Hast du die Michelins fertig, Mick?«, fragte Garrett. Seine Stimme klang beiläufig, aber seine Körperhaltung war alles andere als das.

»Sind schon da«, bestätigte Mick. Er warf Zara einen Blick zu. »Hässliche Sache, das mit den Reifen. Kann kaum glauben, dass jemand in Salt Creek so was tun würde.«

»Jemand hat eine Nachricht geschickt«, sagte Zara ebenmäßig. »Keine besonders subtile.«

Mick schüttelte den Kopf. »Kleinstädte, was? Hier kann man nicht mal furzen, ohne dass jeder weiß, was man zum Frühstück hatte.« Er verschwand nach hinten und ließ sie im vorderen Bereich der Werkstatt allein.

Zara wandte sich direkt an Garrett. »Hier geht es nicht um Polizeiprotokolle«, forderte sie ihn heraus und hielt ihre Stimme so leise, dass Mick sie vom Lagerbereich aus nicht hören konnte. »So wie du dich verhältst, ist das nicht nur berufliche Sorge.«

Garretts Augen trafen die ihren, graublau und intensiv. Für einen Moment dachte sie, er würde wieder ausweichen, sich hinter seiner Marke und seinem Titel zurückziehen. Doch stattdessen veränderte sich sein Blick.

»Jemand bedroht dich«, sagte er, jedes Wort vorsichtig und bedächtig. »Das ist nichts, worüber ich einfach so hinwegsehen kann.«

Das Geständnis hing in der Luft zwischen ihnen; das Ungesagte war ebenso bedeutsam wie das, was er ausgesprochen hatte. *Du bist niemand, über den ich einfach so hinwegsehen kann.*

»Die Grenze zwischen Persönlichem und Beruflichem verschwimmt manchmal«, fuhr er fort und senkte seine Stimme. »Besonders in einer Stadt dieser Größe.«

Zara war sich schmerzlich bewusst, wie nah sie beieinanderstanden, kaum eine Armlänge entfernt. Die Leuchtstoffröhren der Werkstatt warfen Schatten über sein Gesicht und betonten die Anspannung in seinem Kiefer, die Intensität in seinen Augen. Ihre Körper neigten sich einander zu wie Magnete, die ihre Ausrichtung finden, das Ziehen zwischen ihnen war physisch und unbestreitbar.

»Und auf welcher Seite dieser Grenze befinden wir uns gerade?«, fragte sie, die Frage zugleich Herausforderung und Einladung.

Bevor er antworten konnte, unterbrach das Grollen des Abschleppwagens, der in die Werkstattbucht einfuhr, den Moment. Garrett trat zurück, seine professionelle Maske glitt wieder an ihren Platz, als er sich umdrehte, um den Fahrer zu begrüßen, doch seine Augen verrieten Zara, dass dieses Gespräch noch nicht beendet war.

Sie beobachtete ihn, wie er mit dem Fahrer sprach und ihn anwies, wo er ihr Auto abstellen sollte. Was auch immer zwischen ihnen geschah – es verkomplizierte die ohnehin schon komplexe Untersuchung. Garrett Pennell, der Ermittler, der sie davor gewarnt hatte, in Iris' Tod herumzustochern, war nun verbissen um ihre Sicherheit besorgt. Dieser Widerspruch ergab keinen Sinn, es sei denn, dieser Fall – und Garrett selbst – besaßen Schichten, die sie noch nicht aufgedeckt hatte.

Mick kam mit dem ersten Reifen aus dem hinteren Bereich gerollt. »Das dauert etwa eine Stunde«, sagte er. »Da drüben gibt es einen Kundenbereich, falls du einen Kaffee willst. Oder du kommst in einer Weile wieder.«

Garretts Hand legte sich kurz auf ihr Kreuz, als sie in Richtung der kleinen Wartehalle gingen; die Berührung war warm durch ihr Shirt. »Wir müssen besprechen, wie es weitergeht«, sagte er leise. »Wer auch immer das war, wird hier nicht aufhören.«

Die Gewissheit in seiner Stimme ließ sie trotz der Wärme seiner Nähe frösteln. Was er nicht aussprach, war, dass die Gefahr real war – dass derjenige, der ihre Reifen aufgeschlitzt und diesen Zettel hinterlassen hatte, durchaus in der Lage war, sein Versprechen wahrzumachen und sie ›zu Iris Zhang zu gesellen‹. Die Frage war, ob Garretts Entschlossenheit, sie zu schützen, bedeutete, dass er wusste, wer hinter den Drohungen steckte... oder ob er genauso im Dunkeln tappte wie sie.

So oder so hatte sich die Grenze zwischen ihnen erneut verschoben; Persönliches und Berufliches verschwammen zu etwas, das keiner von beiden leicht definieren oder leugnen konnte. Und während sie sich in dem kleinen Wartezimmer niederließen, die Knie in dem engen Raum fast aneinanderstoßend, fragte sich Zara, ob diese Verbindung sie letztendlich zur Wahrheit über Iris führen würde oder ob sie nur eine weitere Komplikation in einer Untersuchung darstellte, die bereits voller verborgener Motive und begrabener Geheimnisse steckte.

# Kapitel 13

Micks Werkstatt verschwand im Rückspiegel, während Garrett Zara zurück zum Motel fuhr. Keiner von ihnen sprach ein Wort. Die neuen Reifen waren schnell montiert worden, doch die Notiz – *HÖR AUF ZU GRABEN ODER GESELL DICH ZU IHR* – lag wie eine dritte Präsenz in dem durchsichtigen Kunststoff-Asservatenbeutel zwischen ihnen. Draußen zog endlich das Gewitter auf, das den ganzen Nachmittag gedroht hatte; die Luft war so feuchtigkeitsgesättigt, dass es sich anfühlte, als würde man durch nasse Watte atmen. Zara starrte aus dem Fenster und beobachtete die Blitze am Horizont, während ihr Spiegelbild wie ein Geist vor dem dunkler werdenden Himmel wirkte.

Als sie auf den Motelparkplatz einbogen, stellte Garrett den Motor ab, machte jedoch keine Anstalten auszusteigen. Seine Finger trommelten gegen das Lenkrad – ein nervöser Rhythmus, der so gar nicht zu seiner üblichen Beherrschung passte.

»Du solltest deine Sachen packen«, sagte er schließlich mit rauer Stimme. »Ich kann woanders eine Unterkunft organisieren. Irgendwo, wo es sicherer ist.«

Zara drehte sich zu ihm um. »Ich werde nicht weglaufen.«

Ihre Augen trafen sich im fahlen Licht des Wagens, und sein Gesichtsausdruck veränderte sich; die professionelle Distanz bekam Risse. Er wandte als Erster den Blick ab und nickte einmal kurz, als hätte er keine andere Antwort erwartet. Dann griff er nach dem Türgriff, offensichtlich entschlossen, sie sicher nach drinnen zu begleiten.

Vor dem Motelzimmer zitterte Zaras Hand leicht, als sie die Schlüsselkarte einsteckte. Die Straßenlaterne warf lange Schatten über den Beton, und die Luft war drückend vor dem kommenden Regen. Sie stieß die Tür auf und zögerte an der Schwelle, plötzlich der Tragweite dessen bewusst, was sie gleich tun würde.

»Komm rein«, sagte sie, und die Worte wogen schwerer, als ihre Schlichtheit es vermuten ließ.

Garrett folgte ihr hinein, seine breiten Schultern füllten den Türrahmen kurz aus, bevor er an ihr vorbeiging. Er stand unbeholfen in der Mitte des kleinen Zimmers, für das er viel zu groß wirkte. Obwohl die Klimaanlage den ganzen Nachmittag gelaufen war, fühlte sich der Raum immer noch zu warm an.

Zara stellte ihre Tasche auf den Schreibtisch und wandte sich ihm zu. Sie ließ ihre Körpersprache sprechen, wofür sie laut noch nicht ganz bereit war. Die Spannung zwischen ihnen hatte sich seit Childers aufgebaut – eine Strömung, die keiner von beiden trotz professioneller Grenzen und gegenseitigen Misstrauens leugnen konnte. Und plötzlich war sie es leid, dagegen anzukämpfen. Vielleicht lag es am herannahenden Sturm, der sie an jene Nacht in Childers erinnerte, an die heftige Leidenschaft, die zwischen ihnen entbrannt war.

Sie wollte das wieder. Jetzt.

Doch statt auf sie zuzugehen, begann Garrett auf und ab zu gehen – drei Schritte in die eine Richtung, bevor er wieder umkehrte. Er fuhr sich mit den Händen durchs Haar und zerzauste es noch mehr, eine Geste, die so ungewöhnlich unruhig war, dass Zara einen Anflug von Besorgnis verspürte.

»Garrett?«

Er blieb stehen, den Rücken zu ihr gewandt, die Schultern unter dem hellblauen Uniformhemd steif. Als er sprach, klang seine Stimme gepresst, als würden die Worte mühsam aus der Tiefe hervorgezerrt.

»Ich muss dir etwas sagen.«

Zara setzte sich auf die Bettkante, da sie spürte, dass das, was jetzt kam, Raum brauchte – dass ihre Ruhe gegen seine Bewegung nötig war.

»Ich war dabei«, sagte er und drehte sich zu ihr um, seine Augen blickten gequält. »Im Jahr 2014. Ich war der Polizeianwärter, der als Erster auf den Anruf wegen Iris Zhang reagierte.«

Das Geständnis stand zwischen ihnen, der erste Faden, der sich löste. Sie blieb stumm und ließ ihn weitermachen, doch ihre Augen weiteten sich. Sie hatte seinen Namen in keiner der Akten gelesen, die sie bisher erhalten hatte. Da sie wusste, dass der Queensland Police Service Beamte regelmäßig versetzte – besonders ungerne wurden Beamte zu lange auf ländliche Posten geschickt, wo sie der Gemeinschaft zu nahe kommen könnten, um noch neutral zu sein –, hatte sie es für unmöglich gehalten, dass Garrett damals schon hier gewesen war.

»Ich war derjenige, der sie im Bach gefunden hat.« Seine Stimme brach bei dem Wort »gefunden«, seine professionelle Fassade bröckelte. »Sie lag mit dem Gesicht nach unten im Wasser, das kaum meine Stiefel bedeckte. Höchstens fünfzehn

Zentimeter. Und da waren Blutergüsse, frische Hämatome an den Rückseiten ihrer Arme. Fingerabdrücke. Von der Sorte, die nur entstehen, wenn dich jemand gewaltsam festhält.«

Er begann wieder auf und ab zu gehen, die Worte kamen nun schneller, als wäre ein Damm gebrochen. »Ich habe alles dokumentiert. Die Hämatome, die Wassertiefe, das verschwundene Handy, die Tatsache, dass sie überhaupt nicht dort hätte sein dürfen, wenn sie vom Restaurant nach Hause wollte. Nichts davon ergab Sinn. Nichts davon deutete auf ein Ertrinken durch Unfall hin.«

Zara beobachtete ihn und sah nicht den beherrschten Kriminalhauptkommissar, der sie vor diesen Ermittlungen gewarnt hatte, sondern einen Mann, der die Last einer zehn Jahre alten Schuld auf seinen Schultern trug.

»Ich bin damit zu Finch gegangen. Kriminalhauptkommissar Malcolm Finch.« Garretts Mund verzog sich bei dem Namen. »Er war damals der dienstälteste Beamte hier, natürlich der leitende Ermittler. Ich zeigte ihm meine Notizen, die Fotos, erklärte, warum es kein Unfall gewesen sein konnte. Und er … er sah mich einfach nur an, mit diesem Blick, den ich nie vergessen werde, als wäre ich ein Kind, das sich in ein Gespräch von Erwachsenen verirrt hätte.«

Garretts Schultern sackten nach vorn, während er sprach, und seine Stimme wurde leiser. »Er sagte mir, ich sei neu, unerfahren und würde Dinge sehen, die nicht da wären. Er behauptete, das Mädchen sei offensichtlich ausgerutscht, habe sich den Kopf gestoßen und sei bei einem tragischen Unglück ertrunken. Als ich auf den Hämatomen beharrte, sagte er, sie sei wahrscheinlich die Schlucht hinuntergestürzt, bevor sie den Bach erreichte, und habe sich beim Sturz verletzt.«

»Aber du hast ihm nicht geglaubt«, sagte Zara leise.

»Nein.« Das Wort war flach und endgültig. »Aber ich war fünfundzwanzig, erst ein paar Jahre im Dienst. Und Finch war ... nun ja, er war Finch. Respektiert. Gut vernetzt. Die Art von Beamtem, vor dem jüngere Polizisten gefälligst zu kuschen haben.«

Draußen zuckte ein Blitz auf und erhellte sein Gesicht für einen Moment in hartem Kontrast. Er betonte die Furche zwischen seinen Brauen und die schmale Linie seines Mundes.

»Zwei Monate später wurde ich nach Cairns versetzt. Offiziell eine Aufstiegschance. Inoffiziell wurde ich aus einer Situation entfernt, in der ich zu viele Fragen gestellt hatte.« Er hörte auf, hin und her zu laufen, und blieb vor ihr stehen. »Ich habe versucht, es gut sein zu lassen. Versucht, mich davon zu überzeugen, dass Finch vielleicht recht hatte, dass ich übereifrig gewesen war und Muster sah, wo keine existierten.«

»Aber du konntest es nicht«, sagte Zara, die in ihm denselben hartnäckigen Drang nach der Wahrheit erkannte, der auch sie antrieb.

»Nein. Es ließ mich nicht los. Bei jedem Fall von Ertrinken, an dem ich arbeitete, bei jeder Meldung über ein junges Opfer, kehrte ich gedanklich zu Iris Zhang zurück. Zu dem, was ich sah. Zu dem, was ich wusste.« Er holte tief Luft. »Ich habe die letzten acht Jahre damit verbracht, mir einen soliden Ruf aufzubauen, erst in Cairns und dann in Brisbane, und bin die Karriereleiter hochgeklettert. Und die ganze Zeit über habe ich Informationen über Finch gesammelt, darüber, was hier passiert ist.«

Für Zara fügten sich die Puzzleteile zusammen und das mysteriöse Motiv des Ermittlers wurde endlich klar. »Deshalb bist du vor drei Jahren nach Salt Creek zurückgekehrt.«

Garrett nickte, eine kleine, grimmige Geste. »Ich habe gezielt um die Versetzung gebeten. Kriminalhauptkommissar war eine Beförderung und Salt Creek sollte eigentlich ein ruhiger Posten sein, um mich in den neuen Rang einzufinden. Die perfekte Tarnung für das, was ich wirklich tat: eine Akte für die Kommission für Kriminalität und Korruption gegen Finch und jeden anderen anzulegen, der an der Vertuschung dessen beteiligt war, was Iris zugestoßen war.«

Draußen brach der Regen nun endgültig los. Dicke Tropfen klatschten gegen das Fenster, und der plötzliche Wolkenbruch passte zur Intensität seines Geständnisses. Garrett trat näher, seine Stimme wurde leiser, als hätte er Angst, trotz des leeren Raumes belauscht zu werden.

»Ich habe Beweise gesammelt, ganz langsam. Die alten Fallakten waren ... praktischerweise unvollständig. Meine ursprünglichen Berichte waren einfach weg, und das war nicht alles. Es fehlten Fotos. Zeugenaussagen wurden abgeändert. Es hat drei Jahre gedauert, zusammenzustückeln, was wirklich geschehen ist, und mir fehlen immer noch entscheidende Elemente.« Seine Stimme klang rau. »Und dann bist du aufgetaucht.«

Zaras Puls beschleunigte sich, als sie an ihre Nacht in Childers dachte – an seine Hände auf ihrer Haut, seinen Mund auf ihrem –, während keiner von beiden wusste, wer der andere war oder was folgen würde.

»Childers war ...« Er hielt inne und suchte nach Worten. »Für ein paar Stunden habe ich Iris Zhang vergessen. Den Fall, der ein Drittel meines Lebens aufgezehrt hat. Ich war einfach nur ein Mann, der eine Frau in einem Pub traf, und es fühlte sich an wie ...« Er brach ab, unfähig, den Gedanken zu Ende zu führen.

»Ich weiß«, sagte Zara schlicht.

Er trat noch näher, nah genug, dass sie die feinen Stoppeln an seinem Kiefer sehen und den Geruch von Kaffee, Schweiß und etwas unverkennbar Eigenem wahrnehmen konnte. »Als ich dich an diesem ersten Tag in der Wache sah und du dich als Journalistin vorstelltest, die den Tod von Iris untersucht, hielt ich das für einen kranken Scherz. Dass wer auch immer dahintersteckt, mich verspotten will.«

Er hob die Hand und berührte fast ihr Gesicht, bevor er sie wieder sinken ließ. »Und jetzt wirst du bedroht. Von denselben Leuten, die diesen Fall elf Jahre lang erfolgreich unter den Teppich gekehrt haben. Ich habe Angst, Zara.« Seine Stimme brach bei ihrem Namen, das Eingeständnis war unverblümt und verletzlich. »Angst, dass du verletzt oder getötet wirst, bevor ich dich schützen kann, bevor wir die Wahrheit finden. Bevor wir Iris und ihren Eltern endlich die Gerechtigkeit verschaffen können, die sie verdienen.«

Dass er »wir« sagte, entging Zara nicht. Mit seinem Geständnis hatte er nicht nur die Wahrheit über seine Verwicklung offenbart, sondern auch anerkannt, dass sie trotz allem auf derselben Seite standen.

Regen peitschte gegen die Fenster, und das kleine Zimmer fühlte sich plötzlich an wie das Auge eines Sturms – eine zerbrechliche Stille, umgeben von aufziehender Wut. Und in dieser Stille standen sich ein Polizist und eine Journalistin gegenüber, Geheimnisse waren offenbart, und der Weg nach vorne war plötzlich erschreckend klar.

Zara saß reglos auf der Bettkante; ihre Trinkflasche zitterte leicht in ihren Händen. Das Plastik knackte, als ihre Finger fester zupackten – ein scharfes Geräusch im Kontrast zum stetigen Trommeln des Regens. Garretts Geständnis hatte etwas Grundlegendes zwischen ihnen verschoben und die Einzelteile dieser Untersuchung neu angeordnet, wie ein Puzzle, das endlich Form annahm. Der Deckenventilator über ihnen stotterte, sein Rhythmus war unregelmäßig und bewegte die vom Regen schwere Luft kaum.

»Du hast elf Jahre lang in diesem Fall ermittelt«, sagte sie schließlich mit abgewogenen Worten, als würde sie ihn testen. »Allein.«

Garrett nickte, seine Augen wichen nicht von den ihren. Die Offenbarung hatte ihn sichtlich Kraft gekostet; er wirkte gleichzeitig erschöpft und befreit. Er lehnte sich gegen die Wand, als bräuchte er ihren Halt, nun da sein Geheimnis nicht mehr seins allein war.

Zara holte tief Luft und wog ihre Optionen ab. Vertrauen war nichts, was sie leichtfertig verschenkte, besonders nicht gegenüber der Polizei, schon gar nicht nach dem Desaster von Little Girls Lost. Aber Garrett hatte ihr gerade seine Karriere, sein Ziel, seine zehnjährige Mission offenbart. Die Waagschale hatte sich geneigt.

»Ich muss dir auch etwas sagen«, sagte sie und stellte die Wasserflasche vorsichtig auf den Nachttisch. »Etwas, das ich eigentlich keinem Polizisten anvertrauen wollte.«

Interesse schärfte seinen Blick; unter der Verletzlichkeit von gerade eben kam wieder der Ermittler zum Vorschein.

»An dem Morgen, bevor ich nach Brisbane gefahren bin«, begann sie und beobachtete seine Reaktion genau, »bat mich May Zhang, mit ihr zum Bach zu gehen. Zu der Fußgängerbrücke, an der Iris gefunden wurde.«

Draußen zuckte ein Blitz auf und tauchte das Zimmer für den Bruchteil einer Sekunde in grelles Weiß, bevor die Dunkelheit zurückkehrte. Der Donner folgte fast unmittelbar darauf, nah genug, um die Fenster vibrieren zu lassen.

»Wir haben etwas gefunden«, fuhr Zara fort, ihre Stimme trotz der Unterbrechung durch den Sturm fest. »Etwas, das zwischen den Planken der Brücke feststeckte, verfangen an einem Stützbalken darunter. Etwas, das dort seit elf Jahren gelegen haben musste.«

In Garretts Augen dämmerte das Verständnis, noch bevor sie es aussprach, doch sie sagte es dennoch.

»Wir haben Iris' Handy gefunden.«

Garrett löste sich von der Wand, seine Haltung wurde plötzlich wachsam; die Instinkte des Polizisten rangen mit dem Mann, der gerade seine Seele offenbart hatte.

»May hat mir das Versprechen abgenommen, es nicht der Polizei zu geben«, fuhr Zara schnell fort, bevor er etwas sagen konnte. »Sie erzählte mir von Iris' Laptop, wie Finch ihn als Beweismittel mitnahm und er dann praktischerweise verschwand. Sie hatte Angst, dass mit dem Handy dasselbe passieren würde.«

Garretts Kiefer spannte sich bei der Erwähnung von Finch an, aber er blieb stumm und ließ sie weiterreden.

»Das Handy war beschädigt – gesprungener Bildschirm, Wasserschaden, elf Jahre Queensland-Wetter. Aber ich habe einen Mitbewohner in Brisbane, Dev. Er promoviert in Elektrotechnik und ist auf Datenrettung und digitale Forensik spezialisiert.« Ein Hauch von Stolz schwang in ihrer Stimme mit. »Er ist brillant. Wenn jemand Daten von diesem Handy retten kann, dann er.«

»Deshalb bist du nach Brisbane gefahren«, sagte Garrett. »Nicht wegen Klamotten.«

»Nicht nur wegen Klamotten«, korrigierte Zara. »Ich habe aber tatsächlich saubere Hemden mitgebracht.«

Der schwache Versuch eines Witzes verpuffte in der aufgeladenen Atmosphäre, doch sein Gesichtsausdruck entspannte sich ein wenig.

»Dev glaubt, dass er vielleicht Daten von der microSD-Karte retten kann«, fuhr sie fort. »Er arbeitet gerade daran. Er sagte, es würde mindestens eine Woche dauern, vielleicht länger.«

Garrett rieb sich über das Gesicht, seine Gefühle kämpften sichtlich miteinander: der Polizist, der verlangen müsste, dass Beweismittel sofort übergeben werden, und der Mann, der ein Jahrzehnt damit verbracht hatte, gegen genau das System zu kämpfen, das er repräsentierte.

»Wenn irgendetwas auf diesem Handy ist«, sagte er schließlich, »auch nur das Geringste, das zeigt, mit wem Iris in jener Nacht zusammen war ...«

»Ich weiß«, unterbrach ihn Zara. »Es könnte den ganzen Fall sprengen. May weiß das auch, deshalb hat sie es mir anvertraut.« Sie sah ihm direkt in die Augen. »Und jetzt vertraue ich es dir an.«

Sie musterten einander in dem kleinen Raum – die Journalistin und der Ermittler, von Berufswegen Widersacher, doch durch ein gemeinsames Ziel vereint.

»Wir haben gegeneinander gearbeitet«, sagte Garrett mit leiser Stimme. »Denselben Kampf von entgegengesetzten Seiten aus geführt.«

»Und sind nirgendwohin gekommen«, gab Zara zu.

Das neonrote „Zimmer frei"-Schild draußen flackerte und warf abwechselnd rotes Licht und Schatten über sein Gesicht. Es betonte die Entschlossenheit in seinen Augen und den sturen Zug um seinen Kiefer, der ihrem eigenen glich.

»Aber zusammen«, sagte er, und das Wort klang wie das Versprechen einer festen Allianz. »Zusammen haben wir vielleicht tatsächlich eine Chance.«

Kein Händedruck besiegelte ihre Abmachung, kein Vertrag wurde unterzeichnet. Nur ein Blick, aufgeladen und sicher, der ihre Beziehung von widerwilligen Kontrahenten in die von Partnern verwandelte.

»Jemand weiß, dass du der Sache nahekommst«, sagte Garrett und deutete zum Fenster in Richtung ihres Wagens. »Die Drohungen werden schlimmer werden, bevor das hier vorbei ist.«

»Ich weiß«, antwortete Zara schlicht.

Draußen rollte der Donner, diesmal länger, ein anhaltendes Knurren, das ihre eigene Entschlossenheit widerzuspiegeln schien. Der Regen war heftiger geworden; Wassermassen flossen am Fenster hinab und ließen die Welt dahinter verschwimmen.

»Wir müssen vorsichtig sein«, sagte Garrett. »Wer auch immer Iris getötet hat, hatte elf Jahre Zeit, seine Spuren zu verwischen, sich ein Leben auf dieser Lüge aufzubauen. Das gibt man nicht so einfach auf.«

»Kirsty Cannon«, sagte Zara, und der Name entschlüpfte ihr, bevor sie es sich anders überlegen konnte. »Sie hat mich heute in der Schule zur Rede gestellt. Sie hat ... eine Show abgezogen. Trauer, Besorgnis, rechtschaffene Empörung. Aber darunter lag Kälte. Kalkül.«

Garrett nickte, nicht überrascht. »Stadträtin Cannon steht definitiv auf meiner Liste der Leute, die etwas verbergen. Zusammen mit ihrem Vater Richard, obwohl er vor ein paar Jahren gestorben ist. Und natürlich Finch, obwohl er sich mittlerweile an die Gold Coast zurückgezogen hat.«

»May sagte, Finch war derjenige, der Iris' Laptop an sich genommen hat«, erinnerte Zara ihn. »Das ist kein Zufall.«

»Nein«, stimmte Garrett zu. »Das ist es nicht.«

Er ging zum Fenster und spähte hinaus auf den sturmgepeitschten Parkplatz. Sein Spiegelbild lag über der Dunkelheit draußen, sein Gesichtsausdruck voller grimmiger Entschlossenheit, die der ihren entsprach.

»Und was passiert jetzt?«, fragte Zara, obwohl sie die Antwort bereits kannte.

»Jetzt«, sagte Garrett und drehte sich wieder zu ihr um, »tun wir das, was wir von Anfang an hätten tun sollen. Wir führen zusammen, was wir wissen. Und wir sorgen für Gerechtigkeit für Iris Zhang.«

Wieder zuckte ein Blitz auf, sofort gefolgt von einem Donnerschlag, der das Gebäude erzittern ließ. In diesem Moment der Erleuchtung standen sie sich im Raum gegenüber – nicht länger getrennt in ihrem Streben nach der Wahrheit, sondern verbündet, entschlossen und vereint gegen all die Mächte, die die Wahrheit über Iris' Tod elf Jahre lang im Verborgenen gehalten hatten.

Der Sturm tobte weiter, doch in diesem kleinen Motelzimmer hatte sich eine Partnerschaft gebildet, geschmiedet aus einem gemeinsamen Ziel und neu gefundenem Vertrauen – stark genug, um vielleicht endlich aufzudecken, was mit dem Mädchen im Bach geschehen war.

# KAPITEL 14

REGEN PRASSELTE GEGEN DAS Dach des LandCruisers, während Garrett durch die verlassenen Straßen steuerte. Blitze zuckten über den Himmel und erhellten Salt Creek in kurzen Augenblicken. In nur einer Stunde hatte sich so viel verändert: Garretts Geständnis, dass er Iris' Leiche gefunden hatte, und ihre eigene Offenbarung bezüglich des Telefons. Sie waren jetzt keine Widersacher mehr, sondern Verbündete.

»Ich habe alles auf der Wache«, sagte Garrett, dessen Stimme im Sturm kaum zu hören war. »Elf Jahre Ermittlungsarbeit. Dinge, die nie in der offiziellen Akte standen.«

Zara versuchte, dieses neue Bild von ihm mit dem Mann zu vereinbaren, der sie anfangs noch gewarnt hatte, sich fernzuhalten. »An all dem hast du die ganze Zeit allein gearbeitet?«

»Musste ich«, erwiderte er. Seine Hände umklammerten fest das Lenkrad, während sie durch eine Pfütze preschten. »Ich wusste nie, wem ich trauen konnte.«

Sie verstand diese Isolation zutiefst. Die Einsamkeit, die damit einherging, die Wahrheit zu suchen, wenn andere lieber tröstliche Lügen hörten.

Sie bogen auf den kleinen Parkplatz hinter der Polizeiwache ein. Das Gebäude war dunkel, bis auf ein einzelnes Licht am Empfang. Garrett stellte den Motor ab.

»Bereit?«, fragte er, und in seiner Stimme schwang etwas mit, das sie glauben ließ, es ginge ihm um mehr als nur die Sichtung von Beweismaterial.

Ein einzelner Beamter am Empfang nickte Garrett zu, als sie eintraten, und würdigte Zara kaum eines Blickes. Die beiläufige Akzeptanz deutete darauf hin, dass dies nichts Ungewöhnliches war.

Er führte sie einen schmalen Flur entlang zu einem Büro am Ende. Auf dem Türschild stand »Kriminalhauptkommissar G. Pennell«. Er schloss auf, bat sie hinein und schloss hinter ihnen wieder ab.

Spartanisch, aber funktional: Schreibtisch, Computer, zwei Stühle, ein Ventilator, der sich an der Decke drehte. Eine große Pinnwand bedeckte eine Wand, fast leer bis auf offizielle Bekanntmachungen und ein paar Karten.

Garrett ging zu einem Aktenschrank in der Ecke. Er holte einen Schlüssel hervor. Der Schrank sah gewöhnlich aus, graues Metall mit abgestoßenen Ecken. Doch als er die unterste Schublade aufschloss und aufzog, erkannte Zara, dass dies etwas anderes war.

Die Schublade war vollgestopft mit Mappen, Notizbüchern und Beweismittelbeuteln. Alles akribisch beschriftet. Garrett begann, sie herauszunehmen und auf seinem Schreibtisch zu stapeln.

»Meine ursprünglichen Ermittlungsnotizen von 2014«, sagte er und legte ein ledergebundenes Notizbuch ab. »Und Zeugenaussagen, die nie offiziell zu den Akten genommen wurden. Leute, die Dinge gesehen haben, die der Theorie vom Ertrinkungstod widersprachen.«

Er räumte weiter aus. Tatortfotos, Zeitungsausschnitte, Karten mit Markierungen in verschiedenen Farben, Zeitstrahl-Blätter mit Anmerkungen.

»Du hast alles dokumentiert«, sagte sie.

»Das musste ich. Um jemals einen Fall aufbauen zu können, der stark genug für die Kommission für Kriminalität und Korruption ist.«

Sie breiteten die Unterlagen auf dem Schreibtisch und einem kleinen Besprechungstisch aus. Garrett ordnete sie chronologisch und erstellte so einen Zeitstrahl von Iris' letztem Tag und der darauffolgenden Untersuchung.

»Das ist alles, was die Öffentlichkeit nie zu Gesicht bekommen hat«, sagte er leise. »Alles, was aus den offiziellen Berichten herausgehalten wurde.«

Zaras Blick blieb an den Tatortfotos hängen. Sie zeigten Iris mit dem Gesicht nach unten im seichten Creek. Als er zum nächsten Foto umblätterte, stockte Zara der Atem.

Iris in der Leichenhalle, auf der Seite liegend. Dunkle Hämatome verunstalteten die Rückseiten ihrer Oberarme. Deutliche fingerförmige Abdrücke. Anzeichen von Gewalt, die auf den Fotos und im Obduktionsbericht, den sie erhalten hatte, völlig fehlten.

»Diese blauen Flecken werden in der offiziellen Obduktion nirgendwo erwähnt.«

»Praktisch, nicht wahr?«, Garretts Stimme klang gepresst. »Dr. Robinsons vorläufige Notizen haben sie detailliert dokumentiert. Dann führte Finch ein Gespräch mit ihm, und im

Abschlussbericht fehlt jede Spur von Hämatomen, die nicht mit einem Ertrinken durch Unfall vereinbar wären. Dieses Foto hat es nie in die offizielle Akte geschafft.«

Sie griffen im selben Moment nach dem Foto. Ihre Finger berührten sich. Keiner von beiden zog die Hand sofort weg; ihre Finger verweilten kurz, bevor sie sie langsam zurücknahmen.

Garrett räusperte sich. »Es gibt noch mehr. Zeugenaussagen eines Backpackers, der damals im Salties gearbeitet hat. Er war für eine Raucherpause nach draußen gegangen und bis zum Parkeingang gelaufen. Er sagte aus, er habe Iris gegen 22:15 Uhr in der Nähe der Fußgängerbrücke mit jemandem streiten sehen, was dazu passt, dass sie die Golden Horse um 22:00 Uhr verlassen hat. Seine Aussage wurde aufgenommen, aber nie protokolliert. Ich habe Finch darauf angesprochen, aber er beharrte darauf, dass der Backpacker Iris gar nicht kannte und unmöglich sicher sein konnte, dass sie es war.« Er verzog das Gesicht. »Wie viele chinesische Mädchen gab es wohl zu der Zeit in Salt Creek? Er mag Iris' Namen nicht gekannt haben, aber ich bin mir ziemlich sicher, dass er sie vom Sehen kannte.«

»Konntest du den Backpacker ausfindig machen, um ihm weitere Fragen zu stellen?«

»Leider nein. Er war Deutscher, hat aber dort keine Adresse hinterlassen... und sein Name war Hans Braun. Das deutsche Äquivalent zu Max Mustermann.«

»Vielleicht könnte ich im Podcast einen Aufruf machen«, überlegte Zara. »Ich habe viele Abonnenten aus Deutschland. Ich kann sagen, dass ich weiß, dass es ein Schuss ins Blaue ist, aber ... Wissen wir, wie alt er damals war?«

Garrett blätterte in den Papieren. »Ja... 22.«

»Dann wäre er heute 33 oder 34. Ich könnte also einen Aufruf starten: Falls jemand einen Hans Braun in diesem Alter kennt, fragt ihn bitte, ob er 2014 als Backpacker in Australien war.«

»Einen Versuch ist es wert«, stimmte Garrett zu. Er schenkte ihr ein kurzes, schiefes Lächeln. »Ich schätze, ein weltweites Publikum zu haben, kann am Ende doch ganz nützlich sein.«

»Darauf kannst du wetten«, sagte sie, bevor sie ihre Aufmerksamkeit wieder den Papierstapeln auf dem Tisch zuwandte.

Zara ging das Material methodisch durch und prüfte jedes einzelne Stück. Das Ausmaß der Beweise war überwältigend; in der Gesamtschau zeichneten sich Muster ab.

»Darauf hast du gewartet«, sagte sie und blickte zu ihm auf. »Auf jemanden, mit dem du das teilen kannst. Jemanden, der dir glaubt.«

Seine Augen trafen ihre, graublau im dämmrigen Licht. »Nicht nur auf irgendjemanden. Auf jemanden, der helfen kann, das alles zu verstehen. Jemanden, der nicht einknickt.«

Zara wandte sich wieder den Beweisen zu. Dem Foto von Iris' blutunterlaufener Haut, der unterdrückten Zeugenaussage. Was auch immer sich zwischen ihr und Garrett entwickelte, war nun zweitrangig gegenüber dem hier: der Wahrheit, die sie Stück für Stück zusammensetzten.

Trotzdem konnte sie seine Anwesenheit neben sich nicht ignorieren. Wie ihre Körper sich in unbewusster Synchronität bewegten. Die Art, wie seine Hand in der Nähe der ihren verweilte.

Die Stunden verflogen. Mitternacht kam und ging, markiert durch einen Blick auf Garretts Uhr. Leere Kaffeetassen sammelten sich an, während sie sich durch die Beweise arbeiteten. Zaras Augen brannten, aber ihr Verstand blieb messerscharf.

»Sieh dir das an«, sagte sie und tippte mit dem Finger auf zwei weitere Zeugenaussagen. »Der Besitzer des Fish-and-Chip-Ladens gab anfangs an, er habe Kirsty Cannon gegen zehn an seinem Laden vorbei in Richtung Creek gehen sehen. Aber nachdem er von Richard Cannon vernommen worden war, änderte er seine Geschichte und sagte, er habe sich geirrt; es sei gar nicht Kirsty gewesen.«

Garrett lehnte sich vor, seine Schulter streifte die ihre. »Praktisch.« Er griff nach einer weiteren Akte. »Richard Cannon war Vorsitzender des Ausschusses für öffentliche Sicherheit, der die Polizeigelder bewilligte. Macht und Einfluss.«

»Und jetzt hat seine Tochter denselben Posten inne, richtig?« Sie war bei ihren Nachforschungen über Kirsty Cannon vorsichtig gewesen, aber das war nicht schwer herauszufinden gewesen.

Garrett blätterte in weiteren Dokumenten. »Selbst wenn wir Zeugenbeeinflussung beweisen, ist das ein Verfahrensfehler, kein direkter Beweis für Mord. Wir bräuchten ein Motiv, eine Gelegenheit und physische Beweise, die jemanden mit Iris' Tod in Verbindung bringen. Die rechtliche Hürde für die Wiederaufnahme eines so alten Falls ist enorm hoch.«

Sie schätzte seine Offenheit. So viele Polizisten, denen sie begegnet war, hatten fehlerhafte Abläufe verteidigt. Garretts Ehrlichkeit sorgte dafür, dass sie ihm vollkommen vertraute.

Sie arbeiteten weiter, während die Nacht um sie herum immer tiefer wurde. Irgendwann legte Garrett seine Hand auf ihre, als sie beide nach demselben Dokument griffen. Diesmal zog keiner von ihnen die Hand zurück.

»Zara«, sagte er, und die Art, wie er ihren Namen aussprach, ließ sie aufblicken.

Seine Augen hielten ihren Blick fest, forschend. »Das hier ist kompliziert.«

»Ich weiß.«

»Du untersuchst einen Fall, in den ich verwickelt bin. Ich bin technisch gesehen eine Quelle. Das überschreitet etwa ein Dutzend berufliche Grenzen.«

»Das weiß ich auch.« Sie drehte ihre Hand um, Handfläche an Handfläche mit der seinen. »Aber ich bin mir nicht sicher, ob mir das gerade wichtig ist.«

»Mir auch nicht.« Er stand auf und zog sie mit sich hoch. »Komm mit zu mir nach Hause. Wir können das morgen fortsetzen, aber heute Nacht...«

»Heute Nacht«, stimmte sie zu.

Sie sammelten die brisantesten Dokumente ein und schlossen sie im Aktenschrank weg. Der Beamte am Empfang schaute kaum auf, als sie gingen. Garrett legte seine Hand auf ihren unteren Rücken, eine Geste, die sich sowohl beschützend als auch besitzergreifend anfühlte.

Die Fahrt zu Garretts Haus war kurz, aber jede Sekunde fühlte sich aufgeladen an. Der Regen setzte seinen unaufhörlichen Angriff fort, doch im Inneren des LandCruisers entstand eine wohlige Wärme zwischen ihnen.

Sein Haus war ein bescheidenes Haus mit Stulpschalung in einer ruhigen Straße. Die Art von Ort, die von jemandem erzählte, der Funktionalität über Form schätzte. Drinnen war es ordentlich, ohne steril zu wirken. Bewohnt, aber gepflegt.

»Bier? Wein?«, fragte er und ging in Richtung Küche.

»Eigentlich nur Wasser.« Ihr Hals war trocken.

Er goss zwei Gläser ein und reichte ihr eines. Sie standen in seinem Wohnzimmer. Die Plötzlichkeit des Augenblicks traf sie beide. Im Büro, umgeben von Beweisen und Ermittlungen, hatte sich die Verbindung zwischen ihnen natürlich angefühlt. Hier, in diesem privaten Raum, fühlte sich die Realität dessen, was sie gleich tun würden, anders an.

»Zara.« Er stellte sein Glas ab, nahm ihr ihres ab und stellte es daneben. »Normalerweise bin ich nicht der Ermittler, der jede Regel bricht.« Ein Anflug eines Lächelns huschte über seine Lippen. »Aber nun stehen wir hier.«

»Nun stehen wir hier.«

Als sich ihre Lippen trafen, geschah es nicht mit drängender Hitze, sondern langsamer. Seine Hände rahmten ihr Gesicht ein und hielten sie wie etwas fest, das verschwinden könnte, wenn er sich zu schnell bewegte. Zaras Finger fanden die Knöpfe seines Uniformhemdes und öffneten einen nach dem anderen. Sie ließ sich Zeit, anders als damals in Childers.

Sie entkleideten einander langsam. Jedes abgelegte Kleidungsstück war eher eine Offenbarung als ein Hindernis. Seine Finger zitterten leicht am Verschluss ihres BHs, und diese kleine Verletzlichkeit bewirkte, dass sich in ihrer Brust etwas zusammenzog.

Als sie schließlich voreinander standen, griff Garrett erneut nach ihrer Hand. Er führte sie an seine Lippen und drückte einen Kuss auf ihre Handfläche, ihr Handgelenk, die weiche Innenseite ihres Ellenbogens.

Die Laken fühlten sich kühl an ihrem Rücken an, als Garrett sie aufs Bett gleiten ließ. Sein Gewicht folgte ihr und drückte sie in die Matratze auf eine Weise, die sich eher wie ein Verankern als ein Festhalten anfühlte. Ihre Körper passten zueinander, vertraut und doch völlig neu.

Seine Lippen zeichneten einen Weg von ihrem Mund zu ihrem Hals, zu ihrem Schlüsselbein. Sie wölbte sich seiner Berührung entgegen, ihre Hände erkundeten die breiten Flächen seines Rückens. Die leichte Rauheit seiner Stoppeln kitzelte an ihrer Handfläche, als sie sein Kiefer umfasste. Die Bewegungen zwischen ihnen steigerten sich langsam.

Als er sich schließlich über sie schob und ihre Körper eins wurden, suchte Zara seinen Blick. In Childers hatten sie die Augen geschlossen, verloren in den Empfindungen. Jetzt beobachteten sie einander. Hielten den Blick des anderen fest, während sie sich gemeinsam bewegten und einen Rhythmus fanden, der von gegenseitigem Verständnis sprach.

Darin lag eine Verletzlichkeit, die sie nicht erwartet hatte. Diese Fähigkeit, gesehen zu werden, wirklich gesehen zu werden, in einem Moment solcher Offenheit. Garretts Ausdruck war voller Staunen, Zärtlichkeit und etwas Tieferem, das sie noch nicht benennen wollte. Ihre Hände strichen über die Konturen seines Gesichts. Sie prägte sich die Linien an seinen Augenwinkeln ein, die hartnäckige Miene seines Kiefers, die nun weich geworden war.

Sie bewegten sich im Gleichtakt. Die Verbindung stand dem Verlangen in nichts nach. Als die Erlösung für sie beide schließlich kam, geschah es in Wellen statt in einem jähen Ausbruch.

Danach zog er sie an seine Brust. Ein Arm lag fest um ihre Taille, ihre Beine unter den zerwühlten Laken ineinander verschlungen. Seine Finger zeichneten träge Muster auf ihrem Rücken, während sich ihr Atem beruhigte. Die Herzschläge fanden allmählich zu ihrem normalen Rhythmus zurück. Draußen prasselte der Regen sanft gegen die Fenster.

»Bleib«, murmelte Garrett gegen ihr Haar.

Zara nickte. Sie spürte bereits, wie der Schlaf an ihr zerrte. »Ich gehe nirgendwohin.«

Sein Arm legte sich fester um ihre Taille und zog sie näher an sich heran. Sie spürte, wie seine Lippen gegen ihre Schläfe drückten. Während sie in den Schlaf glitt, war Zaras letzter bewusster Gedanke, wie anders sich dies im Vergleich zu jeder anderen Intimität anfühle, die sie bisher gekannt hatte. Keine Flucht oder Ablenkung, sondern ein tiefer Verbindungspunkt inmitten des Chaos.

Zara blinzelte sich langsam wach. Einen Moment lang war sie desorientiert, bevor die Erinnerungen zurückfluteten.

Garretts Schlafzimmer. Garretts Bett. Das Laken neben ihr war zerwühlt, aber leer, hielt jedoch noch eine Spur von Wärme. Ihre Hand glitt über den freien Platz, während das reiche Aroma von frisch gebrühtem Kaffee zu ihr drang.

Das Schlafzimmer sah bei Tageslicht anders aus. Ein gerahmtes Zertifikat der Polizeiakademie hing dezent an einer Wand. Das Bücherregal enthielt eine vielseitige Mischung aus Krimis, Angelmagazinen und mehreren Bänden über die lokale Geschichte von Queensland. Die Anordnung wirkte sorgfältig, aber nicht pingelig oder gekünstelt.

Ihre Kleider lagen ordentlich zusammengelegt auf einem Stuhl in der Ecke. Das war Garrett gewesen, wurde ihr klar. Statt danach zu greifen, entdeckte sie sein hellblaues Uniformhemd auf dem Boden, wo es wohl vom Stuhl gerutscht war. Zara hob es auf und hielt es sich kurz an die Nase. Es roch nach ihm. Sauberer Schweiß, dezentes Kölnisch Wasser, der schwache metallische Beigeschmack seiner Dienstmarke. Sie streifte es über. Der Stoff reichte ihr bis zur Mitte der Oberschenkel, die Ärmel baumelten weit über ihre Fingerspitzen hinaus. Sie krempelte sie zweimal um und schlich dann barfuß aus dem Schlafzimmer.

Der Flur öffnete sich zu einem bescheidenen Wohnbereich. Einfache Möbel, ein Fernseher, der selten benutzt aussah, eine Angelrute, die in einer Ecke lehnte. Durch einen Torbogen konnte sie die Küche sehen und Garrett, der an der Arbeitsplatte stand, den Rücken zu ihr gewandt. Er trug nur Shorts. Das Morgenlicht vergoldete die Muskeln seiner Schultern und seines Rückens. Er kochte Kaffee. Die Häuslichkeit dieser Szene wirkte auf sie sowohl behaglich als auch leicht surreal.

Er musste sie gehört haben, denn er drehte sich um. Der Gesichtsausdruck, der über seine Züge huschte, als er sie in seinem Hemd sah, ließ ihren Magen kribbeln.

»Morgen«, sagte sie.

»Morgen.« Seine Stimme war rauer als sonst, kratzig vom Schlaf. Seine Augen musterten sie und verweilten dabei, wie sein Hemd an ihr herunterhing. »Kaffee?«

»Bitte.«

Er goss zwei Tassen ein und brachte sie an den kleinen Tisch. Sie setzte sich und schlang ihre Hände um die warme Keramik. Er nahm den Platz gegenüber ein. Einen Moment lang sahen sie sich einfach nur an. Dieses neue Etwas zwischen ihnen war noch zu zerbrechlich, um es beim Namen zu nennen.

»Wir sollten wahrscheinlich darüber reden«, sagte Garrett schließlich.

»Wahrscheinlich.« Zara nahm einen Schluck Kaffee. »Es ist kompliziert.«

»Das ist noch milde ausgedrückt.« Er fuhr sich mit der Hand durchs Haar. »Du ermittelst in einem Fall, in den ich verwickelt bin. Ich bin technisch gesehen eine Quelle. Wenn das herauskäme ...«

»Wäre die Glaubwürdigkeit von uns beiden dahin«, beendete sie den Satz. »Ich weiß.«

»Und doch.« Er griff über den Tisch und suchte mit seinen Fingern die ihren. »Ich bereue es nicht. Letzte Nacht. Heute Morgen. Nichts davon.«

»Ich auch nicht.« Sie drückte seine Hand. »Aber wir müssen vorsichtig sein. Um unser beider willen.«

»Einverstanden.« Er suchte ihren Blick. »Also, was machen wir?«

»Wir arbeiten weiter an dem Fall. Bleiben professionell. Wir lassen uns davon nicht von dem ablenken, worauf es ankommt.« Sie hielt inne. »Aber wenn wir allein sind ...«

»Wenn wir allein sind«, echoete er, und Verständnis lag in seinen Augen.

Sie tranken ihren Kaffee in einvernehmlichem Schweigen aus. Schließlich stand Zara auf, widerwillig, aber im Wissen, dass beide Arbeit vor sich hatten.

»Ich sollte zurück zum Motel. Duschen, umziehen. Dev wird sich fragen, wo ich stecke.«

Garrett stand ebenfalls auf. »Nimm dir den Tag frei. Ich meine, von dem Fall. Gönn dir eine Pause.«

»Eine Pause?« Das Konzept fühlte sich fremd an.

»Ja. Hast du dir einen einzigen Tag frei genommen, seit du hier bist?« Als sie nicht antwortete, fuhr er fort. »Komm mit mir raus aufs Boot. Nur für ein paar Stunden. Wir werden ein paar Fische fangen, wahrscheinlich kläglich scheitern, und du bekommst etwas Sonne und frische Luft. Keine Gespräche über den Fall. Einfach nur ... ein Tag.«

Zara musste lächeln. »Das klingt eigentlich perfekt.«

»Gut.« Er zog sie näher an sich heran und küsste sie auf die Stirn. »Ich hole dich um neun ab. Zieh etwas an, bei dem es dir nichts ausmacht, wenn es nass und salzig wird.«

Die fünfzehnminütige Fahrt nach Salt Creek Heads führte sie über eine frisch asphaltierte Straße, die sich durch struppiges Buschland wandte, bevor sie einen sanften Anstieg begann. Mit zunehmender Höhe tauchten zwischen den Bäumen immer wieder Ausblicke auf den blauen Ozean auf. Sie wurden größer, bis sich das Panorama hinter einer Kurve vollständig öffnete. Zara stockte bei dem Anblick der Atem. Azurblaues Wasser, das bis zum Horizont reichte, Landzungen, die ins Meer ragten, und die fernen Silhouetten von Inseln, die in der Morgenhitze schimmerten.

»Das erste Mal in den Heads?«, fragte Garrett, dem ihre Reaktion nicht entgangen war.

»Ja.« Sie starrte hinaus. »Ich hatte eigentlich keinen Grund, hierher zu kommen. Jetzt wünschte ich, ich hätte es getan.«

»Es ist das Beste am Leben hier«, sagte er und lenkte den Land-Cruiser um eine weitere Kurve. »An schlechten Tagen komme ich hierher, nur um dazusitzen und eine Weile aufs Wasser zu schauen.«

Zara konnte verstehen, warum. Die Aussicht hatte etwas Weites. Eine Erinnerung an Raum und Möglichkeiten jenseits der Grenzen einer Kleinstadt mit ihren vergrabenen Geheimnissen.

Während sie hinunter zur kleinen Siedlung Salt Creek Heads fuhren, bemerkte Zara rege Bautätigkeit an den Hängen. Mehrere große Häuser in verschiedenen Stadien der Fertigstellung thronten auf erstklassigen Grundstücken mit Blick auf das Meer. Architektonische Statements aus Glas und Holz, die so gar nicht zu den bescheidenen Häusern mit Stulpschalung passten, aus denen die ursprüngliche Siedlung bestand.

»Cannon Developments«, sagte Garrett und folgte ihrem Blick. Sein Ton blieb neutral, aber Zara bemerkte das leichte Anspannen seines Kiefers. »Richard Cannon hat vor etwa fünfzehn Jahren ein Bauunternehmen gegründet. Kirsty hat es geerbt, als er starb.«

»Die sehen teuer aus.«

»Das sind sie auch. Hier wird kein Einheimischer wohnen. Das sind alles Luxus-Ferienhäuser oder AirBnBs, preislich völlig unerreichbar für jemanden aus Salt Creek.« Er steuerte durch eine Kurve auf einen kleinen Parkplatz in der Nähe einer Bootsrampe aus Beton zu. »Kirsty hat den Ausbau massiv vorangetrieben, seit sie den Planungsausschuss des Gemeinder-

ats übernommen hat. Mehr Touristen, mehr Geld, das herein-
fließt.«

»Und mehr Macht für sie«, murmelte Zara und bemerkte, wie
die neuesten Häuser anscheinend die besten Plätze entlang der
Landzunge beanspruchten. Die atemberaubendsten Aussicht-
en. Lokalpolitik, persönlicher Vorteil und vielleicht etwas noch
Dunkleres. Das alles war auf eine Weise miteinander verwoben,
die sie erst noch entwirren musste.

Sie fuhren auf den Parkplatz neben der Bootsrampe. Ein paar
andere Fahrzeuge mit leeren Anhängern deuteten darauf hin,
dass sie nicht die Einzigen waren, die das perfekte Wetter aus-
nutzten, obwohl die Rampe selbst im Augenblick frei war. Garrett setzte den Anhänger souverän die Rampe hinunter, bis das
Heck des Bootes ins Wasser glitt.

»Willst du beim Zuwasserlassen helfen?«, fragte er und stellte
den Motor ab.

Der Vorgang war aufwendiger, als Zara erwartet hatte. Gurte
lösen, das Windenseil kontrollieren, sicherstellen, dass alles im
Boot gesichert war, bevor es das Wasser berührte. Garrett leitete
sie bei jedem Schritt an. Gelegentlich legten sich seine Hände
über ihre, um die richtige Technik zu zeigen. Diese beiläufigen
Berührungen fühlten sich jetzt anders an. Aufgeladen mit einer
Bewusstheit nach ihrer gemeinsamen Nacht, und doch vertraut
auf eine Weise, die sie nicht vorausgesehen hatte.

Sobald das Boot schwamm, brachte Garrett es zu dem kleinen
Steg neben der Rampe und rief Zara herüber, damit sie das
Seil hielt, während er den LandCruiser und den Anhänger
zum Parkplatz brachte. Die Sonne wärmte ihre Schultern durch
ihr T-Shirt. Die Luft war erfüllt vom Geruch nach Salzwasser
und Mangroven. Um sie herum hockten Pelikane auf verwit-

terten Pfählen. Gelegentlich durchbrachen Fische mit kleinen Spritzern die Oberfläche. Ein Seeadler kreiste träge über ihnen.

Garrett kam zurück und sprang ins Boot. Athletisch und graziös. Dann streckte er die Hand aus, um Zara an Bord zu helfen. Das Schiff schaukelte leicht unter ihren Füßen, während sie ihr Gleichgewicht fand. Seine stützende Hand lag an ihrer Taille.

»Willkommen an Bord«, sagte er und führte sie zu einem Sitz, bevor er das Seil aufwickelte und dann zur kleinen Konsole ging. Der Motor startete mit einem beruhigenden Schnurren. »Bereit?«

Zara nickte. Vorfreude stieg in ihr auf, während sie vom Steg ablegten. Das Wasser war ruhig, nur unterbrochen von sanfter Dünung, mit der die Quintrex spielend fertig wurde. Garrett navigierte mit ruhiger Sicherheit. Eine Hand am Steuer, seine Augen scannten die Fahrrinnenmarkierungen, während sie auf tieferes Wasser zusteuerten.

»Es ist wunderschön hier draußen«, sagte Zara und ließ ihre Finger in der Heckwelle neben dem Boot gleiten. Das Wasser war einladend klar und gab den Blick auf den sandigen Boden und gelegentlich vorbeihuschende Fische frei.

»Komm nicht auf die Idee, so nah an der Küste zu schwimmen«, warnte Garrett und las ihren Gesichtsausdruck. »Die Krokodile lieben diese Gewässer. Erst letzte Woche wurde ein vier Meter langes Leistenkrokodil gesichtet.«

Zara zog schnell ihre Hand zurück. Das brachte ihr ein Kichern von Garrett ein. »Stadtmädchen«, neckte er sie, aber die Worte enthielten keine Bosheit, nur herzliches Amüsement.

Sie umrundeten eine kleine Landzunge, auf der stolz ein Leuchtturm stand. Ein markantes Haus kam in Sicht, das dramatisch am Klippenrand thronte. Modern und kantig, reflektierten seine Glaswände die Morgensonne wie ein Leucht-feuer. Mehrere Balkone ragten über das Wasser hinaus. Ein privater Steg reichte in eine kleine geschützte Bucht darunter. Selbst aus dieser Entfernung strahlte es Reichtum und Privilegien aus.

»Kirstys Haus«, sagte Garrett.

Zara betrachtete es genau. Sie erfasste die Dimensionen, die erstklassige Lage, die Prahlerei. »Das muss Millionen wert sein. Sie hat viel mehr zu verlieren, als mir überhaupt klar war.«

Garrett nickte. Sein Gesichtsausdruck war für einen Moment feierlich. »Das alles ist auf dem Geschäft ihres Vaters aufgebaut, auf seinen politischen Verbindungen. Ihre gesamte Identität ist darin verwurzelt, das Goldkind von Salt Creek zu sein. Die Erbin seines Imperiums.« Er sah das Haus noch einen Moment länger an, dann schüttelte er sich sichtlich. »Aber wir haben eine Abmachung, oder? Heute kein Gerede über den Fall.«

»Stimmt«, pflichtete Zara ihm bei, obwohl ihr Journalistenverstand diese Beobachtungen bereits abspeicherte. Er verknüpfte sie mit dem größeren Bild, das sie gerade zusammensetzten.

Garrett lenkte das Boot von der Küste weg in Richtung offenes Wasser. Das stetige Brummen des Motors und das sanfte Klatschen der Wellen gegen den Rumpf erzeugten einen beruhigenden Rhythmus. Je weiter sie sich vom Land entfernten, desto mehr spürte Zara, wie die Last der Ermittlungen vorübergehend von ihren Schultern abfiel.

»Also«, fragte Garrett, wobei sein ernster Gesichtsausdruck einem Lächeln wich, das Fältchen um seine Augen bildete, »wie sieht es mit deiner Angelerfahrung aus?«

Zara lachte. Der Klang hallte über das Wasser. »Nicht vorhanden. Ich bin in den westlichen Vororten von Brisbane aufgewachsen. Das Nächste, was ich dem Angeln gekommen bin, war zuzusehen, wie mein Cousin im Bach hinter dem Haus meiner Tante yabbies gefangen hat.«

»Yabbies zählen auch«, erwiderte er feierlich, obwohl seine Augen vor Vergnügen tanzten. »Das sind nur sehr kleine Fische mit einer Menge Beine.«

»Ich bin mir ziemlich sicher, dass das wissenschaftlich nicht korrekt ist.«

»Stellen Sie etwa meine Angel-Expertise infrage, Frau Langley?«

»Niemals, Herr Kriminalhauptkommissar. Ich bin Ihnen in allen nautischen Belangen völlig ausgeliefert.«

Ihr Lachen vermischte sich und wurde von der Brise davongetragen, während Garrett sie zu einem fernen Punkt steuerte, an dem er versprach, dass die Fische beißen würden. Als sie sein Profil beobachtete, wie er den Horizont abscannte, entspannt und konzentriert auf eine Weise, wie sie ihn in Salt Creek selbst nie gesehen hatte, spürte Zara, wie sich etwas Unerwartetes in ihrer Brust festsetzte. Nicht nur die Anziehungskraft oder das Nachglühen der körperlichen Intimität, sondern das Erkennen von etwas Rarem. Die Möglichkeit einer Verbindung zu jemandem, der ihren Tatendrang verstand. Ihre Hingabe. Ihre Unwilligkeit, vor unangenehmen Wahrheiten wegzusehen.

Morgen würden sie zu den Ermittlungen zurückkehren. Zu den Telefondaten, von denen sie hofften, dass Dev sie wiederherstellen würde. Zu den gefährlichen Geheimnissen von Salt Creek. Aber heute, heute gehörte ihnen. Gestohlene Stunden auf blauem Wasser unter einem grenzenlosen Himmel. Eine kurze Atempause vor dem Sturm, der ganz sicher aufzog.

# Kapitel 15

Die Nachmittagsschatten auf dem Beton wurden länger, als der LandCruiser auf den Parkplatz des Motels rollte. Zaras Haut kribbelte noch immer angenehm von den Stunden in der Sonne, und in ihren Handflächen trockneten Salzkristalle. Der Tag auf dem Wasser mit Garrett war eine unerwartete Atempause gewesen, eine gestohlene Portion Normalität inmitten der zunehmend gefährlichen Ermittlungen. Sie spürte Muskeln, von deren Existenz sie nichts geahnt hatte; sie schmerzten angenehm vom Einholen der Fische, obwohl sie alles, was sie gefangen hatten, wieder zurückgeworfen hatten. Lachend hatten sie beschlossen, sich stattdessen heute Abend Fish and Chips zum Abendessen zu holen. Als Garrett den Motor abstellte, begann der Zauber ihres freien Tages zu verfliegen, und die Realität sickerte mit dem schwachen Geruch von Abgasen wieder ein.

»Ich bringe das Boot nach Hause und treffe dich dann bei mir«, sagte Garrett, und sein Blick wurde weicher, als er sie ansah. Die Falten um seine Augen hatten sich während ihres Tages auf dem Wasser geglättet; sein Gesicht wirkte entspannter, als sie es bisher erlebt hatte.

»Ich dusche kurz und packe meine Sachen zusammen, dann hole ich Fish and Chips und fahre rüber«, antwortete Zara und schnallte sich ab. Die Entscheidung, bei Garrett zu bleiben, war ihr nach der letzten Nacht leichtgefallen, nach den Drohungen, nach allem. Logik und Verlangen waren ausnahmsweise im Einklang. »Ich muss nur noch alles ins Auto werfen und auschecken. Wird wohl so eine Stunde dauern.«

Er nickte und trommelte einmal mit den Fingern auf das Lenkrad. »Schließ die Tür hinter dir ab.«

»Mach ich immer.« Sie schenkte ihm ein beruhigendes Lächeln. »Obwohl ich nicht glaube, dass sie einbrechen, während ich hier bin.«

»Ich hoffe nicht.«

Ihr Abschied war kurz, ein flüchtiges Berühren der Finger, ein gemeinsamer Blick. Keiner von beiden sprach aus, wie häuslich es sich anfühlte, diese zwanglose Verabredung, sich bei ihm zu treffen und Zeit miteinander zu verbringen. Zara stieg aus und blickte Garrett hinterher, wie er losfuhr, während der Bootsanhänger hinter dem LandCruiser leicht schwankte.

Sie ging auf ihre Zimmertür zu, die Schlüsselkarte in der Hand, und ging im Geist bereits durch, wo sie mit dem Packen anfangen würde, sobald sie sich das Salz von der Haut gewaschen hatte. Sie hatte von vornherein nicht viel mitgebracht; aus dem Koffer zu leben war ihr in den Jahren im ermittlungstechnischen Außendienst zur zweiten Natur geworden.

Die Schlüsselkarte rastete im Schlitz ein, das Schloss klickte, und Zara stieß die Tür auf.

Sofort fühlte sich etwas falsch an.

Die Luft im Inneren hing anders. Gestört, subtil verändert. Ihr journalistischer Instinkt, geschärft durch jahrelange Erfahrung in gefährlichen Umgebungen und mit riskanten Storys, schlug Alarm, noch bevor ihr Verstand begriff, warum.

Sie hielt an der Schwelle inne, eine Hand noch am Türgriff. Die Vorhänge waren zugezogen und tauchten den Raum trotz der Nachmittagssonne draußen in künstliches Zwielicht. Auf den ersten Blick schien nichts ungewöhnlich. Ihr Ausrüstungskoffer stand auf dem Schreibtisch, wo sie ihn heute Morgen stehen gelassen hatte, der Deckel war noch geschlossen. Die Badezimmertür stand im genau gleichen Winkel offen.

Aber der Geruch war anders. Etwas Chemisches unter dem üblichen Motel-Duft nach Industriereiniger und künstlichem Lufterfrischer. Ein Hauch von Filzstift, beißend und scharf.

Und das Bett. Die Laken waren zerwühlt, in einem Muster, das nicht von ihr stammte.

Zara stockte der Atem, als sich ihre Augen an das dämmrige Licht gewöhnten. Auf dem ungemachten Bett waren Fotos verteilt. Dutzende davon.

Sie.

Wie sie die Hauptstraße von Salt Creek entlangging.

Wie sie vor der Golden Horse stand.

Wie sie mit Jane Goulding auf einer Parkbank sprach.

Wie sie in ihrem Auto vor dem Haus einer von Iris' alten Schulfreundinnen saß.

Jedes Bild aus der Ferne aufgenommen, aber mit beunruhigender Schärfe; einige waren eindeutig mit einem Teleobjektiv gemacht worden. Die Überwachung war professionell, methodisch, und sie dauerte, ihrer wechselnden Kleidung auf den Bildern nach zu urteilen, schon seit Wochen an.

Doch was ihr den Magen umdrehte, war die Schändung. Auf mehreren Fotos war ihr Gesicht mit dickem schwarzem Marker durchgestrichen, mit gewaltsamen Strichen, die das Papier stellenweise aufgerissen hatten. Und in der Mitte des Arrangements, fixiert mit einem Küchenmesser, das eine besonders nahe Aufnahme ihres Gesichts auf die Matratze spießte. Kein Springmesser oder Taschenmesser, sondern ein richtiges Kochmesser, von der Sorte, die für grobe Schnitte gedacht war.

Galle stieg ihr in die Kehle. Die Botschaft hätte nicht deutlicher sein können, selbst wenn sie sie mit ihrem eigenen Blut geschrieben hätten.

Ihre Hände zitterten, aber sie zwang sie mit purer Willenskraft zur Ruhe. Sie zwang sich zum Atmen – drei Schläge ein, drei Schläge aus –, so wie sie es vor Jahren in ihrem ersten Training für Einsätze in gefährlichen Umgebungen gelernt hatte.

Der Ausrüstungskoffer. Sie eilte zu ihm hinüber. Der Deckel war geschlossen, aber die Verschlüsse … nein, sie waren noch verriegelt. Sie hatte viel Geld für diesen Koffer ausgegeben, um sicherzugehen, dass ihre Ausrüstung sicher war, wenn sie sie nicht bei sich trug, und sie ließ auch immer einen GPS-Tracker darin. Gut investiertes Geld, dachte sie, als der Koffer mit einem befriedigenden Klicken aufsprang und ihre teuren Mikrofone, das Aufnahmegerät und die Backup-Laufwerke zum Vorschein kamen, alle unberührt.

Zumindest ein kleiner Trost. Ihre Arbeit war sicher, auch wenn sie es selbst nicht war.

Zara schloss und verriegelte den Koffer wieder und richtete sich auf, während sie ihr Handy aus der Tasche zog. Der Raum wirkte plötzlich kleiner, die Wände schienen auf sie zuzukommen, aber sie weigerte sich, ohne ihre Sachen zu fliehen. Wegrennen würde nur Schwäche zeigen, und wer auch immer sie beobachtete, weidete sich offensichtlich daran.

Sie wählte Garretts Nummer und hielt ihren Atem flach, als die Verbindung hergestellt wurde. Ihre Knöchel traten weiß am Telefon hervor, das einzige sichtbare Zeichen der Anspannung, das sie sich erlaubte.

»Vermisst du mich etwa schon?« Seine Stimme trug noch die Wärme ihres gemeinsamen Tages in sich.

»Es war wieder jemand hier drin.« Zara hielt ihren Tonfall bewusst sachlich und professionell. Die Stetigkeit ihrer Stimme überraschte sie selbst.

Die Stille, die darauf folgte, dauerte kaum eine Sekunde, fühlte sich aber viel länger an. Als Garrett wieder sprach, war jede Wärme verflogen, ersetzt durch die scharfe Kühle des Ermittlers. »Verdammt, ich hätte mit reinkommen sollen! Bist du in Sicherheit? Sind sie noch da?«

»Keine Spur von irgendwem. Aber hier sind Fotos.« Sie schluckte. »Von mir. Mit einem Messer. Nicht ich mit einem Messer, das Messer wurde durch das Foto gestochen ...« Sie merkte vage, dass sie gerade wenig Sinn ergab. Schock? Glücklicherweise nahm Garrett sie ernst.

»Fass nichts an. Ich drehe sofort um.« Der Motor heulte hörbar auf. »Bleib am Telefon. Schließ die Tür ab.«

»Mir geht's gut«, beharrte sie, obwohl sie beide wussten, dass es eine Lüge war. »Beeil dich bloß.«

Zara ging zur Tür, schob das Riegelschloss vor und legte die Sicherheitskette an, wohl wissend, dass es eher symbolischer

Schutz war. Sie positionierte sich so, dass sie sowohl die Tür als auch das geschändete Bett im Auge behalten konnte, und weigerte sich, beides aus dem Blick zu lassen.

Der Raum fühlte sich nun aufgeladen an, als trüge die Luft selbst Bosheit in sich. Sie ging potenzielle Waffen durch. Die Schreibtischlampe, schwer genug, um jemanden zu betäuben. Der Stift in ihrer Tasche, den man notfalls in weiches Gewebe rammen konnte. Sogar das Messer, obwohl sie es wegen möglicher Fingerabdrücke nicht anfassen wollte; wenn es hart auf hart käme, würde sie es aber definitiv aus der Matratze reißen und sich damit verteidigen. Die Journalistin in ihr beobachtete diese Gedanken mit distanziertem Interesse und registrierte, wie schnell ihr Verstand auf Überlebenskalkül umgeschaltet hatte.

Über das Telefon konnte sie Garretts kontrolliertes Atmen hören, gelegentlich einen Fluch, wenn er sich durch den Verkehr schlängelte. Seine Anwesenheit, wenn auch nur akustisch, festigte sie.

»Drei Minuten«, sagte er.

Zara nickte, obwohl er sie nicht sehen konnte. »Ich bin hier.«

Während sie wartete und die Schatten nach Bewegungen absuchte, dachte sie an die dunklen Blutergüsse an Iris Zhangs Armen, an fingerförmige Abdrücke, die davon stammten, dass man sie unter Wasser gedrückt hatte. An jemanden, der sein Geheimnis elf Jahre lang bewahrt hatte und offensichtlich alles tun würde, um es für immer vergraben zu lassen.

Das Quietschen von Reifen auf dem Parkplatz kündigte Garretts Ankunft an, noch bevor er etwas sagen konnte.

Schwere Schritte hasteten über den Beton draußen, gefolgt von dreimaligem kurzem Klopfen an der Tür. Sie ging zur Tür, prüfte durch den Spion, bevor sie den Riegel öffnete und die

Kette löste. Garrett stürmte herein. Seine Augen suchten zuerst die ihren, ein kurzer, prüfender Blick, der für einen Moment vor Erleichterung weich wurde, bevor er wieder hart wurde, als er den Raum scannte. Der Bootsanhänger war immer noch an seinem LandCruiser angekoppelt; durch die offene Tür sah sie, dass er hastig über mehrere Parklücken auf dem Motelgelände hinweg geparkt hatte.

»Bist du verletzt?«, fragte er und schloss die Tür hinter sich.

Zara schüttelte den Kopf. »Nein. Nur ...« Sie deutete auf das Bett.

Garrett näherte sich dem Bett vorsichtig, die Hände hinter dem Rücken verschränkt, um keine Beweise zu kontaminieren, und beugte sich vor, um die Fotos zu untersuchen, ohne sie zu berühren. Seine Augen katalogisierten jedes Bild methodisch und verfolgten den Weg des Stalkers, der Zara seit Wochen gefolgt war.

»Die hier wurden mit einer richtigen Kamera gemacht«, sagte er mit sachlich distanzierter Stimme. »Objektiv mit großer Reichweite. Profiqualität.« Er ging um das Bett herum und betrachtete das Arrangement aus verschiedenen Winkeln. »Das Messer stammt aus einem handelsüblichen Küchenset. Billigware, die habe ich schon bei K-Mart gesehen. Sicher per Versand bestellt. Oder jemand ist nach Bundaberg gefahren und hat es dort gekauft und im selben Zug die Fotos ausgedruckt.«

Zara beobachtete ihn bei der Arbeit und war dankbar für seinen professionellen Fokus. Er schuf einen Puffer zwischen ihr und dem geschändeten Ort, dieser Drohung, die in glänzenden Zehn-mal-fünfzehn-Abzügen ausgebreitet war.

»Das hier«, fuhr Garrett fort und zeigte auf ein Foto, auf dem Zara das Restaurant der Zhangs betrat, »wurde erst gestern

Morgen aufgenommen, bevor wir zum Angeln gefahren sind. Und das hier«, sein Finger schwebte über einem anderen, das sie beim Aussteigen aus seinem Auto in den frühen Morgenstunden vor seinem Haus zeigte, »ist von letzter Nacht.«

Die Implikation stand zwischen ihnen. Wer auch immer sie beobachtete, wusste von ihnen, wusste von ihrer wachsenden persönlichen Verbindung. Wusste, dass sie die Nacht in seinem Haus verbracht hatte.

»Sie sind also nicht nach Bundaberg gefahren, um die Fotos zu drucken«, murmelte er. »Interessant. Nicht viele Leute in der Stadt dürften einen Drucker haben, der diese Qualität liefert.«

Garretts Blick landete schließlich auf dem zentralen Bild. Zaras Gesicht in Nahaufnahme, von dem Messer durchbohrt, das in der Matratze steckte. Für einen kurzen Moment rutschte seine professionelle Maske ab und gab darunter etwas Rohes, Wütendes preis. Sein Kiefer spannte sich so fest an, dass ein Muskel sichtlich unter der Haut zuckte.

»Sie sind dir ständig gefolgt«, sagte er mit tieferer Stimme. »Haben deine Bewegungen dokumentiert. Ein Dossier angelegt. Das ist keine willkürliche Einschüchterung. Das ist …« Er hielt inne und rang um Fassung. »Das ist eine voroperative Überwachung.«

Der Begriff hing in der Luft, klinisch und furchteinflößend. *Voroperativ.* Die Phase vor dem Handeln. Vor der Gewalt.

Garrett richtete sich auf und wandte sich ihr wieder voll zu. Die professionelle Distanz, die er gewahrt hatte, zerbrach plötzlich und vollständig, wie Eis unter unerwarteter Last. Mit drei schnellen Schritten war er bei ihr und zog sie in eine Umarmung; eine Hand stützte ihren Hinterkopf, der andere Arm umschlang fest ihre Taille.

»Ich bin fast wahnsinnig geworden bei dem Versuch, dich zu beschützen und gleichzeitig Distanz zu wahren«, gestand er, und seine Stimme erstickte in ihrem Haar. »Ich habe versucht, irgendeine Art von professioneller Grenze einzuhalten, obwohl ich doch nichts lieber will, als dich in Sicherheit zu wissen.«

Die Worte vibrierten durch seine Brust gegen ihre Wange. Zara spürte, wie etwas in ihr nachgab, eine Mauer, von der sie gar nicht gewusst hatte, dass sie sie immer noch aufrecht hielt. Sie zitterte in seinen Armen, vor der endlich zugelassenen Angst, vor der Erleichterung, dem Ganzen nicht allein gegenüberzustehen, und vor der Intensität, nach ihrem Tag voller vorsichtiger, freundschaftlicher Distanz auf dem Wasser wieder von ihm gehalten zu werden.

Sie schlang ihre Arme um seine Taille und vergrub ihre Hände in seinem Hemdrücken. Sie konnte sein Herz unter ihrer Wange hämmern hören und roch die verbliebenen Spuren von Salzwasser auf seiner Haut, vermischt mit dem schärferen Geruch von angstgeborenem Schweiß. Sein Körper war fest und warm, ein Anker auf dem schwankenden Boden dieser Ermittlung.

»Ich muss ständig an Iris denken«, flüsterte sie gegen seine Brust. »An die blauen Flecken auf ihren Armen. Daran, wie sie jemand unter Wasser gedrückt hat.« Sie löste sich gerade weit genug, um zu ihm aufzublicken, und hielt ihre Stimme mit aller Kraft stetig. »Die Lage spitzt sich zu, oder?«

Garrett nickte und versuchte erst gar nicht, sie vor der Wahrheit abzuschirmen. In seinen Augen, die normalerweise kühl und kontrolliert waren, brannte etwas, das ihre Brust eng werden ließ. Er hob eine Hand, um ihr Gesicht zu umrahmen, und sein Daumen fuhr mit einer Zärtlichkeit, die in krassem Gegensatz zur Anspannung seines restlichen Körpers stand, über ihren Wangenknochen.

»Ja«, sagte er schlicht. »Das tut sie.«

In diesem Moment, als sie zu ihm aufblickte, erkannte Zara, dass jeder Schein von Professionalität oder Anstand verschwunden war. Was blieb, war das Wesentliche: ein Mann und eine Frau, die gemeinsam gegen die Gefahr standen, verbunden durch ein gemeinsames Ziel und ein wachsendes Gefühl, das keiner von beiden bereit war, beim Namen zu nennen.

Seine Hand zitterte leicht an ihrem Gesicht. »Ich hätte dich nicht allein lassen dürfen«, sagte er mit deutlichen Selbstvorwürfen in der Stimme. »Nicht mal für zwanzig Minuten. Nicht nach allem, was passiert ist.«

»Das konntest du nicht wissen«, erwiderte Zara und legte ihre Hand auf seine. »Und mir geht's gut. Nur erschüttert, aber gut.«

Garretts Blick glitt zurück zum Bett, zu dem Messer, das sie terrorisieren und einschüchtern sollte. Sein Gesichtsausdruck verhärtete sich wieder, aber anders als zuvor – nicht mit professioneller Distanz, sondern mit persönlicher Entschlossenheit.

»Du bleibst keine Minute länger hier«, sagte er, und seine Worte ließen keine Frage und keinen Raum für Diskussionen offen. »Nichts hier ist es wert, deine Sicherheit zu riskieren.«

»Von mir hörst du keinen Widerspruch.« Zara versuchte ein Lächeln, das ihre Augen nicht ganz erreichte. »Ich habe genug Aufnahmen von kleinstädtischem Motel-Charme.«

Er lächelte nicht zurück; sein Blick kehrte mit einer Intensität zu ihrem Gesicht zurück, die ihr den Atem raubte. »Ich muss das dokumentieren«, sagte er. »Fotos machen, die Beweise sichern. Aber ich lasse dich nicht noch einmal allein.«

Der professionelle Ermittler kehrte kurzzeitig zurück, aber er war jetzt verändert; seine Hingabe an Dienstvorschriften stand nicht länger im Widerspruch zu seinen persönlichen Gefühlen, sondern wurde von ihnen befeuert und gefährlich geschärft.

»Ich helfe dir«, sagte Zara und löste sich widerwillig aus seiner Umarmung, ließ aber eine Hand auf seinem Arm liegen, da beide anscheinend nicht bereit waren, den Kontakt vollständig abzubrechen. »Sag mir, was ich tun soll.«

Seine Finger verschränkten sich kurz mit ihren, ein fester Druck der Anerkennung, der sich wie ein Versprechen anfühlte. »Zuerst dokumentieren wir alles. Dann holen wir dich hier raus.« Seine Augen hielten die ihren fest, stetig und sicher. »Und dann finden wir denjenigen, der das getan hat.«

Garrett fotografierte methodisch die ausgelegten Fotos, das Messer und das Arrangement auf dem Bett. Seine Bewegungen waren präzise und professionell, obwohl Zara die Anspannung in seinen Schultern und die kontrollierte Wut in seiner beherrschten Haltung sehen konnte. Sie stand am Schreibtisch, den Laptop bereits weggepackt, und beobachtete ihn dabei, wie er den Tatort mit der gleichen Gründlichkeit dokumentierte, die er elf Jahre lang in die Ermittlungen zu Iris Zhangs Tod gesteckt hatte. Als er schließlich aufblickte und sein Handy zurück in die Tasche schob, übermittelte der gemeinsame Blick zwischen ihnen alles, was gesagt werden musste. Zeit zu gehen.

»Um die Beweise kümmere ich mich später«, sagte er und holte einen großen Asservatenbeutel aus dem Notfallset seines Wagens. Mit Handschuhen ließ er das Messer und die Fotos vorsichtig in den Beutel gleiten und versiegelte ihn. »Was brauchst du noch von hier?«

Sie bewegten sich mit einer überraschenden Koordination durch den kleinen Raum, als hätten sie schon ein Dutzend Mal zusammen gepackt. Zara holte ihren Koffer aus dem Schrank, während Garrett im Bad nach ihren Toilettenartikeln suchte. In ihren Bewegungen lag eine Effizienz, die über die Kürze ihrer Bekanntschaft hinwegtäuschte.

»Ladegeräte?«, fragte Garrett und suchte bereits die Steckdosen ab.

»Hab ich.« Zara faltete Kleidung in ihren Rucksack und legte dabei mehr Wert auf Zweckmäßigkeit als auf Ordentlichkeit. Ihre Finger zitterten leicht beim Packen, während das Adrenalin langsam nachließ, aber sie biss die Zähne zusammen, mit derselben Entschlossenheit, die sie schon durch Kriegsgebiete und Katastrophen getragen hatte.

Garrett half ihr, ein Hemd zusammenzulegen, und dabei berührten seine Hände die ihren. Die Berührung dauerte an, nur einen Herzschlag länger als nötig; seine Finger waren warm auf ihrer noch sonnengewärmten Haut. Ihre Augen trafen sich über dem halb gefalteten Stoff, und ein Funke sprang über. Es ging nicht nur um die Drohung oder den Fall, sondern um sie selbst, diese ungeplante, unerwartete Übereinstimmung von Zielstrebigkeit und Verlangen.

»Deine Aufnahmegeräte«, erinnerte er sie leise und unterbrach damit den Moment, aber nicht ihre Verbindung.

Zara nickte und holte den Schutzkoffer vom Schreibtisch. Garrett nahm ihn ihr ab und prüfte das Gewicht. »Schwer«, kommentierte er. »Gute Ausrüstung?«

»Die beste, die ich mir leisten konnte«, antwortete sie und sah zu, wie er ihn neben ihrem Rucksack vorsichtig bei der Tür abstellte. In dieser Geste – der Sorgfalt, mit der er ihre Arbeitswerkzeuge behandelte – lag etwas, das sie unerwartet berührte. Die Anerkennung dessen, was ihr wichtig war, was sie jenseits dieses Falles definierte.

Sie fuhren fort in diesem Tanz aus Effizienz und Vertrautheit. Garrett holte ihre Notizen vom Schreibtisch, während Zara die wenigen persönlichen Gegenstände vom Nachttisch zusammensuchte: ein abgegriffenes Taschenbuch, das Silberarmband ihrer Mutter, eine kleine Dose Pfefferminzbonbons. Seine Hand lag an ihrem unteren Rücken, während sie gemeinsam unter dem Bett nachsahen, ob etwas hinuntergefallen war.

Währenddessen blieb Zara sich des versiegelten Asservatenbeutels auf dem Schreibtisch und dessen Bedeutung schmerzlich bewusst. Jemand hatte jede ihrer Bewegungen beobachtet, ihre Routine dokumentiert und auf den richtigen Moment gewartet. Und jetzt hatten sie beschlossen, von der Überwachung zur direkten Drohung überzugehen.

»Noch irgendwas?«, fragte Garrett und musterte das nun kahle Zimmer. Er war gründlich und professionell vorgegangen, aber die Anspannung wich nicht von ihm. Sein Kiefer blieb angespannt, und seine Augen wanderten ständig zwischen Zara und der Tür hin und her – ein Jäger auf der Hut.

Sie schüttelte den Kopf und schloss den Koffer mit einer Endgültigkeit, die sich über den schlichten Akt hinaus bedeutungsvoll anfühlte. »Das ist alles.«

Garrett warf einen letzten prüfenden Blick durch den Raum, kontrollierte noch einmal den Schrank und spähte unter das Bett. Als er sich aufrichtete, war sein Gesichtsausdruck hart geworden; seine Augen waren kalt vor kaum gebändigter Wut, als er das zerwühlte Bett betrachtete, in dem das Messer gesteckt hatte. In diesem Moment sah sie den furchteinflößenden Ermittler vor sich, der elf Jahre lang für die Gerechtigkeit eines Mädchens gekämpft hatte, das er kaum kannte.

»Lass uns gehen«, sagte er mit leiser, gepresster Stimme. Er nahm den Schutzkoffer und den Asservatenbeutel in die eine Hand und ihre Laptoptasche in die andere.

Zara schnappte sich ihren Koffer und rollte ihn zur Tür. Als Garrett sie ihr aufhielt, hielt sie an der Schwelle inne und blickte in das Zimmer zurück, das ihr wochenlang als Stützpunkt gedient hatte. Der Raum wirkte jetzt kleiner, beschmutzt durch das Eindringen, durch die Drohung. Jede Sicherheit, die er einst geboten hatte, war dahin.

»Zara?« Garretts Stimme holte sie in die Gegenwart zurück.

»Ich komme.« Sie wandte sich ab und trat hinaus in den späten Nachmittagssonnenschein. Die Normalität der Außenansicht des Motels – das verblichene Schild, der leere Pool, die verstreuten Autos – wirkte nach der Verletzung im Inneren surreal.

Garrett verstaute ihre Sachen in seinem LandCruiser, an dem immer noch der Bootsanhänger hing – eine Erinnerung an ihren Tag auf dem Wasser, der nun unvorstellbar weit entfernt schien. Seine Bewegungen waren zackig, aber seine Augen suchten ständig den Parkplatz, das Motelbüro und die Straße dahinter ab. Er suchte nach Gefahren, nach Beobachtern, nach jedem, der zu viel Aufmerksamkeit zeigte.

Während sie ihn beobachtete, spürte Zara, wie Erschöpfung sie überrollte. Die Kombination aus Sonne, Angeln und dem von Angst befeuerten Adrenalin kostete sie alle Kraft. Sie lehnte sich gegen die geschlossene Tür ihres nun leeren Motelzimmers und schloss kurz die Augen.

»Alles okay?«, fragte Garrett leise.

Sie öffnete die Augen und sah, dass er sie beobachtete; Besorgnis war in die Falten um seine Augen gegraben. »Ich verarbeite das Ganze gerade«, antwortete sie ehrlich. »Es war ein Tag der Extreme.«

Seine Hand fand die ihre, die Finger verschränkten sich. »Ich weiß. Es fühlt sich an, als wäre dieser Morgen anderen Menschen passiert.«

Die schlichte Wahrheit dieser Worte hing zwischen ihnen. Auf dem Boot waren sie andere Menschen gewesen. Leichter, unbeschwert von dem Fall, von der Gefahr. Jetzt hatte sich die Realität mit brutaler Schärfe wieder Geltung verschafft.

»Ich weiß, du wolltest mit deinem Wagen zu mir rüberfahren. Aber ich glaube nicht, dass du fahren solltest.«

Sie blinzelte ihn an und versuchte zu verstehen. »Ich bin nicht so erschöpft. Dein Haus ist nicht weit.«

»Das meinte ich nicht.« Behutsam ließ er ihre Hand los, nur um sie unter ihren Ellbogen zu legen und sie zur Beifahrerseite des LandCruiser zu führen. »Ich meinte, ich will, dass Mick ihn sich gründlich ansieht, bevor du wieder damit fährst.«

»Oh.« Sie blickte auf ihr Auto, das völlig unschuldig auf dem Parkplatz vor dem Motelzimmer stand, genau dort, wo sie es abgestellt hatte. »Du meinst ...«

»Es könnte weniger offensichtliche Sabotage geben als aufgeschlitzte Reifen.«

Zara hatte sich nie sonderlich für Autos interessiert. Sicher, sie wusste, wie man einen Reifen wechselte und nach dem Öl sah, aber bei dem kleinsten Anzeichen eines Problems brachte sie den Wagen direkt zum nächsten Mechaniker. Sie hatte nicht die leiseste Ahnung, was genau jemand an ihrem Auto hätte manipulieren können, um es unbemerkt fahruntüchtig zu machen, aber sie konnte sich sehr wohl vorstellen, dass es möglich war. Gedanken an durchtrennte Bremsleitungen schossen ihr durch den Kopf; sie öffnete die Beifahrertür des LandCruiser und stieg ein.

»Lass uns morgen als Erstes Mick anrufen.«

»Abgemacht.« Garrett drückte einmal ihre Hand, bevor er sie losließ und um den Wagen herumging, um sich auf den Fahrersitz zu setzen. Als sie vom Motel wegfuhren, sah Zara im Seitenspiegel zu, wie es kleiner wurde. Die Last dessen, was heute geschehen war – sowohl die Freude über ihre gemeinsame Zeit als auch die darauffolgende Drohung –, legte sich wie etwas Physisches zwischen sie.

»Du weißt, dass das alles ändert«, sagte sie schließlich, während sie immer noch das in der Ferne schrumpfende Motel beobachtete. »Es gibt jetzt keine professionellen Grenzen mehr.«

Garretts Augen blieben auf der Straße, aber sein Gesichtsausdruck wurde etwas weicher. »Ich glaube, die sind irgendwo zwischen der Wache und meinem Schlafzimmer verschwunden«, erwiderte er mit einem Hauch von trockenem Humor, der die Spannung durchbrach. »Aber ja. Das hier ist ... anders.«

»Jemand weiß es«, fuhr Zara fort und sprach damit aus, was sie beide erkannt hatten. »Über uns. Sie haben uns letzte Nacht beobachtet, haben mich bei dir zu Hause beobachtet.«

Seine Hände krampften sich um das Lenkrad. »Ich weiß.«

»Sie versuchen, mich von dem Fall zu verjagen. Uns beide einzuschüchtern.«

»Ja.«

»Es wird nicht funktionieren.« Sie wandte sich ihm zu und betrachtete sein Profil, die Entschlossenheit, die in jedem seiner Züge stand.

Garrett warf ihr einen kurzen Blick zu, und etwas huschte über sein Gesicht, das ihre Brust eng werden ließ. »Nein«, stimmte er zu. »Wird es nicht.«

Er setzte den Blinker und bog vom Highway ab, hinein in das, was in Salt Creek als Wohnviertel galt. Er fuhr in Richtung seines Hauses mit seinen klaren Strukturen und seiner gepflegten Ordnung, seinem Versprechen von Sicherheit. Hinter ihnen, irgendwo in dieser Stadt, beobachtete und wartete ein Mörder – er beobachtete und wartete schon seit elf Jahren.

Der einzige Unterschied war, dass nun weder Zara noch Garrett dieser Bedrohung allein gegenüberstanden.

# KAPITEL 16

SIE ASSEN FISCH UND Chips auf Garretts hinterer Terrasse, das fettige Papier zwischen ihnen ausgebreitet, während kalte Biere in der Abendluft beschlugen. Keiner von ihnen sprach viel. Der Tag war so extrem zwischen den Polen hin- und hergeschwungen, dass sich jedes Gespräch unzulänglich anfühlte. Zara pickte an ihrem frittierten Fisch und beobachtete, wie Flughunde den dunkler werdenden Himmel überquerten; ihr Körper war schwer von der Sonne und schmerzte, ihr Geist grübelte noch immer über die Fotos, das Messer und die Verletzung ihrer Privatsphäre nach.

Garrett aß stetig und mechanisch, so wie er es immer tat, wenn seine Gedanken woanders waren, wie sie bemerkt hatte. Als er fertig war, knüllte er das Papier zusammen, nahm einen langen Schluck von seinem Bier und sagte: »Wir müssen aufhören, uns nur am Rande damit zu beschäftigen.«

Zara sah ihn an.

»Wir müssen jemanden direkt konfrontieren. Jemanden, der die Wahrheit kennt und vielleicht einknickt.«

Sie hatte den ganzen Nachmittag dasselbe gedacht, sogar draußen auf dem Wasser; die Frage kreiste unter der ruhigen

Oberfläche ihres Angelausflugs. Berichte aus zweiter Hand und vorsichtige Nachforschungen würden das hier nicht aufklären. Jemand war heute von Überwachung zu einer direkten Drohung übergegangen. Die Ermittlung musste mit dieser Eskalation Schritt halten.

»Finch«, sagte sie.

Garrett nickte. Er lehnte sich in seinem Stuhl zurück und starrte hinaus in den Garten, wo der Bootsanhänger abgekoppelt im Gras stand – ein Relikt jener wenigen Stunden, in denen sie so getan hatten, als wäre das Leben normal. »Kirsty wird niemals aus freiem Willen reden, und ich bin mir nicht sicher, ob sonst jemand tatsächlich etwas weiß, außer Finch; er weiß definitiv etwas. Ich glaube nicht, dass er direkt an Iris' Mord beteiligt war; das habe ich nie geglaubt. Aber ich glaube, dass er an der Vertuschung beteiligt war. Das macht ihn zum schwächsten Glied.«

»Er hat sich geweigert, mit mir zu sprechen, als ich ihn kontaktiert habe«, erinnerte Zara ihn. »Er behauptete, er könne sich nicht an die Details von einem elf Jahre zurückliegenden Ertrinken durch einen Unfall erinnern.«

»Damals warst du nur eine Journalistin, die er einfach abwimmeln konnte.« Garretts Mundwinkel zuckten grimmig. »Aber ich bin ein Kriminalhauptkommissar, der einen pensionierten Kollegen um eine berufliche Gefälligkeit bittet. Eine ganz andere Dynamik.«

»Glaubst du, er wird einwilligen, dich zu sehen?«

»Uns«, korrigierte Garrett und griff nach seinem Handy. »Er wird einwilligen, uns zu sehen. Finch ist ein Feigling, aber ein berechnender. Er wird dem Treffen zustimmen, und sei es nur, um herauszufinden, wie viel wir wissen.«

Sie beobachtete, wie er durch seine Kontakte scrollte und die Nummer fand, die er all die Jahre behalten hatte. Sein Daumen schwebte einen Moment über dem Bildschirm, dann drückte er auf Anrufen und legte das Telefon auf Lautsprecher zwischen sie.

Es klingelte dreimal, bevor eine raue Stimme antwortete. »Garrett Pennell. Ein bisschen spät für einen privaten Anruf, finden Sie nicht?«

»Abend, Finch.« Garretts Stimme veränderte sich und nahm eine lockere Autorität an, wie sie Zara schon bei anderen Beamten gehört hatte. »Ich wollte Sie schon länger mal wieder sehen. Ich dachte, ich fahre morgen runter zur Gold Coast. Haben Sie Zeit für einen Plausch?«

Eine Pause entstand, die schwer wog. »Gibt es einen besonderen Grund für das plötzliche Interesse, einen alten Kollegen zu sehen?« Finchs Tonfall war ruhig, aber Zara bemerkte die Anspannung dahinter.

»Ich dachte, wir könnten über alte Zeiten reden. Besonders über eine Ermittlung aus Salt Creek, 2014. Iris Zhang. Sagt Ihnen das was?«

Die Stille hielt so lange an, dass Zara sich fragte, ob Finch aufgelegt hatte. Dann folgte ein leises Ausatmen, das eher nach Resignation als nach Überraschung klang.

»Sie waren schon immer ein sturer Bastard«, sagte Finch. »Sie schleppen die Sache nach all den Jahren immer noch mit sich herum.«

»Es geht nicht um Sturheit. Es sind neue Beweise aufgetaucht. Dinge, die Sie vermutlich lieber unter vier Augen besprechen möchten, anstatt dass sie über andere Kanäle an die Öffentlichkeit gelangen.«

Noch eine Pause. Zara konnte Finch förmlich dabei zusehen, wie er seine Optionen abwog und sein altes Cop-Gehirn Berechnungen anstellte.

»Schön«, sagte Finch. »Morgen Nachmittag. Bei mir in Broadbeach. Fünfzehn Uhr.« Er ratterte eine Adresse herunter, die Garrett auf einem Block notierte. »Kommen Sie allein, oder kommt diese Journalistin auch mit? Diejenige, die hier alles aufwirbelt.«

Garretts Augen trafen Zaras auf der anderen Seite des Tisches. »Ms Langley wird mich begleiten.«

»Dachte ich mir.« Finch seufzte. »Ihr zwei seid ja ein richtiges Team, wie man so hört. Bis morgen.« Die Leitung war tot.

Zara zog eine Augenbraue hoch. »>*Wie man so hört.*< Er hat uns im Auge behalten.«

»Jemand in Salt Creek füttert ihn immer noch mit Informationen.« Garrett legte sein Telefon weg. »Wie dem auch sei, wir sind dabei.«

Sie räumten die Fish-and-Chips-Verpackungen weg, und der Esstisch wurde zu ihrem Einsatzzentrum: Beweise wurden in ordentlichen Stapeln ausgebreitet, Fotos von Iris, Malcolm Finch und Kirsty Cannon an eine Pinnwand geheftet, die Garrett aus dem Gästezimmer holte. Zara stand davor und studierte die Gesichter; ihre Finger strichen einmal kurz über das Foto des Messers, das erst vor wenigen Stunden ihr eigenes Bild durchbohrt hatte.

Die nächsten Stunden arbeiteten sie sich durch das Beweismaterial, wählten aus, was sie mitnehmen wollten und welche Strategie sie verfolgen würden. Garrett ordnete seine ursprünglichen Ermittlungsnotizen, die Fotos von Verletzungen, die es nie in die offiziellen Berichte geschafft hatten, und Zeugenaussagen, die zwischen den ersten Vernehmungen und der finalen Dokumentation abgeändert worden waren.

»Wir müssen erreichen, dass er sich in die Enge getrieben fühlt, aber nicht direkt bedroht«, sagte Garrett. »Finch reagiert auf kalkulierten Druck, nicht auf Aggression.«

Zara fügte der Akte ihre eigenen Notizen hinzu: den Fund des Handys, die Unstimmigkeiten im Zeitplan, die eskalierenden Drohungen gegen sie. »Was ist mit den Daten vom Handy? Dev ist mit der Wiederherstellung noch nicht fertig; ich habe ihm vorhin geschrieben, und er meinte, er sei sich immer noch nicht sicher, ob er überhaupt irgendetwas herausholen kann.«

Garrett sah auf. Das Lampenlicht spiegelte sich im Silber an seinen Schläfen. »Finch weiß das nicht.«

Sie sah ihm in die Augen und verstand. »Wir bluffen.«

»Wir sagen ihm, dass wir das Handy sichergestellt haben. Wir sagen ihm, dass wir Daten von der microSD-Karte haben, die gerade einer forensischen Analyse unterzogen werden. Wir lassen seine Fantasie die Lücken füllen.« Er tippte mit dem Finger auf den Tisch. »Ein schuldiger Mann wird immer davon ausgehen, dass man mehr weiß, als man tatsächlich tut.«

»Und wenn er unseren Bluff durchschaut?«

»Das wird er nicht. Nicht, wenn wir präzise genug bei dem sind, was wir wissen, und vage genug bei dem, was wir nicht wissen.« Garretts Gesichtsausdruck war hart, entschlossen. »Finch wartet seit elf Jahren darauf, dass jemand an seine Tür klopft. Er wird genau das hören, wovor er sich immer gefürchtet hat.«

Zara nickte langsam. Es war ein Wagnis, aber ein vernünftiges. »Wir müssen es durchspielen. Damit die Details stimmig sind.«

»Einverstanden.«

Sie verbrachten eine weitere Stunde damit und bauten den Bluff wie ein Drehbuch auf: was als feststehende Tatsache präsentiert werden sollte, wo sie die Stille für sich arbeiten lassen würden und wann sie die Sache mit den Handydaten fallen lassen würden. Ihre Hände berührten sich gelegentlich, während sie Dokumente hin- und herreichten – jede Berührung eine kleine Wärme inmitten der ernsten Arbeit.

»Was, wenn er nicht einknickt?«, fragte sie.

Garretts Gesichtsausdruck wurde für einen Moment weicher. »Das wird er. Finch schleppt das seit elf Jahren mit sich herum, und er ist ein Mann, der seinen Komfort schätzt. Der Gedanke, seine Pension zu verlieren, seinen Ruf, seine Mitgliedschaft im Golfclub...« Er schüttelte den Kopf. »Er wird reden.«

Sie fielen erst kurz nach Mitternacht ins Bett. Zara hörte zu, wie Garretts Atem flacher wurde, während ihr eigener Geist immer noch Möglichkeiten durchspielte und darüber nachgrübelte, was der morgige Tag bringen würde.

Der Morgen kam schnell. Garrett war vor ihr auf und telefonierte bereits in der Küche. Sie schnappte das Ende seines Gesprächs auf, als sie barfuß herauskam: »... ein paar Tage Urlaub; ich fahre heute zur Gold Coast runter, morgen zurück. Drinan hat den Dienstplan übernommen. Ja. Danke.« Er legte auf und sah sie an. »In der Wache ist alles geklärt. Kaffee ist fertig.«

Sie zogen sich fast schweigend an; beide legten so etwas wie eine Rüstung an: Zara einen knielangen schwarzen Bleistiftrock, eine frische Hemdbluse und Stiefeletten mit vernünftigem Absatz; Garrett eine ordentliche Chino und ein blaues Poloshirt. Sie sah ihr Spiegelbild im Flurspiegel, als sie die Beweisakten zusammensuchten, und der Anblick traf sie tief. Sie sahen aus wie Partner. In jeder Hinsicht.

Garrett fuhr auf dem Weg aus der Stadt bei Micks Werkstatt vorbei. Der Mechaniker steckte bereits bis zu den Ellbogen im Motor eines Hilux, als sie vorfuhren, und wischte sich die Hände an einem Lappen ab, der sie nur noch dreckiger machte.

»Zaras Auto steht noch beim Motel«, sagte Garrett und reichte ihm die Schlüssel. »Jemand war in ihrem Zimmer. Ich will, dass das Auto gründlich durchgecheckt wird, bevor sie wieder damit fährt. Bremsen, Lenkung, Kraftstoffleitungen, das volle Programm.«

Micks Augenbrauen wanderten nach oben, aber er stellte keine Fragen, sondern steckte die Schlüssel ein. »Ich schleppe ihn heute Vormittag hierher. Ich schau ihn mir heute Nachmittag an, wenn ich kann, spätestens morgen.«

»Ich weiß das zu schätzen. Wir sind morgen zurück. Lass ihn hier, bis wir ihn abholen.«

Mick nickte und sein Blick streifte kurz Zara mit etwas, das Besorgnis hätte sein können. »Passt auf euch auf, ja?«

»Immer«, sagte Garrett mit einem gezwungenen Lächeln, das seine Augen nicht erreichte.

Die Fahrt zur Gold Coast dauerte den Großteil des Tages, fast sieben Stunden direkt die M1 hinunter. Sie sprachen wenig, beide in ihre Gedanken vertieft. Sie hielten an einer Tankstelle in der Nähe des Flughafens, um etwas zu essen, und saßen Seite an Seite bei Fast Food, das keiner von beiden wirklich schmeckte, bevor sie weiterfuhren.

»Er hatte eine gute Zeit«, sagte Garrett, als sie das Gebiet der Gold Coast erreichten und die Hochhäuser vor ihnen schimmerten. »Volle Bezüge, volle Pension. Schönes Haus in einer Wohnanlage mit Zugangsschutz mit Blick aufs Wasser. Dreimal die Woche Golf. Während Iris' Eltern immer noch jeden Morgen mit dem Wissen aufwachen, dass der Mörder ihrer Tochter nie gefasst wurde.«

»Woher kennst du seinen Tagesablauf?«

»Ich habe ihn im Auge behalten«, gab Garrett zu. »Ich musste verstehen, was er schätzt. Was er zu verlieren hat.«

Sie bogen in die Seniorenwohnanlage ein, deren Eingang von gepflegten Palmen und blühendem Hibiskus flankiert war. Grüne Rasenflächen erstreckten sich zwischen Villen im mediterranen Stil, Golfcarts parkten neben Luxusautos. Verdienter Komfort – oder in Finchs Fall mit einer begrabenen Wahrheit erkauft.

Finchs Villa lag nahe am Wasser, mit Terrakottadach und weiß getünchten Wänden, die in der Nachmittagssonne leuchteten. Ein kleines Boot schaukelte an einem privaten Steg hinter dem Haus. Garrett parkte in der Einfahrt, machte aber keine Anstalten auszusteigen.

»Bereit?« Seine Hand fand die ihre über der Mittelkonsole.

Zara drückte seine Finger einmal kurz, bevor sie sie losließ, um ihre Umhängetasche zu nehmen. »Gehen wir und helfen seinem Gedächtnis auf die Sprünge.«

Sie hielten beide ein paar Momente inne, um sich zu strecken, da die Muskeln vom langen Sitzen im Auto steif waren. Und dann gingen sie gemeinsam den Gartenweg hinauf, die Schultern fast aneinander. Finch öffnete beim zweiten Klopfen und füllte den Türrahmen aus. Er wirkte kleiner als auf seinen Fotos; der Ruhestand hatte die einstmals einschüchternde Statur weicher werden lassen. Aber seine Augen waren wachsam und musterten Garrett und Zara mit dem prüfenden Blick eines erfahrenen Polizisten.

»Nun denn«, sagte Finch und trat zurück, um sie hereinzulassen. »Bringen wir es hinter uns.«

Finchs Wohnzimmer bestand aus Ledermöbeln, die so ausgerichtet waren, dass der Blick auf das Wasser zur Geltung kam, einer Vitrine mit Polizeidienstmedaillen und Fotos von lächelnden Enkelkindern. Der Deckenventilator bewegte die klimatisierte Kühle. Zara saß neben Garrett auf einem cremefarbenen Ledersofa und beobachtete, wie Finch den Gastgeber spielte. Er bot Getränke an: »Bier? Wein? Ein bisschen früh, aber ich verrate nichts, wenn Sie nichts verraten.« Sein jovialer Ton suggerierte, dies sei nichts weiter als ein harmloser Besuch. Garrett lehnte ab. Zara bat um Wasser.

Sie studierte den Mann, der den Mord an einem Teenager vertuscht hatte. Der Ruhestand mochte seine polizeiliche Fitness durch die Bequemlichkeit von Golf und ausgiebigen Mittagessen ersetzt haben, aber diese Augen blieben scharf und berechnend hinter der großväterlichen Herzlichkeit.

Finch kehrte mit einem Tablett mit Wassergläsern zurück, das Eis klirrte. »Also«, sagte er und ließ sich in einen Sessel sinken, der so positioniert war, dass er sowohl den Raum als auch die Aussicht beherrschte, »Sie sind sieben Stunden gefahren, um über ein Ertrinken von vor elf Jahren zu sprechen. Das muss ja ein toller Podcast sein, Ms Langley.«

»Es geht nicht nur um den Podcast«, erwiderte Zara.

»Nein?« Seine Augenbrauen wanderten nach oben. »Worum dann? Gerechtigkeit?« Er sprach das Wort mit dem leicht spöttischen Unterton eines Mannes aus, der jahrzehntelang entschieden hatte, welche Version davon anzuwenden war.

Garrett öffnete ohne Eile die Tasche. »Es ist nie zu spät für die Wahrheit, Malcolm.«

Bei der direkten Anrede mit Vornamen flackerte etwas in Finchs Gesicht auf – der subtile Wechsel vom ehemaligen Vorgesetzten zum potenziellen Verdächtigen. Er überspielte es mit einer abfälligen Handbewegung. »Die Wahrheit ist, das Mädchen ist ertrunken. Ein tragischer Unfall. Mehr nicht.«

Ohne zu antworten, legte Garrett eine braune Mappe auf den Couchtisch. »Meine ursprünglichen Ermittlungsnotizen vom 15. Oktober 2014. Diejenigen, die auf mysteriöse Weise aus der Fallakte verschwunden sind.«

Er öffnete den Ordner und zum Vorschein kamen fotokopierte Seiten mit ordentlicher Handschrift. Zara erkannte sie aus ihrer Nacht auf der Wache wieder. Es waren Garretts ursprüngliche Ermittlungsnotizen vom Tatort, in denen er alles detailliert festgehalten hatte, was er beobachtet hatte. Wassertiefe. Körperposition. Temperatur. Und die fingerförmigen Hämatome an Iris' Armen.

Finch würdigte die Notizen kaum eines Blickes. »Beobachtungen eines Anfängers. Sie waren grün hinter den Ohren, übereifrig.«

»War der Gerichtsmediziner auch grün hinter den Ohren?« Garrett legte einen zweiten Ordner neben den ersten. »Im vorläufigen Bericht von Dr. Robinson wurde angemerkt, dass die Blutergüsse dazu passten, dass jemand Iris von hinten unter Wasser gedrückt hat. Diese Ergebnisse haben es nie in den endgültigen Obduktionsbericht geschafft. Robinson ist leider vor ein paar Jahren gestorben. Herzstillstand. Wir können ihn also nicht mehr fragen.«

»Und genau deshalb fragen wir Sie«, sagte Zara. Sie beobachtete Finch genau. Ein Muskel in seinem Kiefer zuckte, kaum wahrnehmbar, aber sie hatte jahrelang Gesichter in Verhören studiert. Er war nervös, trotz seiner Darbietung.

»Diesen Groll schleppen Sie schon lange mit sich rum«, sagte Finch und griff nach seinem Wasserglas. »Überlegen Sie sich gut, ob Sie das nicht lieber ruhen lassen sollten, bevor es Ihre Karriere ruiniert.«

»Ist das eine Drohung?«, fragte Garrett mit unveränderter Stimme.

»Ein Rat. Von jemandem, der an Ihrer Stelle war.« Finch trank, die Eiswürfel klirrten. »Manchmal klären sich Fälle nicht so, wie wir es gerne hätten. Ein guter Bulle zu sein bedeutet auch zu wissen, wann es Zeit ist, weiterzumachen.«

Garrett fuhr fort, als hätte der andere nicht gesprochen, und holte einen dritten Ordner hervor. Tatortfotos von der flachen Stelle im Wasser, an der Iris gefunden worden war. Die zurückgezogene Aussage des Besitzers des Fisch-und-Chips-Ladens, nachdem Richard Cannon mit ihm gesprochen hatte. Die Unstimmigkeiten zwischen den ersten Schilderungen und dem Abschlussbericht. Mit jedem neuen Teil sah Zara, wie Finch in sich zusammensackte: ein Zusammenkneifen seiner Augen, ein leichter Schweißfilm auf seinen Schläfen trotz des Ventilators, die Art, wie sein Blick immer wieder zum Wasser schweifte, statt auf die Beweise zu gleiten.

»Sie bauen sich da eine ziemliche Verschwörungstheorie zusammen«, sagte Finch schließlich. »Aber es bleibt eben nur das. Eine Theorie. Nichts Handfestes.«

»Eigentlich«, sagte Garrett, lehnte sich zurück und lächelte gequält, »haben wir etwas sehr Handfestes. Das Handy von Iris Zhang wurde letzte Woche unter der Fußgängerbrücke gefunden, an der sie starb.«

Finch erstarrte völlig, das Glas auf halbem Weg zu seinen Lippen. »Was für ein Handy?«

»Ihr Handy«, sagte Zara und bemerkte, wie die Farbe unter seiner Bräune wich. »Das, das nie gefunden wurde, obwohl ihre Eltern bestätigten, dass sie es immer bei sich trug. May Zhang hat es gefunden, als wir zusammen an der Fußgängerbrücke waren. Eingeklemmt oben auf einem Stützpfeiler, unterhalb des Brückendecks.«

»Es war teilweise vor der Witterung geschützt«, sagte Garrett mit ruhiger Stimme, einstudiert, aber ohne so zu klingen, »und in einem überraschend guten Zustand. Die Forensik konnte bereits erste Daten von der microSD-Karte wiederherstellen. Sie arbeiten gerade an der vollständigen Wiederherstellung. In den nächsten Tagen sollten wir alles haben.«

Der Bluff saß. Zara sah den Treffer, sah, wie das Blut vollständig aus Finchs Gesicht wich. Er stellte sein Glas hart auf den Couchtisch, seine Hände zitterten sichtlich.

Stille herrschte im Raum, nur unterbrochen vom Deckenventilator und den fernen Schreien der Möwen über dem Wasser.

»Sie verstehen nicht, in welcher Lage ich war«, sagte er schließlich mit kaum hörbarer Stimme.

Zara griff langsam in ihre Tasche und schaltete die Aufnahme-App auf ihrem Handy ein. Jahrelange Interviews hatten sie gelehrt, den Moment zu erkennen, in dem die Verteidigungsmauern fielen, in dem ein Geständnis unvermeidlich wurde. Das hier war dieser Moment.

»Warum erklären Sie es uns nicht?«, sagte sie sanft.

Finchs Blick wanderte zurück zum Wasser, als suchte er am Horizont nach etwas. Als er wieder sprach, hatte sich seine Stimme verändert. Nicht mehr der selbstbewusste pensionierte Detective, sondern ein alter Mann, gebeugt von Geheimnissen, die zu schwer waren, um sie allein zu tragen.

»Richard rief mich in jener Nacht an«, begann er. »Nicht die Zentrale, nicht die Wache. Mein privates Handy. Er sagte, es habe am Creek einen Unfall gegeben, in den seine Tochter verwickelt sei.« Er holte zittrig Luft. »Ich wusste in dem Moment, als er ›Unfall‹ sagte, dass etwas nicht stimmte. Nach dreißig Jahren im Dienst entwickelt man ein Gespür für solche Dinge.«

»Was haben Sie vorgefunden, als Sie ankamen?« Garretts Tonfall war neutral, aber Zara konnte die Anspannung in seinen Händen sehen; seine Knöchel traten weiß an seinen Knien hervor.

»Das Mädchen war bereits tot.« Finch sprach zum Boden gewandt. »Mit dem Gesicht nach unten im Wasser, das mir kaum über die Stiefel ging. Richard war da, klatschnass, und Kirsty saß am Ufer und... starrte einfach nur vor sich hin. Sie stand sichtlich unter Schock. Man brauchte kein Detective zu sein, um zu kapieren, dass das kein Unfall war.«

»Was haben Sie getan?«, fragte Zara leise und bestärkend.

Finch sah sie zum ersten Mal direkt an, sein Blick war gequält. »Was Richard Cannon mir befohlen hat.« Seine Hände verknoteten sich in seinem Schoß, die Knöchel wurden weiß. »Und Gott stehe mir bei, ich habe es getan.«

»Ich wusste, was ich da vor mir hatte«, fuhr Finch fort, als keiner von beiden sprach, jetzt gefasster, als hätte der Dammbruch etwas Druck von ihm genommen. »Ein siebzehnjähriges Mädchen, mit dem Gesicht nach unten in fünfzehn Zentimetern Wasser, Blutergüsse an den Armen. Das war keine Quantenphysik.« Er lehnte sich vor, die Ellbogen auf den Knien, und sprach zum Teppich. »Richard behauptete, Kirsty und Iris hätten sich wegen irgendeines Jungen gestritten, es sei handgreiflich geworden, Iris sei gestürzt, mit dem Kopf aufgeschlagen und ertrunken.« Er atmete aus. »Aber die Hämatome erzählten eine andere Geschichte. Jemand hat dieses Mädchen unter Wasser gedrückt, bis sie aufhörte zu atmen.«

Zara rührte sich nicht. Ihr Handy nahm lautlos in ihrer Tasche auf. Neben ihr saß Garrett wie versteinert, seine Atmung kontrolliert; nur der feste Griff um sein Knie verriet ihn.

»Haben Sie gefragt, wer sie getötet hat?« Garretts Stimme war gefährlich leise.

Finch schüttelte den Kopf. »Musste ich nicht. Richard war zwar durchnässt, aber es war Kirsty, die die Leiche nicht ansehen konnte. Sie saß da am Ufer, umschlang ihre Knie und wiegte sich vor und zurück.« Seine Augen wanderten zu den Familienfotos auf dem Kaminsims. »Im gleichen Alter wie meine jüngste Enkelin heute.«

»Sie sind also davon ausgegangen, dass Kirsty es getan hat«, sagte Zara. »Worum ging es? Den Jungen?«

»Jep.« Finch nickte. »Richard sagte, es habe Ärger zwischen den Mädchen wegen diesem Thorne-Jungen gegeben. Kirsty hatte Gefühle für ihn, aber er war mit Iris zusammen.« Seine Lippen verzogen sich. »Teenie-Drama, das tödlich endete. Richard wollte unbedingt, dass es verschwindet. Er sagte, die gesamte Zukunft seiner Tochter stehe auf dem Spiel.«

»Also haben Sie ihm geholfen, ein Ertrinken durch Unfall zu inszenieren«, sagte Garrett. Sachlich. Keine Frage.

»Ich habe eine Entscheidung getroffen«, sagte Finch, als käme es auf diesen Unterschied an. »Ein totes Mädchen gegen eine ganze ruinierte Familie, plus Kollateralschäden in der halben Stadt. Richard beschäftigte Dutzende von Leuten, saß in jedem Gemeindevorstand, spendete für den Polizeifonds. Sein Einfluss war...«

»Sparen Sie uns die Rechtfertigungen«, fiel Garrett ihm ins Wort. »Was ist mit Iris' Laptop passiert?«

Finch schloss kurz die Augen. »Richard sagte, es könnten Beweise für fiese Dinge darauf sein, die Kirsty Iris geschickt hatte... Cybermobbing, schätze ich. Er wollte nicht, dass das herauskommt. Ich nahm ihn den Zhangs weg, sagte ihnen, das sei Standardverfahren, wir bräuchten ihn, um ihre Wege an diesem Tag nachzuvollziehen.« Seine Stimme wurde leiser. »Habe ihn noch in derselben Nacht Richard gegeben. Habe nie gefragt, was er damit gemacht hat.«

»Und meine Berichte?«, hakte Garrett nach. »Die Fotos der Hämatome? Die Zeugenaussagen?«

»Verschwinden lassen. Oder geändert. Richard hatte Freunde im Stadtrat, im Büro des Gerichtsmediziners. Leute, die ihm Gefallen schuldeten oder auf seine Unterstützung angewiesen waren.« Er deutete vage auf die Beweise auf dem Tisch. »Ich habe nicht alles persönlich geregelt. Manche Dinge verschwanden einfach auf dem Dienstweg.«

»Und als ich nicht aufhörte, Fragen zu stellen?« Der Muskel in Garretts Kiefer zuckte.

»Ich habe Ihre Versetzung nach Cairns arrangiert.« Finch sah ihm in die Augen. »Zu Ihrem eigenen Besten, ob Sie es glauben oder nicht. Sie haben Wirbel gemacht wegen Beweismittelfälschung, widersprüchlichen Aussagen. Noch eine

Woche und Sie hätten ernsthafte Schwierigkeiten bekommen. Oder Schlimmeres.«

»Schlimmeres?«, sagte Zara. Ein Kälteschauer lief über ihren Rücken.

Finch sah sie an. »Richard Cannon war kein Mann, der lose Enden hinterließ. Die Versetzung war ein Akt der Gnade.«

Stille füllte den Raum. Draußen glitzerte das Wasser, Boote trieben dahin. Die Distanz zwischen dem idyllischen Ausblick und der Wahrheit, die sich in Finchs Wohnzimmer entfaltete, machte Zara schwindelig.

»Was hätte ich denn tun sollen?«, Finchs Stimme brach. Die Frage war an ihnen vorbei gerichtet, an einen unsichtbaren Richter. »Richard gehörte die halbe Stadt. Er hatte jeden in der Hand, auch mich. Ich hatte Spielschulden; er hat sie beglichen und nie eine Rückzahlung verlangt. Ein Wort von ihm und meine Pension, mein Ruf...« Er blickte sich in der Villa um. »Ein totes Mädchen gegen den Ruin von Dutzenden Leben. Ich habe diese Rechnung aufgestellt.«

Die schiere Nacktheit dieser Aussage. Die Leichtigkeit, mit der er Iris Zhangs Leben auf eine Rechenaufgabe reduzierte, ein Opfer auf dem Altar seiner eigenen Bequemlichkeit. Zara fühlte sich körperlich krank.

Garrett saß vollkommen still da. Als er sprach, war seine Stimme wie Eis. »Sie haben gerade Beweismittelfälschung, Behinderung der Justiz und Beihilfe zum Mord durch Unterlassen oder Begünstigung gestanden. Das ist Ihnen klar?«

Finch nickte langsam. »Ich dachte mir schon, dass es darauf hinausläuft, als Sie mit der Journalistin aufgetaucht sind.« Er blickte zu Zara. »Sie nehmen unser Gespräch sicher auf?«

Sie leugnete es nicht. Sie hielt nur seinem Blick stand.

»Die Aufnahme geht an die Kommission für Kriminalität und Korruption«, sagte Garrett. »Sie werden zweifellos bald Besuch von ihnen bekommen.«

Zara erwartete Protest, vielleicht einen Widerruf. Stattdessen sanken Finchs Schultern herab, mit etwas, das einer Erleichterung nahekam. »Ich habe seit elf Jahren auf diesen Tag gewartet«, sagte er leise. »Ich glaube, ich wusste immer, dass er kommen würde.«

Das Ausbleiben von Widerstand fühlte sich hohl an. Zara erkannte, dass das Wissen um Iris' Tod für Finch eine eigene Strafe gewesen war. Nicht genug, niemals genug, aber eine Last, die er nun offenbar bereit war abzulegen.

»Wir sind hier fertig«, sagte Garrett, sammelte die Ordner ein und verstaute sie wieder in der Umhängetasche. Er stand auf. Zara erhob sich mit ihm.

Finch blieb in seinem Sessel sitzen und sah jedes seiner sechsundsechzig Jahre alt aus. »Kirsty wird nicht kampflos untergehen«, warnte er. »Sie hat ihr ganzes Leben auf dem Schutz ihres Vaters aufgebaut. Ohne diesen...« Er schüttelte den Kopf. »Seien Sie vorsichtig. Sie ist nicht stabil.«

»Wir wissen es«, sagte Zara.

Sie ließen ihn dort zurück, wie er auf den Blick aufs Wasser starrte, den er sich mit elf Jahren Schweigen erkauft hatte. Keiner von ihnen sprach, während sie den Gartenweg zum Auto gingen. Erst als sie den LandCruiser erreichten, griff Zara nach Garretts Hand und verschränkte ihre Finger mit seinen.

»Einer erledigt«, sagte sie leise.

Er drückte ihre Hand und ließ sie dann los, um das Fahrzeug zu entriegeln. »Aber der schwierigere Teil kommt erst noch.«

Als sie losfuhren, blickte Zara in den Seitenspiegel. Finch stand auf seiner Veranda, eine kleine Gestalt, die mit jeder Radumdrehung schrumpfte. Sie stoppte die Aufnahme, überprüfte, ob sie korrekt gespeichert war, und lud Backups in ihren Cloud-Account hoch.

»Elf Jahre«, sagte Garrett, als er auf die Hauptstraße einbog. »Er wusste genau, was passiert war, und er hat sich jeden verdammt Tag für seine Bequemlichkeit und gegen die Gerechtigkeit entschieden.«

»Menschen rationalisieren das Unverzeihliche«, erwiderte Zara. »Sie finden Wege, mit sich selbst zu leben.«

»Kirsty hatte elf Jahre Zeit, ihre Version zu perfektionieren. Sich selbst einzureden, dass sie im Recht war oder das eigentliche Opfer ist.«

Sie fädelten sich auf den Highway in Richtung Norden ein. Ihre nächste Konfrontation würde nicht die relative Leichtigkeit haben, einen Mann zu brechen, der bereits unter seiner Schuld eingeknickt war. Kirsty Cannon hatte ihre Identität auf dem Fundament ihres Geheimnisses aufgebaut: Stadträtin, Gemeindeleiterin, Philanthropin. Das polierte Leben, das konstruiert worden war, um das Mädchen zu verdecken, das ihre Freundin so lange unter Wasser gedrückt hatte, bis keine Blasen mehr aufstiegen.

»Sie hat uns beobachtet«, sagte Zara und dachte an die Fotos auf ihrem Motelbett. »Sie weiß, dass wir ihr auf der Spur sind.«

»Gut«, erwiderte Garrett. »Soll sie sich vorbereiten. Soll sie sich Sorgen machen. In die Enge getriebene Tiere machen Fehler.«

Zara lehnte den Kopf an den Sitz und beobachtete, wie die Küstenlandschaft an ihnen vorbeizog. Sie hatten Finchs Geständnis, Beweise für die Vertuschung und bald, wenn Dev sein Versprechen hielt, echte Daten von Iris' Handy, um den Bluff zu ersetzen. Die Puzzleteile fügten sich zusammen.

Doch Finchs Warnung hallte in ihr nach. Kirsty hatte einmal getötet, um ihre Zukunft zu schützen. Was würde sie jetzt tun, da alles, was sie sich aufgebaut hatte, bedroht war?

Die Antwort wartete in Salt Creek auf sie.

# Kapitel 17

Die Kneipe in Nambour roch nach frittierten Pommes und altem Teppich, so ein Ort, der sich an Handwerker auf dem Heimweg und Fernfahrer auf Zwischenstopp richtete. Zara schob ein Stück Steak auf ihrem Teller hin und her, der Appetit durch die Fahrt und Finchs Geständnis gedämpft, das ihr noch immer schwer in der Brust lag. Ihr gegenüber arbeitete sich Garrett bedächtig durch ein Schnitzel, sein Blick schweifte immer wieder zum Cricket-Spiel auf dem Fernseher über der Theke. Keiner von ihnen interessierte sich für den Spielstand.

Sie hatten angehalten, weil keiner die Energie für die verbleibenden vier Stunden nach Salt Creek hatte. Das Motel nebenan war billig und sauber genug; ein Bett und eine Dusche, mehr brauchten sie nicht. Morgen würden sie die Fahrt beenden, überlegen, wie sie mit Finchs Geständnis Kirsty konfrontieren sollten, entscheiden, wann sie die Kommission für Kriminalität und Korruption einschalten würden.

»Du solltest essen«, sagte Garrett und nickte zu ihrem Teller.

»Kein Hunger.« Zara nippte an ihrer Zitronenlimonade. Zu süß. »Ich denke ständig daran, was Finch sagte. Dass er elf Jahre darauf gewartet habe, dass jemand kommt.«

»Schuld frisst an einem. Selbst bei denen, die glauben, mit ihr abgeschlossen zu haben.«

»Er hat Beweise vernichtet. Zeugenaussagen beiseitegeschafft. Hat dich weggeschickt, als du zu nah dran warst.« Sie stellte ihr Glas ab. »Alles, um Richard Cannons Tochter und seine eigene Pension zu schützen.«

»Und jetzt wird er sie verlieren.« Garretts Miene war grimmig. »Die CCC macht bei Korruptionsfällen keine Kompromisse.«

Eine Männergruppe an der Theke brach in Jubel aus, als jemand ein Wicket schaffte. Der Lärm ließ Zara zusammenzucken, und sie hasste sich dafür. Garretts Hand glitt über den Tisch und bedeckte ihre für einen Moment.

»Wir haben, was wir brauchten«, sagte er. »Sein Geständnis gibt uns einen Hebel bei Kirsty. Selbst ohne die Handydaten können wir ...«

Zaras Handy vibrierte auf dem Tisch. Devs Name auf dem Display. Sie griff danach. »Dev?«

»Zara! Alter, ich habe tagelang versucht, das Ding zu knacken, und endlich...« Seine Aufregung sprühte durch die Leitung, die Worte überschlugen sich. »Die microSD-Karte. Ich bin reingekommen. Ich bin tatsächlich reingekommen.«

Sie sah Garrett an. Er war erstarrt, die Gabel auf halbem Weg zum Mund. Er legte sie ab.

»Was hast du wiederhergestellt?«, fragte sie.

»Sprachmemos. Massig. Und Fotos, SMS-Backups, sogar ein paar Videodateien.« Devs Tastatur klackerte im Hintergrund. »Ich lade alles gerade auf deinen sicheren Cloud-Account hoch. Sollte in etwa zwanzig Minuten fertig sein.«

»Sprachmemos? Von Iris?«

»Ja, sieht so aus, als hätte sie ihr Handy als Tagebuch benutzt. Einige sind mit Daten beschriftet, andere haben nur Zeitstempel.« Mehr Tippgeräusche. »Ich habe sie mir nicht angehört, dachte, du wolltest wohl die Erste sein. Aber da ist definitiv Audio drauf, und die Qualität ist ziemlich gut, alles in allem.«

Garretts Blick blieb auf sie gerichtet. Zara spürte, wie sich die Haare auf ihren Armen sträubten. Sie hatten Finch genau damit gebluft, mit der Aussicht auf wiederhergestellte Daten von der microSD-Karte. Und jetzt war es real.

»Danke«, sagte sie. »Dev, das ist... du hast keine Ahnung, was das bedeutet.«

»Ich kann es mir denken.« Seine Stimme wurde ernst. »Versprich mir nur, dass du vorsichtig bist. Was auch immer auf diesem Handy war, hat jemanden das Leben gekostet.«

»Ich verspreche es.« Die Lüge fiel ihr leicht. Sicherheit hatte aufgehört, Priorität zu haben, seit jemand ein Messer durch ihr Foto gerammt hatte.

Sie beendete das Gespräch. Einen Moment lang sprach keiner. Die Kneipe tobte um sie herum, ahnungslos.

»Wir müssen los«, sagte Garrett. »Jetzt.«

Sie hatten beim Bestellen bezahlt. Zara griff ihre Tasche und folgte ihm hinaus in die schwüle Nacht. Das Motel war nebenan, ein zweistöckiges Gebäude mit Außentreppen und in verblasstem Türkis gestrichenen Türen. Ihr Zimmer war im Erdgeschoss, Nummer sieben, der Schlüssel noch in Garretts Tasche vom Einchecken vor einer Stunde.

Drinnen ging Zara direkt zum Schreibtisch, klappte ihren Laptop auf, tippte das Passwort ein, während Garrett die Tür verriegelte und sich einen Stuhl neben sie zog.

Der Upload lief noch. Sie beobachteten schweigend den Fortschrittsbalken. Garretts Hand ruhte warm und fest auf ihrer Schulter. Als der Ordner schließlich in ihrem Verzeichnis auftauchte, beschriftet mit »Iris Zhang-Telefonwiederherstellung«, schwebte Zaras Cursor darüber, und sie zögerte.

»Was auch immer da drin ist«, sagte Garrett leise, »wir sind bereit.«

Sie war sich nicht sicher, ob das stimmte. Sie doppelklickte.

Der Ordner öffnete sich. Audiodateien mit Daten aus September und Oktober 2014. Fotos von Iris mit Freunden, mit ihren Eltern, allein in ihrem Zimmer, wie sie Grimassen in die Kamera schnitt. SMS-Protokolle. Und drei Videodateien, die größte beschriftet mit »UQ_Final.mp4«.

Ihre Hand glitt zur letzten Videodatei, datiert auf den 15. Oktober 2014. Der Tag, an dem Iris starb. Der Cursor schwebte über dem Play-Knopf.

Garrett rückte seinen Stuhl näher. Sie saßen Schulter an Schulter, der Laptop-Bildschirm das Hellste im Raum. Draußen rumpelte ein Sattelschlepper auf der Autobahn vorbei.

Zara klickte auf Play.

Rauschen, dann ein Atemzug. Dann erschien ein junges Gesicht auf dem Bildschirm: Iris Zhang, mit ihren rechteckigen Brillen, blickte direkt in die Kamera. Sie war ruhig. Ihre Stimme klar.

»Mein Name ist Iris Zhang. Es ist der 15. Oktober 2014, und ich muss dokumentieren, was ich herausgefunden habe, denn falls mir etwas zustoßen sollte, müssen die Leute die Wahrheit erfahren.«

Zara schnürte es die Kehle zu. Das war sie. Das war das Mädchen im Bach, lebendig, ernst und siebzehn Jahre alt, die direkt zu demjenigen sprach, der diese Aufnahme eines Tages finden könnte. Neben ihr hatte Garrett aufgehört zu atmen.

»Ich bin seit dem Kindergarten mit Kirsty Cannon befreundet. Ich habe ihr völlig vertraut. Als ich also bemerkte, dass auf einige meiner Projektdateien zugegriffen worden war, während ich nicht zu Hause war, dass mein USB-Stick anders lag als ich ihn hinterlassen hatte, redete ich mir ein, ich wäre paranoid.« Eine Pause, ein zitternder Atemzug. »Aber ich war nicht paranoid. Ich habe die Zugriffsprotokolle meines Computers überprüft, wie Papa es mir beigebracht hatte. Kirsty hat mein gesamtes Kreativportfolio kopiert. Alles, woran ich für meine QCA-Bewerbung gearbeitet habe.«

Zara griff nach Garretts Hand auf dem Tisch. Er nahm sie. Iris' Stimme war jung, aber bedacht, jedes Wort gewählt. Das war keine Panik. Das war ein Mädchen, das wusste, dass es eine Aufzeichnung brauchte.

»Zuerst dachte ich, sie wolle vielleicht meinen Ansatz studieren, sehen, wie ich die Dinge strukturierte. Wir hatten uns immer bei Projekten geholfen.« Eine weitere Pause. »Aber dann war ich vor drei Tagen bei ihr zu Hause, wir lernten am Esstisch und sie ging auf die Toilette. Ihr Laptop war offen. Ich hätte nicht hineinschauen sollen, ich weiß, aber irgendetwas ließ mich nachsehen.«

Selbst beim Entdecken des Verrats hinterfragte Iris ihre eigenen Handlungen.

»Sie hatte einen Ordner namens ›UQ Portfolio – Final‹. Darin waren meine Dateien. Mein Videoprojekt über kulturelle Identität und Zugehörigkeit. Meine Fotoserie über Migrantenerfahrungen im ländlichen Queensland. Mein Aufsatz über visuelles Geschichtenerzählen.« Iris' Stimme wurde härter. »Aber sie hatte die Namen geändert, einige Details abgewandelt. Ihren eigenen Kommentar über das Video gelegt. Das war keine Recherche oder Inspiration. Sie hat meine Arbeit gestohlen und als ihre eigene ausgegeben.« Sie sah nach unten, dann wieder in die Kamera. Traurigkeit huschte über ihr Gesicht. »Als ich Kirsty konfrontierte, weinte sie. Sagte, sie wäre verzweifelt, ihr Vater würde sie umbringen, wenn sie nicht an eine gute Uni käme, dass sie Panikattacken wegen der Bewerbung hätte. Sie flehte mich an, es niemandem zu sagen. Sagte, es sei nur ein Entwurf, dass sie schließlich ihre eigene Arbeit erstellen würde.«

Ein bitteres Lachen.

»Aber die Bewerbungsfrist war bereits abgelaufen. Sie hatte meine Arbeit bereits als ihre eingereicht. Als ich ihr sagte, ich könne das nicht durchgehen lassen, dass ich es melden würde, sah sie mich an, als würde ich sie verraten. Als wäre ich diejenige, die etwas Falsches täte.«

Iris redete weiter, legte die Details dar. Sie hatte recherchiert, herausgefunden, dass Kirsty sich für das Jurastudium an der UQ bewarb, während sie sich für den kreativen Kunststudiengang am QCA bewarb. Unterschiedliche Fakultäten, unterschiedliche Prüfungsausschüsse. Das Plagiat wäre vielleicht nie aufgefallen, wenn Iris es nicht selbst entdeckt hätte.

Garrett sprach zuerst. Seine Stimme war rau. »Es ging nie um Vince Thorne.«

Zara drückte auf Pause und starrte das eingefrorene Bild von Iris' Gesicht auf dem Bildschirm an. Wochen der Ermittlungen; Jahre in Garretts Fall. Jede Theorie, die sie aufgebaut hatten, jede Annahme über Teenagereifersucht und ein Liebesdreieck. Alles falsch. »Wir dachten... alle dachten...«

»Richard hat Finch gesagt, es ging um einen Jungen. Das hat Finch uns gestern erzählt. Und wir haben es geglaubt, weil es passte.« Garrett zog seine Hand zurück und presste beide Handflächen flach auf den Tisch. »Mein Gott. Wir haben die ganze Zeit völlig falsch hingesehen.«

Sie saßen einen Moment mit dieser Erkenntnis da. Das Gewicht ihrer falschen Annahme und die Erkenntnis, dass Richard Cannon Finch diese Geschichte aufgetischt hatte, weil sie schlüssig klang. Ein tragischer Unfall, verursacht durch einen Teenagerstreit um einen Schwarm, war chaotisch, aber begreiflich, die Art von Tragödie, über die man den Kopf schütteln konnte. Die Wahrheit, dass Kirsty ihre beste Freundin kaltblütig ermordet hatte, um eine gestohlene Studienbewerbung zu schützen, war etwas Hässlicheres und schwerer zu Erklärendes.

»Starte es noch nicht neu«, sagte Garrett. »Lass uns die SMS durchsehen. Ich will die Beweise für das sehen, was Iris beschrieben hat.«

Zara navigierte zu den SMS-Protokollen. Der Gesprächsverlauf zwischen Iris und Kirsty war nicht schwer zu finden, aber schwer zu ertragen. Freundschaft, die sich in verzweifeltes Flehen und dann in etwas Hässlicheres verwandelte.

*30. September, 22:43 Uhr*

Kirsty: *Bitte. Ich flehe dich an. Tu mir das nicht an.*

Iris: *Ich tue dir gar nichts. Das hast du dir selbst angetan.*

Kirsty: *Du ruinierst mein Leben wegen irgendeines dummen Videos.*

Iris: *Für mich ist es nicht dumm. Es ist meine Arbeit. Meine Ideen. Meine Stimme.*

Kirsty: *Keiner wird es je erfahren. Die Bewerbungen gehen an verschiedene Unis.*

Iris: *Ich werde es wissen. Und du wirst es wissen. Das zählt.*

*2. Oktober, 02:15 Uhr*

Kirsty: *Ich kann nicht schlafen. Nicht essen. Du machst mich kaputt.*

Iris: *Du kannst das wieder gutmachen. Zieh deine Bewerbung zurück. Erstell deine eigene Arbeit. Ich helfe dir.*

Kirsty: *Ich kann nicht! Die Frist ist schon abgelaufen!*

Iris: *Dann hättest du daran denken sollen, bevor du mich bestohlen hast.*

Kirsty: *ICH HAB NICHT GESTOHLEN. ICH HAB MIR DEINE IDEEN NUR GELIEHEN.*

Iris: *Du hast mein Videomaterial genommen. Das ist Diebstahl, selbst wenn du deinen eigenen Text drübergelegt hast.*

*4. Oktober, 18:47 Uhr*

Kirsty: *Mein Vater weiß, dass was nicht stimmt. Er fragt ständig nach.*

Iris: *Sag ihm die Wahrheit.*

Kirsty: *Ich kann nicht. Er wird so enttäuscht sein. Er wird denken, ich bin eine Versagerin.*

Iris: *Du *bist* eine Versagerin, wenn du deine Zukunft auf Lügen baust.*

Kirsty: *Fick dich, Iris. Ernsthaft. Fick dich einfach.*

Die Nachrichten gingen weiter, Kirstys Ton schwankte zwischen flehend, wütend und drohend. Iris blieb besonnen, prinzipientreu, unbeeindruckt. Beim Lesen verstand Zara genau, warum Iris das Bedürfnis verspürt hatte, dieses Video aufzunehmen. Sie hatte geahnt, dass das auf etwas Schlimmes hinauslief.

»Öffne das Portfolio-Video«, sagte Garrett. Seine Stimme war angespannt.

Zara klickte auf »QCA_Final.mp4«, und der Mediaplayer füllte den Bildschirm. Das Material kam ihr sofort vertraut vor; sie hatte es auf der Festplatte gesehen, die Jane Goulding ihr gegeben hatte.

Aber der Kommentar war falsch.

Statt Iris' Stimme, die Themen von Identität und kultureller Verbundenheit erforschte, sprach Kirsty über die Bilder. Ihre Betonung war anders, ihre Interpretation konzentrierte sich auf Assimilation und Zugehörigkeit auf eine Weise, die sich hohl anfühlte, losgelöst vom eigentlichen Material.

»Das ist das, was Kirsty eingereicht hat«, sagte Zara. »Sie hat Iris' Material benutzt, aber ihren eigenen Kommentar aufgenommen.«

»Mein Gott.« Garrett rieb sich das Gesicht. »Sie hat nicht nur Ideen geklaut. Sie hat das tatsächliche künstlerische Schaffen genommen und die Seriennummern entfernt.«

Sie sahen sich die ganzen sechs Minuten an. Wunderschöne Kameraführung untergraben von Erzählungen, die bei jedem

Punkt das Ziel verfehlten. Kirsty sprach von Integration, wo Iris Dualität erforscht hatte, vom Sich-Einfügen, wo die Arbeit Unterschiedlichkeit feierte. Die Kluft zwischen Bildern und Worten war erschütternd.

Als es endete, kehrte Zara zu Iris' Video zurück.

»Ich habe meine Entscheidung getroffen. Ich werde Kirstys Plagiat beiden Universitäten melden. Ich habe alles andere versucht. Ich habe ihr angeboten, ihr bei origineller Arbeit zu helfen. Ich habe ihr mehrere Chancen gegeben, die Bewerbung selbst zurückzuziehen. Sie hat abgelehnt.« Iris schob ihre Brille die Nase hoch. »Ich weiß, dass dies unsere Freundschaft beenden wird. Ich weiß, dass es Probleme verursachen wird. Kirstys Vater sitzt im Gemeinderat, und unser Restaurant ist auf lokale Unterstützung angewiesen. Aber ich kann das nicht durchgehen lassen. Es geht nicht nur um meine Arbeit. Es geht um das, was richtig ist.«

Sie sah jung und verängstigt und absolut überzeugt aus.

»Ich treffe mich heute Abend nach der Arbeit mit Kirsty an der Fußgängerbrücke. Sie hat um eine letzte Chance gebeten, mich umzustimmen. Ich werde sie ihr geben. Eine letzte Chance, von sich aus das Richtige zu tun.« Eine Pause. »Aber wenn sie es nicht tut, reiche ich die Meldungen am Montag ein. Und falls mir etwas zustoßen sollte, falls dieses Video angesehen wird, weil ich nicht mehr da bin, um es selbst zu melden, dann müsst ihr wissen: Es war kein Unfall. Es gibt Kopien all dieser Dateien auf meinem Laptop. Alles ist dokumentiert. Kirsty Cannon hat meine Arbeit gestohlen, und als ich sie nicht damit durchkommen ließ, hat sie ...«

Iris brach ab. Schüttelte den Kopf.

»Nein. Ich bin paranoid. Kirsty würde mir nicht wirklich wehtun. Wir sind Freundinnen, seit wir klein sind. Sie hat nur Angst und ist verzweifelt. Wir werden reden, und sie wird es verstehen. Sie wird sehen, dass das Richtige zu tun wichtiger ist als...«

Das Video endete mitten im Satz.

Der Zeitstempel zeigte den 15. Oktober 2014, 17:17 Uhr. Nur wenige Stunden, bevor ihre Leiche im Bach gefunden wurde.

Keiner von ihnen rührte sich. Auf dem Bildschirm war Iris' Gesicht mitten im Wort eingefroren, jung, hoffnungsvoll und absolut im Irrtum darüber, was kommen würde.

Zara klickte auf den letzten SMS-Austausch.

*15. Oktober, 16:32 Uhr*

Kirsty: *Können wir uns heute Abend treffen?*

Iris: *Ich glaube nicht, dass weiteres Reden etwas ändern wird. Und heute Abend arbeite ich. Da ist eine Geburtstagsfeier gebucht, Mum braucht mich als Kellnerin.*

Kirsty: *Bitte. Du musst mich verstehen. Von Angesicht zu Angesicht. Triffst du mich an der Fußgängerbrücke, wenn du Feierabend machst?*

Iris: *Okay. 22 Uhr.*

Kirsty: *Danke. Ich verspreche dir, das wirst du nicht bereuen.*

Der Thread endete hier. Iris hatte ihr letztes Video nur Minuten später aufgenommen, und bis elf Uhr an diesem Abend lag Iris Zhang mit dem Gesicht nach unten in Salt Creek, unter Wasser gehalten, bis sie aufhörte zu atmen, ermordet von der Freundin, der sie genug vertraut hatte, um sie im Dunkeln allein zu treffen.

Zara klappte den Laptop zu. Der Bildschirm erlosch und der Raum schien um sie zu schrumpfen, nur noch der Schein der Nachttischlampe und das Summen der Klimaanlage und sie beide schweigend am Schreibtisch sitzend.

Sie wurde sich Garretts Atems bewusst. Rau. Unregelmäßig. Sie wandte sich ihm zu, sah sein Gesicht und schaute schnell wieder weg, weil Garrett Pennell weinte und es sich anfühlte wie etwas, das sie nicht sehen sollte. Nicht die stillen, stoischen Tränen eines Mannes, der Trauer zur Schau stellt, sondern die hässlichen, unwillkürlichen, sein Kiefer arbeitete, seine Augen rot, eine Hand fest über den Mund gepresst.

So hatte sie ihn noch nie gesehen. Sie vermutete, niemand hatte das.

Ihre eigenen Tränen kamen dann. Nicht anmutig. Das waren sie nie. Heiß und verschwommen, laufende Nase, die Art von Weinen, die sie sich zwölf fühlen ließ. Sie weinte um Iris, die so sehr versucht hatte, das Richtige zu tun und dafür getötet worden war. Um May und David Zhang, die elf Jahre ohne Wissen verbracht hatten. Um das Mädchen auf diesem Video, das so sicher war, ihre Freundin würde ihr nicht wirklich wehtun, das Beweise aufnahm, nur für den Fall, während es immer noch das Beste von jemandem glaubte, der es nicht verdiente.

Garrett machte ein raues Geräusch neben ihr. Sie griff nach ihm und er gleichzeitig nach ihr, und dann lag sie an seiner Brust und seine Arme schlossen sich um sie und lange Zeit sagte keiner etwas. Es gab nichts zu sagen. Sie hatten gerade zugesehen, wie ein siebzehnjähriges Mädchen sich selbst davon überredete, keine Angst zu haben, und sie kannten das Ende der Geschichte.

Als Zara sich schließlich zurückzog, war ihr Gesicht geschwollen und Garretts Hemd war dort nass, wo sie dagegengedrückt hatte. Er sah mitgenommen aus. Sie sah wahrscheinlich schlimmer aus.

»Es ging nicht um Vince Thorne«, sagte sie, dumm, weil ihr Gehirn sich um das klammerte, was es verarbeiten konnte. »Es ging nie um den Jungen.«

»Nein.« Garretts Stimme war heiser. Er räusperte sich. »Es ging um eine Studienbewerbung. Ein verdammtes Portfolio. Kirsty hat sie wegen eines *Plagiats* umgebracht.«

Die Banalität davon. Die Kleinlichkeit. Nicht Leidenschaft, nicht aus gebrochenem Herzen geborene Wut, sondern die verzweifelte Kalkulation eines Mädchens, das betrogen hatte, erwischt worden war und den Konsequenzen nicht ins Auge sehen konnte. Zara dachte, sie hätte das Liebesdreieck vielleicht vorgezogen. Das hatte wenigstens die Würde starker Gefühle. Das hier war bloß Feigheit.

»Iris hat ihr angeboten, ihr bei origineller Arbeit zu helfen«, sagte Zara. »Sie hat ihr jede Chance gegeben.«

Garrett stand auf und ging zum Fenster. Er stand mit dem Rücken zu ihr da, eine Hand auf dem Rahmen, blickte auf den Parkplatz hinaus. Sie ließ ihm das Schweigen. Nach einer Minute sagte er, ohne sich umzudrehen: »Ich habe ihre Leiche gefunden. Ich war fünfundzwanzig und zog sie aus fünfzehn Zentimetern Wasser und ich wusste, dass jemand sie untergedrückt hatte. Und seit elf Jahren trage ich das mit mir herum, und jetzt weiß ich, dass es wegen einer beschissenen Studienbewerbung war.«

Er drehte sich um. Sein Gesicht war jetzt hart, die Trauer noch da, aber zusammengepresst zu etwas Nützlicherem. »Wir haben alles. Die Sprachmemos. Die SMS. Das Video. Finchs Geständnis. Es reicht.«

»Mehr als genug.« Zara wischte sich mit dem Handrücken über das Gesicht. »Iris hat alles dokumentiert. Sie hat den Fall selbst aufgebaut. Wir mussten ihn nur noch finden.«

»Auf dem Laptop wäre das alles auch gewesen. Richard hat ihn wohl vernichtet, nachdem Finch ihn ihm gab. Sie dachten, sie hätten sie ausgelöscht.« Etwas veränderte sich in Garretts Ausdruck, ein Aufblitzen heftiger Genugtuung. »Aber sie haben nie ihr Handy gefunden.«

Zara dachte an das Handy, das elf Jahre lang unter der Fußgängerbrücke geklemmt hatte und wartete. An May Zhang, die jede Woche über diese Brücke ging, Blumen niederlegte, ohne zu wissen, dass die Beweise direkt unter ihren Füßen lagen.

»Was machen wir morgen?«, fragte sie, obwohl sie es bereits wusste.

»Zurückfahren. Das hier an die CCC schicken. Alles; Finchs Geständnis, die Handydaten, meine ursprünglichen Berichte. Sie sollen den Fall ordentlich aufbauen lassen.« Er zögerte. »Und dann reden wir mit Kirsty.«

»Vor oder nach der CCC?«

»Danach. Ich will das offiziell abgesichert haben, bevor sie weglaufen oder irgendwas vernichten kann.« Er setzte sich auf die Bettkante, sah plötzlich erschöpft aus. »Aber sie muss es wissen. Sie muss Iris' Stimme hören und wissen, dass es vorbei ist.«

Zara setzte sich neben ihn. Ihre Schultern berührten sich. Durch die dünnen Motelwände hörte sie einen Fernseher im Nebenraum, jemand lachte über etwas. Normales Leben, das hinter der Wand weiterging, während sie das Gewicht der letzten Worte eines toten Mädchens mit sich trugen.

»Wir sollten versuchen zu schlafen«, sagte sie, wohl wissend, dass keiner von beiden gut schlafen würde.

Garrett nickte. Er griff nach ihrer Hand und hielt sie fest, und sie saßen noch eine Weile so da, redeten nicht, atmeten nur, ließen die Ungeheuerlichkeit dessen, was sie gefunden hatten, zu etwas werden, das sie tragen konnten.

Morgen würden sie mit Iris' Stimme auf einem Laptop zwischen sich Richtung Norden fahren, und die Wahrheit, die elf Jahre lang begraben war, würde endlich, endlich das Licht der Welt erblicken.

# KAPITEL 18

DER LANDCRUISER BOG KURZ nach Mittag in Micks Garage ein. Zara stieg aus; ihr schlug der vertraute Geruch von Motoröl und Metall entgegen. Ihr Körper war steif von einer weiteren langen Fahrt. Sie waren früh in Nambour aufgebrochen, hatten in Bundaberg für einen schlechten Tankstellenkaffee angehalten und den Rest des Weges in fast völligem Schweigen zurückgelegt.

Mick kam aus der Werkstatt. Sein Blick wanderte zwischen ihnen hin und her und erfasste das, was Zara als offensichtliche Anzeichen einer harten Nacht vermutete: verquollene Augen, hohlwangige Gesichter und jene besondere Erschöpfung, die entsteht, wenn man sich völlig ausgeweint hat.

»Das Auto ist sauber«, sagte er und nickte in die Richtung, wo Zaras Limousine auf dem Parkplatz stand. »Ich bin alles zweimal durchgegangen. Bremsen, Lenkung, Kraftstoffleitungen, Elektrik. Es wurde nichts manipuliert.«

Erleichterung löste einen Knoten in Zaras Brust. »Danke. Wirklich.«

Mick händigte ihr die Schlüssel aus, doch sein Ausdruck blieb ernst. »In was auch immer ihr beiden da verwickelt seid, es hat jemanden so sehr nervös gemacht, dass er in Motelzimmer einbricht und Reifen aufschlitzt. Das ist kein Spaß.« Sein Blick blieb an Garrett hängen. »Du passt auf sie auf?«

»So gut ich kann«, erwiderte Garrett.

»Dann pass besser auf.« Micks Tonfall war nicht unfreundlich, nur direkt. »Salt Creek ist eine kleine Stadt. Gerüchte verbreiten sich. Die Leute merken, dass ihr zwei Zeit miteinander verbringt. Es scheint, als sei nicht jeder glücklich darüber.«

Zara dachte an die Fotos, die über ihr Motelbett verstreut gewesen waren, an das Messer, das durch ihr Gesicht gerammt worden war. »Wir sind vorsichtig.«

Mick nickte, wenig überzeugt. »Schon gut. Also. Der Wagen ist fahrbereit. Kostet nichts. Bringt mich bloß nicht dazu, es zu bereuen.«

Sie fuhren in getrennten Fahrzeugen zu Garretts Haus. Die Stadt wirkte in der Mittagssonne völlig gewöhnlich: Menschen gingen ihren Geschäften nach, im Baumarkt herrschte Betrieb, Kinder auf Fahrrädern standen vor dem Fish-and-Chips-Laden. Am Kreisverkehr in der Nähe der Schule stand ein weißer Pick-up von Cannon Developments mit laufendem Motor; ein bulliger Mann in einer Warnweste saß am Steuer. Er sah ihnen hinterher. Zara registrierte es und fuhr weiter.

In Garretts Haus war die Luft vom langen Geschlossensein stickig. Garrett ging umher und öffnete die Fenster, während Zara den Esstisch freiräumte und ihren Laptop und ihre Umhängetasche abstellte.

Den Nachmittag verbrachten sie damit, die Einreichung für die Kommission für Kriminalität und Korruption zusammenzustellen. Zuerst die Chronologie: September bis Oktober 2014, jedes Datum untermauert durch ein spezifisches Beweisstück. Dann die Vertuschung: Finchs Taten, die geänderten Berichte, die unterdrückten Zeugenaussagen, Garretts Versetzung. Schließlich die wiederhergestellten Telefondaten mit Devs Dokumentation des Wiederherstellungsprozesses. Jedes Teil wurde kommentiert, mit Querverweisen versehen und beschriftet.

Es war methodische, wenig glanzvolle Arbeit, und sie sprachen die meiste Zeit kaum. Gelegentlich las einer etwas laut vor oder hielt ein Dokument hoch, damit der andere es überprüfen konnte. Zara transkribierte Finchs Geständnis, während Garrett die physischen Beweise in Ordnern organisierte. Auf dem Tisch sammelten sich Tassen mit kaltem Kaffee.

Am späten Nachmittag hatten sie ein schlüssiges Paket zusammen. Es war solide genug, dass die Kommission für Kriminalität und Korruption keine andere Wahl haben würde, als die Ermittlungen aufzunehmen.

Garrett starrte mit angespanntem Kiefer auf die Unterlagen auf dem Tisch. »Ich hätte das schon vor elf Jahren tun sollen.«

»Du hast es versucht. Finch hat dich blockiert und dich versetzen lassen. Und du hattest das Telefon nicht.«

»Ich hätte es härter versuchen sollen.«

Zara widersprach ihm nicht. Es war keine Debatte, die eine hilfreiche Antwort lieferte, und Garrett suchte nicht nach Beruhigung. Sie ließ ihn mit seinen Gedanken allein.

Nach einem Moment atmete er aus und griff nach seinem Handy. »Ich rufe den Kontakt bei der Kommission an. Ich sage ihnen, dass wir bereit für die Einreichung sind.«

Während er in der Küche telefonierte, nahm Zara ihre Kamera und das Stativ mit auf die hintere Terrasse. Das Licht war hier draußen gut. Sie baute schnell auf, prüfte den Mikrofonpegel, setzte sich auf einen der Plastikstühle und drückte auf Aufnahme.

Sie hielt sich kurz. Eine wesentliche Entwicklung. Beweise wurden der QPS und der Kommission für Kriminalität und Korruption übergeben. Eine laufende Untersuchung, über die sie öffentlich nicht sprechen könne. Sie bat um Geduld, räumte ein, dass dies nicht die Art von Update sei, die ihr Publikum erwarte, und sagte ihnen, dass sie verstehen würden, warum sie verstummt sei, sobald die Geschichte in den Nachrichten erschiene.

Fast hätte sie an dieser Stelle aufgehört. Dann fügte sie hinzu: »Ich habe bei meiner letzten Untersuchung schwere Fehler gemacht. Einigen von Ihnen ist bekannt, was passiert ist. Ich werde diese Fehler nicht noch einmal machen, selbst wenn das bedeutet, Abonnenten zu verlieren. Iris Zhangs Familie und der Rechtsweg haben Vorrang. Der Content kommt an zweiter Stelle. Ich darf die Gerechtigkeit nicht für die Unterhaltung aufs Spiel setzen.«

Sie beendete die Aufnahme, spielte sie einmal ab und lud sie ohne Bearbeitung hoch. Kein Clickbait-Titel, kein dramatischer Rahmen. Nur eine sachliche Feststellung.

Garrett beobachtete sie vom Türrahmen aus, als sie sich umdrehte. »Das war gut«, sagte er.

»Es war notwendig.« Sie nahm die Kamera vom Stativ. »Die Hälfte meines Publikums wird denken, ich hätte mich verkauft.«

»Die andere Hälfte wird warten.«

»Hoffentlich. Wie lief es mit der Kommission?«

»Das Einreichungsportal ist offen. Ich lade heute Abend alles hoch. Innerhalb von achtundvierzig Stunden wird ein Ermittler zugewiesen.« Er lehnte sich mit verschränkten Armen gegen den Türrahmen. »Das bedeutet, wir haben ein kurzes Zeitfenster, bevor die Sache offiziell wird und alles über sie laufen muss.«

»Kirsty.«

»Kirsty«, stimmte er zu. »Morgen früh. Bevor die Kommission übernimmt.«

Zara nickte. Dann sprach sie das aus, was sie den ganzen Nachmittag beschäftigt hatte. »Ich muss es den Zhangs sagen.«

Garretts Gesichtsausdruck veränderte sich. Keine Überraschung; er hatte wahrscheinlich geahnt, dass das kommen würde. »Zara. Nein.«

»Ich habe es May versprochen. Ich habe ihr versprochen, ihr zu sagen, was auf diesem Telefon ist.«

»Und das wirst du auch. Aber es ist ein Beweismittel in einer Sache, die bald eine Mordermittlung sein wird. Du kannst ihnen den Inhalt nicht zeigen, bevor die Kommission ihn hat.«

»Ich rede nicht davon, ihnen alles zu zeigen. Ich rede davon, ihnen zu sagen, dass Daten wiederhergestellt wurden und dass ihre Tochter Gerechtigkeit erfahren wird.«

»Und wenn May darum bittet, das Video zu sehen? Die Textnachrichten? Wirst du dann Nein sagen?«

Zara zögerte, denn er hatte recht. May würde fragen. May würde drängen. Und Zara war sich nicht sicher, ob sie Iris' Mutter in die Augen sehen und es ihr verweigern konnte.

»Die Beweismittelkette ist ohnehin schon fragil«, fuhr Garrett fort; seine Stimme klang vorsichtig, so wie immer, wenn er versuchte, nicht wie ein Polizist zu klingen. »Du hast das Telefon gefunden und es Dev gegeben statt der Polizei. Ich verstehe, warum. Devs Dokumentation wird helfen. Aber jeder Verteidiger wird darauf herumreiten. Wenn wir jetzt noch hinzufügen, dass wir der Familie des Opfers vor der offiziellen Einreichung die Beweise gezeigt haben, liefern wir Kirstys Anwalt Munition frei Haus.«

»Ich werde ihnen die Beweise nicht zeigen.«

»Vielleicht kannst du gar nicht anders. Nicht, wenn du May Zhang gegenüber sitzt und sie dich fragt, was ihre Tochter gesagt hat.«

»Ich habe zwölf Jahre lang Interviews mit trauernden Familien geführt. Ich weiß, wie man Grenzen setzt.«

»Das hier ist kein Interview. Diese Leute liegen dir am Herzen. Das ist etwas anderes.«

Es schmerzte, weil es wahr war. Sie hatte an ihrem Tisch gegessen, ihren Tee getrunken, ihr Vertrauen angenommen. Sie hatte gefunden, worauf sie elf Jahre lang gewartet hatten.

»Genau deshalb kann ich sie nicht im Dunkeln lassen«, sagte sie. »Sie wurden von der Polizei belogen, vom Gerichtsmediziner, von ihrer eigenen Gemeinde. Wenn ich hierauf sitzen bleibe, bis der bürokratische Prozess in die Gänge kommt, bin ich nicht besser als Finch.«

»Das ist nicht fair.«

»Nein, aber so wird May es sehen.«

Stille lastete zwischen ihnen. Draußen stimmte ein Kookaburra in einem der Eukalyptusbäume sein manisches Lachen an, das den Garten erfüllte, bevor es jäh abbrach.

»Inwiefern unterscheidet es sich von Finch, der vor elf Jahren Informationen unterschlagen hat, wenn ich jetzt Informationen zurückhalte, auf die die Zhangs ein Recht haben?« Sie hielt ihre Stimme ruhig. »Du willst, dass ich warte, dass ich dem System vertraue. Aber das System hat Iris im Stich gelassen. Das System hat zugelassen, dass Richard Cannon das hier begräbt.«

Etwas Scharfes huschte über Garretts Gesicht. Er ging in die Küche, füllte ein Glas am Wasserhahn und trank die Hälfte aus, bevor er sprach. »Du hast recht. Das System hat sie im Stich gelassen.« Seine Stimme war leise. »Und ich war Teil dieses Systems.«

Zara spürte, wie die Wut von ihr abfiel. »So habe ich das nicht gemeint.«

»Aber es ist wahr.« Er stellte das Glas ab. »Ich habe ihre Leiche gefunden. Ich habe die Hämatome dokumentiert. Ich habe Bedenken angemeldet und wurde mundtot gemacht, und dann habe ich mich versetzen lassen. Vielleicht steht es mir also nicht zu, von dir zu verlangen, dem System zu vertrauen.«

Sie trat zu ihm. »Du hast versucht, es wiedergutzumachen. Das ist nicht dasselbe und das weißt du.«

Er sah ihr in die Augen. »Was, wenn du ihnen sagst, dass das Telefon sichergestellt und Daten gefunden wurden, aber erklärst, dass du den tatsächlichen Inhalt *nicht* teilen kannst, bevor wir eingereicht haben? Schieb es auf mich, schieb es auf das polizeiliche Verfahren. Das würde May verstehen, denke ich.«

»Eine allgemeine Offenlegung ohne Details, meinst du?«

»Sie wüssten, dass ihre Tochter ermordet wurde. Sie wüssten, dass die Gerechtigkeit naht. Aber wir würden nicht riskieren, dass sie etwas tun, was den Fall gefährdet.«

Es war der Kompromiss, auf den sie hingearbeitet hatte, ohne es zu wissen. »Das bekomme ich hin. Nichts über das Plagiat, nichts über Kirsty im Speziellen, nichts über Finch.«

»Nur, dass das Telefon sichergestellt wurde. Dass es Beweise enthielt. Dass wir bei der Kommission für Kriminalität und Korruption einreichen und der Fall neu aufgerollt wird.« Er hielt inne. »Und wenn May mehr wissen will?«

»Dann sage ich ihr, dass weitere Informationen die Strafverfolgung gefährden könnten. Dass ich sie bitten muss, mir noch ein letztes Mal zu vertrauen.« Zara hörte sich selbst verhandeln, einen Mittelweg suchend, so wie sie es seit Childers getan hatten. »May wartet seit elf Jahren. Sie wird noch ein wenig länger warten, wenn es bedeutet, Gerechtigkeit zu bekommen.«

Garrett nickte langsam. Er legte ihr seine Hand auf die Schulter, warm und fest. »Es tut mir leid, dass ich es so klingen ließ, als würdest du nicht verstehen, was auf dem Spiel steht.«

»Und mir tut es leid, dass ich dich mit Finch verglichen habe.«

Sie standen einen Moment lang so da, während die Anspannung aus dem Raum wich. Hinter ihnen bedeckten die Beweise immer noch den Esstisch und warteten auf ihre Einreichung.

»Ich sollte heute Abend noch hinfahren«, sagte Zara. »Die Golden Horse hat noch offen. Ich gehe allein; für May wird es einfacher sein, wenn nur ich da bin.«

»Und ich muss zur Wache. Drinan hat meine Schichten übernommen; ich sollte mich kurz melden, mich blicken lassen.« Er nahm seine Schlüssel von der Anrichte. »Ich setze dich ab und fahre weiter zur Wache. Du kannst dein Auto von dort nehmen, wenn du fertig bist.«

»Ich fahre selbst. Mick hat grünes Licht für den Wagen gegeben.«

Etwas huschte über sein Gesicht, vielleicht der Widerwillen, sie aus den Augen zu lassen, aber dann nickte er. »Schreib mir, wenn du wieder zurück bist.«

»Mach ich. Ich bringe chinesisches Essen für heute Abend mit.«

Er küsste sie im Flur, kurz und fest, die Hand in ihrem Nacken. Dann war er zur Tür hinaus, die Marke an den Gürtel geklemmt, und glitt mit der Leichtigkeit langer Übung zurück in die Rolle von Kriminalhauptkommissar Pennell. Sie hörte, wie der LandCruiser wegfuhr, und stand einen Moment lang in dem stillen Haus, betrachtete den mit Beweisen bedeckten Tisch, die elf Jahre vergrabene Wahrheit, die nun in ordentlichen Mappen für die Leute bereitlag, die endlich danach handeln konnten.

Dann griff sie nach ihren Schlüsseln und machte sich auf den Weg, um May Zhang zu sagen, dass die Stimme ihrer Tochter gefunden worden war.

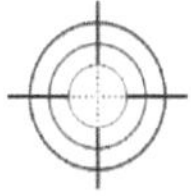

Die Fahrt zur Golden Horse dauerte acht Minuten. Zara verbrachte sie damit, Worte zurechtzulegen, die sich nicht richtig anfühlen wollten, die Hände fest am Lenkrad, die Augen zusammengekniffen gegen die tiefstehende Nachmittagssonne, die schräg durch die Windschutzscheibe fiel. Sie hatte trauernden Familien schon früher schwierige Wahrheiten überbracht, war Eltern gegenübergesessen, deren Kinder ermordet worden waren, hatte Informationen geliefert, die alles veränderten, während die Kameras liefen. Aber das hier fühlte sich anders an. May und David Zhang hatten ihr das Andenken an ihre Tochter anvertraut, hatten sie an ihrer Trauer teilhaben lassen, als die gesamte Stadt schon längst zur Tagesordnung übergegangen war. Was sie ihnen gleich sagen würde, würde elf Jahre des Nichtwissens aufbrechen, und sie musste es genau richtig formulieren.

Der Parkplatz des Restaurants war halb voll, das Abendgeschäft begann gerade erst. Durch die Frontfenster konnte sie das vertraute rot-goldene Dekor sehen, die ordentlichen Tische mit den weißen Decken, einen jungen backpacker, der mit Speisekarten zwischen ihnen umherlief.

Zara drückte die Eingangstür auf. May stand hinter dem Tresen und nahm eine telefonische Bestellung entgegen, blickte jedoch sofort auf. Ihre Augen trafen sich und etwas ging zwischen ihnen vor, ein Erkennen vielleicht, oder die Art, wie May gelernt hatte, schlechte Nachrichten an der Haltung der Schultern abzulesen. Sie beendete ihr Gespräch und legte den Hörer auf.

»Zara.« Keine Frage, nur eine Feststellung. Mays Hände lagen ganz still auf dem Tresen.

»Gibt es einen Ort, an dem wir reden können? Du und David zusammen.«

May nickte einmal und ging zur Küchentür. »David. Würdest du kurz rauskommen?«

Er erschien im Türrahmen und wischte sich die Hände an seiner Schürze ab, der Gesichtsausdruck bereits abwartend. Er sah Zara an, dann seine Frau, und sein Kiefer spannte sich an.

»Im Büro«, sagte May leise.

Das Büro war ein kleiner Raum im hinteren Bereich des Restaurants, kaum groß genug für den Schreibtisch, den Aktenschrank und drei gegen die Wände gequetschte Stühle. Es roch nach Sojasauce und Papier; das Neonlicht wirkte grell nach der sanfteren Wärme des Gastraums. May schloss die Tür hinter ihnen. Die Geräusche des Restaurants – Gespräche, Besteckgeklapper, das Zischen des Woks – wurden gedämpft.

Zara wartete, bis sie beide Platz genommen hatten, bevor sie sich selbst setzte. Davids Hände waren zwischen seinen Knien verschränkt, sein Körper war leicht zu May geneigt. Sie saß kerzengerade da, ihr Gesicht gefasst, doch ihre Augen füllten sich bereits.

»Meinem Freund ist es gelungen, die Daten von Iris' Telefon zu kopieren«, sagte Zara. Ohne Umschweife. Sie hatten zu lange gewartet, als dass sie Zeit mit einer Einleitung verschwenden wollte. »Es waren viele Informationen darauf. Textnachrichten. Sprachaufnahmen. Video. Beweise dafür, was in der Nacht ihres Todes passiert ist.«

Mays Atem stockte. David erstarrte völlig.

»Beweise«, wiederholte David. Seine Stimme war flach, aber seine Hände hatten begonnen zu zittern. »Du meinst Belege. Dass jemand sie getötet hat.«

»Dass jemand ein sehr starkes Motiv hatte, es zu tun. Ja.«

Das Wort stand wie etwas Solides im kleinen Raum. May stieß ein Geräusch aus, halb Schluchzen, halb Keuchen, und hielt sich beide Hände vor den Mund. David griff automatisch nach ihr, legte seinen Arm um ihre Schultern, doch seine Augen ließen Zaras Gesicht nicht los.

»Wer«, sagte er. Keine Frage. Eine Forderung.

»Das kann ich Ihnen noch nicht sagen. Die Beweise werden heute Abend bei der Kommission für Kriminalität und Korruption eingereicht. Es wird eine offizielle Untersuchung geben. Sobald diese angelaufen ist …«

»Wer hat *meine Tochter* getötet?«, brach es aus David hervor. »Du sitzt hier in meinem Büro und erzählst mir, dass du weißt, wer Iris ermordet hat, und willst den Namen nicht nennen?«

Zara hielt seinem Blick stand, ließ ihn sehen, dass sie seinen Zorn verstand, dass sie ihn ertragen würde. »Ich sage es Ihnen, weil ich es versprochen habe. Aber wenn ich jetzt einen Namen nenne, bevor das juristische Verfahren beginnt, könnte ich den gesamten Fall gefährden. Ich brauche Ihr Vertrauen. Nur noch ein kleines bisschen länger.«

»Wie viel länger?« Mays Stimme klang gedämpft hinter ihren Händen.

»Tage, höchstens. Es ist eine Mordermittlung, und die Kommission arbeitet schnell, wenn sie solche Beweise hat.«

David stand auf, sein Stuhl scharrte über den Boden. Er ging zum Aktenschrank und presste beide Handflächen flach darauf, den Rücken zu ihnen gekehrt.

»David«, sagte May sanft.

»Ich kann nicht.« Er drehte sich nicht um. »Ich kann das nicht hören. Noch nicht. Nicht so.«

May sah Zara an, ihre Augen waren feucht, aber ihr Ausdruck blieb fest. »Er braucht Zeit. Um sich darauf vorzubereiten.«

»Ich verstehe.«

»Aber ich brauche keine Zeit.« May nahm die Hände vom Gesicht und legte sie in den Schoß. »Was auch immer auf diesem Telefon ist, ich will es wissen. Ich will es sehen.«

Zara hatte gewusst, dass das kommen würde. Sie hatte sich darauf vorbereitet, hatte die Grenzziehung mit Garrett geübt. Doch als sie in Mays Gesicht blickte, in elf Jahre der Trauer, die nach dem Einzigen verlangten, was Sinn ergeben könnte, blieben ihr die Worte im Hals stecken.

»Das werden Sie«, sagte sie schließlich. »Ich verspreche es Ihnen. Aber noch nicht. Die Beweise müssen ordnungsgemäß verarbeitet werden. Beweismittelkette, forensische Überprüfung, all die verfahrenstechnischen Dinge, damit sie vor Gericht standhalten. Wenn ich es Ihnen jetzt zeige ...«

»... könntest du den Fall gefährden.« May beendete den Satz, ihre Stimme klang müde. »Ich weiß. Ich verstehe rechtliche Abläufe, Zara. Ich hatte elf Jahre Zeit, sie zu lernen.«

»Es tut mir leid.«

»Muss es nicht.« May wischte sich mit dem Handrücken über die Augen. »Sie haben getan, was sonst niemand tun wollte. Sie haben uns geglaubt, als alle anderen sagten, wir sollten es auf sich beruhen lassen.« Sie reichte über den Schreibtisch und nahm Zaras Hand in beide Hände. Ihre Handflächen waren warm, schwielig von jahrelanger Küchenarbeit. »Danke. Dass Sie Ihr Versprechen gehalten haben.«

David hatte sich nicht vom Aktenschrank wegbewegt. Zara konnte sein Spiegelbild im kleinen Fenster sehen, sein Gesicht war der Scheibe zugewandt.

»Ich muss morgen etwas klären«, sagte Zara vorsichtig, während sie Mays Hände noch immer hielt. »Danach komme ich zurück. Ich werde Ihnen alles sagen, was ich kann. Und wenn die Kommission die Freigabe gibt, werden Sie Iris' Stimme hören und ihr Gesicht sehen. Sie hat Aufnahmen hinterlassen, Audio und Video. Sie hat dokumentiert, was mit ihr geschah.«

Mays Griff wurde fester, ihre Augen schlossen sich kurz. Als sie sie wieder öffnete, waren sie klar. »Sie wusste, dass sie in Gefahr war.«

»Ja.«

»Und sie hat versucht, sich zu schützen.«

»Sie hat alles richtig gemacht«, sagte Zara und meinte es so. »Sie war tapfer und klug und sie hat versucht, das Richtige zu tun. Was ihr passiert ist, war nicht ihre Schuld.«

Etwas in Mays Gesicht brach auf und fügte sich neu zusammen. Sie nickte einmal, ließ Zaras Hände los und stand auf. »Ich mache Ihre Bestellung fertig. Was möchten Sie?«

Der Umschwung war abrupt, Mays Rückzug in das vertraute Terrain der Gastfreundschaft, aber Zara verstand es. Manche Trauer war zu groß, um lange darin zu verweilen.

»Was auch immer gut ist«, sagte Zara. »Genug für zwei.«

»Für Sie und den Ermittler.« Mays Mundwinkel zuckten leicht, kein echtes Lächeln, aber nahe dran. »Er ist ein guter Mann. Stur, aber gut.«

»Das ist er.«

»Und Sie kommen morgen wieder. Nachdem Sie erledigt haben, was Sie erledigen müssen.«

Die Formulierung hatte Gewicht, ein Eingeständnis dessen, was Zara nicht ausgesprochen hatte. May wusste es. Natürlich wusste sie es. Sie hatte elf Jahre damit verbracht, dabei zuzusehen, wie die Stadt sich selbst schützte.

»Ja«, bestätigte Zara. »Ich verspreche es.«

May ging zur Tür und hielt mit der Hand am Griff inne. »Wer auch immer es ist«, sagte sie leise, ohne sich umzudrehen, »ich hoffe, sie haben Angst.«

Dann war sie weg, die Tür schloss sich leise hinter ihr. David blieb am Aktenschrank, den Rücken immer noch zugewandt. Zara saß auf dem Stuhl und ließ ihm Raum.

Nach einem langen Moment sprach er, ohne sich umzudrehen. »Ist es jemand, den wir kennen?«

Zara zögerte, entschied dann aber, dass er zumindest das verdient hatte. »Ja.«

Seine Schultern sackten ab, der letzte Rest seiner Hoffnung schwand, dass es ein Fremder gewesen sein könnte, jemand auf der Durchreise, irgendjemand außer einer Person, die ihnen elf Jahre lang ins Gesicht gelächelt hatte. »Verstehe«, sagte er. Nur das. Dann: »Sie sollten gehen. May macht Ihr Essen fertig.«

Zara stand auf und ging zur Tür. An der Schwelle blickte sie zurück. David hatte sich endlich vom Aktenschrank abgewandt. Sein Gesicht war grau; innerhalb von fünfzehn Minuten war er um ein Jahrzehnt gealtert.

»Danke«, sagte er. »Dass Sie nicht aufgegeben haben. Dass Sie nicht zugelassen haben, dass unsere Tochter vergessen wird.«

»Sie wurde nie vergessen«, erwiderte Zara. »Nicht von Ihnen, nicht von May. Und nicht von Garrett. Er hat sie elf Jahre lang mit sich herumgetragen.«

Etwas veränderte sich in Davids Ausdruck. Keine wirkliche Erweichung, aber ein Anerkennen. Er nickte einmal.

Zara ließ ihn dort zurück und ging durch das Restaurant. May stand am Tresen und packte Behälter in eine Plastiktüte. Sie reichte sie ihr herüber, ohne Zara in die Augen zu sehen.

»Morgen«, sagte May erneut.

»Morgen«, versprach Zara.

# KAPITEL 19

DIE ABENDLUFT WAR KÜHLER geworden, die Sonne fast untergegangen und der Himmel von pinkfarbenen und orangefarbenen Streifen durchzogen. Zara stellte die Tüte mit dem Essen auf den Beifahrersitz, startete den Wagen und blieb noch einen Moment sitzen, während sie die leuchtenden Fenster der Golden Horse betrachtete. Drinnen kehrte May an die Arbeit zurück, David vermutlich ebenso. Sie würden Essen servieren, mit Kunden plaudern, das Restaurant abschließen und nach Hause fahren, in das Haus, in dem das Zimmer ihrer Tochter wahrscheinlich immer noch Spuren des Mädchens enthielt, das Iris einmal war. Und morgen, nachdem Zara und Garrett Kirsty zur Rede gestellt hatten, würden sie endlich erfahren, wer ihnen diese elf Jahre gestohlen hatte.

Das Gespräch mit May und David lag ihr schwer auf der Brust. Davids abgewandter Rücken, Mays stille Stärke, die elf Jahre der Ungewissheit, die nun endlich aufbrachen.

Regentropfen klatschten gegen die Windschutzscheibe, als sie aus dem Parkplatz fuhr, was sie überraschte. Sie drehte den Kopf und sah, wie sich im Westen Wolken auftürmten – jene eigentümliche, bläulich-violette Farbe, die ein ordentliches Unwetter versprach. Die Tüte mit dem Essen stand auf dem Beifahrersitz;

der Duft von gebratenem Knoblauch stieg daraus empor und ließ Zara zum ersten Mal seit gefühlten Tagen Hunger verspüren.

Morgen würden sie Kirsty konfrontieren. Morgen würde alles zusammenbrechen. Heute Abend musste sie nur zurück zu Garretts Haus gelangen, essen und schlafen, sofern ihr das gelang.

Ihr Handy leuchtete auf der Mittelkonsole auf, das Vibrieren klang laut in dem stillen Auto. Sie warf beim nächsten Stoppschild einen Blick darauf, sah Jane Gouldings Namen und fuhr am Straßenrand vor dem Baumarkt rechts ran. Während der Motor im Leerlauf vor sich hin tuckterte, nahm sie das Handy zur Hand.

*Zara, ich habe in meinen alten Unterrichtsunterlagen etwas gefunden, das du unbedingt sehen musst. Es geht um Iris und einen anderen Schüler. Kannst du mich an der Fußgängerbrücke treffen? Ich bin schon hier. Es ist dringend.*

Zara las es zweimal. Jane war die ganze Zeit über zuverlässig gewesen, hatte Erinnerungen und Erkenntnisse mit ihr geteilt, die sonst niemand preisgegeben hätte, ebenso wie das Video aus Iris' Portfolio, das Kirsty als Plagiat übernommen hatte – ein entscheidendes Beweisstück. Wenn sie sagte, etwas sei dringend, dann meinte sie es auch so. Aber die Fußgängerbrücke. Nachts. Während ein Sturm aufzog.

Sie tippte zurück: *Kann es bis morgen warten? Oder soll ich zu dir nach Hause kommen?*

Die Antwort kam prompt. *Ich bin bereits hier. Bitte komm jetzt, ich bin nicht sicher, ob ich morgen mutig genug sein werde, es dir zu zeigen.*

Zara starrte stirnrunzelnd auf den Bildschirm. Der letzte Satz wirkte seltsam. Jane Goulding war vieles, aber sicher nicht zaghaft. Andererseits war sie siebzig, und es ging um eine ehemalige Schülerin, die ermordet worden war. Vielleicht hatte sie Schuldgefühle mit sich herumgetragen, weil sie sich nicht früher gemeldet hatte.

Sie simste Garrett: *Mache einen kurzen Zwischenstopp, um Jane Goulding zu treffen. Sie hat etwas über Iris gefunden. Bin auf dem Weg dorthin.*

Sie wartete einen Moment. Keine Antwort. Er war vermutlich noch auf der Wache.

Sie fädelte sich wieder in den Verkehr ein und bog Richtung Park ab. Die Tüte mit dem Essen rutschte über den Beifahrersitz, als sie um die Kurve fuhr. Das letzte Tageslicht wich vom Himmel, der Regen fiel nun stetig, und im Westen ballten sich die Sturmwolken immer dichter zusammen, während gelegentlich Blitze zuckten.

Der Parkplatz am Parkeingang war leer. Überhaupt keine anderen Fahrzeuge. Nur die dunklen Silhouetten der Spielgeräte hinter dem Zaun, der Wanderweg, der hinunter zum Bach und zur Fußgängerbrücke über die Schlucht führte. Zara bog in eine Lücke nahe dem Taleingang ein und stellte den Motor ab.

Dass der Parkplatz leer war, beunruhigte sie nicht. Janes Häuschen lag am Rand der Schlucht; sie wäre nicht mit dem Auto gefahren. Sie würde vom anderen Ende des Parks zu Fuß gekommen sein.

Regen trommelte auf das Dach. Durch die Windschutzscheibe sah sie, wie der Pfad in den dunkleren Schatten unter den Bäumen verschwand. Die Parkbeleuchtung sollte eigentlich bei der Dämmerung angehen, aber die Hälfte der Lampen schien defekt zu sein, was Lichtinseln inmitten tiefer Dunkelheit hinterließ.

Ihr Handy vibrierte. Garrett: *Wo genau? Ich komme nach.*

*An der Fußgängerbrücke*, tippte sie zurück. *Ist wahrscheinlich nichts Wichtiges. Bin in zwanzig Minuten zurück.*

Sofort ein weiteres Vibrieren.

Jane: *Ich bin an der Brücke. Kannst du mich sehen?*

Zara spähte durch den Regen. Der Weg bog hangabwärts zur Schlucht ab, die Eukalyptusbäume standen beidseitig dicht an dicht. Von hier aus konnte sie die Fußgängerbrücke nicht sehen, eigentlich gar nichts außer den ersten paar Metern des Pfades. Sie simste zurück: *Gerade angekommen. Komme jetzt runter.*

Sie schnappte sich ihr Handy und den Schlüssel, die Tüte mit dem Essen ließ sie liegen. Was auch immer Jane gefunden hatte, war wichtiger als das Abendessen.

Der Regen traf sie in dem Moment, als sie die Autotür öffnete – kälter als erwartet und gepeitscht von einem Wind, der stetig zunahm. Sie schloss den Wagen ab und eilte zum Pfad, wobei sie die Schultern gegen das Wetter hochzog. Ihre Stiefel fanden Halt auf dem Beton, dessen Oberfläche bereits glatt von Regen und herabgefallenem Laub war.

Der Pfad führte hinab in tiefere Dunkelheit; die funktionierenden Lampen standen zu weit auseinander, um mehr zu tun, als den Weg mit pfützenartigen Kreisen aus Natriumorange zu markieren. Der Regen peitschte nun heftiger, seitwärts getrieben vom Wind, der Blätter von den Eukalyptusbäumen riss und sie über den Beton wirbeln ließ. Zara hielt den Kopf gesenkt, ihre Stiefel suchten festen Tritt auf dem glitschigen Untergrund; eine Hand hielt in der Tasche ihr Handy umschlossen, die andere strich sich nasses Haar aus dem Gesicht. Die Spielgeräte verblassten hinter ihr, verschluckt von Bäumen, dem Wetter und dem letzten Rest der Dämmerung.

Die Temperatur war spürbar gesunken. Ihr Atem bildete Nebelwölkchen, die sich mit dem Regen vermischten. Sie hatte ihre Jacke im Auto gelassen; sie hatte nicht geglaubt, dass sie lange genug hier draußen sein würde, um sie zu brauchen. Zwölf Jahre Außeneinsatz im Journalismus, und sie beging immer noch Anfängerfehler, wenn sie abgelenkt war.

Der Weg beschrieb eine Linkskurve und folgte den Konturen des Geländes hinunter zum Bach. Sie passierte den Abzweig zu dem steilen Pfad, den sie am ersten Tag zum Bach hinuntergenommen hatte. Durch die Bäume zu ihrer Rechten konnte sie die vagen Umrisse von Häusern erkennen, deren Fenster warm leuchteten. Zu ihrer Linken fiel das Gelände steiler ab, das einheimische Gestrüpp war dicht und finster. Irgendwo dort unten lag die Schlucht, über die sich die Fußgängerbrücke spannte. Noch konnte sie sie nicht sehen.

Ihr Handy vibrierte. Sie blieb unter einer der funktionierenden Lampen stehen, um nachzusehen, während der Regen auf ihre Schultern trommelte.

Garrett: *Verlasse gerade die Wache. Wo an der Fußgängerbrücke genau?*

Mit klammen Fingern tippte sie: *Gehe gerade den Pfad vom Hauptparkplatz runter. Wahrscheinlich noch fünf Minuten. Jane ist schon da.*

Sie drückte auf Senden und fügte hinzu: *Treffe sie wohl auf der Brücke. Melde mich, wenn wir fertig sind.*

Die Antwort kam prompt: *Pass auf dich auf. Der Sturm wird schlimmer.*

Zara steckte das Handy ein und ging weiter. Aufpassen. Das tat sie ja. Das hier war Jane Goulding, eine siebzigjährige pensionierte Lehrerin, die in einem Häuschen mit Blick auf den Bach wohnte und preisgekrönte Rosen züchtete. Nicht gerade eine Bedrohung.

Nur dass der Park leer war, die Lampen zur Hälfte ausgefallen waren und Jane gesagt hatte, sie wäre morgen vielleicht nicht mehr mutig genug, das Gefundene zu teilen. Diese Formulierung fühlte sich falsch an. Jane war nicht der Typ, der die Nerven verlor.

Zaras journalistischer Instinkt regte sich – derselbe Instinkt, der sie in feindseligen Umgebungen beschützt und sie gelehrt hatte, wann sie bohren und wann sie sich zurückziehen musste. Sie ignorierte ihn. Sie steigerte sich da in etwas hinein. Paranoia, hervorgerufen durch Einbrüche, aufgeschlitzte Reifen und Messer, die durch Fotos gerammt worden waren. Jane war harmlos. Alles war gut.

Ihr Handy vibrierte erneut. Sie holte es heraus und erwartete Garrett. Es war eine YouTube-Benachrichtigung: *Neuer Kommentar zu deinem neuesten Video.*

Sie tippte instinktiv darauf. Das Analytics-Dashboard lud: 847 neue Abonnenten seit dem Upload am Nachmittag. Die Aufrufzahlen stiegen stetig. Die Zuschauerbindungskurve zeigte, dass die meisten Zuschauer bis zum Ende dranblieben.

Die obersten Kommentare waren gemischt:

*Endlich mal wieder Integrität nach dem Little Girls Lost-Debakel.*

*Abo beendet. Du nutzt das nur aus, um Aufmerksamkeit zu generieren.*

*Danke, dass dir Gerechtigkeit wichtiger ist als Unterhaltung.*

*Klingt, als hättest du eigentlich gar nichts in der Hand und würdest nur Zeit schinden.*

Sie scrollte mit kalten, nassen Fingern durch die Nachrichten, ohne sie richtig zu lesen, sondern überflog nur die allgemeine Stimmung. Gemischt, mit einer leicht positiven Tendenz. Könnte schlimmer sein. Der „Go Live"-Button oben auf dem Bildschirm pulsierte sanft, wie er es immer tat. Sie stolperte über eine Unebenheit im Weg und schob das Handy zurück in die Tasche. YouTube konnte warten.

Durch die Bäume erhaschte sie einen Blick auf die Fußgängerbrücke. Dunkles Holz gegen einen noch dunkleren Himmel, im schwindenden Licht kaum auszumachen. Von Jane war noch nichts zu sehen, aber der Winkel war ungünstig. Wenn sie näher dran war, würde sie mehr sehen.

Ein Blitz zuckte im Westen auf und erhellte die Wolken von innen heraus. Der Donner folgte wenige Sekunden später, tief und grollend. Der Sturm zog nun richtig auf. Sie mussten das hier schnell hinter sich bringen.

Zara beschleunigte ihren Schritt, ihre Stiefel platschten durch Pfützen, die sich in den Senken des Weges bildeten. Ihr Hemd war völlig durchnässt und klebte ihr am Rücken. Kaltes Wasser lief ihr in den Nacken. Sie würde wie eine begossene Pudel aussehen, wenn sie zurück in Garretts Haus kam. Wahrscheinlich würde er sie zwingen, sich in der Waschküche auszuziehen, bevor sie Wasser durch den Rest der Wohnung schleppen durfte.

Der Gedanke löste eine unerwartete Wärme aus. Häusliche Fürsorge. Die Art von kleiner Vertrautheit, die sich zwischen ihnen entwickelt hatte, ohne dass es einer von beiden so recht bemerkt hatte. Vor drei Tagen hatte sie noch in einem Motel übernachtet; jetzt hatte sie Schubladen in seiner Kommode und ihr Shampoo in seiner Dusche.

Der Pfad weitete sich. Die Fußgängerbrücke lag vor ihr, vielleicht zwanzig Meter entfernt, und spannte sich über den dunklen Abgrund der Schlucht. Der Bach rauschte darunter, angeschwollen vom Regen, auch wenn sie wusste, dass der Pegel nach dem Sturm schnell wieder sinken würde. Auf der gegenüberliegenden Seite setzte sich der Pfad fort und führte hinauf zu den Wohnstraßen, wo Janes Häuschen mit Blick auf all das stand.

Eine Gestalt stand als Silhouette gegen das spärliche Restlicht am Himmel am Geländer. Eine Kapuzenjacke machte es unmöglich, auf diese Distanz Gesichtszüge zu erkennen.

Zaras Hand in ihrer Tasche schloss sich fester um das Handy. Irgendetwas stimmte nicht. Die Art, wie die Gestalt dastand – zu unbeweglich. Das völlige Fehlen anderer Menschen im Park.

Schon wieder diese Paranoia. Das musste es sein. Jane hatte ihr gesimst, wartete wie vereinbart auf der Brücke. Und warum sollte sonst jemand bei diesem Sturm hier draußen sein?

Zara trat auf die nassen Holzplanken; die Konstruktion fühlte sich trotz ihres Alters solide unter ihren Füßen an. Ihre Stiefel verursachten hohle Geräusche auf den verwitterten Brettern.

»Jane?« Ihre Stimme hallte über den Abgrund.

Die Gestalt drehte sich um.

Es war nicht Jane. Das Gesicht, das sich ihr im schwindenden Licht zuwandte, gehörte Kirsty Cannon – das blonde Haar war dunkler vom Regen, die Mienen starr in einem Ausdruck, der fast wie Mitgefühl hätte wirken können, wären ihre Augen nicht so ausdruckslos gewesen. Zaras Körper reagierte, noch bevor ihr Verstand hinterherkam: Adrenalin schoss ein, ihre Muskeln spannten sich an, ihr Gewicht verlagerte sie nach hinten in Richtung des Weges, von dem sie gekommen war.

»Zara.« Kirstys Stimme war sanft, fast schon warm – der antrainierte Tonfall einer Politikerin. »Danke, dass Sie gekommen sind. Ich weiß, das ist nicht das, was Sie erwartet haben.«

Die Worte waren falsch, der Vortrag zu glatt, zu einstudiert.

»Wo ist Jane?«, Ihre eigene Stimme klang fester, als sie sich fühlte.

»Ich habe Jane gebeten, mich vor einer Stunde hier zu treffen. Habe ihr erzählt, ich wolle über Iris sprechen, als ehemalige Schülerin mit ihrer Lehrerin, um mein Gewissen zu erleichtern.« Kirstys Mundwinkel krümmten sich. »Sie ist sofort gekommen. Sie war schon immer so vertrauensselig. Ich habe ihr das Handy weggenommen, während sie geredet hat. Brody hat sich um den Rest gekümmert.«

»Gekümmert.« Das Wort fühlte sich in Zaras Mund ganz falsch an. »Wo ist sie?«

»Ganz in der Nähe.« Kirsty legte den Kopf schief, Regenwasser lief von ihrer Kapuze ab. »Dazu kommen wir noch.«

Zaras Hand war bereits in ihrer Tasche und umklammerte ihr Handy. »Ich gehe jetzt.«

Sie wollte sich gerade zu dem Pfad zurückdrehen, von dem sie gekommen war.

Ein Mann stand am Ende der Brücke und versperrte den Weg zurück zum Parkplatz. Er war groß, breit gebaut und massig, trug eine dunkle Jacke und Arbeitsstiefel, die Hände hingen locker an seinen Seiten. Er war noch nicht da gewesen, als sie die Brücke betreten hatte. Er musste im Schatten der Bäume gewartet haben, bis sie an ihm vorbeigegangen war.

Zara hielt inne. Die Brücke erstreckte sich zwischen ihnen – Kirsty hinter ihr, der Mann vor ihr. Auf beiden Seiten klaffte die Schlucht, ein Sturz von sieben Metern Tiefe auf Felsen und reißendes Wasser.

»Das ist Brody.« Kirstys Stimme kam von hinten, immer noch sanft, immer noch falsch. »Mein Vorarbeiter. Eigentlich der Vorarbeiter meines Vaters, aber jetzt gehört er mir. Er ist seit zwanzig Jahren bei der Familie. Sehr loyal. Sehr fähig.«

Brody sagte nichts. Er rührte sich nicht. Er stand einfach nur im Regen, das Gesicht unbewegt, und beobachtete sie mit der geduldigen Aufmerksamkeit von jemandem, der zu warten versteht.

»Er hat so viele Talente. Schlösser knacken. Mechanik. Und er ist ziemlich begabt mit der Kamera«, fuhr Kirsty fort. Zara hörte Schritte, das hohle Geräusch von Stiefeln auf Holz; Kirsty kam näher. »Die Fotos in deinem Motelzimmer? Seine Arbeit. Die Überwachungsaufnahmen? Alles Brody. Er ist sehr gründlich.«

Zara drehte sich langsam um und hielt beide im Augenwinkel. Kirsty war bis zur Mitte der Brücke vorgegangen, stand etwa zwei Meter entfernt, die Hände in den Jackentaschen, der Gesichtsausdruck immer noch voller Mitgefühl.

»Die aufgeschlitzten Reifen waren auch seine Idee«, sagte Kirsty. »Ich habe ihn gebeten, dafür zu sorgen, dass Sie sich unwohl fühlen. Um Sie dazu zu bewegen, Salt Creek zu verlassen. Damit Sie diese Untersuchung aufgeben, die so vielen Menschen wehtut.« Bei dem Wort »Untersuchung« brach ihre Stimme leicht, der erste Riss in ihrer Fassade. »Aber Sie sind nicht gegangen. Sie haben weitergebohrt. Sie haben immer weiter gegraben.«

»Weil Iris ermordet wurde.« Zaras Stimme blieb ruhig, trotz des Adrenalins, das durch ihren Körper flutete. Sie musste sie zum Reden bringen. Zeit gewinnen. Garrett wusste, wo sie war. Er würde kommen. »Weil Sie Ihre beste Freundin getötet haben und Ihr Vater es vertuscht hat.«

Über Kirstys Gesicht huschte etwas. »So ist es nicht gewesen.« Ihre Stimme wurde klanglos, kontrolliert.

Einstudiert, dachte Zara. Die Version, die sie sich selbst seit elf Jahren erzählte.

»Mein Vater hat Iris getötet. Er war in jener Nacht dort, weil ich ihn in Panik angerufen hatte, und als er ankam, haben sie sich gestritten, und er hat sie gepackt und zu Boden gedrückt.« Ihr Gesicht verzog sich. »Ich habe versucht, ihn aufzuhalten. Ich habe ihn angeschrien, er solle aufhören. Aber er war so wütend auf Iris, weil sie gedroht hatte, das Plagiat auffliegen zu lassen – so wütend auf mich, weil ich dumm genug war, mich erwischen zu lassen. Er hat ihr Gesicht so lange unter Wasser gedrückt, bis sie sich nicht mehr rührte. Ich habe ihr nur eine Ohrfeige gegeben. Das war alles. Eine einzige Ohrfeige.«

Die Lüge war geschliffen, oft geübt. Aber Zara hatte in Finchs Wohnzimmer gesessen und eine andere Version gehört.

»Das ist nicht das, was Finch uns erzählt hat«, sagte Zara.

Kirstys Beherrschung geriet für eine Sekunde ins Wanken. »Finch ist ein Säufer und ein Lügner.«

»Finch hat beschrieben, wie er am Tatort ankam. Dein Vater war nass, ja. Aber du warst diejenige, die Iris danach nicht ansehen konnte. Du warst diejenige, die am Ufer saß und vor und zurück wippte wie ein Kind.«

»Finch weiß gar nicht, was er da gesehen hat. Er war von dem Moment an korrupt, als er dort ankam. Mein Vater hatte ihn in der Hand.«

»Warum war dein Vater dann nass, Kirsty? Fünfzehn Zentimeter Wasser. Er hätte nicht klatschnass werden müssen, um jemanden in fünfzehn Zentimetern Wasser unterzutauchen.« Zara hörte ihre eigene Stimme, sachlich und klinisch – der Instinkt einer Interviewerin verdrängte die Angst. »Er wurde nass, weil er versucht hat, dich von ihr wegzuzerren.«

»Sie haben keine Ahnung, wovon Sie reden.« Kirstys Stimme war lauter geworden, die sorgfältige Maske zerfiel. »Sie wissen nicht, wie das war. Sie wollte alles ruinieren. Meine ganze Zukunft. Wegen einer Universitätsbewerbung. Wegen einer Arbeit, zu der wir beide beigetragen haben, die eine Gemeinschaftsarbeit war, für die sie nur die alleinige Anerkennung wollte, weil sie egoistisch war und selbstgerecht und ...« Sie hielt inne. Holte tief Luft. Als sie weitersprach, kehrte die Stimme der Politikerin zurück, wirkte jedoch dünner. »Es spielt jetzt keine Rolle mehr. Nichts davon spielt noch eine Rolle.«

»Für May und David Zhang spielt es eine Rolle.«

Kirsty zuckte bei den Namen zusammen.

Zara nutzte ihren Vorteil. »Was ist wirklich passiert, Kirsty? Sie können es mir sagen.« Ihre Finger tasteten in der Tasche nach ihrem Handy. Sie hörte auf nachzudenken. Das Gedächtnis ihrer Muskeln übernahm. Das Entsperrmuster, der Daumen bewegte sich über die vertraute Form. Den Bildschirm konnte sie nicht sehen, sie konnte nicht hinschauen. Sie hatte die

YouTube-App offen gelassen, als sie das Handy auf dem Pfad einfach in die Tasche gesteckt hatte.

»Go Live«-Button. Oben auf dem Bildschirm, genau in der Mitte. Sie hatte ihn dutzendfach benutzt, wusste genau, wo er war. Aber in ihrer Tasche, im Regen, mit Fingern, die vor Kälte und Adrenalin zitterten, fühlte sich alles unsicher an. Sie drückte auf die Stelle, auf der sie den Button vermutete, und drückte dann erneut zur Bestätigung.

Das Handy vibrierte zweimal kurz hintereinander. Entweder hatte sie gerade angefangen, für ihre Abonnenten zu streamen, oder sie hatte versehentlich das Video von jemand anderem geöffnet. Es gab keine Möglichkeit, das herauszufinden, ohne es hervorzuholen.

»Iris hätte begreifen müssen, dass man sich manchmal gegenseitig schützen muss. Nicht zerstören.« Kirstys Stimme war nun tonlos. »Ich hätte ihr geholfen. Ich hätte sie in ihrer Karriere unterstützt. Aber sie wollte nicht hören. Sie war so stur, so felsenfest davon überzeugt, dass sie im Recht war...«

»Sie haben ihre Arbeit gestohlen«, sagte Zara und hielt ihre Stimme ruhig. »Wir haben Iris' Handy gefunden. Wir haben die Beweise dafür, warum Sie es getan haben, Kirsty. Warum erzählen Sie mir also nicht, was in jener Nacht wirklich geschehen ist?«

Ein Donner krachte über ihnen, so laut, dass beide zusammenzuckten. Der Regen wurde heftiger und prasselte wie eine Wand herab. Ein Blitz leuchtete auf und tauchte Kirstys Gesicht in grelles Weiß, bevor sie wieder in Dunkelheit gehüllt wurden.

»Unfälle passieren eben bei Sturm«, sagte Kirsty, und ihre Stimme war nun wieder leise und sanft – so, wie man mit jemandem spricht, den man beruhigen will. »Nasse Planken.

Schlechte Sicht. Eine Journalistin kommt während eines Unwetters zu einer Brücke, rutscht aus und stürzt.« Sie trat einen Schritt näher. »Genau wie die arme Jane.«

In Zaras Adern fror das Blut zu Eis. »Was hast du ihr angetan?«

»Schau nach unten.«

Zara klammerte sich am Geländer fest und blickte über den Rand der Brücke. Ein weiterer Blitz zuckte auf, und im kurzen weißen Licht sah sie das Bachbett unter sich, Wasser, das über Felsen rauschte, und einen Umriss, der nicht dorthin gehörte. Ein Körper, zusammengesunken am Fuß der Schluchtwand, dort, wo der Hang auf das Wasser traf. Silbernes Haar.

Jane Goulding.

»Brody war ganz vorsichtig«, sagte Kirsty hinter ihr. »Sie hat kaum einen Laut von sich gegeben, als sie hinunterflog.«

Zaras Hände zitterten. Jane lag dort unten in der Dunkelheit, im Regen, und das Wasser im Bach stieg an. Vielleicht lebte sie noch, aber von hier oben aus konnte Zara nichts tun, ohne an Kirsty und Brody vorbeizukommen.

»Ich brauchte ihr Handy, verstehen Sie?« Kirsty lächelte. »Ich wusste, dass Sie sich unterhalten hatten. Sie hat mir alles erzählt. Sie war wirklich ziemlich beeindruckt von Ihnen, und ich glaube, Sie mochten sie auch, oder? Genug jedenfalls, um ihr zu vertrauen, als sie Ihnen schrieb, Sie sollten sie hier treffen.«

Kirsty lächelte noch immer. Es war dasselbe Lächeln, das sie auf den Pressefotos des Gemeinderats trug, in ihrem Wahlkampfmaterial, bei Benefizveranstaltungen. In keinem dieser Bilder hatte es je ihre Augen erreicht.

»Brody ist sehr gut darin, Dinge wie Unfälle aussehen zu lassen. Journalistinnen stürzen von Brücken. Sie schlagen mit dem

Kopf auf. Sie ertrinken in reißenden Bächen während eines Sturms.« Kirsty machte einen weiteren Schritt auf sie zu. »Es ist tragisch. Aber so etwas passiert.«

Der Donner rollte über den Himmel, lang und grollend. Die Brücke bebte unter ihren Füßen. Zaras Hand war immer noch in ihrer Tasche und hielt das Handy umschlossen, in der Hoffnung, dass irgendwo da draußen Menschen zusahen. Dass ihre Abonnenten Kirstys Worte hörten. Dass es zumindest eine Aufzeichnung gäbe, falls das hier schiefging.

Brody bewegte sich hinter ihr. Ein einzelner Schritt nach vorn, geduldig und unaufhaltsam, womit er die Distanz verringerte. Er kesselte Zara zwischen sich und Kirsty ein.

Zaras Atem wurde schneller. Ihr Verstand raste, suchte nach Optionen, dachte an jede brenzlige Situation, aus der sie sich je herausgewunden hatte. Aber es gab keinen Ausgang, keinen Fluchtplan. Nur eine Holzbrücke in einer kleinen australischen Stadt und eine Frau, die vor elf Jahren schon einmal getötet hatte und offensichtlich bereit war, es erneut zu tun.

Das Handy in ihrer Tasche streamte vielleicht. Oder es tat rein gar nichts.

»Haben Sie versucht, Iris von der Brücke zu stoßen?«, fragte Zara. »Ihre Verletzungen passten allerdings nicht zu einem Sturz. Ist sie Ihnen entkommen?«

In Kirstys Gesicht blitzte erneut Zorn auf. »Sie war schneller als ich«, sagte sie, bockig wie ein beleidigter Teenager. »Ich habe ihr gesagt, sie müsse aufhören. Dass wir ihre Eltern ruinieren würden. Daddy hätte dafür sorgen können, dass die Golden Horse bei einer Gesundheitsprüfung durchfällt und sie für immer dichtmachen müssen. Iris... sie war so dumm!« Ihre Stimme steigerte sich zu einem Schrei. »Sie sagte, das würde mich auch nicht retten! Dass ich an keiner juristischen Fakultät angenommen würde, wenn sie mich erst einmal als Plagiatorin geoutet hätte!«

»In dem Moment hast du versucht, sie hinunterzustoßen«, sagte Zara. Sie konnte es vor ihrem geistigen Auge sehen: die beiden Mädchen, wie sie sich auf der Brücke stritten. Ein Gerangel vielleicht, als Kirsty die Beherrschung verlor. Iris' Handy, das aus ihrer Tasche fiel und sich zwischen den Brückenbalken verfing, während Iris sich losriss und zur Flucht wandte.

»Daddy hat auf dem Parkplatz auf mich gewartet.« Kirstys Stimme war nun leiser. »Er hätte ihr nichts getan, aber sie sah ihn, kehrte um und rannte stattdessen den Pfad in die Schlucht hinunter. Ich bin ihr nachgelaufen. Sie wäre vielleicht entkommen, aber sie stolperte über einen Stein im Wasser, und ich habe sie erwischt ...« Sie hielt einen Moment inne, dann hob sie das Kinn und sah Zara direkt in die Augen. »Sie war meine beste Freundin, und ich habe ihr Gesicht unter Wasser gedrückt, bis sie sich nicht mehr rührte. Wenn Sie also auch nur eine Sekunde lang glauben, ich würde es bereuen, Sie ebenfalls umzubringen, dann irren Sie sich.«

# Kapitel 20

Das Geräusch rennender Schritte auf nassem Holz schnitt durch den Regen, und Zaras Kopf ruckte in Richtung des Parkplatzendes der Brücke. Dann ertönte Garretts Stimme, scharf und befehlshabend: »Polizei! Hände dahin, wo ich sie sehen kann!« Er stand am Ende der Brücke, die Dienstwaffe gezogen und auf Brody gerichtet, während ihm der Regen über das Gesicht strömte; seine Haltung war trotz der rutschigen Planken unter seinen Stiefeln stabil.

Für eine halbe Sekunde durchflutete Erleichterung Zara, bevor sich kaltes Metall gegen ihre Schläfe presste. Sie erstarrte.

»Lassen Sie sie fallen, Detective!« Kirstys Stimme kam direkt hinter ihrem linken Ohr, ruhig und kontrolliert. Der Pistolenlauf bohrte sich fester in Zaras Schädel. »Waffe fallen lassen, oder ich jage ihr eine Kugel durch den Kopf.«

Zaras Atem stockte. Sie konnte Kirstys Hand spüren, die trotz des Regens ruhig blieb, und den leichten Druck eines Fingers am Abzug. Zwölf Jahre in feindseligen Umgebungen und gefährlichen Interviews, und noch nie hatte sie eine Waffe am Kopf gehabt. Das Metall war kälter, als sie erwartet hätte.

Garretts Waffe schwankte nicht. Seine Augen trafen Zaras Augen über die Brücke hinweg, und sie sah, wie er die Situation analysierte. Distanz. Winkel. Risiko.

»Das wollen Sie nicht tun, Kirsty«, sagte Garrett. Seine Stimme hatte sich verändert, immer noch autoritär, aber tiefer, der Tonfall von jemandem, der versuchte, die Lage zu deeskalieren. »Ihnen steht sowieso schon eine Mordanklage wegen Iris bevor.«

»Ich sehe so oder so lebenslänglich entgegen.« Kirstys Atem war warm an Zaras Nacken, ihre Stimme unheimlich fest. »Was machen da zwei weitere Leichen schon aus?«

Über ihnen krachte ein Donner, so laut, dass Zara ihn in der Brust spürte. Sofort folgte ein Blitz und tauchte die Brücke in grelles Weiß. In diesem kurzen Aufleuchten sah sie Brodys Gesicht, so ungerührt wie eh und je, eine Hand in seiner Jacke. Sah Garrett, dem das Wasser von der Nase lief, den Finger am Abzugsbügel. Sah die Schlucht auf beiden Seiten, den dunklen Abgrund, in dem Jane zerschmettert unten lag.

»Ich sagte, lassen Sie sie fallen!«, rief Kirsty. Die Waffe drückte schmerzhaft fest. »Ich bringe sie um, Garrett. Glauben Sie bloß nicht, dass ich es nicht tue.«

»Ich weiß, dass Sie es tun würden.« Garretts Tonfall änderte sich nicht. »Sie haben schon früher getötet. Sie sind gut darin. Aber es wird Ihnen jetzt nicht mehr helfen.«

Brody sprach zum ersten Mal, seine Stimme flach und sachlich. »Wir können es so aussehen lassen, als hätte der Detective sie erschossen. Eine missglückte Notwehr. Das passiert ständig.«

»Halt den Mund, Brody.« Kirstys Hand zitterte leicht. Die Waffe verrutschte auf Zaras Haut.

Garretts Augen huschten zu Brody, dann zurück zu Kirsty. »Weitere Polizisten sind auf dem Weg. Jeder Beamte der Stadt. Drei Minuten entfernt, vielleicht weniger.«

Wie auf Kommando schnitten Sirenen durch den Regen. Fern, aber näher kommend. Dem Klang nach mehrere Fahrzeuge.

»Dann haben wir keine Zeit zu verlieren.« Kirstys Stimme war eiskalt geworden. »Legen Sie die Waffe ab, Garrett. Gehen Sie weg.«

»Kommt nicht infrage.«

»Dann stirbt sie.«

»Wie wird Ihnen das helfen, Kirsty?« Garrett klang so ruhig. Als stünde er nicht mitten in einem Sturm und versuchte, vernünftig mit einer Soziopathin zu reden.

In Zaras Kopf rasten die Gedanken. Kirsty war größer und stand mit der Waffe an ihrer Schläfe hinter ihr. Keine Chance abzu-tauchen oder sich wegzudrehen, ohne erschossen zu werden. Brody stand zwischen Garrett und ihnen. Auf beiden Seiten gähnte die Schlucht. Sie steckten in einer Sackgasse fest, die mit ihrem Tod endete, sofern sich nicht etwas änderte.

Das Gewicht in ihrer Tasche. Ihr Handy.

Sie hatte auf das gedrückt, von dem sie glaubte, es sei der Go-Live-Button, damals, als Kirsty anfing zu reden. Das Handy hatte zweimal vibriert. Sie wusste nicht, ob es funktioniert hatte. Wusste nicht, ob irgendjemand zusah.

Die Sirenen wurden lauter.

Zaras Hand bewegte sich langsam und vorsichtig in Richtung ihrer Tasche. Kirsty schien es nicht zu bemerken, konzentriert auf Garrett, auf die Waffe in seinen Händen, auf die herannahenden Sirenen. Zaras Finger fanden das Handy blind. Warm, leicht feucht. Der Bildschirm würde leuchten, wenn sie diesen Knopf erwischt hatte.

Sie zog es heraus und hielt es so, dass Kirsty es über ihre Schulter hinweg sehen konnte. Das Display beleuchtete ihr Gesicht in kaltem, blauem Licht.

Die YouTube-App war offen. Der Livestream lief. Zuschauerzahl in der Ecke: über dreiundvierzigtausend und steigend. Kommentare liefen schneller vorbei, als sie sie lesen konnte. Aufnahmezeit: 8:47 und laufend.

»Sie sollten es sich vielleicht noch einmal überlegen«, sagte Zara. Ihre Stimme klang fester, als sie sich fühlte. »Das ist live, seit ich hier angekommen bin. Über vierzigtausend Zuschauer und es werden mehr. Jedes Wort, das Sie gesagt haben. Jede Drohung, die Sie ausgestoßen haben. Alles aufgenommen und übertragen. Bis eben nur Audio, aber jetzt können sie uns sehen.«

Die Waffe blieb an ihrem Kopf, aber Kirsty erstarrte völlig. »Du lügst.«

»Schauen Sie auf den Bildschirm.« Zara neigte das Handy leicht, in der Hoffnung, dass die Kamera direkt auf Kirstys Gesicht gerichtet war. »Jemand namens Salties69 hat gerade kommentiert: ›Heilige Scheiße, sie hat es zugegeben.‹ True-CrimeJenny will wissen, ob das echt oder gestellt ist. Brisbane-Mum44 schreibt, dass sie die Polizei ruft.« Sie hielt inne. »Obwohl das an diesem Punkt wohl hinfällig ist.«

Kirstys Atmung hatte sich verändert. Schneller. Flacher. Die Waffe zitterte an Zaras Schläfe.

»Schalte es aus«, sagte Kirsty.

»Geht nicht. Es ist bereits in der Welt. Selbst wenn ich den Stream jetzt beende, haben über vierzigtausend Leute Ihr Geständnis gehört. Haben gehört, wie Sie zugegeben haben, Iris Zhang ermordet und Jane Goulding von dieser Brücke gestoßen zu haben. Haben gehört, wie Sie gedroht haben, mich umzubringen.« Zara hielt ihre Stimme ruhig. »Es ist vorbei, Kirsty.«

Wieder zuckte ein Blitz auf. In der kurzen Erleuchtung sah Zara Garretts Gesichtsausdruck: Erleichterung und etwas, das fast wie Entsetzen über das war, was sie gerade getan hatte.

»Schalt es aus!«, schrie Kirsty mit brechender Stimme. Die Fassung der Politikerin war dahin, abgestreift. Darunter kam etwas Jüngeres, Verängstigteres zum Vorschein. Das Mädchen, das vor elf Jahren seine beste Freundin unter Wasser gedrückt und sich selbst nie ganz hatte davon überzeugen können, dass es nicht ihre Schuld war.

»Selbst wenn ich den Stream beende, wird das Archiv noch da sein«, sagte Zara. »Wahrscheinlich haben es schon Dutzende Leute heruntergeladen. So funktioniert das Internet. Das können Sie nicht mehr rückgängig machen.«

Die Sirenen waren jetzt ganz nah. Blaue und rote Lichter flackerten durch die Bäume.

»Du hast mich aufgenommen.« Kirstys Stimme war völlig klanglos geworden. »Du hast mir eine Falle gestellt.«

»Sie haben mir von Janes Handy aus geschrieben und mich hierhergelockt, um mich zu töten«, erwiderte Zara. »Ich habe dokumentiert, was passiert ist. Das ist mein Job.«

Die Waffe sank von Zaras Kopf weg. Sie hörte das feuchte Geräusch von Metall, das auf Holzplanken prallte; Kirstys Waffe klapperte auf dem Brückendeck. Sie spürte, wie Kirstys Hand ihre Schulter losließ.

»Auf die Knie«, sagte Garrett sofort, seine Waffe immer noch auf Brody gerichtet. »Hände auf den Kopf. Beide.«

Kirsty sackte langsam nach unten, ihre Bewegungen wirkten mechanisch. Ihre Hände gingen hoch, die Finger hinter dem Kopf verschränkt. Brody tat es ihr gleich, sein Gesichtsausdruck blieb ungerührt, als wäre die Verhaftung nur eine weitere Aufgabe, die es zu erledigen galt.

Garrett bewegte sich vorwärts, die Waffe im Anschlag, und sicherte zuerst Brody. »Hände hinter den Rücken.« Er legte Brody Handschellen an, griff in dessen Jacke und holte eine Pistole hervor. Dann hob er Kirstys Waffe auf, prüfte sie und schob sie in seine Jackentasche.

Die Sirenen waren jetzt direkt vor Ort, mehrere Fahrzeuge bogen auf den Parkplatz ein. Türen knallten. Stimmen riefen. Taschenlampenstrahlen schnitten durch den Regen.

Garrett sah Zara über die Brücke hinweg an. »Alles okay?«

Sie nickte, obwohl ihre Hände zitterten und ihre Beine sich wackelig anfühlten. Das Handy war immer noch in ihrer Hand, der Stream lief noch, und die Zuschauerzahl raste weiter in die Höhe. Sie schaute auf das Display, auf die vorbeihuschenden Kommentare. Jemand hatte das Geständnis bereits per Bildschirmaufnahme gesichert. Mehrere Leute sogar. Das Video würde bis morgen früh überall zu sehen sein.

»Jane ist da unten«, sagte sie, ihre Stimme klang plötzlich drängend. »Sie haben sie runtergestoßen. Sie ist verletzt.«

Garretts Gesichtsausdruck änderte sich augenblicklich. »Geh.« Er deutete auf den Pfad, der zum Bach hinunterführte. »Ich übernehme das hier.«

Zara stoppte den Livestream, steckte ihr Handy ein und rannte zum Pfad in die Schlucht. Der Abstieg war steil, im Regen tückisch und an manchen Stellen eher eine Vermutung als ein echter Weg. Sie klammerte sich an Eukalyptuszweigen fest, deren Rinde sich unter ihren Handflächen rau und nass anfühlte, während ihre Füße auf dem Laub rutschten, das der Platzregen in glitschigen Mulch verwandelt hatte. Hinter ihr Stimmen auf der Brücke, Funkgeräteknarren, Garretts Stimme, die die eintreffenden Beamten einwies. Nichts davon war wichtig. Jane war irgendwo hier unten, möglicherweise tot im anschwellenden Bach, aber vielleicht, ganz vielleicht, noch am Leben.

»Jane!«, rief sie gegen den Regen an. »Jane, ich komme!«

Der Pfad verlief in Kehren und fiel steil ab. Zara rannte und rutschte halb hinunter, nutzte Bäume, um ihren Abstieg zu kontrollieren, während Schlamm an ihren Stiefeln klebte. Das Rauschen des Wassers wurde lauter. Durch die Bäume erhaschte sie Blicke auf den Bach unter ihr, dunkel und reißend, angeschwollen vom Sturm. Ein Blitz zuckte und erhellte die Schlucht in flackerndem Weiß, dann herrschte wieder Dunkelheit.

Sie erreichte den Talboden, wo der Pfad auf das Bachbett traf. Wasser schoss vorbei, hier knöcheltief, im Hauptarm tiefer. Flussaufwärts, hoch oben, konnte sie die Umrisse der Brückenunterseite erkennen, und dort, an der Wand der Schlucht, wo der Hang am steilsten war, eine helle Gestalt, die dort nicht hingehörte.

»Jane!« Zara watete hinein und keuchte bei der Kälte auf. Das Wasser drückte gegen ihre Beine, stärker, als es aussah, und versuchte, sie aus dem Gleichgewicht zu bringen. Sie kämpfte sich auf die Gestalt zu, auf das silberne Haar und die helle Jacke, die dort an den Felsen zusammengesunken lag.

Jane lag halb auf dem felsigen Ufer, halb im Wasser, ihre Beine in Winkeln verdreht, bei denen sich Zara der Magen umdrehte. Ihre Augen waren offen, unkonzentriert, und als Zara sie erreichte, stieß Jane ein Geräusch aus, halb Stöhnen, halb Schluchzen.

»Ich hab dich.« Zara positionierte sich hinter Jane und schob ihre Arme unter die Schultern der älteren Frau. »Ich hab dich. Alles wird gut.«

Janes Gewicht war größer, als Zara erwartet hatte. Sie stemmte ihre Stiefel gegen einen Felsen und hob an, um Janes Kopf und Oberkörper aus dem Wasser zu bekommen. Jane schrie auf, und Zaras Herz zog sich zusammen.

»Ich weiß, dass es wehtut. Es tut mir leid. Aber ich muss dich oben halten.« Sie passte ihren Griff an, verkeilte sich am Ufer und stützte Janes Gewicht mit ihrem eigenen Körper ab. Das Wasser rauschte um sie herum, höher als beim ersten Hineinwaten. Der Regen hörte nicht auf.

Janes Atmung war rasselnd, ihr Gesicht selbst in der Dunkelheit grau. Aber ihre Augen fokussierten sich jetzt und suchten Zaras Gesicht.

»Zara«, flüsterte sie.

»Ich bin hier. Hilfe ist unterwegs. Bleib einfach bei mir.«

»Kirsty.« Janes Stimme brach bei dem Namen. »Ich dachte, sie wollte über Iris reden. Dass sie bereit war, nach all den Jahren darüber hinwegzukommen.« Tränen vermischten sich mit dem Regen auf ihrem Gesicht. »Sie hat mich gestoßen. Ich dachte, sie wäre meine Freundin.«

»Ich weiß.« Zara hielt ihre Stimme fest und kämpfte gegen die Kälte an, die ihr in die Knochen kroch. »Sie hat dein Handy benutzt, um mir zu schreiben. Sie hat mich auf die gleiche Weise hierhergelockt.«

Janes Augen weiteten sich. »Bist du verletzt?«

»Nein. Garrett war rechtzeitig hier. Kirsty und Brody sind beide in Haft.« Zara korrigierte ihren Griff, als Janes Gewicht verrutschte, weil die reißende Strömung an ihrem Körper zerteert. Ihre Arme begannen vor Anstrengung und Kälte zu zittern. »Sie werden niemandem mehr schaden.«

»Meine Beine.« Jane keuchte. »Ich spüre meine Füße nicht.«

»Versuch nicht, dich zu bewegen. Die Sanitäter kommen.« Zara blickte zur Brücke hinauf, wo die Lichter durch die Bäume flackerten. »Es wird nicht mehr lange dauern.«

Janes Hand fand Zaras Arm und klammerte sich schwach fest. »Hast du sie gefunden?«

Einen Moment lang verstand Zara nicht. Dann begriff sie. »Iris?«

»Ihre Stimme. Du hast gesagt, du suchst nach ihrer Stimme.« Janes Worte kamen langsamer, leicht gelallt. Der Schock setzte ein. »Hast du sie gefunden?«

»Ja.« Zara zog Jane näher zu sich und verstärkte ihren Griff. »Wir haben ihr Handy gefunden. Sie hat Aufnahmen hinterlassen. Sprachmemos, Videos. Sie hat alles dokumentiert, was passiert ist, alles, was Kirsty getan hat. Ihr Plagiat. Die Drohungen. Warum sie sich in jener Nacht getroffen haben.«

»Sie wusste es.« Jane schloss die Augen. »Sie wusste, dass Kirsty ihr wehtun könnte.«

»Sie hat gehofft, dass sie es nicht tun würde. Aber sie hat trotzdem vorgesorgt.« Zara spürte, wie Janes Gewicht schwerer wurde, ihr Körper erschlaffte. »Jane! Bleib bei mir. Bleib wach.«

»Müde.«

»Ich weiß. Aber du musst wach bleiben. Erzähl mir von Iris. Erzähl mir, wie sie in deinem Unterricht war.«

Janes Augen flatterten auf. »Brillant.« Das Wort kam ganz leise. »Die begabteste Studentin, die ich je unterrichtet habe. Sie hat Dinge gesehen, die andere übersehen haben. Und sie hat einen dazu gebracht, sie auch zu sehen, durch ihre Kamera.« Eine Pause. »Sie hat mich daran erinnert, warum ich Lehrerin geworden bin.«

»Sie hat dich an dich selbst erinnert, glaube ich.« Zara sprach weiter, ihre Stimme fest trotz der Kälte und ihrer brennenden Arme, die Janes Gewicht hielten. »Das hast du mir gesagt, als wir uns zum ersten Mal trafen. Dass sie Präsenz hatte.«

»Du hast sie auch.« Janes Hand schloss sich etwas fester um Zaras Arm. »Dieselbe Art, einen Raum auszufüllen. Die Leute dazu zu bringen, zuzuhören.«

»Dann hör mir jetzt verdammt noch mal zu. Bleib wach. Hilfe kommt.«

Stimmen drangen von oben herab, jemand rief Anweisungen. Der Strahl einer starken Taschenlampe fegte durch die Schlucht, fand sie und hielt inne.

»Gefunden!«, rief eine männliche Stimme von oben. »Zwei Personen im Wasser. Eine scheint verletzt zu sein.«

»Schwer verletzt!«, rief Zara zurück. »Beide Beine gebrochen, mögliche Wirbelsäulenschäden. Sie braucht ein Spineboard!«

»Sanitäter kommen jetzt runter. Halten Sie durch.«

Zara blickte auf Jane hinunter, auf das Wasser, das um sie her anstieg, auf ihre eigenen Hände, die weiß vor Kälte waren. Sie hielt Jane vielleicht erst seit drei Minuten, aber es fühlte sich an wie eine Stunde. Ihre Schultern brannten, ihre Beine waren taub, und am Rand ihres Bewusstseins schlich sich Erschöpfung ein.

»Gleich geschafft«, murmelte sie. »Nur noch ein kleines bisschen.«

Sprossender Taschenlampenschein hüpfte den Pfad hinunter, begleitet von Stimmen und dem Klappern von Ausrüstung. Zwei Sanitäter erschienen, die sich schnell, aber vorsichtig auf dem tückischen Hang bewegten; sie trugen ein Spineboard und einen Notfallkoffer. Eine dritte Person folgte mit weiterer Ausrüstung.

»Wir übernehmen jetzt«, sagte die leitende Sanitäterin, eine Frau mit streng zurückgebundenem grauem Haar. Sie stieg ohne Zögern ins Wasser, watete durch den Bach, um sich über sie zu beugen, und untersuchte Jane mit rascher Effizienz. »Das haben Sie gut gemacht, sie unbeweglich und über Wasser zu halten.«

Zara sackte hintenüber, als sie übernahmen; ihre Arme fielen an ihre Seiten, plötzlich nutzlos. Man drängte sie, aus dem Wasser zu steigen, und sie setzte sich auf das felsige Ufer und umschlang ihre Knie, während sie zusah, wie sie Jane eine Halskrause anlegten, das Spineboard vorbereiteten und ihre Bewegungen koordinierten.

»Gehen Sie«, sagte die grauhaarige Sanitäterin nicht unfreundlich, während mehrere weitere Leute den Hang hinunterkamen. »Sie haben eine Unterkühlung. Gehen Sie hoch zum Krankenwagen.«

Einer der jüngeren Sanitäter nahm sie am Ellbogen und half ihr auf die Beine. »Kommen Sie. Ein Schritt nach dem anderen.«

Der Aufstieg zurück war mühsamer als der Abstieg. Zaras Beine zitterten bei jedem Schritt, die Muskeln waren erschöpft vom Halten Janes, vom kalten Wasser und dem Adrenalinkrach, der sie nun mit voller Wucht traf. Der junge Sanitäter hielt sie fest am Ellbogen, führte sie um den schlimmsten Schlamm herum und ließ sie sich bei ihm abstützen, wenn ihre Stiefel wegrutschten. Sie griff mit tauben Fingern nach Baumzweigen und hievte sich an Wurzeln und Stämmen empor; ihr Atem kam in Stößen, die nichts mit der Anstrengung zu tun hatten, sondern damit, dass ihr Körper entschieden hatte, dass er am Ende seiner Kräfte war.

Der Pfad wurde flacher. Blaue und rote Lichter blitzten durch die Bäume. Überall Stimmen, knisternde Funkgeräte, das organisierte Chaos eines Rettungseinsatzes in vollem Gange. Zara schleppte sich die letzten Meter hinauf und trat hinaus in die Helligkeit des Parkplatzes.

Vier Polizeiautos, drei Krankenwagen, ein Löschfahrzeug. Um den Eingang der Fußgängerbrücke wurde bereits Absperrband gezogen. Der Regen war in einen stetigen Nieselregen übergegangen. Tragbare Arbeitsscheinwerfer tauchten alles in ein flaches, weißes Licht, das ihre Augen schmerzen ließ.

Sie blickte zur Brücke. Kirsty war bereits weg, abgeführt. Einer der Streifenwagen verließ gerade den Parkplatz, das Blaulicht blinkend; für einen Moment war ein blasses Gesicht durch das Rückfenster zu sehen, bevor das Fahrzeug auf die Straße einbog und verschwand. Brody wurde gerade in ein anderes Auto geladen, die Hände auf dem Rücken gefesselt, von zwei Beamten auf den Rücksitz geleitet. Er leistete keinen Widerstand. Sein Gesichtsausdruck war so leer wie auf der Brücke.

Garrett stand nahe dem Eingang der Fußgängerbrücke und beobachtete die Arbeit der Kollegen. Als er Zara sah, ging er auf sie zu.

Der Sanitäter ließ ihren Ellbogen los. »Ich sollte Sie auf Unterkühlung untersuchen.«

»In einer Minute«, sagte Zara.

Garrett erreichte sie, schälte sich aus seiner Jacke und legte sie ihr um die Schultern. Der Stoff war feucht, aber wärmer als ihr durchnässtes Hemd. Sie zog sie fest an sich.

»Jane?«, fragte er leise.

»Am Leben. Beide Beine gebrochen, wahrscheinlich noch Schlimmeres. Aber sie war bei Bewusstsein und ansprechbar.« Zaras Stimme klang rau, ihre Kehle war wund vom Schreien im Regen. »Kirsty hat ihr gesagt, sie wolle über Iris reden. Ihr Gewissen erleichtern. Jane hat ihr vertraut.«

»Kirsty ist gut darin, Leute dazu zu bringen, ihr zu vertrauen.« Garretts Kiefer spannte sich an. »Sie hat viel Übung darin.«

Sie beobachteten, wie die Sanitäter das Spineboard den Pfad hinauf hievten. Selbst aus dieser Entfernung konnte Zara Janes Gesicht sehen, bleich und eingefallen, die Halskrause ein krasses Weiß gegen ihr silbernes Haar. Die Türen des Krankenwagens schlossen sich und er fuhr mit Blaulicht in Richtung Krankenhaus davon.

Eine Beamtin näherte sich Garrett, eine junge Frau mit streng zurückgebundenem Haar. »Sir, wir haben den Tatort gesichert.

Brody Lygon wird abtransportiert. Kirsty Cannon ist bereits auf der Wache und verlangt ihren Anwalt.«

»Gut.« Garretts Stimme wechselte zurück ins Professionelle. »Ich will Aussagen von allen Beteiligten. Und lassen Sie jemanden von der Cyberkriminalität diesen Livestream sichern.«

»Sind wir schon dabei, Sir. Die gesamte Übertragung wurde archiviert.« Die Beamtin warf Zara einen Blick zu. »Achtundfünfzigtausend Zuschauer in der Spitze. Es verbreitet sich wie ein Lauffeuer in den sozialen Medien. Hunderttausende schauen sich in diesem Moment die Wiederholung an.«

Garrett nickte. »Ich bin in einer Stunde auf der Wache.«

Die Beamtin ging. Garrett wandte sich wieder Zara zu, und die berufliche Maske fiel. »Du zitterst.«

Das tat sie. Ihr ganzer Körper bebte, die Zähne klapperten. »Schon gut.«

»Du hast eine Unterkühlung.« Er blickte zum zweiten Krankenwagen. »Du musst untersucht werden.«

»In einer Minute.« Sie wollte sich noch nicht bewegen. »Gib mir nur eine Minute.«

Er widersprach nicht. Er legte seinen Arm um ihre Schultern und zog sie an seine Seite. Zara lehnte sich dagegen; ihr Körper entschied, dass es zu anstrengend war, aus eigener Kraft aufrecht zu bleiben.

So standen sie am Rande des Parkplatzes, während sich der Nieselregen um sie legte und das Blaulicht alles in wechselnde Farben tauchte. Keiner von ihnen sprach.

»Es ist vorbei«, sagte Zara leise.

Garretts Arm um ihre Schultern festigte sich. »May und David werden es endlich wissen.«

»Ja.« Sie hielt inne. »Wir haben unsere Versprechen gehalten.«

Der Regen hörte auf. Über ihnen begannen die Wolken aufzureißen und gaben den Blick auf ein paar Sterne frei.

»Komm«, sagte Garrett. »Lass dich untersuchen.«

Zara nickte gegen seine Schulter. Gemeinsam gingen sie zum wartenden Krankenwagen, sein Arm immer noch um sie gelegt, ihre Schritte unsicher.

# Kapitel 21

Garretts Wohnzimmer wirkte überfüllt, als sie sich zu fünft dort versammelten. Das abgewetzte Ledersofa und zwei Sessel gruppierten sich um einen Couchtisch, auf dem sich Fallnotizen und ihr Laptop stapelten. Draußen war die Nacht nach zwei Regentagen kühl und klar, aber die Vorhänge waren zugezogen; der Raum wurde nur von einer Stehlampe in der Ecke und einer kleineren auf dem Beistelltisch beleuchtet. May und David Zhang saßen zusammen auf dem Sofa, sie berührten sich nicht, saßen aber dicht beieinander, David hatte die Arme fest vor der Brust verschränkt. Vince Thorne besetzte einen der Sessel und saß ganz vorne auf der Kante, als würde er jeden Moment flüchten. Zara nahm den anderen Stuhl ein, so positioniert, dass sie alle Gesichter sehen konnte. Garrett stand im Türrahmen, nicht ganz im Zimmer, nicht ganz draußen.

Fünf Tage waren seit der Konfrontation auf der Fußgänger-brücke vergangen, und Zaras Rippen schmerzten noch immer an der Stelle, wo sie Janes Gewicht abgefangen hatte. Das Krankenhaus hatte sie nach einer Stunde unter Heizdecken und heißem, süßem Tee wegen Unterkühlung entlassen, auch wenn man darauf bestanden hatte, sie zur Beobachtung über Nacht dazubehalten.

Bei Jane war es einige Stunden lang kritisch gewesen, aber schließlich stabilisierte sie sich und wurde operiert; ihre Beine wurden mit Metallplatten wieder zusammengefügt. Sie würde noch eine Weile im Krankenhaus bleiben müssen, bis sie wieder in der Lage war, sich zu Hause selbst zu versorgen. Kirsty und Brody waren beide schnell nach Brisbane verlegt worden, da die Arrestzellen von Salt Creek in keiner Weise für eine langfristige Haft ausgestattet waren. Ein Haftrichter hatte die Kaution bei der ersten Anhörung abgelehnt und sie als potenzielle Gefahr für die Öffentlichkeit eingestuft. Der eigentliche Prozess würde erst in Monaten stattfinden, aber erst einmal saßen beide hinter Gittern.

Die Nachrichten hatten die Geschichte aus ihrem Livestream aufgegriffen; ihr Handy und die Telefone in der Polizeistation von Salt Creek hatten nicht mehr aufgehört zu klingeln. Aber nichts davon spielte gerade eine Rolle. Was zählte, war der Laptop auf dem Couchtisch und die Datei, die darauf wartete, geöffnet zu werden.

»Tee«, sagte Garrett, und das Wort durchbrach die Stille. »Ich setze den Kessel auf.«

May nickte, ohne ihn anzusehen. Ihre Hände lagen gefaltet in ihrem Schoß, die Finger fest ineinander verschlungen. David hatte kein Wort gesagt, seit sie angekommen waren; er war May einfach nach drinnen gefolgt und hatte sich dorthin gesetzt, wo sie saß.

Vince rutschte in seinem Sessel hin und her, das Leder knarrte. Er hatte an Gewicht verloren, seit Zara ihn das erste Mal im Motel getroffen hatte; sein Gesicht war schmaler, härter. Er trug ein schlichtes graues Hemd und Jeans, die Arbeitsstiefel noch fest geschnürt.

Garrett ging in Richtung Küche. Zara hörte das Wasser laufen und das Klicken des Wasserkochers beim Einschalten.

Sie sah auf den Laptop. Das Video, das sie gleich ansehen wollten, trug die schlichte Bezeichnung: »Iris_Final_Oct15_2014 .mp4«. Elf Minuten von einem Mädchen, das keine Ahnung hatte, dass ihre beste Freundin sie gleich ermorden würde.

Mays Atem stockte. Zara blickte hinüber und sah, dass bereits Tränen ihr Gesicht hinabliefen, lautlos und stetig. Sie schluchzte nicht, sie gab überhaupt kein Geräusch von sich. Sie weinte einfach so, wie jemand weint, wenn die Tränen elf Jahre darauf gewartet haben, endlich zu fließen.

Davids Hand wanderte auf Mays Knie. Mays Hand legte sich auf seine.

Garrett kam mit einem Tablett zurück, vier Tassen Tee und ein kleiner Teller mit Keksen, die niemand anrühren würde. Er stellte es auf den Couchtisch. May nahm eine Tasse mit beiden Händen und umschloss sie mit ihren Handflächen. David schüttelte den Kopf, als ihm eine Tasse angeboten wurde. Vince nahm eine, trank aber nicht.

Garrett blieb mit verschränkten Armen in der Nähe der Tür stehen.

»Bevor wir anfangen«, sagte er leise, »muss ich erklären, was Sie gleich sehen werden.«

May sah ihn an.

»Dies ist ein Video, das Iris am Abend des fünfzehnten Oktobers 2014 aufgenommen hat. An dem Tag, an dem sie starb.« Garretts Stimme war fest. »Sie hat es mit ihrem Handy gefilmt, das May und Zara vor zwei Wochen unter der Fußgängerbrücke eingeklemmt gefunden haben. Das Video befand sich auf einer microSD-Karte, die elf Jahre lang der Witterung getrotzt hat. Ein talentierter Datenspezialist konnte alles darauf wiederherstellen, und ich wurde von der Staatsanwaltschaft ermächtigt, Ihnen dieses spezielle Video zu zeigen. Es ist das wichtigste Beweisstück, und Zara wollte es gemeinsam mit Ihnen ansehen. Wir sind froh, dass Sie alle zugestimmt haben, heute Abend zu kommen.«

Davids Hand auf Mays Knie krampfte sich zusammen.

»In dem Video dokumentiert Iris, warum sie sich in jener Nacht mit Kirsty getroffen hat. Sie erklärt die Sache mit dem Plagiat, dass Kirsty ihre Bewerbungsmappe für die Universität gestohlen hat. Sie spricht darüber, dass sie versucht hat, es zu klären, dass sie Kirsty Chancen gegeben hat, das Richtige zu tun.« Garrett hielt inne. »Sie macht auch deutlich, dass sie wusste, dass es Konsequenzen haben könnte. Dass sie Angst hatte, sich aber trotzdem mit Kirsty treffen würde.«

Vince stieß ein Geräusch aus, halb ein Ausatmen, halb etwas Gebrochenes.

Zara stellte ihren Tee auf den Beistelltisch und lehnte sich vor. »Das Video ist elf Minuten lang. Iris spricht direkt in die Kamera. Sie ist sehr klar, sehr detailliert.« Sie sah May und David an. »Es ist schwer anzusehen. Aber es ist auch ein Geschenk. Sie wollte, dass die Leute die Wahrheit erfahren. Sie hat alles dokumentiert, damit die Wahrheit überlebt, selbst wenn ihr etwas zustößt.«

»Meine Tochter«, sagte David. Es waren die ersten Worte, die er seit seiner Ankunft gesprochen hatte. Seine Stimme war rau, kaum vernehmbar. »Meine Tochter wusste, dass ihr jemand etwas antun könnte, und sie hat ein Video gemacht.«

Niemand antwortete. Es gab nichts zu sagen.

Garrett trat zum Laptop und navigierte zur Datei. Der Cursor schwebte darüber.

»Sind Sie bereit?«, fragte er mit Blick auf May und David.

May nickte. David nickte ebenfalls.

Garrett warf Vince einen Blick zu. »Du musst dir das nicht ansehen.«

Vince schüttelte den Kopf. »Ich muss sie sehen.« Seine Stimme brach. Er schluckte. »Ich muss hier sein.«

Stille kehrte im Raum ein. Garrett sah Zara an. Sie nickte. Er drückte auf Wiedergabe.

Der Bildschirm füllte sich mit dem Gesicht von Iris Zhang. Siebzehn Jahre alt, lebendig, sie blickte mit dunklen Augen direkt in die Kamera, in denen sich hinter ihrer rechteckigen Brille gleichermaßen Angst und Entschlossenheit widerspiegelten.

»Mein Name ist Iris Zhang«, sagte sie mit klarer und fester Stimme, »es ist der fünfzehnte Oktober 2014, und ich muss dokumentieren, was ich entdeckt habe, denn falls etwas passiert, müssen die Leute die Wahrheit erfahren.«

May stockte der Atem. Davids Hand bedeckte ihre nun vollständig.

Iris sprach weiter. Jung und verängstigt und so sicher in ihren Prinzipien. Sie erklärte die Sache mit Kirsty, das Plagiat, die Entscheidung, es zu melden, obwohl sie wusste, was es sie kosten könnte.

Zara beobachtete die Leute im Raum anstatt des Bildschirms. Sie hatte dieses Video inzwischen mehrfach gesehen. Aber May und David dabei zuzusehen, wie sie zum ersten Mal seit elf

Jahren die Stimme ihrer Tochter hörten, war etwas völlig anderes.

Der Tee wurde kalt. Und Iris Zhang, die seit elf Jahren tot war, durfte endlich ihre Geschichte erzählen.

Iris' Stimme füllte das kleine Zimmer, klar und entschlossen trotz des Zitterns darunter. Im Video saß sie in ihrem Schlafzimmer; Zara erkannte die blaugrüne Wand von den Fotos wieder, im Hintergrund hinter ihrer linken Schulter war die Ecke eines Posters zu sehen. Ihre Brille fing das Licht ihrer Schreibtischlampe ein.

»Ich bin mit Kirsty Cannon befreundet, seit wir zusammen im Kindergarten waren«, sagte Iris gerade. »Ich habe ihr vollkommen vertraut. Als ich also bemerkte, dass auf einige meiner Projektdateien zugegriffen worden war, während ich nicht zu Hause war, und dass mein USB-Stick an einer anderen Stelle lag, als ich ihn liegen gelassen hatte, redete ich mir ein, ich sei paranoid.«

May stieß ein leises, verletztes Geräusch aus. David legte den Arm um ihre Schultern.

Auf dem Bildschirm schob Iris ihre Brille die Nase hoch. Die Geste war so alltäglich, so lebendig, dass Zara spürte, wie sich ihre eigene Kehle zuschnürte.

»Aber ich war nicht paranoid«, fuhr Iris fort. »Ich habe die Zugriffsprotokolle meines Computers überprüft, die zu lesen mein Dad mir beigebracht hat. Kirsty hat mein komplettes Kreativportfolio kopiert. Alles, woran ich für meine QCA-Bewerbung gearbeitet habe.«

Iris erklärte, wie sie die gestohlenen Dateien auf Kirstys Laptop gefunden hatte, erzählte von der Konfrontation, von Kirstys

Tränen und Ausreden. Ihre Stimme blieb gefasst und sachlich, aber darunter konnte Zara den Schmerz hören.

»Sie hat mich angefleht, es niemandem zu sagen. Sie sagte, sie sei verzweifelt, ihr Vater würde sie umbringen, wenn sie nicht an einer guten Uni angenommen würde, und sie hätte wegen der Bewerbung Panikattacken gehabt.« Iris' Gesichtsausdruck auf dem Bildschirm war traurig, enttäuscht. »Sie sagte, es wäre nur ein Entwurf gewesen und sie hätte vorgehabt, irgendwann ihre eigenen Arbeiten zu erstellen. Aber die Bewerbungsfrist war bereits abgelaufen. Sie hatte meine Arbeit bereits als ihre eigene eingereicht.«

Das Video lief weiter. Iris schilderte das Plagiat mit derselben Gründlichkeit, die sie auch für ihre Medienprojekte aufbrachte. Die verschiedenen Universitätsfakultäten, die geringe Wahrscheinlichkeit einer Entdeckung, die Kalkuliertheit von Kirstys Diebstahl. Dann die SMS, die eskalierende Verzweiflung in Kirstys Nachrichten, die als Bitten getarnten Drohungen.

»Du zerstörst mich«, las Iris von ihrem Handy auf dem Bildschirm vor. »Ich kann nicht schlafen. Nichts essen. Wegen eines dummen Videos ruinierst du mein Leben.« Sie sah in die Kamera. »Für mich ist es nicht dumm. Es ist meine Arbeit. Meine Ideen. Meine Stimme.«

Mays Tränen flossen jetzt schneller. David zog sie enger an sich, sein Kinn ruhte auf ihrem Kopf, und er hielt die Augen fest geschlossen.

Iris sprach über Kirstys Vater, über Richard Cannons Macht in Salt Creek, über das Risiko für das Restaurant ihrer Eltern. Sie erkannte das alles mit der sorgfältigen Logik von jemandem an, der jeden Winkel durchdacht hatte. Und dann sagte sie schlicht: »Aber ich kann das nicht so stehen lassen. Es geht nicht nur um meine Arbeit. Es geht darum, was richtig ist.«

»Ich treffe mich heute Abend nach der Arbeit mit Kirsty an der Fußgängerbrücke«, sagte Iris. »Sie hat um eine letzte Chance gebeten, mich davon abzubringen. Die werde ich ihr geben. Eine letzte Chance, selbst das Richtige zu tun.«

Vinces Hand glitt von seinem Mund herab, um die Armlehne fest zu umklammern.

»Wenn sie es nicht tut«, fuhr Iris fort, »reiche ich am Montag die Meldungen ein. Bei der UQ, bei der QCA, bei wem auch immer es wissen muss. Und falls mir etwas zustößt...« Sie brach ab, zum ersten Mal trat Unsicherheit in ihr Gesicht. »Falls dieses Video angesehen wird, weil ich nicht mehr da bin, um es selbst zu melden, dann sollen Sie wissen: Es war kein Unfall.«

May brach in Schluchzen aus, das an Davids Brust gedämpft wurde. Seine Hand hob sich, um ihren Hinterkopf zu stützen.

»Es gibt Kopien von all diesen Dateien auf meinem Laptop«, sagte Iris, ihre Stimme wieder fester. »Alles ist dokumentiert. Das Plagiat, die SMS, alles. Kirsty Cannon hat meine Arbeit gestohlen, und als ich sie nicht damit durchkommen lassen wollte, hat sie...«

Sie hielt inne. Schüttelte den Kopf. Ein kleines, trauriges Lächeln.

»Nein. Ich bin paranoid. Kirsty würde mir nicht wirklich wehtun. Wir sind befreundet, seit wir klein waren. Sie hat nur Angst und ist verzweifelt.« Iris sah direkt in die Kamera, direkt zu ihnen über elf Jahre hinweg. »Wir werden reden, und sie wird es verstehen. Sie wird einsehen, dass es wichtiger ist, das Richtige zu tun, als...«

Das Video endete. Mitten im Satz wurde der Bildschirm schwarz, der Zeitstempel blieb bei 17:17 stehen. Elf Minuten und vier Sekunden eines Mädchens, das nicht geglaubt hatte, dass ihre beste Freundin ihr wirklich wehtun würde, und das diese Fehleinschätzung mit ihrem Leben bezahlt hatte.

Die Stille in Garretts Wohnzimmer war absolut. Der Lüfter des Laptops surrte leise.

Mays Atem war stoßweise geworden. David hielt sie fest, sein eigenes Gesicht war nun nass. Vince weinte offen, ohne es zu verbergen. Die Tasse war ihm irgendwann aus den Händen geglitten und lag auf der Seite auf dem Teppich, der Tee sickerte ein.

Garrett hatte sich nicht von seinem Platz an der Tür wegbewegt. Seine Arme waren noch immer verschränkt, aber sein Kopf war gesenkt. Als er schließlich aufsah, waren seine Augen rot unterlaufen.

Zaras eigene Sicht war verschwommen. Sie hatte dieses Video schon öfter gesehen, mehrmals sogar. Sie hatte gedacht, sie wäre vorbereitet. Aber es mit Iris' Eltern anzusehen, mit dem Jungen, der sie geliebt hatte, war etwas völlig anderes.

Mays Schluchzen war das einzige Geräusch. Leise, herzzerreißend, die Trauer einer Mutter, die die Stimme ihrer toten Tochter hört und sie erneut verlieren muss.

Der Laptop-Bildschirm war dunkel geworden, der automatische Ruhemodus war angesprungen. Das blaue Leuchten verschwand und hinterließ nur das warme gelbe Licht der Stehlampe.

May hob den Kopf von Davids Brust. Ihr Gesicht war fleckig, ihre Augen geschwollen. Sie starrte den dunklen Laptop lange an, dann sah sie sich im Raum um.

»Sie wird endlich gehört«, sagte May. Ihre Stimme war kaum hörbar, wie wundgescheuert. »Nach elf Jahren. Endlich wird meine Tochter gehört.«

Vince stand abrupt auf. Sein Stuhl scharrte über den Boden. »Ich brauche frische Luft«, sagte er mit erstickter Stimme. »Es tut mir leid, ich muss einfach...«

Er sprach nicht zu Ende. Er ging einfach auf die Tür zu. Garrett trat beiseite, um ihn vorbeizulassen. Die Haustür wurde geöffnet und geschlossen, vorsichtig und leise trotz seiner offensichtlichen Erschütterung.

Durch das Fenster konnte Zara ihn auf der kleinen Veranda stehen sehen, den Rücken zum Haus gewandt, die Schultern hochgezogen, die Hände in den Taschen.

David löste seine Verschränkung. Die Bewegung schien ihn Anstrengung zu kosten. Seine Hände fielen auf seine Knie, hoben sich dann, um sich übers Gesicht zu fahren. Als er sie wieder herunternahm, sah er zu Garrett.

»Elf Jahre«, sagte David. »Sie haben das elf Jahre lang mit sich herumgetragen.«

Garrett verlagerte sein Gewicht an der Wand. »Ich habe es nicht gut genug getragen. Wenn ich nur...«

»Sie waren ein Polizeianwärter«, unterbrach ihn David. »Sie haben Sie ausgebremst. Sie versetzt, als Sie nicht aufgehört haben, Fragen zu stellen.« Seine Stimme war rau, aber fest. »Sie hätten es gut sein lassen können. Aber das haben Sie nicht.«

»Nein. Das konnte ich nicht.«

May griff nach einem Taschentuch aus der Box auf dem Couchtisch. Sie wischte sich die Augen ab, putzte sich die Nase. »Ich habe Ihnen anfangs die Schuld gegeben«, sagte sie leise. »Als wir hörten, dass Sie versetzt worden waren. Ich dachte, Sie hätten Iris aufgegeben, genau wie alle anderen.«

»Ich habe sie nie aufgegeben.«

»Danke«, sagte May. »Dafür, dass Sie sie nicht vergessen haben.«

Garrett nickte einmal. Er konnte nicht gut mit Dankbarkeit umgehen, wie Zara gelernt hatte.

Zara stand auf, ihre Beine waren steif vom Sitzen. »Möchten Sie noch mehr Zeit mit dem Video? Wir können Sie alleine lassen, damit Sie es sich noch einmal ansehen.«

Mays Hand suchte die ihre über den Couchtisch hinweg. »Bleib«, sagte sie. »Bitte. Ich kann damit noch nicht allein sein.«

»Natürlich.«

Davids Blick wanderte zu Zara. »Und Sie. Sie sind gekommen und haben nachgehakt, als alle anderen schon längst abgeschlossen hatten.«

»May hat mich gebeten herauszufinden, was passiert ist. Ich habe mein Versprechen gehalten.«

»Das haben Sie beide.« Davids Stimme brach leicht. Er räusperte sich. »Danke. Dass Sie uns die Stimme unserer Tochter zurückgegeben haben.«

Garrett löste sich von der Wand und stellte sich neben Zaras Stuhl. Seine Finger berührten leicht ihre Schulter.

Die Haustür öffnete sich leise. Vince kam wieder herein; sein Gesicht war nun gefasst, auch wenn seine Augen gerötet waren. Er kehrte nicht zu seinem Sessel zurück, sondern lehnte sich in der Nähe der Tür gegen die Wand. Er hielt sich nah bei ihnen, blieb aber für sich.

»Sie hat früher alles aufgenommen«, sagte Vince. Seine Stimme war leise, fast so, als spräche er zu sich selbst. »Schon damals. Sie hat ihre Kamera auf irgendetwas gerichtet, und man dachte sich: Warum filmt sie das bloß? Einen Riss im Bürgersteig. Einen Vogel auf einem Drahtseil. Dann hat sie einem den Schnitt gezeigt, und man hat gesehen, was sie gesehen hatte.« Er schluckte. »Sie hat Dinge gesehen, die sonst niemand sah.«

Mays Gesichtszüge entgleisten bei diesen Worten, neue Tränen flossen. Aber sie nickte. »Das stimmt genau.«

Im Raum kehrte eine andere Art von Stille ein, nicht das atemlose Schweigen vor dem Video oder die schwere Trauer danach, sondern etwas, das eher einem erschöpften Frieden glich. Das Schlimmste war überstanden. Sie waren Zeugen dessen geworden, was bezeugt werden musste.

May stellte ihre Teetasse auf den Couchtisch. »Werden wir eine Kopie bekommen können? Von dem Video?«

»Sobald das Gerichtsverfahren abgeschlossen ist«, sagte Garrett. »Die Beweismittel müssen bis nach dem Prozess unter Verschluss bleiben. Aber ja. Ich werde dafür sorgen, dass Sie Kopien von allem bekommen. Alle Aufnahmen von Iris, die Fotos, die SMS. Alles, was wir von ihrem Handy wiederhergestellt haben.«

May nickte. »Ich möchte ihre Stimme wieder hören. So oft ich kann.«

David zog sie fester an sich. Er sprach nicht, aber sein Gesichtsausdruck sagte alles.

Garretts Hand fand Zaras im Zwischenraum zwischen ihnen, seine Finger verschränkten sich kurz mit ihren. Die Berührung war warm und fest.

Es würde Anwälte geben und förmliche Zeugenaussagen und das langsame Mahlen der Justiz. May und David würden einen Prozess durchstehen müssen, würden hören müssen, wie der Mord an ihrer Tochter in nüchternen Details geschildert wurde, und würden Kirsty Cannon in einem Gerichtssaal gegenüberstehen.

Aber heute Abend hatten die Eltern von Iris Zhang in diesem kleinen warmen Zimmer die Stimme ihrer Tochter gehört. Hatten die Wahrheit über ihren Tod erfahren. Es war ihnen zwar nicht ihre Tochter zurückgegeben worden, aber zumindest die Gewissheit des Wissens.

Es würde genügen müssen.

# Kapitel 23

Die Stufen des Gerichtsgebäudes von Brisbane waren breit, der graue Stein glatt geschliffen von Jahrzehnten, in denen Füße Urteile hinaus in die Welt getragen hatten. Sie stand drei Stufen unterhalb des Plateaus, der professionelle Kameramann zwei Stufen unter ihr – jene Art von gemieteter Expertise, die sie sich bis jetzt nie hatte leisten können.

Sechs Monate seit der Fußgängerbrücke. Sechs Monate seit Kirsty Cannons Festnahme. Und nun, heute Morgen, ein Urteil von fünfundzwanzig Jahren, verkündet in einem Gerichtssaal, in dem Zara drei Wochen am Stück gesessen hatte, um der Gerechtigkeit bei ihrem eiszeitlichen Tempo zuzusehen.

Die helle Bluse, die sie an diesem Morgen gewählt hatte, fühlte sich zu dünn für die Klimaanlage an, die den ganzen Tag durch das Gerichtsgebäude dröhnte, doch hier draußen in der späten Augustsonne am Nachmittag war sie perfekt. Eine maßgeschneiderte Hose, das Haar zu einem ordentlichen Pferdeschwanz zurückgebunden, minimales Make-up. Professionell, aber keine Show. Den Unterschied hatte sie inzwischen gelernt.

Dev stand unten an der Treppe, außerhalb des Bildausschnitts, aber nah genug, dass sie ihn sehen konnte. Er war an jedem Tag des Prozesses gekommen, hatte mit seinem Laptop auf der Zuschauergalerie gesessen und sich Notizen gemacht – mit diesem intensiven Fokus, den er an den Tag legte, wenn er voll bei der Sache war. Jetzt gab er ihr ein Daumen-hoch-Zeichen, die Geste wirkte etwas hölzern, war aber aufrichtig.

Der Kameramann, Andy, justierte etwas an seinem Equipment. »Bereit, wenn Sie es sind.«

Zara nickte. Sie hatte den Beitrag gestern Abend geschrieben, heute Morgen überarbeitet und ihn während der Mittagspause zweimal im Kopf durchgespielt. Die Worte saßen. Sie musste sie nur noch vortragen.

Andy zählte mit den Fingern den Countdown. *Drei, zwei, eins.* Das rote Licht an seiner Kamera blinkte auf.

»Hier spricht Zara Langley, wir berichten vom Supreme Court of Queensland in Brisbane.« Ihre Stimme klang fest, mit jener Podcast-Modulation, die sie sich in monatelanger Arbeit mühsam wieder aufgebaut hatte. »Heute wurde Kirsty Cannon wegen des Mordes an der siebzehnjährigen Iris Zhang im Oktober 2014 zu fünfundzwanzig Jahren Haft verurteilt. Das Urteil markiert das Ende einer elfjährigen Untersuchung eines Todesfalles, der als Unfall eingestuft worden war, bis Beweise auftauchten, die das Gegenteil belegten.«

Die Fakten fielen ihr leichter. Fakten konnte sie vortragen, ohne sie fühlen zu müssen.

»Der Prozess dauerte drei Wochen. Die Anklage legte forensische Beweise vor, Zeugenaussagen und, was am wichtigsten war, Aufnahmen, die Iris selbst am Tag ihres Todes gemacht hatte. Diese Aufnahmen, die nach elf Jahren von Iris' Mobiltelefon wiederhergestellt werden konnten, dokumentierten das Plagiat, das zu ihrem Mord führte, und Iris' Entscheidung, es zu melden, obwohl sie wusste, welchen persönlichen Preis dies kosten würde.«

Ein Mann im Anzug ging hinter ihr vorbei, die Aktentasche in der Hand, ohne sie eines Blickes zu würdigen. Die Stadt machte einfach weiter. Busse, Verkehr, Menschen, die ihren Arbeitstag beendeten. Denen Urteile gleichgültig waren.

»Die Verteidigung von Kirsty Cannon argumentierte, dass die Tötung nicht vorsätzlich war, sondern dass eine Konfrontation außer Kontrolle geraten sei.« Zara hielt den Blick fest auf die Kamera gerichtet, auf Andys Gesicht direkt neben dem Objektiv. »Die Jury wies dieses Argument zurück. Die Beweise zeigten Planung. Absicht. Die Falle, die Iris in jener Nacht zur Fußgängerbrücke lockte, die Lügen, die erzählt wurden, um es zu vertuschen, die elf Jahre Schweigen, während Iris' Eltern um eine Tochter trauerten, von der man ihnen gesagt hatte, sie sei versehentlich ertrunken.«

Sie machte eine Pause. Das Skript sah es so vor, ein Moment, um das Gesagte wirken zu lassen. Aber die Pause dauerte länger als geplant, weil Iris' Gesicht in ihrem Geist aufgetaucht war – das Mädchen in diesem letzten Video, das sich so sicher gewesen war, dass ihre Freundin ihr niemals wirklich wehtun würde.

Ihre Stimme stockte, als sie fortfuhr. Nur ganz leicht, ein winziges Stocken, das Andy später wahrscheinlich herausschneiden würde, wenn sie ihn darum bat.

»Iris Zhang war eine begabte Künstlerin. Eine liebevolle Tochter. Eine prinzipientreue junge Frau, der es wichtiger war, das Richtige zu tun, als eine auf Lügen aufgebaute Freundschaft zu schützen.« Zara spürte, wie sich ihre Kehle zuschnürte. Sie zwang sich weiter. »Sie dokumentierte ihre Geschichte, weil sie ahnte, dass sie vielleicht nicht überleben würde, um sie selbst zu erzählen. Und aufgrund dieser Dokumentation, aufgrund ihrer Weitsicht und ihres Mutes, wurde ihre Mörderin zur Rechenschaft gezogen.«

Die Worte fühlten sich unzureichend an. Fünfundzwanzig Jahre für ein Leben.

»Dieser Fall wäre ohne die Entschlossenheit von Kriminalhauptkommissar Garrett Pennell nicht vor Gericht gekommen, der elf Jahre lang Beweisen nachging, die durch Korruption innerhalb des Queensland Police Service begraben worden waren. Der ehemalige Polizeihauptmeister Malcolm Finch wurde letzten Monat wegen seiner Rolle bei der Vertuschung von Iris' Mord zu sechs Jahren Haft verurteilt. Brody Lygon, der als Mittäter fungierte und am versuchten Mord an Jane Goulding beteiligt war, erhielt fünfzehn.«

Dev war während des Beitrags näher gekommen. Sie konnte ihn aus dem Augenwinkel sehen, die Hände in den Taschen, wie er zusah.

»Die Familie Zhang hat mich gebeten, all jenen zu danken, die die Ermittlungen unterstützt haben. Den Bürgern, die sich mit Informationen gemeldet haben. Den technischen Experten, die entscheidende Beweise wiederhergestellt haben.« Sie erlaubte sich ein schmales Lächeln. »Und den Hörern von ›Die verlorenen Australier‹, die nicht zuließen, dass diese Geschichte in Vergessenheit geriet.«

Das Lächeln fühlte sich fremd in ihrem Gesicht an. Sie war es nicht gewohnt, in diesen Beiträgen zu lächeln. Aber es war echt, also behielt sie es bei.

»Dies ist die finale Episode von ›Das Mädchen im Bach‹. Iris' Geschichte wurde erzählt. Ihre Familie hat die Wahrheit, auf die sie elf Jahre lang gewartet hat. Und obwohl nichts sie zurückbringen kann, obwohl kein Urteil wirklich aufwiegen kann, was genommen wurde, gibt es Gerechtigkeit. Fehlerhaft, unvollkommen, viel zu spät erreicht. Aber dennoch Gerechtigkeit.«

Sie hielt einen langen Moment inne und blickte direkt in die Kamera.

»Danke fürs Zuhören. Danke, dass euch ein Mädchen wichtig war, das ihr nie getroffen habt, in einer Stadt, die ihr wahrscheinlich nie besuchen werdet. Danke für den Glauben daran, dass die Wahrheit zählt, selbst wenn sie tief vergraben ist und von mächtigen Leuten bewacht wird.« Ihre Stimme festigte sich, wurde kräftiger. »›Die verlorenen Australier‹ werden bald mit einem neuen Fall zurückkehren. Bis dahin verabschiedet sich Zara Langley.«

Andy filmte noch ein paar Sekunden weiter, dann senkte er die Kamera. »Im Kasten. Das war perfekt, ein einziger Take.«

Die Anspannung, die Zaras Rücken wie einen Stock gerade gehalten hatte, wich schlagartig von ihr. Sie spürte, wie ihre Haltung in sich zusammensackte, und ihr Atem entwich in einem langen Ausatmen. Die Last, Iris' Geschichte sechs Monate lang getragen zu haben, den Prozess durchzustehen, Kirstys Gesicht beim Verlesen des Urteils zu beobachten – all das fiel gerade so weit von ihr ab, dass sie zum ersten Mal seit Wochen wieder richtig durchatmen konnte.

Dev kam die Stufen heraufgesprungen, ein breites Grinsen im Gesicht. »Das war brillant. Absolut auf den Punkt. Die Stelle, dass Gerechtigkeit fehlerhaft, aber real ist? Perfekt.«

»Danke.« Sie schaffte nun ein echtes Lächeln. »Ohne dich hätte ich das gar nicht geschafft. Die Handydaten waren der Schlüssel.«

»Ja, nun.« Devs Wangen röteten sich. »Ich habe sie nur wiederhergestellt. Du bist diejenige, die wusste, was damit anzufangen ist.«

Andy sah sich das Material auf dem Kameradisplay an. Zara trat näher, um ihm über die Schulter zu schauen. Der Bildausschnitt war gut, das Gerichtsgebäude im Hintergrund sichtbar, das Licht fing ihr Gesicht ein, ohne es blass wirken zu lassen. Sie sah müde aus in der Aufnahme, älter als ihre zweiunddreißig Jahre, aber in ihrem Ausdruck lag eine Festigkeit, die vor einem Jahr noch nicht da gewesen war.

»Alles gut«, sagte Andy. »Ich schicke dir die geschnittene Fassung bis morgen früh.«

»Danke.« Zara schüttelte ihm die Hand. »Ich weiß es zu schätzen, dass du hergekommen bist.«

»Das hätte ich mir nicht entgehen lassen, ich war geschmeichelt, dass du mich angerufen hast. Dieser Livestream, den du an der Brücke gemacht hast?« Er pfiff leise durch die Zähne. »Du hast ein Talent dafür, zur katastrophal falschen Zeit am richtigen Ort zu sein.«

Zara lachte, wovon sie selbst überrascht war. »So kann man es auch ausdrücken.«

Andy begann, seine Ausrüstung zusammenzupacken. Dev half ihm beim Aufwickeln der Kabel, und die beiden arbeiteten in kameradschaftlichem Schweigen.

Zara wandte sich wieder den Gerichtsstufen zu und blickte an der imposanten Fassade des Gebäudes hoch. Irgendwo da drin wurde Kirsty Cannon gerade erkennungsdienstlich behandelt und für den Transport in die Justizvollzugsanstalt vorbereitet, in der sie die nächsten zweieinhalb Jahrzehnte verbringen würde.

May Zhang erschien oben auf der Treppe, David an ihrer Seite. Beide bewegten sich langsam, als hätte das Urteil ihnen ein physisches Gewicht aufgeladen. Zara straffte sich.

Mays Gesicht war gefasst, aber ihre Augen waren rot gerändert. Davids Ausdruck war schwerer zu deuten, seine Züge lagen in einer sorgfältigen Neutralität, aber seine Hand schwebte beim Absteigen an Mays Ellbogen, bereit, sie zu stützen, falls nötig.

May sagte zuerst nichts. Sie trat einfach vor und schlang die Arme um Zara, zog sie in eine Umarmung, die trotz Mays zierlicher Gestalt kräftig war. Zara spürte, wie die Schultern der älteren Frau bebten, und erwiderte den festen Druck.

»Danke«, flüsterte May an ihrem Ohr. »Dass Sie Ihr Versprechen gehalten haben.«

Zaras Kehle schnürte sich zu. Sie hielt sie einfach fest, bis Mays Griff sich lockerte und sie sich voneinander lösten.

David trat vor und streckte die Hand aus. Zara ergriff sie und erwartete einen einfachen Händedruck, doch David legte seine linke Hand zusätzlich über ihre.

»Unsere Tochter«, sagte er mit rauer Stimme. »Sie haben sie uns zurückgegeben. Nicht ihr Leben, aber ihre Stimme.« Er hielt inne. »Das bedeutet viel. Mehr, als ich sagen kann.«

»Sie hat es verdient, gehört zu werden.«

David nickte und ließ ihre Hand los, während er den Arm wieder um seine Frau legte. Die beiden wirkten wie eine Einheit, zusammengeschliffen durch Jahre der Vertrautheit; Mays Schulter schmiegte sich in den Platz unter Davids Arm.

»Fünfundzwanzig Jahre«, sagte May und wog die Bedeutung der Zahl ab.

»Nach siebzehn Jahren frühestens auf Bewährung«, antwortete Zara. »Aber unter den Umständen, mit der Vertuschung und dem versuchten Mord an Jane, wird der Bewährungsausschuss nicht wohlwollend sein.«

»Gut«, sagte David knapp. Endgültig.

Eine Bewegung oben an der Treppe zog Zaras Aufmerksamkeit auf sich. Jane Goulding bahnte sich ihren Weg nach unten, eine Hand am Geländer, die andere fest um einen Gehstock geklammert. Ihr Abstieg war vorsichtig, aber stetig; das leichte Hinken im rechten Bein war die einzige sichtbare Erinnerung an den Sturz. Sechs Monate Physiotherapie hatten bemerkenswerte Arbeit geleistet, doch Zara bezweifelte, dass Jane sich jemals wieder ganz wie früher bewegen würde.

Hinter Jane stand mit etwas Abstand Vince Thorne.

Jane erreichte sie, von den Stufen leicht außer Atem. Ihr silbernes Haar war kürzer geschnitten, als Zara es in Erinnerung hatte, vielleicht pflegeleichter als der einstige schicke Bob. Sie trug ein weites Leinenhemd und bequeme Hosen sowie vernünftige flache Schuhe. Die Art von Kleidung, die jemand trug, der gelernt hatte, Funktion vor Form zu setzen.

»Zara.« Janes Stimme klang warm, trotz der Erschöpfung in ihrem Gesicht. Sie nahm den Stock in die linke Hand und drückte Zaras Arm. »Schön, dich zu sehen.«

»Danke, dass du gekommen bist. Wie fühlst du dich?«

»Alt.« Janes Mundwinkel zuckte. »Aber lebendig, was zeitweise unwahrscheinlich schien.« Ihre Finger klammerten sich kurz fester um Zaras Arm, und in dieser kleinen Geste spürte Zara alles, was Jane nicht sagen konnte oder wollte. Der Terror des Sturzes. Das kalte Wasser. Die stundenlangen Operationen.

»Stur«, fügte Jane hinzu. »Das sagen die Physiotherapeuten. Zu stur, um mich von einem Sturz von einer Brücke bremsen zu lassen.«

Vince war während ihres Gesprächs die Stufen hinuntergekommen, die Hände in den Taschen. Er blieb ein paar Schritte entfernt stehen und schloss sich der Gruppe nicht ganz an. Er hatte sich für das Urteil schick gemacht: Hemd mit Knopfleiste, saubere Chinos, polierte Stiefel. Seine Augen waren rot unterlaufen.

Nach einem Moment trat er vor. »Zara.« Er reichte ihr die Hand, und sie nahm sie. Er hielt sie länger fest, als es ein bloßes Händeschütteln erforderte.

»Iris wäre dankbar«, sagte Vince mit unsicherer Stimme. »Dass du nicht zugelassen hast, dass man sie vergisst.«

»Ich wünschte, ich hätte es früher tun können.«

»Du hast es getan, als du es konntest.« Vince ließ ihre Hand los und blickte an ihr vorbei zum Gerichtsgebäude. »Ich habe elf Jahre damit verbracht, nicht zu viel an sie zu denken. Zu versuchen, weiterzumachen. Aber sie war immer da.« Er schüttelte den Kopf. »Ich bin froh, dass es vorbei ist. Froh, dass sie nicht mehr so tun können, als wäre nichts gewesen.«

In Vinces Ausdruck lag so etwas wie Frieden, und Zara hoffte für ihn, dass er nun, da die Gerechtigkeit gesiegt hatte, wirklich nach vorne blicken konnte. Er war neunundzwanzig, immer noch ein junger Mann. Er verdiente es, jemanden zum Lieben zu finden, ohne dass Iris' Geist ewig über ihm schwebte.

Die Gruppe stand in lockerer Formation auf den Treppen zusammen. Dev war fertig damit, Andy zu helfen, und stand nun unten an der Treppe, um ihnen Raum zu geben. Er fing Zaras Blick auf und nickte.

»Wir sollten gehen«, sagte May schließlich. »Lange Fahrt zurück nach Salt Creek morgen.«

»Bleiben Sie über Nacht?«, fragte Zara.

»Ein Hotel nicht weit von hier«, antwortete David. »Wir werden früh aufbrechen, um dem Verkehr zu entgehen.«

May sah Zara an, dann Jane und Vince. »Danke an Sie alle. Dass Sie heute hier waren. Um Zeugnis abzulegen.« Ihre Stimme brach. »Iris wäre froh gewesen zu wissen, dass so viele Menschen für sie gekämpft haben.«

Jane streckte die Hand aus und drückte Mays Hand. »Sie war eine bemerkenswerte Schülerin. Es tut mir nur leid, dass ich sie nicht beschützen konnte.«

»Keiner von uns konnte das«, sagte May. »Nicht vor so etwas.«

Die Gerichtstüren hinter ihnen öffneten sich, und Garrett trat ins spätnachmittägliche Licht, noch immer in seiner Gala-Uniform. Er nahm die Stufen zwei auf einmal, mit der kontrollierten Energie von jemandem, der zu lange stillgesessen hatte. Als er sie erreichte, legte sich sein Arm um Zaras Schultern – eine Geste, die in den vergangenen Monaten ganz natürlich geworden war.

May sah ihn an, dann Zara. »Wie geht es weiter? Welchen Fall werden Sie als Nächstes untersuchen?«

Zara lächelte. »Da werden Sie wohl ›Die verlorenen Australier‹ hören müssen, um das herauszufinden.«

May lachte. Das Geräusch war überraschend und herzlich. Davids Mundwinkel zuckten. Sogar Jane lächelte und stützte sich auf ihren Gehstock.

»Wir werden reinhören«, sagte May.

Sie tauschten Abschiedsworte aus, kurz und leise. May und David gingen gemeinsam die Stufen hinunter; David führte sie zu einem wartenden Wagen. Jane folgte, ihr Stock tippte auf den Stein. Am Auto hielt sie inne, blickte zurück zu den Gerichtsstufen und hob ihren Stock leicht zum Abschied. Zara hob zum Gruß die Hand. Dann stieg Jane vorsichtig auf den Rücksitz, und das Auto fädelte sich in den Verkehr von Brisbane ein.

Vince verweilte noch einen Moment, den Blick auf das Gericht gerichtet, nickte dann Zara einmal zu und verschwand in einer Seitenstraße, wo ihn die Menge nach wenigen Augenblicken verschluckte.

»Guter Beitrag?«, fragte Garrett.

»Andy glaubt schon. Ein einziger Take.«

»Das liegt daran, dass du verdammt gut in deinem Job bist.« Er drückte kurz ihre Schulter. »Trotz gegenteiliger Behauptungen in deiner Kommentarspalte.«

Dev war die Treppe heraufgekommen, um zu ihnen zu stoßen. »Die Trolle waren wieder fleißig. Gestern hat sie jemand als ›sensationsgeile Leichenfledderin‹ beschimpft.«

»Reizend«, sagte Garrett trocken.

»Ich bin schon schlimmer beschimpft worden.« Zara blickte zu ihm hoch. »Wie hat es sich angefühlt, das Urteil von der Zuschauerbank aus zu verfolgen, statt vom Zeugenstand aus?«

»Seltsam. Positiv seltsam.« Genugtuung mischte sich mit etwas Komplizierterem. »Fünfundzwanzig Jahre. Eigentlich hätte es lebenslänglich sein müssen, aber Frauen bekommen das fast nie. Fünfundzwanzig werden reichen müssen.«

»Es ist Gerechtigkeit«, sagte Zara. »Unvollkommen, aber real.«

Dev checkte sein Handy. »Der Uber nähert sich.« Er sah Zara an. »Du bist meine Mitbewohnerin und meine Freundin. Außerdem hast du mir ein Abendessen versprochen, wenn wir heute das Urteil bekommen, also gehe ich nirgendwohin, bevor ich das eingelöst habe.« Er grinste. »Es gibt ein richtig teures neues koreanisches Restaurant im Valley. Ich habe einen Tisch für drei reserviert. Um sieben. Ich schicke euch die Adresse.«

Er hüpfte die Stufen hinunter, die Laptoptasche wippte gegen seine Hüfte, und er sprang in den Uber, der am Bordstein hielt.

Zara und Garrett blieben auf den Stufen zurück.

»Er ist ein guter Junge«, sagte Garrett.

»Er ist vierundzwanzig.«

»Trotzdem ein Junge.« Garretts Arm glitt von ihrer Schulter, und er wandte sich ihr ganz zu. »Wie fühlst du dich wirklich? Nicht in der Podcast-Stimme, die echte Antwort.«

Zara dachte über die Frage nach.

»Müde«, sagte sie. »Erleichtert. Ein bisschen verloren, vielleicht. Dieser Fall war so lange mein ganzer Fokus. Jetzt ist er abgeschlossen und ich weiß noch nicht recht, was ich mit mir anfangen soll.«

»Gönn dir eine Pause. Schlaf drei Tage am Stück. Iss Mahlzeiten, die nicht aus der Tüte kommen.« Garretts Mund verzog sich zu einem Lächeln. »Verbringe Zeit mit deinem Definitiv-nicht-Freund, der jetzt zufällig in der gleichen Stadt wohnt.«

»Mein Definitiv-nicht-Freund«, wiederholte Zara. »Ist das die offizielle Bezeichnung?«

»Ich bin offen für Neuverhandlungen.« Seine Hand fand die ihre. »Aber später. Wenn du nicht völlig am Ende bist und ich nicht eigentlich in vierzig Minuten bei einer Besprechung sein müsste.«

»Kriminalhauptkommissar Pennell darf nicht zu spät zu seinen Besprechungen kommen.«

»Kriminalhauptkommissar Pennell gewöhnt sich erst noch an den Titel.« Er drückte ihre Hand. »Und würde viel lieber hier bei dir bleiben.«

Die Beförderung war vor drei Monaten erfolgt, die Versetzung zurück nach Brisbane war mit überraschender Geschwindigkeit organisiert worden, nachdem ihn die Untersuchung der CCC entlastet hatte. Er war in eine Mietwohnung nahe der City gezogen, ein kleines Apartment mit Wasserblick, das mehr kostete als sein ganzes Haus in Salt Creek. Sein Boot lag in einer kleinen Marina an der Bucht; sie fuhren mindestens einmal die Woche zum Angeln raus, fingen zwar immer noch nichts Essbares, genossen aber die Ruhe und die Freiheit auf dem offenen Wasser.

Sie waren beide fertig mit Salt Creek.

»Du solltest gehen«, sagte Zara. »Wir sehen uns heute Abend. Dev hat für drei reserviert.«

»Und danach kannst du mit zu mir kommen.« Es war nicht ganz als Frage formuliert. »Ich habe besseren Kaffee als du.«

»Versuchst du mich etwa mit deiner Espressomaschine zu ködern?«

»Was auch immer funktioniert.« Er zog sie näher und küsste sie auf die Stirn. »Ich bin stolz auf dich. Dass du das durchgezogen hast.«

»Ich bin auch stolz auf mich«, sagte Zara. »Glaube ich.«

»Das solltest du sein.« Er ließ sie los und trat einen Schritt zurück. »Geh essen. Feier ein bisschen.«

Sie sah ihm nach, wie er die Stufen hinunterlief. Er bewegte sich jetzt anders, weniger schwerfällig, fand sie. Unten drehte er sich um und hob die Hand. Sie winkte zurück.

Dann war er weg, aufgesogen vom abendlichen Strom der Stadt.

Zara blieb noch einen Moment länger auf den Stufen. Ihr Handy summte, und sie warf einen Blick darauf. Kommentare trudelten ein, die übliche Mischung. Aber die Zahlen waren gut. ›Die verlorenen Australier‹ stand stabil da, wuchs und war nachhaltig.

Noch eine Textnachricht von Dev: *Uber-Fahrer hat sich verfahren schick Hilfe*

Sie lächelte und tippte zurück: *Du bist ein erwachsener Mann, sieh zu, wie du klarkommst*

Seine Antwort kam sofort: *Hart aber fair*

Zara steckte ihr Handy ein und warf einen letzten Blick auf die Stufen des Gerichts, auf die Stelle, an der sie gestanden hatte, um ihren letzten Beitrag zu filmen. Dieser Fall war abgeschlossen. Iris Zhangs Geschichte war erzählt worden. Gerechtigkeit, fehlerhaft und unvollkommen und elf Jahre zu spät, war herbeigeführt worden.

Was als Nächstes käme, wäre ein weiterer Fall, eine weitere Geschichte, eine weitere Chance, diese Arbeit richtig zu machen. Nicht zur Wiedergutmachung, auch wenn das ein Teil davon war. Nicht für Klicks, obwohl ihre Karriere davon abhing. Sondern weil es zählte. Weil Stimmen gehört werden mussten. Weil es sich lohnte, der Wahrheit nachzugehen, selbst wenn sie tief vergraben war und von mächtigen Leuten bewacht wurde.

Sie stieg die Stufen hinunter, ihre Stiefel klickten auf dem Stein, der von Jahrzehnten voller Füße glatt geschliffen war. Hinter ihr ragte das Gericht imposant und beständig auf – Gerechtigkeit, gemeißelt in grauen Stein. Vor ihr breitete sich der Abend von Brisbane in Verkehr und Lichtern und dem gewöhnlichen Chaos des fortlaufenden Lebens aus.

Zara ging darauf zu, bereit für alles, was als Nächstes kommen würde.

## VON DER AUTORIN

Caitlyn Lynch ist eine britische Auswanderin, die einen Australier geheiratet hat und 2001 nach Queensland gezogen ist.

Sie schreibt zeitgenössische Liebesromane und Romantic Suspense.

*Das Mädchen im Bach* ist ihr erster Krimi; es ist Band 1 der Reihe *Die Verlorenen Australier*.

Zara und Garrett kehren in Band 2, *Das Mädchen auf der Yacht*, zurück.

Vor sechzehn Jahren verschwand die vierjährige Lotte Van Kempen spurlos von einer Luxusjacht. Offiziell ist sie ertrunken. Doch ihre Leiche wurde nie gefunden, die Eltern verließen das Land, und zu viele Fragen blieben unbeantwortet.

Investigativ-Podcasterin Zara Langley weiß, wie gefährlich alte Fälle sein können. Doch als eine junge, traumatisierte Frau behauptet, sie sei die vermisste Lotte, kann Zara nicht anders als nachzubohren. Jede neue Spur zieht sie tiefer hinein: ein nervöser Verdächtiger mit viel zu verlieren, mächtige Eltern mit dunklen Geheimnissen, eine Familie zerrissen durch Schuld, Geld und Verrat.

Je weiter Zara recherchiert, desto gefährlicher wird die Wahrheit. Ihre Ermittlungen geraten ins Visier der Border Force und führen direkt in die dunkle Welt des Menschenhandels, wo jede Entscheidung über Leben und Tod entscheidet – und die Vergangenheit niemals wirklich vorbei ist.

Je weiter Zara gräbt, desto verschwommener wird die Grenze zwischen Opfer und Zeuge. Sie muss sich entscheiden: Deckt sie die dunkelsten Geheimnisse einer Familie auf oder verhindert sie, dass noch mehr Leben zerstört werden?

Manche Fälle werden nie gelöst. Manche Wahrheiten lassen sich nicht begraben. Und manche Menschen geben niemals auf.

# WEITER BÜCHER DER CAITLYN LYNCH

***Die Verlorenen Australier Serie:***

Das Mädchen im Bach

Das Mädchen auf der Yacht

Das Mädchen im Herrenhaus

***Die Reiterinnen von Ridgewater Serie:***

Vertraue dem Weg

Barrieren überwinden

Das Gleichgewicht finden

In den Sternen geschrieben

Weihnachten auf Ridgewater

***Die Ranger im Einsatz* Serie:**
Die Rettung des Rangers

Die Heimkehr des Rangers

Die Mission des Rangers

Das Blut des Rangers

Rangers Verlangen (exklusiv für Newsletter-Abonnenten)


***Flucht ins Paradies* Serie:**
Neuanfang am Riff

Der widerwillige Milliardär

Ihre Schein-Hochzeit auf der Insel

Langsam köcheln

Kampf gegen das Schicksal

Scharfe Schnappschüsse

Besser in der Praxis


Verliebt im Gedränge

Wo Wünsche galoppieren: Eine Irische Romanze


Erfahre mehr über alle Veröffentlichungen von Shenanigans Press auf unserer Website, shenaniganspress.com/DE!

Oder folge uns in den sozialen Medien – wir sind auf Facebook und Instagram.

Und vergiss nicht, unseren Newsletter zu abonnieren, um über Neuerscheinungen, Aktionen, Gewinnspiele und mehr informiert zu werden!

www.ingramcontent.com/pod-product-compliance
Lightning Source LLC
Chambersburg PA
CBHW062006190726
48283CB00001BA/242